ISBN 978-3-86351-440-2

Lektorat: Petra Wägenbaur, Tübingen.
Umschlaggestaltung: Christiane Hemmerich
Konzeption und Gestaltung, Tübingen.
Titelbild: Nordniederländischer Meister, um 1530 (Jan Swart van Groningen?). Ausschnitt aus »Triptychon mit der Kreuzigung Christi, Heiligen und Stifterfamilie«; rechter Innenflügel, Hände der Stifterin.
Rechte: Städel Museum – ARTOTHEK.
Herstellung: Horst Schmid, Mössingen.
Satz: Alexander Frank, Ammerbuch.
Gesetzt aus der Adobe Caslon Pro.
Druck und Einband: Pustet, Regensburg.

Mehr über das Verlagsprogramm von Klöpfer & Meyer
finden Sie unter: *www.kloepfer-meyer.de*

David Gemmell

Die Drenai-Saga

# Waylander

Weitere Bände von David Gemmell
im Bechtermünz Verlags-Programm:

Die Legende
Der Schattenprinz

David Gemmell

Die Drenai-Saga

# Waylander

**Fantasy - Roman**

Ins Deutsche übertragen
von Irmhild Seeland

Bechtermünz Verlag

Lizenzausgabe mit Genehmigung der
Bastei-Verlag Gustav H. Lübbe GmbH & Co. für
Bechtermünz Verlag im
Weltbild Verlag GmbH, Augsburg 1997

Originaltitel: Waylander
Umschlagmotiv: Don Maitz, Walter Velez
Umschlaggestaltung: CCG Werbeagentur, Köln
Gesamtherstellung: Ebner Ulm
Printed in Germany
ISBN 3-86047-880-X

Dieses Buch ist in Liebe Denis und Audrey Ballard gewidmet, meinen Schwiegereltern, für ihre nunmehr zwei Jahrzehnte lange Freundschaft.
Und ihrer Tochter Valerie, die am 22. Dezember 1965 meine Welt verändert hat.

## Danksagung

Mein Dank gilt meiner Agentin Leslie Flood, mit deren Unterstützung ich die mageren Jahre überstand, meinem Herausgeber Ross Lempriere, ohne den Waylander nicht durch die düsteren Wälder hätte wandern können; Stella Graham, der besten Korrektorin, sowie Liza Reeves, Jean Maund, Shane Jarvis, Jonathan Poore, Stewart Dunn, Julia Laidlaw und Tom Taylor.

Besonderer Dank gebührt Robert Breare für das Vergnügen an der Sache und dafür, gegen alle Chancen die Festung gehalten zu haben.

# Prolog

Das Ungeheuer beobachtete aus den Schatten, wie die bewaffneten Männer mit erhobenen Fackeln in die Dunkelheit des Berges traten. Als sie vordrangen, zog es sich zurück, um seinen massigen Körper vor ihren Blicken zu verbergen.

Die Männer gingen zu einer aus dem Stein gehauenen Kammer und steckten ihre Fackeln in rostige eiserne Halter an den granitenen Wänden.

Inmitten der zwanzigköpfigen Gruppe stand eine Gestalt in einer bronzenen Rüstung, in der sich das Licht der Fackeln spiegelte, so daß es aussah, als bestände sie aus gehämmerten Flammen. Er zog seinen geflügelten Helm ab, und zwei der Gefolgsmänner stellten ein hölzernes Gestell auf. Der Krieger hängte seinen Helm auf das Gestell, dann schnallte er seine Brustplatte ab. Er war schon über das mittlere Alter hinaus, doch noch immer stark, auch wenn sein Haar bereits dünn wurde. Die Augen hatte er im flackernden Licht leicht zusammengekniffen. Er reichte die gepanzerte Brustplatte einem Gefolgsmann, der sie über das Gestell hängte und die Riemen wieder festschnallte.

»Seid Ihr Euch dieses Plans sicher, Herr?« fragte ein schlanker älterer Mann in blauem Gewand.

»Ganz sicher, Derian. Ich habe den Traum nun seit mehr als einem Jahr und glaube an ihn.«

»Aber die Rüstung bedeutet den Drenai so viel.«

»Deswegen ist sie hier.«

»Könntet Ihr es Euch nicht – selbst jetzt – noch einmal überlegen? Niallad ist ein junger Mann, er könnte mindestens noch zwei Jahre warten. Ihr seid noch immer kräftig, Herr.«

»Meine Augen lassen nach, Derian. Bald werde ich blind sein. Ist das vielleicht eine gute Eigenschaft für einen König, der berühmt für seine Kriegskünste ist?«

»Ich möchte Euch nicht verlieren, Herr«, sagte Derian. »Vielleicht steht es mir nicht zu, so frei zu sprechen, aber Euer Sohn . . .«

»Ich kenne seine Schwächen«, fuhr der König ihn an. »Ich kenne seine Zukunft. Wir stehen vor dem Ende aller Dinge, für die wir gekämpft haben. Nicht jetzt ... nicht in fünf Jahren. Aber bald werden Tage des Bluts kommen, und dann brauchen die Drenai Hoffnung. Diese Rüstung hier wird diese Hoffnung darstellen.«

»Aber, Herr, sie ist nicht magisch. Ihr wart magisch. Das hier ist lediglich Metall, das Ihr getragen habt. Es hätte auch Silber, Gold oder Leder sein können. Es war Orien, der König, der die Drenai stark gemacht hat. Und jetzt wollt Ihr uns verlassen.«

Der König, jetzt angetan mit einer braunen Tunika aus Rehleder, legte dem Staatsmann die Hände auf die Schultern.

»In den letzten paar Jahren habe ich viele Sorgen gehabt, aber ich habe mich immer von deinem guten Rat leiten lassen. Ich vertraue dir, Derian, und ich weiß, daß du auf Niallad aufpassen und ihm zur Seite stehen wirst, wo immer du kannst. Aber in den Tagen des Blutes werden deine Ratschläge ihn nicht erreichen. Meine Vision ist wahrlich düster: Ich sehe eine schreckliche Armee über das Volk der Drenai herfallen; ich sehe, wie unsere Truppen zersprengt werden und sich verbergen – und ich sehe diese Rüstung wie eine Fackel leuchten, wie sie Menschen anzieht und ihnen Glauben schenkt.«

»Und seht Ihr auch den Sieg, Herr?«

»Ich sehe den Sieg für einige. Tod für andere.«

»Aber wenn Eure Vision nun nicht wahr wäre? Was, wenn sie nur eine Täuschung des Chaos-Geistes ist?«

»Schau dir die Rüstung an, Derian«, sagte Orien und führte ihn zu ihr hin.

Sie schimmerte noch immer im Licht der Fackeln, hatte jetzt aber etwas Ätherisches an sich, das das Auge verwirrte. »Streck die Hand aus und berühre sie«, befahl der König. Als Derian tat, wie ihm geheißen, glitt seine Hand durch das Abbild. Er fuhr zurück, als hätte ihn etwas gestochen.

»Was habt Ihr getan?«

»Ich habe gar nichts getan, aber dies ist das erste Versprechen des Traums. Nur der Erwählte kann die Rüstung beanspruchen.«

»Aber vielleicht gibt es jemanden, der den Bann brechen und die Rüstung stehlen kann?«

»Ja, vielleicht, Derian. Aber schau hinter die Fackeln.«

Der Staatsmann drehte sich um und sah etliche Augen, die ihn aus der Dunkelheit ansahen. Er trat zurück. »Bei den Göttern! Wer ist das?«

»Einst waren sie menschlich, heißt es. Aber die Stämme, die in diesem Gebiet leben, sprechen von einem Fluß, der im Sommer schwarz wird. Der Fluß führt nichts weiter als Wasser, aber wenn schwangere Frauen es trinken, wird es zu einem seltenen Gift, das die Kinder im Mutterleib deformiert. Die Nadir lassen die Säuglinge zum Sterben auf dem Berg – aber offensichtlich sterben nicht alle.«

Derian nahm eine Fackel aus dem Halter und ging auf die Tür zu, doch der König hielt ihn zurück.

»Sieh nicht hin, mein Freund, der Anblick würde dich bis zum Ende deiner Tage verfolgen. Sei versichert, daß sie überaus grausam sind. Man würde eine große Truppe brauchen, um herzukommen. Falls irgendein anderer als der Erwählte versucht, die Rüstung zu nehmen, wird er von den Wesen, die in der Dunkelheit hausen, in Stücke gerissen werden.«

»Und was werdet Ihr jetzt tun, Herr?«

»Ich sage Lebewohl.«

»Wohin geht Ihr?«

»Dorthin, wo niemand mich als König kennt.«

In Derians Augen standen Tränen, als er vor Orien die Knie beugte, aber der König zog ihn auf die Füße.

»Laß die Rangunterschiede beiseite, alter Freund. Wir wollen als Kameraden scheiden.«

Die beiden Männer umarmten sich.

# 1

Sie hatten damit begonnen, den Priester zu foltern, als der Fremde aus den Schatten der Bäume trat.

»Ihr habt mein Pferd gestohlen«, sagte er ruhig. Die fünf Männer fuhren herum. Hinter ihnen sackte der junge Priester in den Stricken zusammen, die ihn hielten. Er hob den Kopf, um mit zugeschwollenen Augen einen Blick auf den Neuankömmling zu werfen. Der Mann war hochgewachsen und breitschultrig und trug einen schwarzen Lederumhang.

»Wo ist mein Pferd?« fragte er.

»Wer weiß? Ein Pferd ist ein Pferd und gehört dem, der es reitet«, antwortete Dectas. Als der Fremde sprach, hatte Dectas Angst verspürt. Er hatte erwartet, mehrere kampfbereite Bewaffnete zu sehen. Aber jetzt, als er in der zunehmenden Dunkelheit in die Bäume spähte, wußte er, daß der Mann allein war. Allein und verrückt. Der Priester bot nicht viel Vergnügen, da er die Zähne im Schmerz zusammenbiß und weder fluchte noch flehte. Aber dieser hier würde sein Schmerzenslied noch lange in die Nacht singen.

»Holt das Pferd«, sagte der Mann mit einem leicht gelangweilten Ton in der tiefen Stimme.

»Auf ihn!« befahl Dectas, und Schwerter sangen durch die Luft, als die fünf Männer angriffen. Behende schlug der Neuankömmling seinen Mantel über eine Schulter zurück und hob den rechten Arm. Ein schwarzer Bolzen drang in die Brust des Nächststehenden, ein zweiter traf den Bauch eines untersetzten Kriegers mit erhobenem Schwert. Der Fremde ließ die kleine Doppel-Armbrust fallen und sprang leichtfüßig zurück. Einer seiner Angreifer war tot, ein zweiter lag auf den Knien und umklammerte den Bolzen in seinem Bauch.

Der Neuankömmling löste das Band, das seinen Umhang hielt, so daß er hinter ihm zu Boden glitt. Aus einer Doppelscheide zog er zwei Messer mit schwarzen Klingen.

»Holt das Pferd!« befahl er.

Die beiden Verbliebenen zögerten und warfen Dectas einen hilfesuchenden Blick zu. Schwarze Klingen zischten durch die Luft, und beide Männer gingen lautlos zu Boden.

Nun war Dectas allein.

»Du kannst das Pferd haben«, sagte er, biß sich auf die Lippe und wich rückwärts an die Bäume zurück. Der Mann schüttelte den Kopf.

»Zu spät«, sagte er leise.

Dectas drehte sich um und sprintete auf die Bäume zu, doch ein scharfer Schlag in den Rücken holte ihn von den Füßen, so daß er mit dem Gesicht in der weichen Erde landete. Er versuchte, sich mit den Händen aufzustützen, um aufzustehen. Hatte der Kerl einen Stein nach ihm geworfen? wunderte er sich. Schwäche durchströmte ihn, und er sackte zu Boden ... die Erde war so weich wie ein Federbett und roch süß nach Lavendel. Sein Bein zuckte.

Der Neuankömmling hob seinen Umhang und klopfte den Schmutz aus den Falten, ehe er die Riemen an der Schulter wieder befestigte. Dann holte er seine drei Messer, die er an den Kleidern der Toten sauber wischte. Zum Schluß sammelte er seine Bolzen wieder ein und erledigte den Verwundeten mit einem raschen Schnitt durch die Kehle. Er hob seine Armbrust auf und sah nach, ob sie schmutzig geworden war, bevor er sie wieder an seinen breiten schwarzen Gürtel klemmte. Ohne einen Blick zurück ging er zu den Pferden.

»Warte!« rief der Priester. »Binde mich los. *Bitte!*«

Der Mann wandte sich um. »Warum?«

Die Frage war so nebenbei gestellt, daß der Priester für einen Moment unfähig war, darauf eine Antwort zu finden.

»Ich werde sterben, wenn du mich hier hängen läßt«, sagte er schließlich.

»Nicht Grund genug«, sagte der Mann achselzuckend. Er ging zu den Pferden und stellte fest, daß sein eigenes Reittier und die Satteltaschen so waren, wie er sie zurückgelassen hatte. Zufrieden band er sein Pferd los und führte es zurück auf die Lichtung.

Einige Augenblicke starrte er den Priester an, dann fluchte er leise und schnitt ihn los. Der Mann sackte in seinen Armen zusammen. Man hatte ihn übel verprügelt, auf seiner Brust waren zahlreiche Schnitte zu sehen, das Fleisch hing in schmalen Streifen. Sein blaues Gewand war blutüberströmt. Der Krieger rollte den Priester auf den Rücken und riß seine Kleider auf. Dann ging er zu seinem Pferd und kehrte mit einer ledernen Feldflasche zurück. Er schraubte die Kappe ab und goß Wasser auf die Wunden. Der Priester wand sich, gab jedoch keinen Laut von sich. Geschickt drückte der Krieger die Hautfetzen wieder an ihren Platz.

»Bleib für einen Moment still liegen«, befahl er. Er nahm Nadel und Faden aus einer kleinen Satteltasche, dann nähte er die Wunden ordentlich zusammen. »Ich brauche ein Feuer«, sagte er. »Verdammt noch mal, ich kann nichts sehen!«

Sobald das Feuer entzündet war, beobachtete der Priester, wie der Krieger mit seiner Arbeit fortfuhr. Die Augen des Mannes waren schmal vor Konzentration, aber der Priester konnte sehen, daß sie außergewöhnlich dunkel waren, von einem tiefen Nerzbraun mit funkelnden goldenen Sprenkeln. Der Krieger war unrasiert, der Bart an seinem Kinn mit Grau durchsetzt.

Dann schlief der Priester ein ...

Als er erwachte, stöhnte er, denn die Schmerzen überfielen ihn erneut mit voller Wucht. Er setzte sich auf, zuckte jedoch zusammen, weil die frischen Nähte seine Haut spannten. Sein Gewand war verschwunden, aber neben ihm lagen Kleider, die offensichtlich von den Toten stammten, denn das Wams, das neben ihm lag, zeigte braune Blutspuren.

Der Krieger packte seine Satteltaschen und band seine Decke am Sattelfest.

»Wo sind meine Kleider?« fragte der Priester.

»Ich habe sie verbrannt.«

»Wie konntest du es wagen! Es waren heilige Gewänder.«

»Es war lediglich blaue Baumwolle. Und davon kannst du in jeder Stadt und jedem Dorf mehr bekommen.« Der Krieger kehrte zu dem Priester zurück und hockte sich neben ihn. »Ich habe Stunden damit verbracht, deinen zarten Körper zu flicken, Priester. Es würde mir gefallen, wenn du ihm erlauben würdest, noch ein paar Tage zu leben, ehe du dich in das Feuer des Märtyrertums stürzt. Im ganzen Land werden deine Brüder verbrannt, gehängt oder verstümmelt. Und nur, weil sie nicht den Mut haben, diese verdammten Gewänder auszuziehen.«

»Wir werden uns nicht verstecken«, sagte der Priester trotzig.

»Dann werdet ihr sterben.«

»Ist das so schlimm?«

»Ich weiß es nicht, Priester, sag du es mir. Gestern abend warst du nahe daran.«

»Aber du kamst.«

»Ich suchte bloß mein Pferd. Das solltest du nicht überbewerten.«

»Und ein Pferd ist heutzutage mehr wert als ein Mensch?«

»Das war immer schon so, Priester.«

»Für mich nicht.«

»Wenn ich also an den Baum gebunden gewesen wäre, hättest du mich gerettet?«

»Ich hätte es versucht.«

»Und dann wären wir beide tot gewesen. Wie es ist, bist du am Leben, und – was noch wichtiger ist – ich habe mein Pferd.«

»Ich werde neue Gewänder finden.«

»Das bezweifle ich nicht. Und jetzt muß ich gehen. Wenn du mit mir reiten willst, bist du willkommen.«

»Ich glaube nicht.«

Der Mann zuckte die Achseln und stand auf. »In diesem Fall, lebe wohl.«

»Warte!« sagte der Priester und kämpfte sich auf die Füße. »Ich möchte nicht undankbar scheinen, und ich danke dir aufrichtig für deine Hilfe. Nur, wenn ich mit dir reiten würde, würde ich dich in Gefahr bringen.«

»Das ist sehr rücksichtsvoll von dir«, antwortete der Mann. »Also dann, wie du willst.«

Er ging zu seinem Pferd, zog den Sattelgurt straff, schwang sich in den Sattel und warf sich den Umhang über die Schulter.

»Ich heiße Dardalion«, rief der Priester.

Der Krieger lehnte sich auf den Sattelknauf.

»Und ich bin Waylander«, sagte er. Der Priester fuhr zusammen. »Wie ich sehe, hast du von mir gehört.«

»Ich habe nichts Gutes gehört«, erwiderte Dardalion.

»Dann hast du nur Wahres gehört. Leb wohl.«

»Warte! Ich werde mit dir reiten.«

Waylander zügelte sein Pferd. »Und was ist mit der Gefahr?« fragte er.

»Nur die vagrischen Eroberer wollen meinen Tod, aber ich habe wenigstens ein paar Freunde – und das ist mehr, als man von Waylander, dem Schlächter, sagen kann. Die halbe Welt würde etwas darum geben, auf dein Grab spucken zu können.«

»Es tut immer gut, so geschätzt zu werden«, sagte Waylander. »Nun, Dardalion, wenn du mitkommen willst, zieh die Kleider an. Wir müssen uns auf den Weg machen.«

Dardalion kniete bei den Kleidern nieder und griff nach einem wollenen Hemd, aber als seine Finger es berührten, schrak er zurück. Alle Farbe war aus seinem Gesicht gewichen.

Waylander glitt aus dem Sattel und ging zu dem Priester. »Schmerzen deine Wunden?« fragte er.

Dardalion schüttelte den Kopf, und als er aufschaute, sah Waylander zu seinem Erstaunen Tränen in seinen Augen. Es versetzte dem Krieger einen Schock, denn er hatte gesehen, wie dieser Mann die Folter ertrug, ohne Schmerz zu zeigen. Und jetzt weinte er wie ein Kind, obwohl es nichts gab, was ihn quälte.

Dardalion holte schaudernd Atem. »Ich kann diese Sachen nicht anziehen.«

»Sie sind nicht verlaust, und ich habe das meiste Blut abgekratzt.«

»Sie tragen Erinnerungen, Waylander... schreckliche Erinnerungen... Vergewaltigung, Mord, unbeschreibliche Bösartigkeit. Ich habe mich durch bloße Berührung besudelt, ich kann sie nicht tragen.«

»Dann bist du also ein Mystiker?«

»Ja. Ein Mystiker.« Dardalion setzte sich wieder auf die Decke. Er zitterte in der Morgensonne. Waylander kratzte sich das Kinn und ging zu seinem Pferd zurück. Aus seiner Satteltasche nahm er ein frisches Hemd, Beinkleider und ein Paar Mokassins.

»Diese hier sind sauber, Priester. Aber die Erinnerungen, die sie an sich haben, sind für dich wahrscheinlich nicht weniger schmerzhaft«, sagte er, als er Dardalion das Bündel hinwarf. Zögernd ergriff der junge Priester das wollene Hemd. Als er das Kleidungsstück berührte, spürte er nichts Böses, nur eine Woge herzzerreißenden Kummers, die ihm Qualen vermittelte. Er schloß die Augen und beruhigte seinen Geist, dann blickte er auf und lächelte.

»Danke, Waylander. Diese kann ich tragen.«

Ihre Augen trafen sich, und der Krieger lächelte schief. »Ich nehme an, jetzt kennst du all meine Geheimnisse?«

»Nein, nur deinen Schmerz.«

»Schmerz ist relativ«, erwiderte Waylander.

Den ganzen Vormittag über ritten sie durch Hügel und Täler, die vom Krieg zerrissen waren. Im Osten stiegen Rauchsäulen auf, die sich mit den Wolken vermischten, Städte brannten, Seelen reisten in die Leere. Überall in den Wäldern und auf den Feldern lagen Tote. Vielen hatte man Rüstung und Waffen abgenommen. In der Luft kreisten Krähen in schwarzgefiederten Horden, deren gierige Augen den jetzt nahrhaften Boden absuchten. Die Ernte des Todes reifte heran.

In jedem Tal stießen die Reiter auf ausgebrannte Dörfer, und Dardalions Gesicht nahm einen gejagten Ausdruck an. Waylander ignorierte die Zeichen des Krieges, aber er blieb wachsam, blickte immer wieder zurück und spähte zu den fernen Hügeln im Süden hinüber.

»Wirst du verfolgt?« fragte Dardalion.

»Immer«, antwortete der Krieger grimmig.

Dardalion hatte zum letztenmal vor fünf Jahren auf einem Pferd gesessen, als er das auf einer Klippe gelegene Anwesen seines Vaters verlassen hatte, um zu dem acht Kilometer entfernten Tempel in Sardia zu reiten. Jetzt, wo der Schmerz in seinen Wunden wieder stärker wurde und seine Beine sich an den Flanken der Stute scheuerten, kämpfte er gegen die aufsteigende Pein. Dardalion zwang seinen Geist zur Konzentration und heftete den Blick auf den vor ihm reitenden Krieger. Er stellte fest, wie leicht er im Sattel saß und daß er die Zügel in der linken Hand hielt, während die rechte nie weit von dem breiten, schwarzen Gürtel entfernt war, der die Waffen des Todes hielt. Als der Weg breiter wurde, ritten sie eine Zeitlang nebeneinander, und der Priester studierte das Gesicht des Kriegers. Es hatte kräftige Knochen und war in gewisser Weise sogar anziehend, aber der Mund bildete eine harte Linie, die Augen waren kalt und durchdringend. Unter seinem Umhang trug der Krieger über einer Lederweste einen Kettenschulterschutz, der viele Schnitte und Dellen und sorgfältig reparierte Risse aufwies.

»Du lebst schon lange im Krieg?« fragte Dardalion.

»Zu lange«, antwortete Waylander und hielt wieder einmal an, um den Weg zu beobachten, den sie gekommen waren.

»Du hast das Sterben der Priester erwähnt und gesagt, sie stürben, weil sie nicht den Mut hätten, ihre Gewänder abzulegen. Was hast du damit gemeint?«

»War das nicht offenkundig?«

»Mir scheint, es erfordert höchsten Mut, für seinen Glauben zu sterben«, meinte Dardalion.

Waylander lachte. »Mut? Zum Sterben braucht man keinen Mut. Aber man braucht Nerven, um zu leben.«

»Du bist ein seltsamer Mann. Hast du keine Angst vor dem Tod?«

»Ich habe vor allem Angst, Priester – vor allem, das geht, kriecht oder fliegt. Aber laß uns am Lagerfeuer weiterreden. Ich muß nachdenken.« Er stieß seinem Pferd die Fersen in die Flanken und ritt voraus in ein Wäldchen, wo er in einer verschwiegenen Senke eine Lichtung an einem sanft dahinfließenden Bach fand. Dort stieg er ab und lockerte den Sattelgurt. Das Pferd hätte gern getrunken, aber Waylander führte es langsam am Zügel herum, so daß es sich nach dem langen Ritt abkühlen konnte, ehe er es trinken ließ. Dann nahm er ihm den Sattel ab und fütterte das Tier mit Hafer und Getreide aus einem Sack, den er an den Sattelknauf gebunden hatte. Als die Pferde angepflockt waren, baute Waylander ein kleines Feuer in einem Ring aus Steinen und breitete seine Decke daneben aus. Nach einer Mahlzeit aus kaltem Fleisch – das Dardalion ablehnte – und ein paar getrockneten Äpfeln kümmerte Waylander sich um seine Waffen. Drei Messer hingen an seinem Gürtel, und diese schärfte er mit einem kleinen Wetzstein. Die kleine Doppel-Armbrust zerlegte und säuberte er.

»Eine interessante Waffe«, bemerkte Dardalion.

»Ja, sie wurde in Ventria für mich gemacht. Sie kann sehr nützlich sein. Sie verschießt zwei Bolzen und ist bis auf sieben Meter tödlich.«

»Dann mußt du deinem Opfer schon ziemlich nahe sein.«

Waylanders dunkle Augen richteten sich auf Dardalion. »Versuche nicht, dir ein Urteil über mich zu bilden, Priester.«

»Es war lediglich eine Feststellung. Wie kam es, daß du dein Pferd verloren hast?«

»Ich war mit einer Frau zusammen.«

»Ich verstehe.«

Waylander grinste. »Bei den Göttern, es sieht immer lächerlich aus, wenn ein junger Mann eine so pompöse Miene aufsetzt! Hast du noch nie eine Frau gehabt?«

»Nein. Ich habe auch in den letzten fünf Jahren kein Fleisch gegessen. Oder Alkohol getrunken.«

»Ein langweiliges, aber glückliches Leben«, meinte der Krieger.

»Mein Leben ist auch nicht langweilig gewesen. Das Leben bietet mehr als nur die Befriedigung körperlicher Gelüste.«

»Dessen bin ich sicher. Trotzdem, es schadet nicht, sie hin und wieder zu befriedigen.«

Dardalion sagte nichts. Welchen Zweck hätte es auch gehabt, einem Krieger die Harmonie eines Lebens zu erklären, das auf der Stärke des Geistes beruhte? Die Freude, sich gewichtslos und frei zu den Sonnenwinden emporzuschwingen, zu fernen Sonnen zu reisen und die Geburt neuer Sterne zu sehen? Oder die mühelosen Sprünge durch die nebligen Korridore der Zeit?

»Woran denkst du?« fragte Waylander.

»Ich überlegte, warum du meine Kleider verbrannt hast«, antwortete Dardalion, der sich plötzlich bewußt wurde, daß die Frage schon den ganzen Tag an ihm genagt hatte.

»Es war eine Laune von mir, nichts weiter. Ich war lange allein und sehnte mich nach Gesellschaft.«

Dardalion nickte und legte zwei Scheite aufs Feuer.

»Ist das alles?« fragte der Krieger. »Keine weiteren Fragen?«

»Bist du enttäuscht?«

»Ich glaube schon«, gab Waylander zu. »Warum?«

»Soll ich es dir sagen?«

»Nein, ich mag Geheimnisse. Was willst du jetzt tun?«

»Ich will Angehörige meines Ordens suchen und zu meinen Pflichten zurückkehren.«

»Mit anderen Worten, du wirst sterben.«

»Vielleicht.«

»Das macht für mich keinen Sinn«, meinte Waylander, »aber andererseits ... das Leben selbst ergibt keinen Sinn. Dadurch wird es sinnvoll.«

»Hat das Leben für dich je einen Sinn gehabt, Waylander?«

»Ja. Vor langer Zeit, ehe ich von den Adlern wußte.«

»Ich verstehe dich nicht.«

»Das gefällt mir«, sagte der Krieger, bettete seinen Kopf auf den Sattel und schloß die Augen.

»Bitte erklär mir das«, drängte Dardalion. Waylander drehte sich auf den Rücken und öffnete die Augen, um in die Sterne zu sehen.

»Einst liebte ich das Leben, und die Sonne war eine goldene Freude. Aber die Freude ist manchmal kurzlebig, Priester. Und wenn sie stirbt, lauscht ein Mann in sich hinein und fragt: Warum? Warum ist Haß soviel stärker als Liebe? Warum erhalten die Bösen so reiche Belohnung? Warum zählen die Stärke und Schnelligkeit mehr als moralisches Handeln und Freundlichkeit? Und dann erkennt der Mann ... es gibt keine Antworten. Keine. Und um nicht verrückt zu werden, muß der Mann seine Vorstellungen ändern. Einst war ich ein Lamm, das auf einer grünen Wiese spielte. Dann kamen die Wölfe. Jetzt bin ich ein Adler und durchfliege ein anderes Universum.«

»Und jetzt tötest du die Lämmer«, wisperte Dardalion.

Waylander kicherte und drehte sich um.

»Nein, Priester. Für Lämmer zahlt keiner.«

# 2

Die Söldner ritten davon und ließen die Toten hinter sich. Siebzehn Leichen lagen am Straßenrand; acht Männer, vier Frauen und fünf Kinder. Die Männer und Kinder waren rasch gestorben. Von den fünf Karren, die die Flüchtlinge gezogen hatten, brannten vier lichterloh, der fünfte glomm leise. Als die Mörder den Kamm der Hügel Richtung Süden überquert hatten, schob sich eine junge rothaarige Frau aus einem dichten Gebüsch neben der Straße und führte drei Kinder zu dem schwelenden Karren.

»Lösch das Feuer, Culas«, bat sie das älteste, einen Jungen. Er starrte die Toten an. Seine großen blauen Augen waren leer vor Schock und Entsetzen. »Das Feuer, Culas. Hilf den anderen, es zu löschen.» Aber er sah den Leichnam Sheeras und stöhnte.

»Großmutter ...« murmelte Culas und machte mit zitternden Beinen einen Schritt nach vorn. Dann lief die junge Frau zu ihm, nahm ihn in die Arme und barg seinen Kopf an ihrer Schulter.

»Sie ist tot, und sie spürt keine Schmerzen. Komm mit mir und lösch das Feuer.« Sie führte ihn zu dem Karren und reichte ihm eine Decke. Die beiden jüngeren Kinder – siebenjährige Zwillingsmädchen – standen Hand in Hand mit dem Rücken zu den Toten.

»Kommt, Kinder. Helft eurem Bruder. Dann gehen wir.«

»Wohin können wir gehen, Danyal?« fragte Krylla.

»Nach Norden. General Egel ist im Norden, sagt man, mit einer großen Armee. Wir gehen dorthin.«

»Ich mag keine Soldaten«, sagte Miriel.

»Hilf deinem Bruder. Rasch jetzt!«

Danyal wandte sich ab, so daß die Kinder ihre Tränen nicht sehen konnten. Was für eine abscheuliche Welt! Vor drei Monaten, als der Krieg begonnen hatte, war die Nachricht ins Dorf gedrungen, daß die Hunde des Chaos auf Drenan marschierten. Die Männer hatten darüber gelacht, eines raschen Sieges sicher.

Nicht so die Frauen, die instinktiv wußten, daß eine Armee, die sich an dem Namen Hunde des Chaos ergötzte, ein erbitterter Feind sein würde. Aber wie bitter, hatten nur wenige geahnt. Unterwerfung war etwas, das Danyal verstehen konnte. Welche Frau konnte das nicht? Aber die Hunde brachten mehr als das, sie brachten Massensterben, unglaubliches Entsetzen, Folter, Verstümmelung und Schrecken.

Die Priester der QUELLE wurden gejagt und erschlagen, ihr Orden von den neuen Herrschern verboten. Und doch boten die Priester der QUELLE keiner Regierung Widerstand, predigten nur Frieden, Harmonie und Respekt vor Autorität. Welche Bedrohung konnten sie nur darstellen?

Bauerngemeinden wurden niedergebrannt und zerstört. Wer sollte im Herbst die Ernte einbringen?

Vergewaltigung, Plünderung und Mord ohne Ende. Es war unvorstellbar grausam und ging über Danyals Verständnis. Dreimal war sie bislang schon vergewaltigt worden. Einmal von sechs Soldaten – daß sie sie nicht umgebracht hatten, war Beweis für Danyals schauspielerische Fähigkeit, denn sie hatte Vergnügen vorgetäuscht, und jedesmal hatten sie sie liegenlassen, blaugeschlagen und gedemütigt, aber immer lächelnd. Ein Instinkt hatte ihr gesagt, daß der heutige Tag anders verlaufen würde, und als die Reiter erschienen, hatte sie die Kinder geschnappt und war ins Unterholz geflohen. Die Reiter waren nicht auf Vergewaltigung aus, nur auf Plünderung und mutwillige Zerstörung.

Zwanzig bewaffnete Männer, die anhielten, um eine Gruppe von Flüchtlingen abzuschlachten.

»Das Feuer ist aus, Danyal«, rief der Knabe Culas. Danyal kletterte auf den Wagen und sortierte Decken und Vorräte, die die Räuber als zu wertlose Beute zurückgelassen hatte. Sie band drei Decken mit Lederstreifen zu Rucksäcken für die Kinder zusammen, dann sammelte sie lederne Feldflaschen mit Wasser, die sie sich über die Schulter hängte.

»Wir müssen gehen«, sagte sie und ging dem Trio voran nach Norden.

Sie waren noch nicht weit gekommen, als Hufgetrappel an ihre Ohren drang. Danyal geriet in Panik, weil sie sich in offenem Gelände befanden. Die beiden Mädchen begannen zu weinen, aber der junge Culas zog einen Dolch mit langer Klinge aus einer Scheide, die er in seiner Deckenrolle versteckt hatte.

»Gib mir das!« schrie Danyal, schnappte das Messer und schleuderte es weit von der Straße, während Culas ihr erschreckt zusah. »Damit werden wir nichts erreichen. Hört mir zu. Was immer sie mir auch antun, ihr bleibt ruhig sitzen. Verstanden? Schreit oder brüllt nicht. Versprecht ihr das?«

Zwei Reiter bogen um eine Kurve der Straße. Der erste war ein dunkelhaariger Krieger einer Art, die sie allmählich nur zu gut kannte; sein Gesicht war hart, die Augen noch härter. Der zweite war eine Überraschung, denn er war schlank und asketisch, besaß zarte Knochen und einen scheinbar sanften Gesichtsausdruck. Danyal warf ihr langes rotes Haar über die Schultern zurück und strich die Falten ihrer grünen Tunika glatt. Als die Reiter näherkamen, zwang sie sich zu einem Begrüßungslächeln.

»Ihr wart bei den Flüchtlingen?« fragte der Krieger.

»Nein. Wir kamen zufällig vorbei.«

Der junge Mann mit dem sanften Gesicht kletterte vorsichtig aus dem Sattel, wobei er zusammenzuckte, als hätte er Schmerzen. Er ging auf Danyal zu und streckte die Hände aus. »Du brauchst uns nicht anzulügen, Schwester, wir gehören nicht zu der Bande. Dein Kummer tut mir leid.«

»Du bist Priester?«

»Ja.« Er wandte sich an die Kinder. »Kommt zu mir, kommt zu Dardalion«, sagte er, kniete nieder und breitete sie Arme aus. Erstaunlicherweise kamen sie, zuerst die kleinen Mädchen. Seine schmalen Arme umschlossen alle drei. »Für eine kleine Weile seid ihr in Sicherheit«, sagte er. »Mehr als das kann ich euch nicht versprechen.«

»Sie haben Großmutter getötet«, sagte der Junge.

»Ich weiß, Culas. Aber du und Krylla und Miriel, ihr seid noch am Leben. Ihr seid einen langen Weg gegangen. Und jetzt werden wir euch helfen. Wir bringen euch nach Norden zu Gan Egel.«

Seine Stimme war leise und überzeugend, die Sätze kurz, einfach und leicht zu verstehen. Danyal stand daneben, gebannt von der Macht, die er über sie ausübte. Und sie zweifelte nicht an ihm, aber ihre Augen wurden von dem dunkelhaarigen Krieger angezogen, der noch immer auf seinem Pferd saß.

»Du bist kein Priester«, sagte sie.

»Nein. Und du bist keine Hure.«

»Woher willst du das wissen?«

»Ich habe mein Leben mit Huren verbracht«, antwortete er. Er schwang ein Bein über den Sattelknauf, ließ sich zu Boden gleiten und ging auf sie zu. Er roch nach kaltem Schweiß und Pferd und war von nahem ebenso furchterregend wie all die anderen Räuber, die sie kennengelernt hatte. Doch seltsamerweise betrachtete sie diese Furcht aus einer Distanz, als ob sie ein Theaterstück sähe, wohl wissend, daß der Bösewicht schrecklich ist, aber getröstet von dem Gedanken, daß er die Bühne nicht verlassen kann. Die Kraft, die von ihm ausging, umschloß sie ohne Bedrohung.

»Ihr habt euch in den Büschen versteckt«, sagte er. »Klug. Sehr klug.«

»Ihr habt alles gesehen?«

»Nein. Ich habe die Spuren gelesen. Wir haben uns vor einer Stunde vor denselben Kerlen versteckt. Söldner – keine echten Chaos-Hunde.«

»Echte Hunde? Was müssen sie denn sonst noch tun, um dazuzugehören?«

»Sie haben schlampig gearbeitet – sie haben euch am Leben gelassen. Den Hunden wärt ihr nicht so leicht entkommen.«

»Wie kommt es«, fragte Danyal, »daß ein Mann wie du mit einem Priester der QUELLE reist?«

»Ein Mann wie ich? Wie rasch du mit deinem Urteil zur Hand bist, Frau«, antwortete er gelassen.

Sie wandte sich von ihm ab, als Dardalion näher trat.

»Wir müssen einen Lagerplatz finden«, sagte der Priester. »Die Kinder brauchen Schlaf.«

»Es ist erst drei Stunden nach Mittag«, widersprach Waylander.

»Sie brauchen eine besondere Art von Schlaf«, erklärte Dardalion. »Vertrau mir. Kannst du einen Platz finden?«

»Laß uns ein paar Schritte gehen«, sagte der Krieger und ging ein paar Meter den Pfad entlang. Dardalion ging zu ihm. »Was denkst du dir bloß? Wir können uns nicht mit ihnen belasten. Wir haben zwei Pferde, und überall sind die Hunde. Und wo sie nicht sind, sind Söldner.«

»Ich kann sie nicht alleinlassen. Aber du hast recht – du gehst.«

»Was hast du mir nur angetan, Priester?« fuhr der Krieger ihn an.

»Ich? Gar nichts.«

»Hast du mich mit einem Bann belegt? Antworte!«

»Ich kenne keine Bannsprüche. Du kannst tun und lassen, was du willst, jeder Laune folgen, die dir in den Sinn kommt.«

»Ich mag keine Kinder. Und ich mag keine Frauen, die ich nicht bezahlen kann.«

»Wir müssen einen Ruheplatz finden, wo ich ihre Qualen erleichtern kann. Willst du das für uns tun, bevor du gehst?«

»Gehen? Wohin sollte ich schon gehen?«

»Ich dachte, du wolltest uns verlassen, frei von uns sein.«

»Ich kann nicht frei sein. Bei den Göttern, wenn du einen Bann über mich gelegt hättest, hätte ich dich umgebracht. Das schwöre ich!«

»Aber das habe ich nicht«, sagte Dardalion. »Und das würde ich auch nicht, selbst wenn ich es könnte.«

Finstere Verwünschungen murmelnd, ging Waylander zurück zu Danyal und den Kindern. Als er näher kam, klammerten sich die Mädchen mit schreckgeweiteten Augen an Danyals Rock.

Er wartete bei seinem Pferd, bis Dardalion bei den Kindern war. »Will jemand mit mir reiten?« fragte er. Er erhielt keine Antwort und kicherte. »Das hatte ich mir gedacht. Folgt mir zu den Bäumen dort hinten. Ich suche einen Platz für uns.«

Später, als Dardalion mit den Kindern zusammensaß und ihnen mit leiser, hypnotischer Stimme wundersame Geschichten der älteren Magie erzählte, lag Waylander am Feuer und beobachtete die Frau.

»Willst du mich?« fragte sie plötzlich und unterbrach damit seine Konzentration.

»Wieviel?« fragte er.

»Für dich, nichts.«

»Dann will ich dich nicht. Deine Augen lügen nicht so gut wie dein Mund.«

»Was soll das heißen?«

»Das heißt, daß du mich verabscheust. Das stört mich nicht; ich habe mit vielen Frauen geschlafen, die mich verabscheuten.«

»Das bezweifle ich nicht.«

»Schließlich doch noch aufrichtig?«

»Ich will nicht, daß den Kindern ein Leid geschieht.«

»Glaubst du, ich würde ihnen etwas antun?«

»Wenn du könntest.«

»Du beurteilst mich falsch, Frau.«

»Und du unterschätzt meine Intelligenz. Hast du nicht versucht, den Priester davon abzubringen, uns zu helfen? Nun?«

»Ja, aber ...«

»Kein Aber. Ohne Hilfe ist unsere Chance zu überleben gleich Null. Das nennst du kein Leid?«

»Frau, du hast eine Zunge wie eine Peitsche. Ich schulde dir nichts, und du hast kein Recht, mich zu kritisieren.«

»Ich kritisiere dich nicht. Das setzte voraus, daß ich dich genügend mögen würde, um dich verbessern zu wollen. Ich verachte dich und all deine abscheulichen Brüder. Laß mich in Ruhe, verdammt!«

Dardalion blieb bei den Kindern sitzen, bis auch das letzte eingeschlafen war, dann legte er nacheinander jedem die Hand auf die Stirn und flüsterte das Gebet des Friedens. Die beiden Mädchen lagen eng umschlungen unter einer Decke, während Culas sich neben ihnen ausgestreckt hatte und den Kopf auf seinen Arm gebettet hatte. Der Priester beendete sein Gebet und lehnte sich erschöpft zurück. Irgendwie war es schwierig, sich zu konzentrieren, wenn er Waylanders Kleidung trug. Die verschwommenen Bilder von Schmerz und Tragödie waren jetzt zwar abgemildert, hielten Dardalion jedoch noch immer von den meisten Pfaden auf der Straße zur QUELLE fern.

Ein ferner Schrei riß ihn in die Gegenwart zurück. Irgendwo da draußen in der Dunkelheit litt eine weitere Seele.

Dardalion schauderte und ging zum Feuer, wo die junge Frau, Danyal, allein saß. Waylander war fort.

»Ich habe ihn beleidigt«, sagte Danyal, als der Priester sich ihr gegenüber niederließ. »Er ist so kalt. So hart. So an diese Zeiten angepaßt.«

»Ja, das ist er«, gab Dardalion ihr recht, »aber er ist auch der Mann, der uns in Sicherheit bringen kann.«

»Ich weiß. Glaubst du, er wird zurückkommen?«

»Ich denke schon. Woher kommst du?«

Danyal zuckte die Achseln. »Von hier und dort. Geboren wurde ich in Drenan.«

»Eine schöne Stadt mit vielen Bibliotheken.«

»Ja.«

»Erzähl mir von deiner Zeit als Schauspielerin«, bat Dardalion.

»Woher . . . ach ja, vor der QUELLE gibt es keine Geheimnisse.«

»So magisch war es nicht, Danyal. Die Kinder haben es mir erzählt. Sie sagten, daß du einmal den Geist Circea vor König Niallad gespielt hast.«

»Ich habe die sechste Tochter gespielt und hatte gerade einmal drei Zeilen«, sagte sie lächelnd. »Aber es war eine Erfahrung, die man nicht vergißt. Man sagt, der König sei tot, von Verrätern erschlagen.«

»Das habe ich auch gehört«, sagte Dardalion. »Trotzdem, wir wollen uns nicht auf solche Dinge konzentrieren. Die Nacht ist klar, die Sterne sind schön, die Kinder schlafen und träumen süß. Morgen werden wir uns wieder über Tod und Verzweiflung sorgen.«

»Ich kann nicht aufhören, daran zu denken«, erklärte sie. »Das Schicksal ist grausam. Jeden Moment können wir aus den Bäumen heraus überfallen werden, und der ganze Alptraum beginnt von vorn. Du weißt, daß es bis zu den Delnoch-Bergen, wo Egel seine Armee trainiert, noch dreihundert Kilometer sind?«

»Ich weiß.«

»Wirst du für uns kämpfen? Oder wirst du dabeistehen und sie uns töten lassen?«

»Ich kämpfe nicht, Danyal. Aber ich werde neben euch stehen.«

»Aber dein Freund wird kämpfen?«

»Ja. Das ist alles, was er kann.«

»Er ist ein Killer«, sagte Danyal, während sie die Decke um ihre Schultern zurechtzupfte. »Er unterscheidet sich in nichts von den Söldnern oder den Vagriern. Und doch hoffe ich, daß er zurückkommt – ist das nicht seltsam?«

»Versuche zu schlafen«, drängte Dardalion. »Und ich werde dafür sorgen, daß deine Träume ungetrübt sind.«

»Das wäre schön – und von einer Magie, für die ich mich erwärmen könnte.«

Sie legte sich neben dem Feuer nieder und schloß die Augen. Dardalion atmete tief und konzentrierte sich erneut, rief das Gebet des Friedens an und projizierte es lautlos, so daß es ihren Körper einhüllte. Sie atmete tiefer. Dardalion löste die Fesseln seines Geistes und schwang sich in den Nachthimmel empor, drehte und wand sich in dem strahlenden Mondschein und ließ seinen Körper am Feuer kauernd zurück.

Frei!

Allein mit der Leere.

Mit Mühe hielt er in seinem spiralförmigen Aufstieg inne und suchte den Boden tief unten nach einer Spur von Waylander ab.

Weit im Südosten erleuchteten die brennenden Städte den Nachthimmel in einem gezackten, dunkelroten Bogen, während im Norden und Westen Wachfeuer brannten, deren Regelmäßigkeit sie als vagrische Lagerfeuer auswies. Im Süden glitzerte eine einzige Flamme in einem Wäldchen, und neugierig schwenkte Dardalion darauf zu.

Sechs Männer schliefen um das Feuer, während ein siebter auf einem Stein saß und aus einem Kupferkessel einen Eintopf löffelte. Dardalion schwebte über ihnen, eine Ahnung von Furcht drang in ihn. Er spürte viel Böses und bereitete sich darauf vor, wieder zu gehen.

Plötzlich blickte der sitzende Mann zu ihm auf und grinste.

»Wir werden dich finden, Priester«, flüsterte er. Dardalion rührte sich nicht. Der Mann stellte den Kupferkessel neben seine Füße und schloß die Augen ... und Dardalion war nicht mehr allein. Neben ihm schwebte ein bewaffneter Krieger, der einen Schild und ein schwarzes Schwert trug. Der junge Priester schoß zum Himmel empor, doch der Kriegergeist war schneller und berührte ihn leicht am Rücken, als er an ihm vorbeiglitt. Schmerz durchzuckte Dardalion, und er schrie auf.

Der Krieger kauerte grinsend vor ihm.

»Ich werde dich *noch* nicht töten, Priester. Ich will Waylander. Gib ihn mir, und ich lasse dich leben.«

»Wer bist du?« flüsterte Dardalion, um Zeit zu gewinnen.

»Mein Name würde dir nichts bedeuten. Aber ich gehöre zur Bruderschaft, und meine Aufgabe ist klar. Waylander muß sterben.«

»Die Bruderschaft? Du bist ein Priester?«

»Priester? Auf eine Art, die du nie verstehen würdest, du frommes Schwein! Kraft, Arglist, Täuschung, Schrecken – das sind die Dinge, die ich verehre, denn sie bringen Macht. Wahre Macht.«

»Dann dienst du also der Dunkelheit?« fragte Dardalion.

»Dunkelheit oder Licht – Wortspiele zur Verwirrung. Ich diene dem Fürst der Lüge, dem Schöpfer des Chaos.«

»Warum jagst du Waylander? Er ist kein Mystiker.«

»Er hat den falschen Mann getötet, obwohl dieser den Tod zweifellos verdient hatte. Und jetzt ist beschlossen, daß *er* sterben muß. Wirst du ihn mir ausliefern?«

»Das kann ich nicht.«

»Dann geh deinen Weg, Wurm. Deine Passivität beleidigt mich. Ich werde dich morgen töten – wenn die Dunkelheit hereinbricht. Ich werde deinen Geist finden, wo immer er sich versteckt, und ich werde ihn zerstören.«

»Warum? Was gewinnst du damit?«

»Nur Vergnügen«, antwortete der Krieger. »Aber das ist genug.«

»Dann werde ich dich erwarten.«

»Natürlich wirst du das. Deine Sorte liebt es zu leiden – das macht euch so heilig.«

Waylander war wütend, was ihn einerseits überraschte, ihm aber auch Ärger und Unbehagen bereitete. Er ritt zu einem bewaldeten Hügel und stieg ab. Wie kann man sich über die Wahrheit ärgern, fragte er sich.

Und doch verletzte es ihn, in einem Atemzug mit Söldnern genannt zu werden, die vergewaltigten und Unschuldige ausplünderten, denn trotz seines schrecklichen Rufes als Todesbringer hatte er niemals Frauen oder Kinder getötet. Auch hatte er noch nie eine Frau vergewaltigt oder jemanden gedemütigt. Warum fühlte er sich dann durch die Worte der Frau so besudelt? Warum sah er sich selbst jetzt in einem so düsteren Licht?

Der Priester.

Der verdammte Priester!

Waylander hatte die letzten zwanzig Jahre im Schatten gelebt, aber Dardalion war wie eine Laterne, die die dunklen Winkel seiner Seele erleuchtete.

Er setzte sich ins Gras. Die Nacht war kühl und klar, die Luft süß.

Zwanzig Jahre. Verschwunden im Vakuum der Erinnerungen. Zwanzig Jahre ohne Zorn, in denen Waylander sich wie ein Egel an den unnachgiebigen Fels des Lebens geklammert hatte.

Aber was jetzt?

»Du wirst sterben, du Narr«, sagte er laut. »Der Priester wird dich mit seiner Reinheit umbringen.«

War es das? War das der Bann, den er so gefürchtet hatte?

Zwanzig Jahre lang war Waylander über die Berge und Ebenen der zivilisierten Völker geritten, über die Steppen und Einöden der Nadirwildnis und durch die weiten Wüsten der Nomaden. In dieser Zeit hatte er sich keine Freunde erlaubt. Niemand hatte ihn berührt. Wie eine bewegliche Festung, mit dicken Mauern, sicher, war Waylander durchs Leben gegeistert, so allein, wie ein Mensch nur sein kann.

Warum hatte er den Priester gerettet? Die Frage quälte ihn. Seine Festung war zerbröckelt, seine Verteidigungslinien zusammengefallen wie nasses Pergament.

Ein Instinkt hatte ihm geraten, sich in den Sattel zu schwingen und die kleine Gruppe zu verlassen – und er vertraute seinen Instinkten, denn sie waren durch die Gefahren, die sein Beruf heraufbeschwor, geschärft. Beweglichkeit und Schnelligkeit hatten ihn am Leben erhalten. Er konnte zuschlagen wie eine Schlange und vor Morgengrauen verschwunden sein.

Waylander der Schlächter, ein Fürst unter den Mördern. Nur durch Zufall hätte er je geschnappt werden können, denn er hatte kein Zuhause – nur eine wahllose Liste von Kontaktleuten, die für ihn in einer Reihe von Städten Verträge hielten. Er erschien in tiefster Dunkelheit, erhob Anspruch auf seinen Vertrag oder sein Honorar, und dann war er wieder fort, ehe es Morgen wurde. Immer gejagt und gehaßt, bewegte sich der Schlächter im Schatten und suchte dunkle Orte heim.

Selbst jetzt wußte er, daß seine Verfolger ihm dicht auf den Fersen waren. Dringlicher als je zuvor hätte er jetzt in die Ödlande und über das Meer nach Ventria und in die östlichen Königreiche verschwinden müssen.

»Du Narr«, flüsterte er. »Willst du denn sterben?«

Doch der Priester hielt ihn mit seinem unausgesprochenen Bann gefangen.

»Du hast dem Adler die Flügel gestutzt, Dardalion«, sagte er leise.

Auf seinem Hof hatte es einen Blumengarten gegeben, in dem Hyazinthen, Tulpen und welkende Narzissen geleuchtet hatten. Sein Sohn hatte so friedlich ausgesehen, als er dort lag, und das Blut hatte inmitten der Blüten nicht fehl am Platze gewirkt. Der Schmerz zerrte an ihm, Erinnerungen zersplitterten wie zerbrochenes Glas. Tanya hatte man ans Bett gefesselt und dann ausgeweidet wie einen Fisch. Die beiden Mädchen ... Babys noch ...

Waylander weinte um die verlorenen Jahre ...

Er kehrte eine Stunde vor Sonnenaufgang ins Lager zurück und fand sie alle schlafend vor. Er schüttelte den Kopf über ihre Dummheit und fachte das Feuer wieder an, um eine Mahlzeit aus Haferbrei in einer Kupferpfanne vorzubereiten. Dardalion erwachte als erster. Er lächelte zur Begrüßung und reckte sich.

»Ich bin froh, daß du zurückgekommen bist«, sagte er und kam ans Feuer.

»Wir müssen etwas zu essen finden«, erklärte Waylander, »denn unsere Vorräte sind mager. Ich bezweifle, daß wir ein Dorf finden, das nicht niedergebrannt ist, und das heißt, wir müssen unser Fleisch jagen. Du mußt vielleicht deine Prinzipien vergessen, Priester, wenn du nicht vor Hunger zusammenbrechen willst.«

»Kann ich mit dir sprechen?« fragte Dardalion.

»Eine seltsame Frage. Ich dachte, das würden wir gerade tun?«

Dardalion ging etwas vom Feuer weg. Waylander seufzte und nahm den Kupferkessel vom Feuer, ehe er ihm nachging.

»Warum so niedergeschlagen? Bedauerst du schon, daß du uns mit der Frau und den Kindern belastet hast?«

»Nein. Ich ... ich muß dich um einen Gefallen bitten. Ich habe kein Recht ...«

»Nur heraus damit, Mann. Was ist los?«

»Wirst du sie sicher zu Egel bringen?«

»Ich dachte, das wäre unser Plan. Bist du in Ordnung, Dardalion?«

»Ja ... Nein ... Ich werde sterben, verstehst du.« Dardalion wandte sich von ihm ab und wanderte den Hang zum Rande der Senke hinauf. Waylander folgte ihm. Dort erzählte Dardalion von seinem Geisttreffen mit dem Jäger, und der andere lauschte schweigend. Die Wege der Mystiker waren ihm verschlossen, aber er wußte von ihren Kräften und bezweifelte nicht, daß Dardalion die volle Wahrheit sprach. Er war nicht überrascht, daß ihm Jäger auf den Fersen waren. Schließlich hatte er einen von ihnen getötet.

»Du siehst also«, schloß der Priester, »auch wenn ich nicht mehr bin, hoffe ich, daß du Danyal und die Kinder in Sicherheit bringst.«

»Bist du so gut geübt in Niederlagen, Dardalion?«

»Ich kann nicht töten – und das wäre der einzige Weg, den Jäger aufzuhalten.«

»Wo war ihr Lager?«

»Im Süden. Aber du kannst nicht dorthin gehen – es waren sieben.«

»Aber nur einer, glaubst, der die Macht besaß?«

»So weit ich es beurteilen kann. Er sagte, er würde mich nach Einbruch der Dunkelheit töten. Bitte geh nicht, Waylander. Ich möchte nicht der Grund sein, daß irgend jemand den Tod findet.«

»Diese Männer jagen mich, Priester, und ich habe keine große Wahl. Wenn ich verspreche, bei der Frau zu bleiben, werden sie mich ohnehin finden. Besser, ich finde sie und kämpfe zu meinen Bedingungen. Wenn ich am Morgen nicht zurück bin, brecht nach Norden auf.«

Waylander sammelte seine Satteltaschen und Gerätschaften ein und ritt nach Süden davon, als sie Sonne eben aufging. Als er sich in den Sattel schwang, rief er: »Und lösch das Feuer – man kann den Rauch meilenweit sehen. Und zünde vor der Dämmerung kein neues an.«

Dardalion starrte ihm bedrückt nach.

»Wohin geht er?« fragte Danyal, die zu dem Priester kam.

»Er will mein Leben retten«, erklärte Dardalion und erzählte noch einmal die Geschichte seiner Geistesreise. Die Frau schien zu verstehen, und er sah das Mitleid in ihren Augen. In diesem Moment erkannte er, daß er dabei war zu beichten, und wußte, daß er sich selbst übel bloßgestellt hatte. Indem er Waylander davon erzählt hatte, hatte er den Mann gezwungen, für ihn zu kämpfen.

»Tadle dich nicht«, sagte Danyal.

»Ich hätte nichts sagen sollen.«

»Hätte uns das nicht alle dem Untergang geweiht? Er mußte doch wissen, daß sie ihn jagen.«

»Ich habe es ihm erzählt, damit er mich rettet.«

»Das bezweifle ich nicht. Aber er mußte es wissen. Du mußtest es ihm sagen.«

»Ja. Aber ich war nur selbstsüchtig.«

»Du bist ein Mensch, Dardalion, ebenso wie Priester. Du bist zu hart gegen dich selbst. Wie alt bist du?«

»Fünfundzwanzig. Und du?«

»Zwanzig. Wie lange bist du schon Priester?«

»Fünf Jahre. Ich wurde von meinem Vater als Architekt ausgebildet, aber mein Herz war nie bei der Sache. Ich wollte immer schon der QUELLE dienen. Und als Kind hatte ich oft Visionen. Das hat meine Eltern in Verlegenheit gebracht.« Dardalion grinste plötzlich und schüttelte den Kopf. »Mein Vater war überzeugt davon, daß ich besessen wäre, und als ich acht war, brachte er mich zum QUELLEN-Tempel in Sardia, damit ich exorziert würde. Er war fuchsteufelswild, als sie ihm sagten, daß ich lediglich begabt sei! Von da ab besuchte ich die Tempelschule. Ich hätte mit fünfzehn Akolyth werden sollen, aber Vater bestand darauf, daß ich zu Hause blieb und das Geschäft erlernte. Als ich ihn endlich überredet hatte, war ich zwanzig.«

»Lebt dein Vater noch?«

»Ich weiß es nicht. Die Vagrier haben Sardia niedergebrannt und die Priester ermordet. Ich nehme an, daß sie mit den Bewohnern der Nachbarstädte dasselbe gemacht haben.«

»Wie bist du entkommen?«

»Ich war nicht dort, als es passierte. Der Abt hatte mich mit Botschaften für das Bergkloster nach Skoda geschickt, aber als ich dort ankam, brannte es ebenfalls. Ich war auf dem Rückweg, als ich gefangengenommen wurde. Dann hat Waylander mich gerettet.«

»Er macht nicht den Eindruck eines Mannes, der sich damit aufhält, jemanden zu retten.«

Dardalion kicherte. »Nein, eigentlich nicht. Genaugenommen wollte er sein Pferd zurückholen, das die Söldner gestohlen hatten, und ich war zu meiner Schmach Teil des Pakets.«

Dardalion lachte wieder, dann nahm er Danyal bei der Hand. »Ich danke dir, Schwester.«

»Wofür?«

»Dafür, daß du dir die Zeit genommen hast, mich von den Pfaden des Selbstmitleids zu führen. Es tut mir leid, daß ich dich damit belastet habe.«

»Es war keine Last. Du bist ein netter Mensch, und du hilfst uns.«

»Du bist sehr klug. Ich bin froh, daß wir uns kennengelernt haben«, sagte Dardalion und küßte ihre Hand. »Komm, wir wollen die Kinder wecken.«

Den ganzen Tag lang spielten Dardalion und Danyal mit den Kindern im Wald. Der Priester erzählte ihnen Geschichten, während Danyal mit ihnen auf Schatzsuche ging, Blumen pflückte und Girlanden flocht. Die Sonne schien fast den ganzen Vormittag, aber am Nachmittag bezog sich der Himmel, und der Regen trieb die Gruppe zurück zu ihrem Lager, wo sie Schutz unter einer ausladenden Pinie suchten. Hier aßen sie ihr letztes Brot und ein paar getrocknete Früchte, die Waylander ihnen dagelassen hatte.

»Es wird dunkel«, sagte Danyal. »Glaubst du, es ist sicher, jetzt ein Feuer zu machen?«

Dardalion antwortete nicht. Seine Augen waren gebannt auf die sieben Männer gerichtet, die mit gezogenen Schwertern durch die Bäume auf sie zukamen.

# 3

Müde zog Dardalion sich auf die Füße. Die Stiche zerrten an der Haut seiner Brust, und die Prellungen an seinen Rippen ließen ihn zusammenzucken. Auch wenn er ein Krieger gewesen wäre, hätte er allein nicht einmal gegen einen der Männer etwas ausrichten können, die langsam auf ihn zukamen.

Sie wurden von dem Mann angeführt, der ihn in der Nacht zuvor in Schrecken versetzt hatte. Er lächelte beim Näherkommen. Hinter ihm bildeten sechs Soldaten einen Halbkreis. Sie trugen lange blaue Gewänder, die über schwarzen Brustplatten befestigt waren. Ihre Helme bedeckten die Gesichter, und nur die Augen waren durch die rechteckigen Schlitze im Metall zu sehen.

Hinter Dardalion hatte Danyal sich von den Kriegern abgewandt, ihre Arme um die Kinder gelegt und sie eng an sich gezogen, damit ihnen zumindest das Grauen des Tötens erspart blieb.

Der Priester spürte, wie eine schreckliche Hoffnungslosigkeit in ihm aufstieg. Nur wenige Tage zuvor war er bereit gewesen, Folter zu erdulden – Folter und Tod. Aber jetzt fühlte er die Angst der Kinder und wünschte, er hätte ein Schwert oder einen Bogen, um sie zu verteidigen.

Die Soldaten blieben stehen, und der führende Krieger wandte sich von Dardalion ab und blickte angespannt durch die Senke. Dardalion sah sich um.

Dort, im nachlassenden roten Licht der Dämmerung, stand Waylander, den Umhang fest um sich gezogen. Die Sonne ging hinter ihm unter, so daß der Krieger nur eine Silhouette vor dem blutroten Himmel war – eine reglose Gestalt, doch so mächtig, daß er einen Bann über die ganze Szene gelegt hatte. Der Ledermantel schimmerte im ersterbenden Licht, und Dardalions Herz tat bei seinem Anblick einen Sprung. Er hatte schon einmal gesehen, wie dieses Drama aufgeführt wurde, und er wußte, daß Waylander unter seinem Mantel die mörderische Armbrust trug, gespannt und einsatzbereit.

Aber so, wie die Hoffnung aufgeflackert war, erstarb sie auch wieder. Denn waren vorher fünf ahnungslose Söldner seine Gegner gewesen, handelte es sich hier um sieben Krieger in voller Rüstung. Ausgebildete Mörder. Die vagrischen Hunde des Chaos.

Waylander konnte gegen sie nicht bestehen.

In diesen erstarrten ersten Momenten fragte sich Dardalion, warum der Krieger bloß zu einer so aussichtslosen Mission zurückgekehrt war. Waylander hatte keinen Grund, für einen von ihnen sein Leben zu geben – er hatte keinen Glauben, keine festen Überzeugungen.

Aber dort stand er, wie eine Statue.

Die Stille zerrte an den Nerven, mehr an denen der Vagrier als an Dardalions. Die Krieger wußten, daß in wenigen Sekunden Leben verloren sein würden, daß der Tod auf der Lichtung zuschlagen und Blut die weiche Erde tränken würde. Denn sie waren Männer des Krieges, für die der Tod ständiger Begleiter war, den sie mit ihren Fähigkeiten oder ihrer Rage in Schach hielten, während sie ihre Ängste im Blutrausch ertränkten. Aber hier waren sie kalt erwischt worden ... und jeder fühlte sich allein.

Der dunkle Priester der Bruderschaft leckte sich die Lippen, das Schwert lag schwer in seiner Hand. Er wußte, daß die Chancen zu seinen Gunsten standen, wußte, daß Waylander mit Gewißheit sterben würde, wenn er den Angriff befahl. Aber das zweischneidige Wissen beinhaltete noch eine weitere Gewißheit ... daß auch er in dem Augenblick, in dem er sprach, sterben würde.

Danyal konnte die Spannung nicht länger ertragen. Als sie sich umdrehte, sah sie Waylander. Ihre Bewegung veranlaßte Miriel, die Augen zu öffnen, und das erste, was sie sah, waren die Krieger mit ihren Helmen.

Sie schrie.

Der Bann brach ...

Waylanders Umhang flog auf, und der dunkle Priester der Bruderschaft taumelte rücklings, einen schwarzen Bolzen im Auge. Einige Sekunden lang wand er sich noch, dann lag er still.

Die sechs Krieger standen noch wie zuvor, denn steckte der mittlere langsam sein Schwert in die Scheide, und die anderen taten es ihm nach. Unendlich behutsam zogen sie sich in die zunehmende Dunkelheit unter den Bäumen zurück.

Waylander rührte sich nicht.

»Holt die Pferde«, sagte er ruhig, »und sammelt die Decken ein.«

Eine Stunde später hatten sie ihr Lager auf höher gelegenem Gebiet in einer kleinen Höhle aufgeschlagen. Die Kinder schliefen, und Danyal lag wach neben ihnen, während Dardalion und der Krieger zusammen unter dem Sternenhimmel saßen.

Nach einer Weile kam Dardalion in die Höhle und fachte das

kleine Feuer wieder an. Der Rauch zog durch den Spalt in der Höhlendecke ab, aber ihre kleine Zuflucht roch trotzdem nach brennendem Kiefernholz. Es war ein tröstlicher Geruch. Der Priester ging zu Danyal, und als er sah, daß sie wach war, setzte er sich neben sie.

»Fühlst du dich wohl?« fragte er.

»Ich fühle mich seltsam«, gestand sie. »Ich war so auf den Tod vorbereitet, daß ich keinerlei Angst mehr verspürte. Und doch bin ich am Leben. Warum ist er zurückgekommen?«

»Ich weiß es nicht. Er weiß es nicht.«

»Warum sind sie weggegangen?«

Dardalion lehnte sich an die Höhlenwand und streckte seine Beine dem Feuer entgegen.

»Ich bin nicht sicher. Ich habe lange darüber nachgedacht, und ich denke, daß es vielleicht in der Natur der Soldaten begründet liegt. Sie sind dafür ausgebildet, auf Befehl hin zu kämpfen und zu töten – bedingungslos zu gehorchen. Sie handeln nicht als Einzelwesen. Und wenn es zu einer Schlacht kommt, sind die Befehle im allgemeinen völlig klar: Eine Stadt muß eingenommen oder eine feindliche Truppe überwunden werden. Der Befehl ist gegeben, die Spannung wächst – und mildert die Angst –, und sie greifen als Masse an, beziehen ihre Stärke auch aus den anderen um sie herum.

Aber heute gab es keinen Befehl, und da Waylander sich still verhielt, gab es nichts, was ihr Blut in Wallung brachte.«

»Aber Waylander konnte doch nicht wissen, daß sie weglaufen würden«, beharrte sie.

»Nein. Es war ihm egal.«

»Das verstehe ich nicht.«

»Wenn ich ehrlich bin, weiß ich auch nicht genau, ob ich es verstehe. Aber ich spürte es in jenen Augenblicken. Es war ihm gleichgültig ... und sie wußten es. Aber ihnen war es nicht gleichgültig, ganz und gar nicht. Sie wollten nicht sterben, und sie hatten keinen Befehl zu kämpfen.«

»Aber sie hätten ihn töten können ... uns alle.«

»*Hätten*, ja. Aber sie haben nicht – und dafür bin ich dankbar. Schlaf jetzt, Schwester. Wir haben wieder eine Nacht gewonnen.«

Draußen betrachtete Waylander die Sterne. Er war immer noch leicht betäubt von der Begegnung, eine wachsende Furcht nagte an ihm. Nachdem er im Wald vom Pferd gestiegen war, hatte er sich zur Lichtung vorgearbeitet, nur um zu sehen, wie die Hunde vorrückten. Er hatte seine Armbrust gespannt und dann innegehalten. Weiterzugehen hieß zu sterben, und jeder Instinkt schrie ihm zu, kehrtzumachen.

Und doch war er weitergegangen, hatte Jahre der Vorsicht beiseitegefegt, um sein Leben für einen Unsinn zu geben.

Warum in drei Teufels Namen hatten sie sich nur zurückgezogen?

Egal, wie oft er darüber nachdachte, ihm fiel keine Antwort ein.

Eine Bewegung zu seiner Linken riß ihn aus seinen Gedanken, und als er sich umdrehte, sah er, wie eins der Mädchen aus der Höhle kam. Sie sah weder nach links noch rechts. Waylander ging zu ihr, und berührte sie leicht am Arm, doch sie ging weiter, ohne ihn wahrzunehmen. Er bückte sich und nahm sie auf den Arm. Sie hatte die Augen geschlossen, ihr Kopf fiel gegen seine Schulter. Sie war sehr leicht in seinen Armen, und er trug sie zurück zur Höhle, um sie neben ihre Schwester zu legen. Aber am Eingang zur Höhle hielt er inne, setzte sich mit dem Rücken zur Wand und wickelte sie eng in seinen Umhang ein.

Stundenlang blieb er so ruhig sitzen, fühlte ihren warmen Atem an seinem Hals. Zweimal wurde sie wach, kuschelte sich dann aber wieder zurecht. Als der Morgen dämmerte, brachte er sie zurück in die Höhle und legte sie neben ihre Schwester.

Dann kehrte er zum Höhleneingang zurück ...

Allein.

Danyals Schrei riß Waylander aus dem Schlaf, sein Herz klopfte wild. Er rollte sich auf die Füße, ein Messer in der Hand, und rannte in die Höhle, wo die Frau neben Dardalions lebloser Gestalt kniete. Waylander fiel auf die Knie und hob das Handgelenk des Priesters. Der Mann war tot.

»Wie?« flüsterte Danyal.

»Verdammt, Priester!« rief Waylander. Dardalions Gesicht war weiß und wächsern, seine Haut fühlte sich kalt an. »Er muß ein schwaches Herz gehabt haben«, sagte Waylander bitter.

»Er hat mit dem Mann gekämpft«, sagte Miriel. Waylander wandte sich an das Kind, das hinten in der Höhle saß, Hand in Hand mit seiner Schwester.

»Gekämpft?« fragte er. »Mit wem hat er gekämpft?« Aber Miriel sah weg.

»Komm schon, Miriel«, drängte Danyal. »Mit wem hat er gekämpft?«

»Mit dem Mann mit dem Pfeil im Auge«, sagte sie.

Danyal wandte sich an Waylander. »Es war nur ein Traum, es bedeutet nichts. Was sollen wir tun?«

Waylander erwiderte nichts. Während er mit dem Kind gesprochen hatte, hatte er Dardalions Handgelenk festgehalten, und nun spürte er einen ganz schwachen Puls.

»Er ist nicht tot«, flüsterte er. »Sprich mit dem Kind. Finde alles über diesen Traum heraus. Rasch!«

Einige Minuten lang saß Danyal ruhig mit den Mädchen zusammen, dann kehrte sie zurück. »Sie sagt, daß der Mann, den du getötet hast, sie packte und zum Weinen brachte. Dann kam der Priester, und der Mann schrie ihn an. Er hatte ein Schwert und versuchte, den Priester zu töten. Und sie flogen – höher als die Sterne. Das ist alles.«

»Er fürchtete diesen Mann«, sagte Waylander, »er glaubte, er hätte dämonische Kräfte. Vielleicht wird er gerade jetzt gejagt.«

»Kann er überleben?«

»Wie denn?« fauchte Waylander. »Der Mann kämpft ja nicht.« Danyal beugte sich vor und legte ihre Hand auf Waylanders Arm. Seine Muskeln waren angespannt und zitterten. »Nimm deine Hand von mir, Frau, oder ich schlage sie dir ab. Niemand berührt mich!« Danyal fuhr zurück, ihre grünen Augen sprühten, aber sie beherrschte ihren Zorn und ging zurück zu den Kindern.

»Verdammt ihr alle!« zischte Waylander. Er holte tief Luft, um die in ihm kochende Wut zu zähmen. Danyal und die Kinder verhielten sich leise und beobachteten ihn gespannt. Danyal wußte, was ihn quälte: Der Priester war in Gefahr, und der Krieger war – trotz all seiner tödlichen Fähigkeiten – machtlos. Die Schlacht fand in einer anderen Welt statt, und Waylander war ein nutzloser Zuschauer.

»Wie konntest du nur so dumm sein, Dardalion?« flüsterte der Krieger. »Alles Lebendige will überleben. Du sagst, die QUELLE schuf die Welt? Dann hat sie den Tiger und das Reh, den Adler und das Lamm erschaffen. Glaubst du, sie hat den Adler geschaffen, damit er Gras frißt?«

Einige Minuten lang verfiel er in Schweigen und erinnerte sich an den Priester, wie er nackt neben den Kleidern der Räuber gekniet hatte.

»Ich kann diese hier nicht tragen, Waylander...«

Er ließ den Arm des Priesters los und nahm seine Hand. Als ihre Finger sich berührten, spürte er eine kaum wahrnehmbare Bewegung. Waylanders Augen wurden schmal. Als er die Hand des Priesters etwas fester ergriff, zuckte Dardalions Arm krampfartig, und sein Gesicht verzog sich schmerzhaft.

»Was geschieht mit dir, Priester? Wo zum Teufel bist du?«

Bei Nennung des Teufels zuckte Dardalion wieder zusammen und stöhnte leise.

»Wo immer er auch ist, er leidet«, sagte Danyal und kniete neben dem Priester nieder.

»Es geschah, als sich unsere Hände berührten«, sagte Waylander. »Hol die Armbrust, Frau – dort, am Eingang.« Danyal holte die Waffe und brachte sie Waylander. »Leg sie in seine rechte Hand und schließe seine Finger darum.« Danyal öffnete Dardalions Hand und drückte seine Finger um den Ebenholzgriff. Der Priester schrie auf, seine Faust öffnete sich ruckartig, und die Armbrust polterte zu Boden. »Halt seine Finger darum geschlossen.«

»Aber das verursacht ihm Schmerzen. Warum tust du das?«

»Schmerzen bedeuten Leben, Danyal. Wir müssen ihn zurück in seinen Körper holen – verstehst du? Der Körper-Geist kann ihn dort nicht berühren. Wir müssen ihn zurückholen.«

»Aber er ist ein Priester, ein Mann der Reinheit.«

»Und?«

»Du wirst seine Seele besudeln.«

Waylander lachte. »Ich bin vielleicht kein Mystiker, aber ich glaube an Seelen. Was du da festhältst, ist nichts weiter als Holz und Metall. Dardalion wird davon vielleicht verletzt, aber ich glaube nicht, daß seine Seele so zerbrechlich ist, daß es ihn umbringen wird. Aber sein Feind wird es – also entscheide!«

»Ich glaube, ich hasse dich«, sagte Danyal, öffnete Dardalions Hand und zwang sie erneut, den Ebenholzgriff zu umfassen. Der Priester wand sich und schrie auf. Waylander zog ein Messer aus seinem Gürtel und ritzte sich den Unterarm auf. Blut quoll aus der Wunde. Als Waylander seinen Arm über Dardalions Gesicht hielt, tropfte Blut auf seine Haut, floß über die geschlossenen Augen und weiter über die Lippen in seine Kehle.

Ein letzter, furchtbarer Schrei entrang sich dem Priester, dann klappten seine Augen auf. Er lächelte, die Augen fielen ihm wieder zu. Ein tiefer, schaudernder Atemzug füllte seine Lungen, und er schlief. Waylander fühlte seinen Puls – er war kräftig und regelmäßig.

»Guter Gott des Lichts!« rief Danyal. »*Warum?* Warum das Blut?«

»Der QUELLE zufolge darf keiner ihrer Priester jemals Blut kosten, denn das Blut trägt die Seele«, erklärte Waylander leise. »Die Waffe war nicht genug, aber das Blut hat ihn zurückgebracht.«

»Ich verstehe dich nicht. Und ich will es auch gar nicht«, sagte sie.

»Er lebt, Frau. Was willst du noch?«

»Von dir? Gar nichts.«

Waylander lächelte und erhob sich. Er nahm einen kleinen Tuchbeutel aus der Satteltasche, aus dem er ein Stück Leinen fischte, mit dem er sich unbeholfen den Schnitt im Arm verband.

»Würde es dir etwas ausmachen, hier einen Knoten zu machen?« fragte er sie.

»Ich fürchte, ja«, antwortete sie. »Das würde bedeuten, ich müßte dich berühren, und ich möchte nicht, daß du mir die Hand abschlägst!«

»Tut mir leid. Das hätte ich nicht sagen sollen.«

Ohne auf eine Antwort zu warten, verließ Waylander die Höhle und stopfte die Enden des Verbands fest.

Der Tag war strahlend und kühl, der leichte Wind von den Bergen roch nach dem Schnee, der auf den Gipfeln von Skoda lag, als Waylander auf einen nahe gelegenen Hügel wanderte und in die blaue Ferne starrte.

Für die nächsten drei oder vier Tage würde ihr Weg einfach sein, denn er zog sich von einem Waldstück zum nächsten, und dazwischen lagen nur kurze Strecken offenes Gelände. Aber anschließend würde die sentranische Ebene vor ihnen liegen, flach und gestaltlos.

Diese Leere unbeobachtet zu durchqueren verlangte mehr Glück, als ein Mann beanspruchen durfte. Sechs Menschen und zwei Pferde! Bei dem Tempo, das sie anschlagen mußten, würden sie fast eine Woche lang in der Ebene sein – eine Woche ohne Feuer oder warme Mahlzeit. Waylander betrachtete forschend die möglichen Pfade nach Nordosten in Richtung Purdol, der Stadt am Meer. Es hieß, daß eine vagrische Flotte am Hafeneingang ankerte, um eine Armee an Land zu setzen, die die Zitadelle belagern sollte.

Falls das stimmte – und Waylander hielt das für wahrscheinlich –, dann würden vagrische Vortruppen das Land nach Lebensmitteln und Vorräten durchkämmen. Im Nordwesten lagen Vagria selbst sowie die Festung Segril, aber von dort drangen Truppen ins Land der Drenai. Die sentranische Ebene lag genau nördlich, und dahinter erstreckten sich der Wald von Skultik und die Berge, von denen es hieß, sie wären die letzte Festung der Drenai westlich von Purdol.

Aber hielt Egel Skultik noch immer?

Konnte irgend jemand die Überreste einer besiegten Armee gegen die Hunde des Chaos zusammenhalten? Waylander bezweifelte es – doch hinter den Zweifeln lauerte ein Funken Hoffnung. Egel war der fähigste Drenai-General seiner Zeit, unspektakulär, aber solide, ein strenger Zuchtmeister – ganz anders als die Höflinge, denen König Niallad für gewöhnlich den Befehl über seine Truppen erteilte. Egel stammte aus dem Norden, war ungebildet und manchmal ungehobelt, aber auch ein Mann von Charisma und Stärke. Waylander hatte ihn einmal bei einer Parade in Drenan gesehen, und der Mann war aufgefallen wie ein wilder Keiler unter Gazellen. Jetzt war der Keiler in Skultik zu Boden gegangen.

Waylander hoffte, daß er aushielt, zumindest, bis er die Frau und die Kinder abgeliefert hatte.

Falls er sie abliefern *konnte*.

Am Nachmittag tötete Waylander ein kleines Reh. Er hängte den Kadaver an einen nahen Baum, schnitt die besten Stücke heraus und trug das Fleisch in die Höhle. Es wurde bereits dunkel, als er ankam, und der Priester schlief noch immer. Danyal zündete das Feuer an, während Waylander einen Spieß aufstellte, um das Wildbret zu rösten. Die Kinder saßen nah am Feuer und sahen zu, wie Fett zischend in die Flammen tropfte – ihre Mägen knurrten, ihre Augen blickten gierig.

Waylander nahm das Fleisch vom Spieß und legte es auf einen flachen Stein zum Ruhen und Abkühlen, dann schnitt er es für die Kinder und auch für Danyal in Stücke.

»Es ist etwas zäh«, beschwerte sich die Frau.

»Das Reh sah mich gerade, als ich abdrückte«, erklärte Waylander. »Seine Muskeln waren angespannt.«

»Es schmeckt trotzdem gut«, gab sie zu.

»Warum schläft Dardalion immer noch?« fragte Miriel, lächelte Waylander an und neigte den Kopf zur Seite, so daß ihr langes Haar über ihr Gesicht fiel.

»Er war sehr müde«, antwortete der Krieger, »nach dem Streit mit dem Mann, den du gesehen hast.«

»Er hat ihn in kleine Stücke geschlagen«, sagte das Kind.

»Ja. Ganz sicher«, sagte Danyal. »Aber Kinder sollten keine Geschichten erfinden – vor allem keine häßlichen Geschichten. Du machst deiner Schwester angst.«

»Wir haben ihn gesehen«, sagte Krylla, und Miriel nickte zustimmend. »Als du bei Dardalion gesessen hast, haben wir unsere Augen zugemacht und zugesehen. Er war ganz silbern, und er hatte ein schimmerndes Schwert – er hat den bösen Mann gejagt und ihn in Stücke gehauen. Und er hat gelacht!«

»Was könnt ihr sehen, wenn ihr eure Augen schließt?« fragte Waylander.

»Wo?« wollte Miriel wissen.

»Draußen vor der Höhle«, sagte der Krieger leise.

Miriel schloß die Augen. »Da draußen ist nichts«, berichtete sie, und hielt die Augen noch immer geschlossen.

»Geh den Pfad weiter entlang bis zu der großen Eiche. Was siehst du jetzt?«

»Nichts. Bäume. Einen kleinen Bach. Oh!«

»Was ist?« fragte Waylander.

»Zwei Wölfe. Sie springen um einen Baum herum – als ob sie tanzten.«

»Geh näher heran.«

»Die Wölfe werden mich schnappen«, protestierte Miriel.

»Nein, das werden sie nicht – nicht, wenn ich hier bin. Sie sehen dich nicht. Geh näher heran.«

»Sie springen nach einem armen kleinen Reh, das im Baum ist, es hängt dort.«

»Gut. Komm jetzt zurück und öffne die Augen.«

Miriel sah auf und gähnte. »Ich bin müde«, erklärte sie.

»Ja«, sagte Waylander sanft. »Aber erzähl mir zuerst – wie eine Gute-Nacht-Geschichte – von Dardalion und dem anderen Mann.«

»Erzähl du es ihm, Krylla. Du kannst das besser.«

»Also«, begann Krylla und beugte sich nach vorn, »der böse Mann mit dem Pfeil im Auge hat Miriel und mich geschnappt. Er hat uns weh getan. Dann kam Dardalion, und der Mann hat uns losgelassen. Und ein großes Schwert erschien in der Hand des Mannes. Und wir sind weggelaufen, nicht wahr, Miriel? Wir sind gelaufen und haben auf deinem Schoß geschlafen, Waylander. Und wir waren dort sicher. Aber Dardalion wurde geschlagen, und er ist sehr schnell geflogen. Und wir konnten ihn nicht einholen. Aber wir sahen ihn wieder, als du und Danyal ihn hieltet. Er schien sehr groß zu werden und war ganz in eine silberne Rüstung gehüllt, und seine Kleider fingen Feuer und verbrannten. Dann hatte er ein Schwert und lachte. Das Schwert des anderen Mannes war schwarz, und es zerbrach, nicht, Miriel?

Dann fiel er auf die Knie und begann zu weinen. Und Dardalion schlug ihm die Arme und Beine ab, und er verschwand einfach. Danach lachte Dardalion noch mehr. Dann verschwand er und kam nach Hause, wo sein Körper lebt. Und wir sind jetzt in Sicherheit.«

»Ja, wir sind jetzt in Sicherheit«, gab Waylander ihr recht. »Ich glaube, es ist Zeit zum Schlafen. Bist du müde, Culas?« Der Junge nickte mürrisch.

»Was ist los, mein Junge?«

»Nichts.«

»Komm, erzähl's mir.«

»Nein.«

»Er ist sauer, weil er nicht mit uns fliegen kann«, erklärte Miriel kichernd.

»Nein, bin ich nicht«, fuhr Culas sie an. »Außerdem denkt ihr euch das sowieso nur aus.«

»Hör mir zu, Culas«, sagte Waylander. »Ich kann auch nicht fliegen, und es macht mir nichts aus. Jetzt wollen wir aufhören, zu streiten, und schlafen. Morgen wird ein langer Tag.«

Als die Kinder sich am Ende der Höhle zusammengekuschelt hatten, trat Danyal zu Waylander.

»Was meinst du, haben sie die Wahrheit gesagt?«

»Ja, denn Miriel sah, wo ich das Reh versteckte.«

»Dann hat Dardalion seinen Feind getötet?«

»Es scheint so.«

»Das flößt mir Unbehagen ein – ich weiß auch nicht, warum.«

»Es war ein Geist des Bösen. Was erwartest du denn von einem Priester? Soll er ihn segnen?«

»Warum bist du immer so unangenehm, Waylander?«

»Weil ich es sein will.«
»Dann nehme ich nicht an, daß du viele Freunde hast.«
»Ich habe überhaupt keine Freunde.«
»Macht dich das einsam?«
»Nein. Es hält mich am Leben.«
»Was muß das für ein Leben sein, voller Freude und Lachen!« spottete sie. »Es überrascht mich, daß du kein Dichter bist.«
»Warum so zornig?« fragte er. »Was kümmert es dich?«
»Weil du ein Teil meines Lebens bist. Denn solange wir leben, wirst du in unseren Erinnerungen bleiben. Wenn ich für mich sprechen soll, ich hätte einen anderen Retter vorgezogen.«
»Ja. Ich habe die Arena-Spiele gesehen«, meinte Waylander. »Der Held hat goldene Haare und einen weißen Mantel. Nun, ich bin kein Held, Frau – ich bin ein Mann, der im Netz des Priesters gefangen ist. Du glaubst, er wurde besudelt. Nun, das glaube ich auch. Der Unterschied ist, daß er meine Dunkelheit braucht, um zu überleben. Aber sein Licht wird mich zerstören.«
»Werdet ihr zwei nie aufhören zu streiten?« fragte Dardalion, setzte sich auf und reckte sich.
Danyal lief zu ihm. »Wie fühlst du dich?«
»Ausgehungert!« Er warf die Decke zur Seite und ging zum Feuer, wobei er beiläufig zwei Streifen Fleisch aufspießte. Er hängte den Spieß über das Feuer und legte Holz nach.
Waylander sagte nichts, aber Traurigkeit hüllte ihn ein wie ein dunkler Mantel.

# 4

Waylander erwachte als erster und verließ die Höhle. Er streifte Hemd und Beinkleider ab, stieg in den eisigen Bach und legte sich auf den Rücken, so daß das Wasser über ihn fließen konnte. Der Bach war nur wenige Zentimeter tief und floß über rundgeschliffene Steine, aber die Strömung war stark, und er spürte, wie er sanft das abfallende Bachbett hinabglitt. Er rollte sich herum und spritzte sich Wasser über Gesicht und Bart, ehe er aus dem Wasser kletterte. Dann setzte er sich ins Gras und wartete, daß die Morgenbrise seine Haut trocknete.

»Du siehst aus wie ein toter Fisch«, sagte Danyal.

»Und du beginnst allmählich, wie einer zu riechen«, erwiderte er grinsend. »Mach schon, wasch dich.«

Einen Augenblick sah sie ihn prüfend an, dann zuckte sie die Achseln und zog ihr grünes Wollkleid aus. Waylander lehnte sich zurück und betrachtete sie. Ihre Taille war schmal, die Hüften geschmeidig, ihre Haut . . .

Er wandte sich ab, um ein rotes Eichhörnchen zu beobachten, das in einem nahen Baum durch die Zweige schlüpfte, dann stand er auf und streckte sich. Nahe beim Ufer war ein dichtes Gebüsch, und darin wuchs ein dichter Flecken Limonenbalsam. Er pflückte eine Handvoll der schildförmigen Blätter und brachte sie zu Danyal.

»Hier, zerkrümle sie in der Hand und reibe dich damit ein.«

»Danke«, sagte sie und streckte die Hand nach den Blättern aus.

Plötzlich war sich Waylander seiner Nacktheit bewußt, suchte seine Kleider und zog sich an. Er wünschte, er hätte noch ein Hemd zum Wechseln gehabt, aber das trug der Priester. Er fühlte sich unbehaglich, denn er war sich des Reisestaubs auf seinem Hemd nur zu bewußt.

Sobald er angezogen war, kehrte Waylander zur Höhle zurück und legte das Ketten-Schulterstück über seiner schwarzen Lederweste an. Er nahm seine Stiefel, zog die beiden Extramesser heraus und schärfte sie mit seinem Wetzstein, ehe er sie sorgfältig wieder in die Scheiden steckte, die an der Innenseite der Stiefel eingenäht waren.

Dardalion beobachtete ihn und stellte fest, mit welcher Sorgfalt er seine Waffen behandelte.

»Könntest du mir ein Messer leihen?« fragte er.

»Natürlich. Leicht oder schwer?«

»Schwer.«

Waylander hob seinen Gürtel auf und zog eine dunkle Scheide mit einer Klinge mit Ebenholzgriff hervor. »Das sollte genügen. Die Klinge ist scharf genug, um dich damit zu rasieren, und zweischneidig.«

Dardalion zog seinen schmalen Gürtel durch die Scheide und legte ihn dann wieder an, so daß das Messer auf seiner rechten Hüfte ruhte.

»Bist du Linkshänder?« fragte Waylander.

»Nein.«

»Dann sollte es auf deiner linken Hüfte liegen. Auf diese Weise zeigt die Klinge auf den Feind, wenn du sie ziehst.«

»Danke.«

Waylander schnallte seinen Gürtel um, dann rieb er sich das Kinn. »Du machst mir Sorgen, Priester«, sagte er.

»Warum?«

»Gestern wärst du noch um einen Käfer am Boden herumgegangen. Jetzt bist du bereit, einen Menschen zu töten. War dein Glaube so schwach?«

»Mein Glaube bleibt, Waylander. Aber jetzt sehe ich die Dinge etwas klarer. Das hast du mir mit deinem Blut gegeben.«

»Ich frage mich – war das ein Geschenk ... oder ein Raub? Ich habe das Gefühl, ich hätte dich um etwas Wertvolles beraubt.«

»Falls du das hast, sei beruhigt, ich vermisse es nicht.«

»Das wird die Zeit erweisen, Priester.«

»Nenn mich Dardalion. Du weißt, daß ich so heiße.«

»Ist ›Priester‹ nicht mehr gut genug für dich?«

»Keineswegs. Würdest du es vorziehen, wenn ich dich ›Mörder‹ nennen würde?«

»Nenn mich, wie du willst. Nichts, was du sagst, wird etwas daran ändern, wie ich mich selbst sehe.«

»Habe ich dich beleidigt?« fragte Dardalion.

»Nein.«

»Du hast mich noch nicht nach meinem Duell mit dem Feind gefragt.«

»Nein. Habe ich nicht.«

»Weil es dir egal ist?«

»Nein, Dardalion. Ich weiß nicht, warum, aber es ist mir nicht egal. Meine Gründe sind viel einfacher. Ich handle mit dem Tod, mein Freund – dem Tod, der endgültig ist. Du bist hier, also hast du ihn getötet, und er interessiert mich nicht mehr. Es beunruhigt mich, daß du ihm Arme und Beine abgeschlagen hast, aber darüber werde ich hinwegkommen, ebenso wie ich über dich hinwegkommen werde, sobald du sicher bei Egel bist.«

»Ich hatte gehofft, wir könnten Freunde sein.«

»Ich habe keine Freunde. Ich wünsche mir auch keine.«

»War das schon immer so?«

»Immer ist eine lange Zeit. Ich hatte Freunde, ehe ich Waylander wurde. Aber das war in einem anderen Universum, Priester.«

»Erzähl mir davon.«

»Ich sehe keinen Grund, warum ich das tun sollte«, entgegnete Waylander. »Weck die Kinder. Wir haben einen langen Tag vor uns.«

Waylander schlenderte von der Höhle zu der Stelle, an der er die Pferde angepflockt hatte, dann sattelte er sie und ritt auf seinem Wallach dorthin, wo er das Reh aufgehängt hatte. Er nahm einen Beutel, schnitt einige Streifen Fleisch ab, die er zum Abendessen einpackte. Dann nahm er den Rest vom Baum und ließ ihn für die Wölfe im Gras liegen.

»Hattest du Freunde, kleines Reh?« fragte er mit einem Blick in die leeren, grauen Augen.

Als er zurück zur Höhle ritt, dachte er an die Tage der Kameradschaft in Dros Purdol. Als junger Offizier hatte er geglänzt, auch wenn er nicht wußte, warum. Er hatte Autorität immer verabscheut, aber die Disziplin geschätzt.

Er und Gellan hatten sich nähergestanden als Brüder. Sie waren immer zusammen, ob auf Patrouille oder beim Herumhuren. Gellan war ein witziger Gefährte gewesen, und nur im Turnier um das Silberne Schwert hatten sie sich jemals als Gegner gegenübergestanden. Gellan gewann immer, aber der Mann war auch übermenschlich schnell gewesen. Sie hatten sich getrennt, als Waylander Tanya kennenlernte – die Tochter eines Kaufmannes aus Medrax Ford, einer kleinen Stadt südlich vom Skeln Paß. Waylander war verliebt, ehe er es recht wußte, und hatte seine lebenslange Offiziersstelle gekündigt, um sie gegen ein Leben als Bauer zu tauschen.

Es hatte Gellan das Herz gebrochen. »Trotzdem«, hatte er am letzten Tag gesagt, »ich glaube, daß es nicht mehr lange dauert, bis ich es dir nachmache. Das Armeeleben wird schrecklich langweilig werden!«

Waylander fragte sich, ob Gellan das wahrgemacht hatte. Lebte er irgendwo als Bauer? Oder als Kaufmann? Oder war er in einer der vielen verlorenen Schlachten gefallen, die die Drenai kämpften?

Falls letzteres der Fall war, vermutete Waylander, daß ein anständiger Haufen von Leichen seinen Körper umgab, denn seine Klinge war schneller gewesen als die Zunge einer Schlange.

»Ich hätte bleiben sollen, Gellan«, sagte er. »Das hätte ich wirklich.«

Gellan war müde und verschwitzt, Schweiß rann ihm den Nacken hinab unter den Ketten-Schulterschutz und ließ seinen Rücken unerträglich jucken. Er nahm den schwarzen Helm ab und fuhr sich mit den Fingern durchs Haar. Es ging kein Lüftchen, und er fluchte leise.

Sechzig Kilometer von Skultik und der relativen Sicherheit von Egels Lager entfernt – und die Pferde waren müde, die Männer erschöpft und mutlos. Gellan hob den rechten Arm mit geballter Faust und gab so das Zeichen für ›Pferde am Zügel führen‹. Hinter ihm glitten die fünfzig Reiter aus dem Sattel, niemand sagte ein Wort.

Sarvaj ritt neben Gellan heran, und beide Männer stiegen ab. Gellan hängte seinen Helm über den Sattelknauf und zog ein Leinentuch aus seinem Gürtel. Er wischte sich den Schweiß von der Stirn, dann wandte er sich an Sarvaj.

»Ich glaube nicht, daß wir ein Dorf finden, das noch steht«, sagte er. Sarvaj nickte, erwiderte jedoch nichts. Er diente seit einem halben Jahr unter Gellan und wußte inzwischen, wann die Bemerkungen des Offiziers lediglich rhetorischer Natur waren.

Sie gingen eine halbe Stunde lang nebeneinander, dann gab Gellan das Signal für eine Ruhepause, und die Männer setzten sich neben ihre Pferde.

»Vom Kampfgeist der Männer ist nicht mehr viel zu spüren«, sagte Gellan, und Sarvaj nickte. Gellan löste seinen roten Umhang und legte ihn über den Sattel. Er hielt sich die Seiten und stöhnte. Wie die meisten großgewachsenen Männer fand er lange Stunden im Sattel beschwerlich und wurde ständig von Rückenschmerzen geplagt.

»Ich bin zu lang geblieben, Sarvaj. Ich hätte letztes Jahr meinen

Abschied nehmen sollen. Einundvierzig ist zu alt für einen Legionsoffizier.«

»Dun Esterik ist einundfünfzig«, bemerkte Sarvaj.

Gellan grinste. »Wenn ich gegangen wäre, hättest du das Kommando übernommen.«

»Und zu was für einem glücklichen Zeitpunkt, wo die Armee zerschlagen ist und die Legion in den Wäldern herumschleicht. Nein danke!«

Sie hatten in einem kleinen Ulmenwäldchen haltgemacht, und Gellan war davongegangen, um allein zu sein. Sarvaj sah ihm nach, dann nahm er seinen Helm ab. Sein dunkelbraunes Haar wurde ausgesprochen spärlich, die Kopfhaut glänzte vor Schweiß. Verlegen strich er sich das Haar über die kahlen Stellen und setzte den Helm wieder auf. Obwohl er fünfzehn Jahre jünger war als Gellan, sah er aus wie ein alter Mann. Dann mußte er über seine Eitelkeit grinsen und nahm den Helm wieder ab.

Er war untersetzt, linkisch, wenn er nicht im Sattel saß, und einer der wenigen Karrieresoldaten, die nach dem massiven Abbau im letzten Herbst, als König Niallad ein neues Militärprogramm angeordnet hatte, noch in der Legion waren. Zehntausend Soldaten waren entlassen worden, und nur Gellans Entschiedenheit hatte Sarvaj gerettet.

Jetzt war Niallad tot und die Drenai waren so gut wie erobert.

Sarvaj hatte keine Tränen um den König vergossen, denn der Mann war ein Narr gewesen... schlimmer als ein Narr!

»Wieder auf einer seiner Wanderungen?« fragte eine Stimme, und Sarvaj sah auf. Jonat setzte sich ins Gras, reckte seine knochige Gestalt zu voller Länge und legte sich dann auf den Rücken, die Arme hinter dem Kopf verschränkt.

»Er muß nachdenken«, sagte Sarvaj.

»Ja. Er muß darüber nachdenken, wie er uns durch das Land der Nadir bringt. Ich bin Skultik leid.«

»Wir alle sind Skultik leid, aber ich sehe nicht, daß es uns helfen würde, nach Norden zu reiten. Es würde lediglich bedeuten, gegen die Nadirstämme zu kämpfen statt gegen die Vagrier.«

»Wenigstens hätten wir dort eine Chance. Hier haben wir keine.« Jonat kratzte sich den dünnen schwarzen Bart. »Zum Teufel, wenn sie nur letztes Jahr auf uns gehört hätten, steckten wir jetzt nicht in diesem Schlamassel.«

»Haben sie aber nicht«, erwiderte Sarvaj müde.

»Diese pockennarbigen Höflinge! In gewisser Weise haben die Hunde uns einen Gefallen getan, als sie diese Hurensöhne abschlachteten.«

»Sag das nicht zu Gellan – er hat in Skoda und Drenan viele Freunde verloren.«

»Wir alle haben Freunde verloren«, fuhr Jonat auf, »und wir werden noch viel mehr verlieren. Wie lange will Egel uns noch in diesem verdammten Wald einpferchen?«

»Ich weiß es nicht, Jonat. Gellan weiß es nicht, und ich bezweifle, daß Egel selbst es weiß.«

»Wir sollten uns nach Norden durchschlagen, durch Gulgothir, und dann weiter zu den Häfen im Osten. Ich hätte nichts dagegen, mich in Ventria niederzulassen. Immer schön warm, reichlich Frauen. Wir könnten uns als Söldner verdingen.«

»Ja«, sagte Sarvaj, zu erschöpft, um zu streiten. Er konnte nicht verstehen, warum Gellan Jonat zum Befehlshaber einer Schar befördert hatte – der Mann war voller Verdrießlichkeit und Bitterkeit.

Aber – und das war so ärgerlich – er hatte recht. Als Niallads Militärplan zum ersten Mal veröffentlicht wurde, hatten die Männer der Legion erbitterten Widerstand geleistet. Alle Anzeichen deuteten darauf hin, daß die Vagrier sich auf eine Invasion vorbereiteten. Aber Niallad hatte behauptet, daß die Vagrier den Angriff einer starken Drenai-Armee fürchteten und daß seine Geste einen dauerhaften Frieden und Wachstum für den Handel nach sich ziehen würde.

»Sie hätten den Bastard über dem Feuer rösten sollen«, sagte Jonat.

»Wen?« fragte Sarvaj.

»Den König, Gott möge seine Seele verfaulen lassen! Es heißt, er wurde von einem Attentäter getötet. Man hätte ihn in Ketten durchs Reich schleifen sollen, damit er hätte sehen können, was seine Dummheit angerichtet hat.«

»Er glaubte eben, das Beste zu tun«, meinte Sarvaj. »Er hatte die besten Motive.«

»Oh, ja«, spottete Jonat. »Die besten Motive! Er wollte Geld sparen. *Unser* Geld! Wenn bei diesem Krieg etwas Gutes herumkommt, dann, daß der Adel dahin ist.«

»Möglich. Aber Gellan ist auch ein Adliger.«

»Wirklich?«

»Du haßt ihn doch nicht, oder?«

»Er ist nicht besser als der Rest.«

»Ich dachte, du magst ihn.«

»Ich schätze, er ist kein schlechter Offizier. Zu weich. Aber im Grunde sieht er immer noch auf uns herab.«

»Habe ich noch nie bemerkt«, sagte Sarvaj.

»Du siehst auch nicht scharf genug hin«, erwiderte Jonat. Ein Reiter galoppierte in das Wäldchen, und die Männer sprangen auf, die Hand am Schwert. Es war ihr Späher, Kapra.

Gellan trat aus den Bäumen hervor, als der Mann vom Pferd glitt. »Irgend etwas im Osten?« fragte er.

»Drei geplünderte Dörfer. Ein paar Flüchtlinge. Ich habe eine Kolonne vagrischer Infanterie gesehen – vielleicht zweitausend. Sie lagern in der Nähe von Ostry, beim Fluß.«

»Keine Spur von Kavallerie?«

»Nein, Gan.«

»Jonat!« rief Gellan.

»Jawohl.«

»Die Infanterie wird Vorräte erwarten. Nimm zwei Männer mit zum Kundschaften Richtung Süden – wenn du die Wagen siehst, komm so schnell hierher zurück, wie du kannst.«

»Jawohl.«

»Kapra, besorg dir etwas zu essen, dann nimm dir ein frisches Pferd und reite mit Jonat. Wir warten hier auf euch.«

Sarvaj lächelte. Gellans Wandlung war verblüffend. Jetzt, wo die Aussicht bestand, handeln zu können, leuchteten seine Augen lebendig, seine Stimme war schroff und autoritär. Die gebeugte Haltung und das beiläufige, distanzierte Wesen waren verschwunden.

Egel hatte sie ausgeschickt, um Vorräte zu suchen, damit er seine belagerten Truppen ernähren konnte, und inzwischen waren sie drei Tage erfolglos unterwegs. Die Dörfer waren alle mutwillig zerstört, die Vorratskammern geleert oder niedergebrannt. Das Vieh hatte man davongejagt, die Schafe auf den Weiden vergiftet.

»Sarvaj!«

»Ja?«

»Pflock die Pferde an und teile die Männer in fünf Gruppen. Hinter diesem Dickicht dort ist eine Senke, die Platz für drei Feuer bietet – aber auf keinen Fall eins anzünden, ehe der Nordstern klar und hell am Himmel steht. Verstanden?«

»Jawohl.«

»Vier Männer auf Wache, Ablösung alle vier Stunden. Du suchst die Stellen aus.«

»Jawohl.«

Gellan strich sich über den dunklen Schnurrbart und grinste jungenhaft. »Hoffentlich haben sie Pökelfleisch dabei«, sagte er. »Bete um Pökelfleisch, Sarvaj!«

»Und eine kleine Eskorte. Es wäre es wert, darum zu beten, daß es nur eine Zehner ist.«

Das Lächeln verschwand von Gellans Gesicht. »Das ist unwahrscheinlich. Sie werden mindestens eine Quart haben, vielleicht sogar mehr. Und dann sind da noch die Fuhrleute. Trotzdem, wir überqueren den Fluß, wenn wir dort sind. Wenn die Männer ruhen, organisiere einen Waffenappell. Ich will keine stumpfen Waffen, wenn wir reiten.«

»Jawohl. Warum ruhst du dich nicht etwas aus?«

»Mir geht es gut.«

»Es würde doch nichts schaden«, drängte Sarvaj.

»Du machst ein Getue um mich wie ein altes Weib. Und glaube nicht, daß ich das nicht zu schätzen wüßte – aber mir geht es im Moment gut, Ehrenwort.« Gellan lächelte, um die Lüge zu verbergen, aber er konnte Sarvaj nicht täuschen.

Die Männer waren froh über die Pause, und ohne Jonat hob sich die Stimmung. Sarvaj und Gellan saßen etwas abseits der Truppe und plauderten leicht über die Vergangenheit. Sarvaj achtete sorgfältig darauf, keine Themen anzuschneiden, die Gellan an seine Frau und die Kinder erinnern konnten, und sprach deshalb vorwiegend von Geschichten aus dem Soldatenleben.

»Hast du was dagegen, wenn ich dir eine Frage stelle?« fragte er plötzlich.

»Warum sollte ich?« antwortete Gellan.

»Warum hast du Jonat befördert?«

»Weil er Talent hat – er hat es nur noch nicht erkannt.«

»Er mag dich nicht.«

»Das spielt keine Rolle. Beobachte ihn – er wird sich gut machen.«

»Er macht die Männer fertig, schmälert ihren Kampfgeist.«

»Ich weiß. Hab Geduld.«

»Er drängt darauf, daß wir nach Norden reiten – um aus Skultik auszubrechen.«

»Hör auf, dir darüber Sorgen zu machen, Sarvaj. Vertrau mir.«

Ich vertraue dir, dachte Sarvaj. Ich vertraue darauf, daß du der beste Schwertkämpfer der Legion bist, ein vorsichtiger und besorgter Offizier, ein treuer Freund. Aber Jonat? Jonat war eine Schlange und Gellan zu vertrauensvoll, um das zu sehen. Es würde die Zeit kommen, wo Jonat eine Meuterei anzetteln würde, die sich wie ein Lauffeuer in den entmutigten Reihen von Egels Armee ausbreiten würde.

In jener Nacht, als Gellan in seinen Mantel gewickelt abseits des Feuers lag, fiel er in einen tiefen Schlaf, und die Träume kehrten zurück. Er erwachte mit einem Ruck, und die Tränen flossen, obwohl er versuchte, die Schluchzer hinunterzuschlucken, die sich Bahn brechen wollten. Als er aufstand und aus dem Lager wanderte, drehte Sarvaj sich um und öffnete die Augen.

»Verdammt!« flüsterte er.

Gegen Morgengrauen stand Sarvaj auf und überprüfte die Wachen. Dies war die schlimmste Zeit der Nacht, um sich zu konzentrieren, und oftmals fand ein Mann, der von der Abenddämmerung bis Mitternacht problemlos seine Schicht ableisten konnte, es unmöglich, von Mitternacht bis Morgengrauen wachzubleiben. Sarvaj hatte keine Ahnung, woran das lag, aber er wußte, was dieses Phänomen heilte. Ein Mann, der auf Wachposten schlafend angetroffen wurde, erhielt zwanzig Peitschenhiebe, beim zweitenmal lautete das Urteil auf Todesstrafe. Sarvaj hatte nicht den Wunsch, seine Männer hängen zu sehen, und so hatte er sich den Ruf als Nachtwandler geschaffen.

In dieser Nacht, als er lautlos durch den Wald schlich, fand er alle vier Männer hellwach und aufmerksam. Zufrieden machte er sich auf den Rückweg zu seinen Decken, wo Gellan auf ihn wartete. Der Offizier sah müde aus, aber seine Augen leuchteten.

»Du hast nicht geschlafen«, stellte Sarvaj fest.

»Nein, ich habe über den Konvoi nachgedacht. Was wir nicht stehlen können, müssen wir vernichten; die Vagrier müssen lernen zu leiden. Ich verstehe nicht, wie sie diesen Krieg führen. Wenn sie die Bauerndörfer in Ruhe ließen, gäbe es immer genügend Lebensmittel, aber durch ihre Vergewaltigungen, Morde und Brandschatzungen machen sie aus dem Land eine Wildnis. Und das wird sich gegen sie kehren. Wenn der Winter kommt, werden sie auf kleine

Rationen umstellen müssen, und dann, bei den Göttern, werden wir sie schlagen.«

»Wie viele Fuhrwerke, glaubst du, werden es sein?«

»Für eine Truppe von zweitausend Mann? Mindestens fünfundzwanzig.«

»Also«, meinte Sarvaj, »wenn wir den Konvoi ohne Verluste erobern, haben wir rund zwanzig Reiter der Eskorte und drei Tage in offenem Gelände, bis wir wieder in Skultik sind. Das heißt, auf sehr viel Glück vertrauen.«

»Uns steht auch etwas zu, mein Freund«, erwiderte Gellan.

»Was heißt das schon. Ich habe beim Würfeln zehn Tage hintereinander verloren!«

»Und am elften?«

»Wieder verloren. Du weißt, ich gewinne nie beim Würfeln.«

»Ich weiß, daß du nie deine Schulden zahlst«, sagte Gellan. »Du bist mir noch drei Silberstücke schuldig. Ruf die Männer zusammen – Jonat müßte bald zurück sein.«

Aber es wurde heller Vormittag, bis Jonat und die anderen auf die Lichtung trabten. Gellan ging hinüber, um sie zu begrüßen, während Jonat sein Bein über den Sattelknauf schwang und sich zu Boden gleiten ließ.

»Was gibt's Neues?« fragte er.

»Du hattest recht – drei Stunden Richtung Osten ist ein Konvoi. Siebenundzwanzig Fuhrwerke. Aber dabei sind fünfzig berittene Wachen und zwei Kundschafter.«

»Hat man dich gesehen?«

»Ich glaube nicht«, erwiderte Jonat steif.

»Berichte mir von dem Gelände.«

»Es gibt nur einen Punkt, an dem wir sie überfallen können, aber er liegt dicht bei Ostry und der Infanterie. Der Pfad windet sich jedoch zwischen zwei bewaldeten Hügeln hindurch, auf beiden Seiten gibt es reichlich Deckung, und die Fuhrwerke werden nur langsam vorankommen, denn der Weg ist schlammig und steil.«

»Wie rasch können wir dort sein und unsere Stellung einnehmen?«

»In zwei Stunden. Aber das ist sehr knapp. Wir kommen vielleicht gerade erst an, wenn die ersten Wagen schon auf der anderen Seite in den Wald gelangen.«

»Das ist verdammt knapp«, sagte Sarvaj, »vor allem, wenn sie Kundschafter ausschicken.«

Das Risiko war zu groß, wie Gellan wußte, aber Egel brauchte verzweifelt Lebensmittel. Was schlimmer war, es blieb keine Zeit mehr, um einen Plan zu entwickeln, um zu überlegen.

»Aufsitzen!« rief er.

Als der Trupp nach Osten donnerte, verfluchte Gellan seine Unzulänglichkeit. Was nötig war, ehe man aufbrach, war eine kraftvolle, kurze Ansprache an die Männer, etwas, um ihr Blut in Wallung zu bringen. Aber er war nie gut im Umgang mit Gruppen gewesen und wußte, daß die Männer ihn für einen kalten, distanzierten Führer hielten. Jetzt wurde ihm unbehaglich bewußt, daß er einige von ihnen – vielleicht alle – in den Tod führte bei einem unbesonnenen Angriff, wie man ihn besser tollkühnen, lebhaften Männern wie Karnak oder Dundas überließ. Wie die Männer sie verehrten! Jung, stürmisch und völlig furchtlos führten sie ihre Hundertschaften wieder und wieder gegen die Vagrier, machen immer wieder Ausfälle, um den Feind wissen zu lassen, daß die Drenai immer noch kämpfen konnten.

Sie hatten wenig Zeit für Veteranen wie Gellan. Vielleicht sogar zu Recht, überlegte er, während der Wind ihm übers Gesicht strich.

Ich hätte meinen Abschied nehmen sollen, dachte er. Er hatte sich entschlossen, diesen Herbst zu gehen, aber jetzt gab es für einen Drenai-Offizier keinen ruhigen Abschied mehr.

Sie erreichten den Wald in weniger als zwei Stunden, und Gellan berief rasch eine Besprechung mit seinen Unteroffizieren ein. Zwei seiner besten Bogenschützen wurden losgeschickt, um sich um die Kundschafter zu kümmern, dann teilte er seinen Trupp links und rechts des Weges ein. Er selbst übernahm das Kommando über den rechten Hang und überließ Jonat den linken, wobei er Sarvajs mißbilligenden Blick ignorierte.

Als die Befehle erteilt waren, richteten sich die Männer darauf ein zu warten, und Gellan kaute auf seiner Lippe, seine Gedanken drehten sich in wütenden Kreisen, während er versuchte, einen Fehler in seinem Plan zu finden – einen Fehler, von dem er gewiß war, daß alle ihn sehen konnten.

Auf dem linken Hang duckte sich Jonat hinter einen dicken Busch und rieb sich den Nacken, um die Spannung seiner Muskeln zu lösen. Zu beiden Seiten warteten seine Männer, die Bogen bereit, die Pfeile aufgelegt.

Er wünschte, Gellan hätte dieses Kommando Sarvaj übertragen, er fühlte sich mit der Verantwortung unbehaglich.

»Warum kommen sie denn nicht?« zischte ein Mann zu seiner Linken.

»Bleib ganz ruhig«, hörte sich Jonat sagen. »Sie werden schon kommen. Und dann bringen wir sie um. *Alle*! Wir werden sie lehren, was es heißt, ins Land der Drenai einzufallen!«

Er grinste den Soldaten an, und als der Mann zurückgrinste, fühlte Jonat, wie die Spannung von ihm abfiel. Gellans Plan war gut, aber von einem solchen Eismann erwartete Jonat auch nichts anderes. Wenn man ihn reden hörte, konnte man glauben, daß es sich um nichts als ein weiteres Manöver handelte, aber Gellan gehörte auch zur Kriegerklasse, verdammt noch mal! Er war nicht der Sohn eines Landarbeiters, der vor allem für seine Tanzkünste berühmt war, wenn er betrunken war. Zorn flackerte in ihm auf, aber Jonat unterdrückte ihn, als das erste Knirschen der Fuhrwerke zu ihnen hinaufdrang.

»Ruhig jetzt!« flüsterte er. »Niemand schießt, bevor ich den Befehl gebe. Gebt das weiter – ich werde jedem bei lebendigem Leibe die Haut abziehen, der den Befehl mißachtet!«

Die Fuhrwerke wurden von sechs Reitern angeführt. Ihre spitzen schwarzen Helme waren heruntergeklappt, die Schwerter hatten sie in Händen. Hinter ihnen rumpelten die schweren Fuhrwerke und Karren, zweiundzwanzig Berittene begleiteten sie links und rechts des Pfades. Langsam kamen sie näher, und als der vorderste Reiter an Jonat vorbeikam, legte er einen Pfeil auf den Bogen und wartete, wartete ...

»Jetzt!« brüllte er, als das letzte Fuhrwerk den Anstieg begonnen hatte.

Schwarze Pfeile schossen aus den Bäumen zu beiden Seiten des Weges. Pferde stiegen wiehernd auf die Hinterhand, und in dem Wäldchen brach die Hölle los. Einer der Reiter fiel rücklings über sein Pferd, zwei Pfeile in der Brust. Ein weiterer stürzte nach vorn, als ein Pfeil in seine Kehle drang.

Fuhrleute versuchten, sich unter den Karren in Deckung zu bringen, während das Massaker weiterging. Drei Reiter galoppierten nach Westen, duckten sich tief über den Hals ihrer Pferde. Einer wurde durch einen Pfeil vom Pferd geholt, der sein Reittier in den Hals traf. Als er wieder auf die Füße kam, trafen ihn drei Pfeile in den Rücken. Die beiden anderen erreichten die Hügelkuppe und richteten sich im Sattel auf ...

Nur um festzustellen, daß sie Sarvaj und zehn Bogenschützen in die Arme ritten. Sie wurden von Pfeilen gespickt, und beide Pferde stürzten sterbend zu Boden und rissen ihre Reiter mit sich. Sarvaj und seine Männer stürzten vor und töteten die Reiter, ehe sie sich erheben konnten.

Im Wald führte Jonat seine Männer in einen tollkühnen Angriff auf die Fuhrwerke. Einige der Fuhrleute kamen hervorgekrochen, um sich ihnen mit erhobenen Händen zu stellen, aber die Drenai waren nicht in der Stimmung, Gefangene zu machen, und töteten sie erbarmungslos.

Binnen drei Minuten nach Beginn dieser Begegnung waren alle Vagrier tot.

Gellan ging langsam zu den Fuhrwerken hinunter. Sechs der Ochsen, die den ersten Karren zogen, lagen am Boden, und er befahl, sie zu töten. Die Aktion war besser gelaufen, als er hatte hoffen können: siebzig Vagrier tot und kein einziger seiner Männer verwundet.

Aber jetzt kam der schwierige Teil – er mußte die Fuhrwerke nach Skultik bringen.

»Gute Arbeit, Jonat!« lobte er. »Du hast genau zum richtigen Zeitpunkt losgeschlagen.«

»Danke.«

»Nimm den Toten die Mäntel und die Helme ab – und versteck die Leichen im Wald.«

»Jawohl.«

»Wir werden eine Zeitlang Vagrier sein.«

»Es ist ein langer Weg nach Skultik«, sagte Jonat.

»Wir werden schon hinkommen«, antwortete Gellan.

# 5

Waylander hielt am Fuß eines grasbewachsenen Hügels an und hob Culas und Miriel aus dem Sattel. Die Bäume wurden hier spärlicher, und sobald sie über den Hügel waren, würden sie in offenem Gelände sein. Waylander war müde, seine Glieder waren schwer, die Augen brannten. Als starker Mann war er an solche körperliche Erschöpfung nicht gewöhnt und konnte sie nicht begreifen. Dardalion blieb neben ihm stehen, und Danyal ließ Krylla in die Arme des Priesters sinken.

»Warum machen wir halt?« fragte Danyal. Dardalion zuckte die Achseln.

Waylander wanderte zur Hügelkuppe hinauf, legte sich flach auf den Bauch und spähte in die Ebene hinab. In weiter Ferne sah er eine Kolonne von Fuhrwerken auf dem Weg nach Norden, eskortiert von vagrischer Kavallerie. Waylander kaute an seiner Lippe und runzelte die Stirn.

Nach Norden?

Zu Egel?

Das konnte nur bedeuten, daß man Egel aus Skultik hinausgedrängt oder daß er einen Ausfall nach Purdol gemacht hatte. Wenn eine der beiden Möglichkeiten zutraf, hatte es wenig Sinn, die Kinder in den Wald zu bringen. Aber wo sonst konnten sie hingehen? Waylander blickte wieder in die Ebene hinab: Tausende von Quadratkilometern flaches, unendliches Grasland, hier und da gesprenkelt von einzelnen Bäumen und Gebüsch, das sich dicht an den Boden kauerte. Und doch war das Land trügerisch, wie er wußte. Was wie Flachland wirkte, barg zahllose Wasserläufe und Mulden, viele Senken und Windungen. Die gesamte vagrische Armee konnte in Sichtweite lagern und doch vor ihm verborgen bleiben. Er blickte sich um und sah die beiden Mädchen Glockenblumen pflücken. Der Klang ihres Lachens hallte auf dem Hang wider. Waylander fluchte leise. Er schob sich vorsichtig von der Hügelkuppe, stand auf und kehrte zu der Gruppe zurück.

Als er den Hügel hinunterging, traten vier Männer zwischen den Bäumen hervor.

Waylanders Augen wurden schmal, aber er ging weiter. Dardalion hatte die Männer noch nicht gesehen und sprach mit dem Jungen, Culas.

Die Männer verteilten sich, als Waylander näherkam. Alle vier trugen einen Bart, ihre Gesichter waren finster. Jeder hatte ein Langschwert umgeschnallt, zwei darüber hinaus noch einen Bogen. Waylanders Armbrust hing an seinem Gürtel, aber sie war nutzlos, da die Arme eingeklappt waren.

Dardalion wandte sich um, als Waylander an ihm vorbeiging, und sah die Männer. Die Schwestern hörten auf, Blumen zu pflücken, und liefen zu Danyal. Culas stellte sich an ihre Seite, Dardalion baute sich dicht hinter Waylander auf.

»Schöne Pferde«, sagte der Mann in der Mitte. Er war größer als die anderen und trug einen grünen Umhang aus handgesponnener Wolle.

Waylander sagte nichts, und Dardalion spürte, wie die Spannung wuchs. Er wischte sich die Hand an seinem Hemd ab und hakte den Daumen in den Gürtel, dicht neben sein Messer. Der grüngekleidete Neuankömmling bemerkte die Bewegung und lächelte, aber seine blauen Augen zuckte zurück zu Waylander.

»Du gibst dir nicht gerade Mühe mit der Begrüßung, mein Freund«, sagte er.

Waylander lächelte. »Seid ihr hergekommen, um zu sterben?« fragte er ruhig.

»Was soll dieses Gerede vom Sterben? Wir sind doch alle Drenai hier.« Der Mann fühlte sich jetzt sichtlich unwohl. »Ich heiße Baloc, und das hier sind meine Brüder Lak, Dujat und Meloc – er ist der jüngste. Wir sind nicht hier, um euch etwas anzutun.«

»Und wenn, wäre das auch egal«, sagte Waylander. »Sag deinen Brüdern, sie sollen sich setzen und es sich bequem machen.«

»Mir gefällt deine Art nicht«, sagte Baloc steif. Er trat einen Schritt zurück, und die Brüder bildeten einen Halbkreis um Waylander und den Priester.

»Was dir gefällt oder nicht, ist mir gleichgültig«, erwiderte Waylander. »Und wenn dein Bruder noch einen Schritt weiter nach rechts macht, töte ich ihn.«

Sofort hielt der Mann inne, und Baloc fuhr sich mit der Zunge über die Lippen. »Deine Drohungen sind ziemlich heftig für einen Mann ohne Schwert.«

»Daraus solltest du etwas lernen«, sagte Waylander. »Aber da du aussiehst wie ein dummer Mann, werde ich es dir erklären. Ich brauche kein Schwert, um mit Abschaum wie dir fertig zu werden. Nein, sag kein Wort – hör einfach zu! Heute bin ich in guter Stimmung. Verstehst du? Wärt ihr gestern gekommen, hätte ich euch wahrscheinlich getötet ohne diese ganze Unterhaltung. Aber heute bin ich mitteilsam. Die Sonne scheint, und alles ist gut. Also nimm deine Brüder und geh dahin, wo ihr hergekommen seid.«

Baloc starrte Waylander in die Augen, unsicher und sich eines wachsenden Unbehagens bewußt. Zwei Männer gegen vier und kein Schwert in Sicht. Zwei Pferde und eine Frau als Preis. Doch er war noch immer unsicher.

Der Mann war so zuversichtlich, so ruhig. In seiner Haltung und seinem Wesen lag nicht die Spur von Anspannung ... und seine Augen waren kalt wie Grabsteine.

Plötzlich grinste Baloc und breitete die Arme aus. »All das Gerede über Tod und Töten ... Gibt es nicht schon genug Ärger auf dieser Welt? Also schön, wir gehen.« Als er sich zurückzog, wobei er Waylander beobachtete, schlossen seine Brüder sich ihm an, und alle Männer verschwanden wieder im Wald.

»Lauft«, sagte Waylander.

»Was?« fragte Dardalion. Aber der dunkelhaarige Krieger sprintete bereits zu den Pferden, zog seine Armbrust hervor und klappte sie auf.

»Auf den Boden!« schrie er, und Danyal warf sich der Länge nach hin und zog die Mädchen mit sich.

Schwarzschäftige Pfeile zischten aus den Bäumen hervor. Einer flog an Dardalions Kopf vorbei, und er warf sich ins Gras. Ein zweiter verfehlte Waylander nur um Zentimeter. Er legte zwei Bolzen ein, spannte die Armbrust und rannte im Zickzack, Deckung suchend, auf die Bäume zu. Pfeile kamen ihm gefährlich nahe. Einer zischte über Dardalion hinweg. Er hörte einen erstickten Schrei und rollte sich herum. Der Junge Culas war stehengeblieben, aber jetzt kniete er vor Schmerzen nieder, die kleinen Hände umklammerten einen Pfeil, der in seinem Bauch steckte.

Zorn wallte in Dardalion auf, und mit dem Messer in der Hand folgte er Waylander. Dann ertönte ein Schrei aus dem Wald ... und noch einer. Dardalion rannte los und sah, daß zwei der Männer auf dem Boden lagen, während Waylander, ein Messer in jeder Hand, den beiden anderen gegenüberstand. Baloc stürzte vor, sein Schwert zielte auf Waylanders Hals, aber dieser duckte sich unter der Klinge hinweg und rammte dem Mann sein rechtes Messer in die Leiste. Baloc klappte zusammen und stürzte, riß Waylander mit sich. Als der letzte der Räuber mit erhobenem Schwert vorstürmte, fuhr Dardalions Arm hoch und wieder herab. Die schwarze Klinge landete in der Kehle des Räubers, der rückwärts zu Boden ging und sich auf der dunklen Erde wand. Waylander zog sein Messer aus Baloc, packte den Mann bei den Haaren und riß seinen Kopf zurück.

»Manche lernen es nie«, sagte er und schlitzte dem Mann die Kehle auf.

Dann stand er auf, ging zu dem noch immer zuckenden Mann, den Dardalion niedergestreckt hatte, zog sein Messer aus dessen Kehle und wischte die Klinge an dessen Wams ab, ehe er es dem Priester zurückgab. Er sammelte seine Bolzen von den beiden anderen Toten ein, säuberte seine Armbrust und klappte sie wieder zusammen.

»Guter Wurf!« sagte er.

»Sie haben den Jungen umgebracht«, sagte Dardalion.

»Meine Schuld«, sagte Waylander bitter. »Ich hätte sie gleich töten sollen.«

»Es hätte sein können, daß sie wirklich nichts Böses wollten«, sagte Dardalion.

»Nimm die zwei Schwerter und Scheiden und einen der Bögen«, bat Waylander. »Ich kümmere mich um den Jungen.«

Er ließ Dardalion im Wald und wanderte langsam zurück zu den Pferden. Die Schwestern saßen nebeneinander, still und schockiert. Danyal weinte. Culas Kopf lag in ihren Schoß gebettet, seine Augen waren offen, seine Hände umklammerten noch immer den Pfeil.

Waylander kniete neben ihm nieder. »Tut es sehr weh?«

Der Junge nickte. Er biß sich auf die Lippen, Tränen rannen ihm übers Gesicht. »Ich werde sterben! Ich weiß es.«

»Natürlich wirst du nicht sterben«, erwiderte Danyal ungestüm. »Wir rasten nur ein Weilchen, dann ziehen wir den Pfeil heraus.«

Culas ließ den Pfeil los und hob die Hand. Sie war blutüberströmt. »Ich spüre meine Beine nicht«, klagte er. Waylander ergriff die Hand des Jungen.

»Hör mir zu, Culas. Du mußt keine Angst haben. In einer Weile wirst du einschlafen, das ist alles. Einfach nur tief schlafen ... ohne Schmerzen.«

»Es tut jetzt weh«, sagte Culas. »Es brennt wie Feuer.«

Als Waylander auf das junge Gesicht hinabsah, das jetzt schmerzverzerrt war, sah er wieder seinen Sohn in den Blumen liegen.

»Schließ die Augen, Culas, und höre auf meine Stimme. Vor langer Zeit hatte ich einen Bauernhof. Einen schönen Hof, und ich hatte ein weißes Pony, das laufen konnte wie der Wind . . .« Während er sprach, zog Waylander sein Messer und drückte es an Culas Oberschenkel. Der Junge reagierte nicht. Waylander erzählte weiter mit sanfter, ruhiger Stimme und drückte dabei die Messerspitze in Culas' Leiste, so daß er die Arterie am Oberschenkel ritzte. Blut spritzte aus der Wunde, und Waylanders Stimme sprach weiter, auch als Culas Gesicht blaß wurde und auf seinen Lidern ein blauer Schimmer erschien.

»Schlafe sanft«, flüsterte Waylander, und der Kopf des Jungen fiel zur Seite. Danyal blinzelte, sah hoch und erblickte das Messer in Waylanders Hand. Ihr Arm schoß vor und traf ihn seitlich am Kopf.

»Du Schwein, du widerliches Schwein! Du hast ihn getötet!«

»Ja«, sagte er. Er stand auf und berührte seine Lippe. Blut rann aus einem Riß im Mundwinkel, wo ihre Faust ihn getroffen hatte.

»Warum? Warum hast du das getan?«

»Es macht mir Spaß, kleine Jungs umzubringen«, sagte er sardonisch und ging zu seinem Pferd. Dardalion kam ihm nach; der Priester trug jetzt Balocs Langschwert.

»Was ist geschehen?« fragte er und reichte Waylander ein zweites Schwert mit Gürtel.

»Ich habe den Jungen getötet . . . er hätte noch tagelang Schmerzen gelitten. Bei den Göttern, Priester, ich wünschte, ich hätte dich nie getroffen! Setz die Kinder aufs Pferd und reitet nach Norden – ich werde für eine Weile kundschaften gehen.«

Er ritt eine Stunde lang, gespannt und aufmerksam, bis er zu einer flachen Senke kam. Er ritt hinein und fand einen Lagerplatz bei einem umgestürzten Baum, wo er abstieg. Nachdem er sein Pferd mit dem letzten Getreide gefüttert hatte, setzte er sich auf den Baumstumpf, wo er ohne sich zu rühren eine weitere Stunde sitzenblieb, bis das Tageslicht nachließ. Dann ging er den Hang hinauf und wartete auf Dardalion.

Die Gruppe kam, als die Sonne gerade hinter den Bergen im Westen versank. Waylander führte sie zu dem Lagerplatz und hob die Mädchen aus dem Sattel.

»Es wird ein Mann zu dir kommen, Waylander«, sagte Krylla und schlang die Arme um seinen Hals.

»Woher weißt du das?«

»Er hat es mir gesagt. Er sagte, er käme zum Abendessen zu uns.«
»Wann hast du ihn gesehen?«
»Vor kurzem. Ich war fest eingeschlafen, und Danyal hielt mich im Arm, und ich muß eingenickt sein. Der Mann sagte, er würde dich heute abend aufsuchen.«
»War es ein netter Mann?« fragte Waylander.
»Seine Augen waren wie aus Feuer«, antwortete Krylla.

Waylander entzündete ein kleines Feuer in einem Ring aus Steinen, dann ging er hinaus auf die Ebene, um festzustellen, ob man den Feuerschein sehen konnte. Er stellte zufrieden fest, daß ihr Lager gut verborgen war, und ging langsam durch das hohe Gras auf die Mulde zu.

Eine Wolke schob sich vor den Mond, so daß die Ebene in Dunkelheit getaucht war. Waylander fror. Der Hauch einer Bewegung zu seiner Rechten ließ ihn sich zu Boden werfen und sein Messer ziehen.

»Steh auf, mein Sohn«, erklang eine Stimme neben ihm.

Waylander rollte sich auf die linke Seite und erhob sich auf ein Knie. Das Messer hielt er ausgestreckt. »Du benötigst keine Waffe. Ich bin allein und sehr alt.«

Waylander schlich vorsichtig den Pfad zurück und bog nach rechts.

»Du bist sehr vorsichtig«, sagte die Stimme. »Sehr schön. Ich werde dich an eurem Feuer treffen.«

Die Wolke verzog sich, und die Ebene lag in silbernem Licht vor ihm. Waylander richtete sich auf. Er war allein. Rasch suchte er die Gegend ab. Nichts. Er kehrte zum Feuer zurück.

Dort saß ein alter Mann, der die Hände der Wärme entgegenstreckte. Krylla und Miriel saßen neben ihm, Dardalion und Danyal ihm gegenüber.

Waylander näherte sich vorsichtig, der Mann blickte nicht auf. Er war kahl und bartlos, das Gesicht war von losen Hautfalten umgeben. Aus der Breite seiner Schultern schloß Waylander, daß er einmal sehr kräftig gewesen sein mußte. Jetzt war er nur noch Haut und Knochen, die Augenlider lagen flach in den Höhlen.

Ein Blinder!

»Warum paßt dir dein Gesicht nicht?« fragte Miriel.

»Früher hat es einmal gepaßt«, antwortete der alte Mann. »In meiner Jugend galt ich als gutaussehend, als mein Haar noch golden und meine Augen smaragdgrün waren.«

»Jetzt siehst du schrecklich aus«, meinte Krylla.

»Da bin ich sicher! Gott sei Dank kann ich mich selbst nicht mehr sehen – die Enttäuschung bleibt mir erspart. Ah, der Wanderer kehrt zurück«, sagte der alte Mann und wandte den Kopf.

»Wer bist du?« fragte Waylander.

»Ein Reisender wie du auch.«

»Du reist allein?«

»Ja ... aber nicht so allein wie du.«

»Bist du der Mystiker, der mit Krylla sprach?«

»Ich hatte die Ehre – sie ist ein reizendes Kind. Sehr begabt für ihr junges Alter. Sie sagt, daß du ihr Retter bist, ein großer Held.«

»Sie sieht es mit den Augen eines Kindes. Es ist nicht immer alles, wie es scheint«, entgegnete Waylander.

»Kinder sehen viele Dinge, die wir nicht mehr sehen können. Wenn wir es könnten, würden wir dann so schreckliche Kriege führen?«

»Bist du ein Priester, Mann? Ich habe die Nase voll von Priestern«, fuhr Waylander ihn an.

»Nein. Ich studiere lediglich das Leben. Ich wäre gern Priester gewesen, aber ich fürchte, meine Gelüste haben immer die Oberhand gewonnen. Ich konnte nie einem hübschen Gesicht oder einem guten Wein widerstehen. Jetzt, wo ich alt bin, gelüstet es mich nach anderen Dingen, aber selbst diese sind mir nun verwehrt.«

»Wie hast du uns gefunden?«

»Krylla hat mir den Weg gezeigt.«

»Und ich nehme an, du möchtest mit uns reisen?«

Der Mann lächelte. »Ich wünschte, ich könnte! Nein, ich werde heute nacht bei euch bleiben, und dann muß ich zu einer anderen Reise aufbrechen.«

»Wir haben nicht viel zu essen«, sagte Waylander.

»Aber du bist zu dem wenigen, das wir haben, eingeladen«, sagte Dardalion und setzte sich neben den alten Mann.

»Ich habe keinen Hunger. Trotzdem, danke. Du bist der Priester?«

»Ja.«

Der alte Mann streckte die Hand aus und berührte den Griff von Dardalions Dolch. »Ein ungewöhnlicher Gegenstand bei einem Priester.«

»Es sind ungewöhnliche Zeiten«, antwortete Dardalion errötend.

»Das muß wohl so sein.« Er wandte sich Waylander zu. »Ich kann dich nicht sehen, aber ich spüre deine Kraft. Und auch deinen Zorn. Bist du wütend auf mich?«

»Noch nicht«, antwortete Waylander, »aber ich frage mich, wann du auf den Zweck deines Besuches zu sprechen kommst.«

»Du glaubst, ich hätte Hintergedanken?«

»Keineswegs«, erwiderte Waylander trocken. »Ein blinder Mann lädt sich mit Hilfe der mystischen Talente eines verängstigten Kindes zum Abendessen ein und findet unser Feuer mitten in der Wildnis. Was könnte natürlicher sein? Wer bist du, und was willst du?«

»Mußt du immer so abscheulich sein?« fragte Danyal. »Es ist mir gleich, wer er ist, er ist willkommen. Oder möchtest du ihn vielleicht töten? Schließlich hast du schon seit ein paar Stunden niemanden mehr getötet.«

»Bei den Göttern, Frau, dein Geschwätz dreht mir den Magen um«, schnaubte der Krieger. »Was willst du eigentlich von mir? Der Junge ist also gestorben. Das geschieht nun mal im Krieg... Menschen sterben. Und bevor du wieder dein Gift versprühst, denk daran: Als ich euch zurief, euch fallenzulassen, hast *du* es verstanden, dich zu retten. Wenn du da an den Jungen gedacht hättest, hätte er vielleicht keinen Pfeil in den Bauch bekommen.«

»Das ist nicht fair!« rief sie.

»Das Leben ist nun mal so.« Er nahm seine Decken und entfernte sich von der Gruppe. Sein Herz klopfte, und Wut drohte ihn zu übermannen. Er stieg den Abhang hinauf und starrte hinaus auf die Ebene. Irgendwo dort draußen waren Reiter auf der Jagd nach ihm. Sie konnten nicht zulassen, daß er am Leben blieb. Denn wenn sie versagten, war ihr eigenes Leben verwirkt. Und hier saß Waylander in der Falle, durch einen Priester und eine Frau gefangen wie ein Esel im Netz, während die Löwen immer näher kamen.

Torheit. Reine Torheit.

Er hätte nie einen Auftrag von Kaem, dieser vagrischen Schlange, annehmen sollen. Der Name des Mannes war gleichbedeutend mit Verrat: Kaem der Grausame, Kaem der Schlächter der Völker – der Ränkeschmied der vagrischen Armee.

Alle Instinkte Waylanders hatten ihm zugeschrien, Kaems Auftrag zurückzuweisen, aber er hatte sie ignoriert. Inzwischen hatte der vagrische General gewiß seine Truppen von Mördern in alle Richtungen ausgeschickt. Sie würden wissen, daß er nicht nach

Süden oder Westen gegangen war, und die Häfen im Osten wären für ihn verschlossen. Nur der Norden war offen – und die Mörder würden alle Wege nach Skultik beobachten.

Waylander fluchte leise. Kaem hatte ihm vierundzwanzigtausend Goldstücke für den Auftrag geboten, und als Zeichen des Vertrauens hatte er die Hälfte der Summe auf Waylanders Namen bei Cheros hinterlegt, dem größten Bankier in Gulgothir. Waylander hatte den Auftrag mit gewohnter Kunstfertigkeit erledigt, obwohl ihm bei der Erinnerung an die Tat die Schamröte ins Gesicht stieg. Er sah wieder den Pfeil fliegen und kniff die Augen zu...

Die Nacht war kühl, die Sterne glitzerten wie Speerspitzen. Waylander streckte sich aus und zwang seine Gedanken in die Gegenwart zurück, aber das Gesicht seines Opfers kehrte wieder und wieder zurück... ein sanftes Gesicht, gequält vom eigenen Versagen... sanfte Augen und ein freundliches Lächeln. Er hatte sich gebückt, um eine Blume zu pflücken, als Waylanders Bolzen in seinen Rücken drang...

»Nein!« rief Waylander und setzte sich auf. Seine Hand schoß vor, als ob sie die Erinnerung wegstoßen wollte. Denk an etwas anderes... irgend etwas anderes!

Nach dem Mord war er nach Osten davongeschlichen, um nach Vagria zu reisen, zu dem von Kaem versprochenen Gold. Unterwegs hatte er einen Kaufmann getroffen, der von Norden kam und ihm vom Tode des Bankiers Cheros erzählte. Drei Mörder hatten ihn in seinem Haus getötet und waren mit einem Vermögen an Gold und Edelsteinen verschwunden.

Da hatte Waylander gewußt, daß man ihn verraten hatte, aber ein Instinkt – ein innerer Zwang – trieb ihn weiter. Er war zu Kaems Palast gegangen und hatte eine hohe Gartenmauer überstiegen. Drinnen hatte er zwei Wachhunde getötet und das Hauptgebäude betreten. Es war kein Problem gewesen, Kaems Zimmer zu finden, aber er hatte ein Dienstmädchen geweckt und es mit vorgehaltenem Dolch gezwungen, ihn zum Schlafzimmer des Generals zu führen. Kaem schlief in seinen Gemächern im dritten Stock des Palastes. Waylander hatte dem Mädchen einen Schlag gegen den Hals versetzt, sie aufgefangen, als sie zusammensackte, und sie auf einen weißen Fellteppich gleiten lassen. Dann war er zum Bett gegangen und hatte sein Messer an Kaems Kehle gesetzt. Die Augen des Generals klappten ruckartig auf.

»Hättest du nicht zu einer vernünftigeren Tageszeit kommen können?« fragte er glattzüngig.

Waylander drückte das Messer eine Spur tiefer, und Blut rann aus dem Schnitt, während Kaem in die über ihn gebeugten dunklen Augen starrte.

»Wie ich sehe, hast du von Cheros gehört. Ich hoffe, du glaubst nicht, daß ich dafür verantwortlich bin.« Das Messer drang etwas tiefer, und dieses Mal zuckte Kaem zusammen.

»Ich weiß, daß du dafür verantwortlich bist«, zischte Waylander.

»Können wir darüber reden?«

»Wir können über vierundzwanzigtausend Goldstücke reden.«

»Natürlich.«

Plötzlich wand Kaem sich, und sein Arm stieß vor und fegte Waylander vom Bett. Die Schnelligkeit dieses Angriffs verblüffte den Mörder, er rollte sich auf die Füße und sah sich dem drahtigen General gegenüber, der inzwischen aus dem Bett geklettert war und ein Schwert aus der Scheide gezogen hatte, die am Bettpfosten hing.

»Du wirst allmählich alt, Waylander«, sagte Kaem.

Die Tür wurde aufgerissen, und ein junger Mann stürzte herein. Er trug einen Bogen, auf dessen Sehne ein Pfeil aufgelegt war.

Waylanders Arm schoß vor, und der junge Mann brach mit einem schwarzen Messer in der Kehle zusammen. Waylander sprang über den Toten und rannte zur Tür.

»Dafür wirst du sterben!« schrie Kaem. »Hörst du mich? Du wirst *sterben*!«

Schluchzend folgte er Waylander, als er die breite Treppe hinunterjagte, denn der junge Mann war Kaems einziger Sohn...

Und jetzt suchten die Jäger nach seinem Mörder.

In seine Decken gewickelt und mit dem Rücken gegen einen vorspringenden Felsen gelehnt, hörte Waylander, wie der alte Mann näher kam. Das grobe Tuch seines Gewandes raschelte im hohen Gras.

»Darf ich mich zu dir setzen?«

»Warum nicht?«

»Eine herrliche Nacht, nicht wahr?«

»Wie definiert ein Blinder ›herrlich‹?«

»Die Luft ist frisch und kühl, und die Stille eine Maske – ein

Mantel, der soviel Leben verhüllt. Rechts von uns sitzt ein Hase, der sich fragt, warum zwei Männer so dicht bei seinem Bau sitzen. Links von uns ist ein Rotfuchs – dem Geruch nach eine Füchsin –, und sie jagt den Hasen. Über uns fliegen die Fledermäuse und genießen die Nacht ebenso wie ich.«

»Für meinen Geschmack ist es zu hell«, sagte Waylander.

»Es ist immer schwer, gejagt zu werden.

»Ich hatte schon das Gefühl, du wüßtest Bescheid.«

»Wüßte Bescheid worüber? Das Gefühl, gejagt zu werden, oder die Tatsache, daß die Dunkle Bruderschaft dich sucht?«

»Sowohl als auch. Beides. Es spielt keine Rolle.«

»Du hattest recht, Waylander. Ich habe dich gesucht, und ich habe Hintergedanken. Wollen wir also aufhören zu streiten?«

»Wie du willst.«

»Ich habe eine Botschaft für dich.«

»Von wem?«

»Das gehört nicht zur Botschaft. Außerdem würde es mehr Zeit kosten, es dir zu erklären, als ich habe. Laß mich nur sagen, daß du eine Chance bekommen hast, dich zu erlösen.«

»Wie nett von dir. Aber da ist nichts zu erlösen.«

»Wenn du es sagst. Ich will nicht streiten. Bald wirst du Egels Lager erreichen, wo du eine Armee in Auflösung vorfinden wirst, eine Kampftruppe, die der endgültigen Niederlage geweiht ist. Du kannst ihnen helfen.«

»Bist du übergeschnappt, alter Mann? Nichts kann Egel retten.«

»Ich sagte nicht ›retten‹, sondern ›helfen‹.«

»Worin liegt der Sinn, einem toten Mann zu helfen?«

»Worin lag der Sinn, den Priester zu retten?«

»Das war eine Laune, verdammt! Und es wird lange dauern, bevor ich mir noch einmal eine solche Laune gestatte.«

»Warum bist du so wütend?«

Waylander kicherte, aber es lag kein Humor darin.

»Du weißt, was dir geschehen ist?« fragte der alte Mann. »Du bist von der QUELLE berührt worden, und das sind die Ketten, gegen die du dich auflehnst. Einst warst du ein guter Mann und kanntest die Liebe. Aber die Liebe starb, und da kein Mensch in einem Vakuum lebt, hast du dich nicht mit Haß, sondern mit Leere gefüllt. Du hast in den vergangenen zwanzig Jahren nicht gelebt – du warst ein wandelnder Leichnam. Den Priester zu retten war deine erste anständige Tat in zwei Jahrzehnten.«

»Dann bist du also gekommen, um zu predigen?«

»Nein, ich predige, ohne es zu wollen. Ich kann dir die QUELLE nicht erklären. Bei der QUELLE geht es um Torheit, wunderbare Torheit, um Reinheit und Freude. Aber gegen die Weisheit der Welt versagt sie, denn die QUELLE weiß nichts von Gier, Lust, Täuschung, Haß oder irgendwelchem Bösen. Und doch triumphiert sie stets. Denn die QUELLE gibt immer etwas für nichts: Gutes für Böses, Liebe für Haß.«

»Das ist ein Trugschluß. Gestern starb ein kleiner Junge – er haßte niemanden, aber ein böser Hurensohn streckte ihn nieder. Überall in diesem Land sterben gute, anständige Menschen zu Tausenden. Erzähl mir nichts von Triumphen. Triumphe sind auf dem Blut der Unschuldigen gebaut.«

»Siehst du? Ich rede Torheit. Aber indem ich dich kennenlerne, weiß ich, was Triumph bedeutet. Ich verstehe ein weiteres Fragment.«

»Das freut mich für dich«, spottete Waylander und verabscheute sich selbst dafür.

»Laß mich erklären«, sagte der alte Mann sanft. »Ich hatte einen Sohn – keinen brillanten Jungen, nicht den hellsten Kopf. Aber er liebte viele Dinge. Er hatte einen Hund, der im Kampf mit einem Wolf verletzt wurde, und wir hätten den Hund töten sollen, denn er war ernstlich verwundet. Aber mein Sohn wollte das nicht zulassen, er nähte die Wunde und saß fünf Tage und Nächte bei dem Hund, denn er wollte, daß er lebte. Aber er starb. Und es hat ihm das Herz gebrochen, denn er war ihm teuer. Als er ein Mann wurde, habe ich alles, was ich hatte, ihm übergeben. Er wurde Haushofmeister, und ich begab mich auf meine Reisen. Mein Sohn hat den Hund nie vergessen, und das färbte auf alles ab, was er tat ...«

»Hat die Geschichte auch einen Sinn?«

»Das hängt von dir ab, denn hier kommst du ins Spiel. Mein Sohn sah, daß alles, was ich seiner Obhut anvertraut hatte, in Gefahr war, und er versuchte verzweifelt, es zu retten. Aber er war zu weich, und Räuber überfielen meine Ländereien und erschlugen meine Leute. Da erkannte mein Sohn seine Fehler und wurde wahrhaft ein Mann, denn er wußte jetzt, daß das Leben oft harte Entscheidungen verlangt. Also sammelte er seine Generäle und arbeitete an einem Plan, um seine Leute zu befreien. Aber dann tötete ihn ein Attentäter. Sein Leben war zu Ende ... und als er starb, sah er nur sein Versagen, und er strahlte eine schreckliche Verzweiflung aus, die ich noch Tausende von Kilometern entfernt spürte.

Ein schrecklicher Zorn erfüllte mich, und ich dachte daran, dich zu töten. Das könnte ich selbst jetzt noch. Aber dann berührte die QUELLE mich. Und jetzt bin ich lediglich hier, um zu reden.«

»Dein Sohn war König Niallad?«

»Ja. Ich bin Orien mit den Zwei Klingen. Oder, genauer gesagt, ich war einst Orien.«

»Es tut mir leid um deinen Sohn. Aber das ist nun mal mein Geschäft.«

»Du sprichst vom Tod der Unschuldigen. Vielleicht – wenn mein Sohn am Leben geblieben wäre – hätten viele dieser Unschuldigen auch überlebt.«

»Ich weiß. Und ich bedaure es ... aber ich kann es nicht mehr ändern.«

»Es ist nicht wichtig«, sagte Orien. »Aber *du* bist wichtig. Die QUELLE hat dich erwählt, aber du mußt deine Wahl treffen.«

»Mich wozu erwählt? Meine einzige Gabe ist kaum das, was die QUELLE bewundern würde.«

»Das ist nicht deine einzige Gabe. Du weißt von meinem früheren Leben?«

»Ich weiß, daß du ein großer Krieger warst, der nie in einer Schlacht geschlagen wurde.«

»Hast du meine Statue in Drenan gesehen?«

»Ja. Die Bronze-Rüstung.

»Ja, genau. Die Rüstung. Viele wüßten gern, wo sie geblieben ist, und die Bruderschaft sucht sie, denn sie bedroht das Vagrische Reich.«

»Ist sie denn magisch?«

»Nein – wenigstens nicht in dem Sinn, wie du meinst. Sie wurde vor langer Zeit von dem großen Axellian geschaffen. Hervorragende Handwerkskunst – die beiden Schwerter sind aus einem unvergleichlichen Metall, einem Silberstahl, der niemals stumpf wird. Mit dieser Rüstung hat Egel eine Chance – mehr nicht.«

»Aber du sagtest doch, daß ihr keine Magie innewohnt?«

»Die Magie liegt in den Köpfen der Menschen. Wenn Egel diese Rüstung trägt, wird es sein, als wäre Orien zurückgekehrt. Und Orien wurde niemals besiegt. Die Männer werden sich um Egel scharen, und er wird wachsen – er ist der beste von ihnen, ein eiserner Mann mit einem unbezwingbaren Willen.«

»Und du willst, daß ich diese Rüstung hole?«
»Ja.«
»Ich nehme an, das birgt gewisse Gefahren?«
»Ich denke, das ist richtig eingeschätzt.«
»Aber die QUELLE wird mit mir sein?«
»Vielleicht. Vielleicht auch nicht.«
»Ich dachte, du hättest gesagt, ich wäre für diese Aufgabe auserwählt. Was macht es für einen Sinn, von einem Gott ohne Macht unterstützt zu werden?«
»Eine gute Frage, Waylander. Ich hoffe, du wirst die Antwort finden.«
»Wo ist die Rüstung?«
»Ich versteckte sie in einer tiefen Höhle im Hang eines hohen Berges.«
»Irgendwie überrascht mich das nicht. Wo?«
»Kennst du die Nadir-Steppen?«
»Ich glaube, die Sache gefällt mir immer weniger.«
»Das glaube ich auch. Nun, dreihundert Kilometer westlich von Gulgothir befindet sich eine Bergkette . . .«
»Die Mondberge.«
»Genau. In der Mitte dieser Kette erhebt sich Raboas . . .«
»Der Heilige Riese.«
»Ja«, sagte Orien grinsend. »Und da ist sie.«
»Das ist verrückt. Kein Drenai ist jemals so weit in Nadir-Land vorgedrungen.«
»Ich schon.«
»Warum? Was hattest du damit bezweckt?«
»Das habe ich mich damals auch gefragt. Sagen wir, es war eine Laune, Waylander, mit Launen kennst du dich aus. Wirst du die Rüstung holen?«
»Sag mir, Orien, inwieweit bist du ein Mystiker?«
»Was meinst du damit?«
»Kannst du die Zukunft sehen?«
»Teilweise«, gab Orien zu.
»Wie gut sind meine Aussichten auf Erfolg?«
»Das hängt davon ab, wer dich begleitet.«
»Sagen wir, daß die QUELLE die richtigen Begleiter aussucht.«
Der alte Mann rieb sich die leeren Augenhöhlen.
»Du hast keine Chance«, gestand er.
»Das dachte ich mir.«

»Aber das ist kein Grund abzulehnen.«

»Du bittest mich, fünfzehnhundert Kilometer durch feindliches Gebiet zu reiten, das vor Wilden nur so wimmelt. Du erzählst mir, daß die Bruderschaft ebenfalls die Rüstung sucht. Wissen sie, daß sie im Land der Nadir ist?«

»Das wissen sie.«

»Dann werden sie mich also jagen?«

»Das tun sie bereits.«

»Zugegeben. Aber sie wissen nicht, wohin ich gehe. Wenn ich aufbreche, um diese Aufgabe zu übernehmen, werden sie es bald herausfinden.«

»Das ist wahr.«

»Also . . . Nadirkrieger, Kriegermagier und vagrische Truppen. Und wenn ich da durchkomme, muß ich auf den Heiligen Riesen klettern, den heiligsten Platz in der Steppe, und mein Leben in den Eingeweiden eines finsteren Berges aufs Spiel setzen. Dann muß ich nur noch wieder davonreiten, mit einer halben Tonne Rüstung beladen.«

»Achtzig Pfund.«

»Wie auch immer.«

»Dann sind da noch die Werungeheuer, die in den Höhlen von Raboas leben. Sie mögen kein Feuer.«

»Wie tröstlich«, sagte Waylander.

»Also wirst du gehen?«

»Ich verstehe allmählich deine Bemerkungen über Torheit«, antwortete der Krieger. »Aber ja, ich werde gehen.«

»Warum?« fragte Orien.

»Muß es einen Grund geben?«

»Nein. Aber ich bin neugierig.«

»Dann laß uns sagen, ich tue es in Gedenken an einen Hund, der nicht hätte sterben sollen.«

# 6

Dardalion schloß die Augen. Danyal schlief neben den Schwestern, und der junge Priester entließ seinen Geist in die Leere. Der Mond war wie eine Zauberlaterne, und die weite sentranische Ebene war in silbernes Licht getaucht, während der Wald von Skultik sich wie ein dunkler Fleck vor den Delnoch-Bergen erstreckte.

Dardalion schwebte unter den Wolken, sein Geist war voller Zweifel und Sorgen. Normalerweise war er, wenn er von seinem Körper aufstieg, in schimmernde, blaßblaue Gewänder gehüllt. Aber jetzt war er nackt, und so sehr er sich auch bemühte, es erschienen keine Kleider. Es machte ihm nichts aus. Ein Blinzeln eines Astralauges, und er war in eine silberne Rüstung gehüllt, ein weißer Umhang wehte um seine Schultern. An seiner Seite hingen zwei silberne Schwerter, und als er sie zog, durchströmte ihn Heiterkeit. Weit im Westen flackerten die Lagerfeuer einer vagrischen Armee wie gefallene Sterne. Dardalion steckte seine Schwerter in die Scheiden und flog darauf zu. Mehr als zehntausend Mann lagerten in den Vorbergen des Skoda-Gebirges. Achthundert Zelte bedeckten in Viererreihen das Gelände, und für zweitausend Pferde hatte man hastig einen hölzernen Korral errichtet. Vieh graste auf den Hängen, und an einem schnell dahinplätschernden Fluß hatte man einen Schafpferch gebaut.

Dardalion bewegte sich nach Süden, über Flüsse und Ebenen, Berge und Wälder hinweg. Eine zweite vagrische Truppe lagerte außerhalb von Drenan – nicht weniger als dreißigtausend Mann und zwanzigtausend Pferde. Die Stadttore aus Eiche und Bronze waren zerstört, und innerhalb der Stadtmauern war kein einziger Bewohner zu sehen. Östlich der Stadt hatte man einen gewaltigen Graben ausgehoben, und Dardalion hielt darauf zu – doch dann schrak er zurück. Der Graben war angefüllt mit Toten. Zweihundert Meter lang und sechs Meter breit, beherbergte das riesige Grab mehr als tausend Tote. Kein einziger trug die Rüstung eines Soldaten. Dardalion stählte sich und kehrte zu dem Graben zurück.

Er war mehr als drei Meter tief.

Der Priester schwang sich wieder in den Nachthimmel empor und eilte nach Osten, wo eine vagrische Armee an der Grenze zu Lentria wartete. Die lentrische Kampftruppe, nur zweitausend Mann stark, lagerte nur knapp zwei Kilometer entfernt und wartete grimmig auf die Invasion. Dardalion reiste nach Norden und folgte der Meeresküste, bis er die östlichen Täler und schließlich die Seefestung Purdol erreichte. Im Schein von Fackeln wurde die Schlacht um Purdol noch immer geschlagen. Die Flotte der Drenai lag gesunken auf dem Grund der Hafeneinfahrt, und die vagrische Armee hatte ihr Lager in den Docks aufgeschlagen. Die Festung Purdol, bemannt mit sechstausend Drenai-Kriegern, wehrte eine vagrische Armee von mehr als vierzigtausend Mann unter der Führung von Kaem, dem Kriegsfürsten, ab.

Hier erlebten die Vagrier zum ersten Mal einen Rückschlag. Ohne Belagerungsmaschinen konnten sie die zehn Meter hohen Mauern nicht stürmen und mußten auf Leitern und Taue zurückgreifen. Sie starben zu Hunderten.

Dardalion flog nach Westen, bis er nach Skultik kam, dem Wald der dunklen Legenden. Er war ungeheuer groß, Tausende von Quadratkilometern aus Bäumen, Lichtungen, Bergen und Tälern. Drei Städte – nur eine davon nennenswert groß – waren in diesem Wald erbaut worden: Tonis, Preafa und Skarta. Zur letzteren flog Dardalion.

Hier lagerte Egel mit viertausend Legionskriegern. Als Dardalion sich der Lichtung näherte, spürte er die Gegenwart eines anderen Geistes, und sein Schwert sprang in seine Hand. Vor ihm schwebte ein schlanker Mann in den blauen Gewändern eines Priesters der QUELLE.

»Du darfst nicht an mir vorbei«, sagte der Mann ruhig.

»Wenn du es sagst, Bruder«, antwortete Dardalion.

»Wer bist du, daß du mich Bruder nennst?«

»Ich bin ein Priester wie du.«

»Wessen Priester?«

»Der QUELLE.«

»Ein Priester mit Schwertern? Das glaube ich nicht. Wenn du mich töten mußt, dann tu es.«

»Ich bin nicht hier, um dich zu töten. Und ich bin, was ich behaupte.«

»Dann warst du ein Priester?«

»Ich *bin* ein Priester.«

»Ich spüre Tod an dir. Du hast getötet.«

»Ja. Einen bösen Mann.«

»Wer bist du, über ihn zu urteilen?«

»Ich habe nicht über ihn geurteilt – das haben seine Taten für ihn getan. Warum bist du hier?«

»Wir beobachten.«

»Wir?«

»Meine Brüder und ich. Wir sagen General Egel, wann der Feind näher rückt.«

»Wie viele Brüder sind hier?«

»Fast zweihundert. Zu Beginn waren wir dreihundertundsieben. Einhundertundzwölf sind nun bei der QUELLE.«

»Getötet?«

»Ja«, antwortete der Mann traurig. »Getötet. Die Dunkle Bruderschaft hat sie vernichtet. Wir versuchen, vorsichtig zu sein, wenn wir fliegen, denn sie sind schnell und erbarmungslos.«

»Einer versuchte, mich zu töten«, sagte Dardalion, »und ich lernte zu kämpfen.«

»Jeder wählt seinen eigenen Weg.«

»Du billigst es nicht?«

»Es ist nicht an mir, zu billigen oder zu mißbilligen. Ich urteile nicht über dich. Wie könnte ich?«

»Du dachtest, ich hörte zur Bruderschaft?«

»Ja. Denn du trägst ein Schwert.«

»Und doch hast du dich mir in den Weg gestellt. Du besitzt großen Mut.«

»Es ist nicht schlimm für mich, zu meinem Gott geschickt zu werden.«

»Wie heißt du?«

»Clophas. Und du?«

»Dardalion.«

»Möge die QUELLE dich segnen, Dardalion. Aber ich denke, du solltest jetzt gehen. Wenn der Mond am höchsten steht, steigt die Bruderschaft in den Himmel.«

»Dann werde ich mit dir warten.«

»Ich wünsche deine Gesellschaft nicht.«

»Du hast keine Wahl.«

»Dann sei es.«

Sie warteten schweigend, während der Mond höher stieg. Clophas weigerte sich zu reden, so daß Dardalion sich damit beschäftigte, den unter ihnen liegenden Wald zu studieren. Egel hatte das Lager seiner Armee vor der südlichen Mauer von Skarta aufschlagen lassen, und der Priester konnte Späher sehen, die am Rand des Waldes patrouillierten. Es würde keine leichte Aufgabe für die Vagrier sein, den Grafen des Nordens zu erobern, denn es gab nur wenige Stellen in Skultik, die für eine regelrechte Schlacht geeignet waren. Andererseits, wenn sie die Städte angriffen, blieb Egel zwar mit einer unversehrten Armee zurück, hatte aber niemanden mehr zu verteidigen. Egel selbst stand vor ähnlichen Problemen. Blieb er, garantierte ihm das kurzfristige Sicherheit, aber so konnte er den Krieg nicht gewinnen. Verließ er Skultik, kam das einem Selbstmord gleich, denn er hatte nicht die Reserven, um eine vagrische Armee zu besiegen. Bleiben hieß verlieren, Gehen bedeutete zu sterben.

Und während sich diese Probleme auftürmten, wurde das Land der Drenai zum Schlachthaus des Kontinents.

Dardalion fand diesen Gedanken zutiefst bedrückend und wollte gerade in seinen Körper zurückkehren, als er Clophas Seele schreien hörte.

Er blickte sich um und sah, daß der Priester verschwunden war und fünf Krieger in schwarzer Rüstung unter ihm schwebten. Sie hielten dunkle Schwerter in den Händen.

Wutentbrannt zog Dardalion seine Schwerter und griff an. Die fünf Krieger sahen ihn erst, als er über ihnen war, und zwei verschwanden im Nichts, als seine Silberklinge ihre Astralleiber durchdrang. Als die übrigen drei sich auf ihn stürzten, parierte er einen Hieb mit links und blockierte einen weitausholenden Schlag mit rechts. Seine Wut verlieh ihm blitzartige Schnelligkeit, und seine Augen sprühten Funken, als er kämpfte. Mit einer Drehung des rechten Handgelenks glitt sein Schwert unter die Deckung eines Kriegers, so daß es dem Mann in die Kehle fuhr. Der Krieger verschwand. Die letzten beiden flohen den Kampf und eilten nach Westen, doch Dardalion verfolgte sie. Den ersten erwischte er direkt über dem Skoda-Gebirge und tötete ihn mit einem wilden Hieb. Der einzige Überlebende kehrte in letzter Sekunde in die Zuflucht seines Körpers zurück...

Seine Augen öffneten sich ruckartig, und er schrie. Soldaten rannten zu seinem Zelt, und er erhob sich mühsam. Auf dem Boden neben ihm lagen ausgestreckt seine vier Gefährten, steif im Tode.

»Was zum Teufel geht hier vor?« wollte ein Offizier wissen und schob seine Männer beiseite, als er das Zelt betrat. Er blickte auf die Toten nieder, dann sah er den Überlebenden an.

»Die Priester haben gelernt zu kämpfen«, murmelte der Krieger. Sein Atem ging in kurzen Stößen, sein Herz klopfte.

»Willst du mir erzählen, daß diese Männer hier von QUELLEN-Priestern getötet wurden? Das ist unvorstellbar.«

»Von einem Priester«, sagte der Mann.

Der Offizier winkte die Soldaten fort, die froh waren, gehen zu dürfen. Auch wenn sie an Tod und Zerstörung gewöhnt waren, wollten die vagrischen Truppen nichts mit der Dunklen Bruderschaft zu schaffen haben.

Der Offizier setzte sich in einen leinenbezogenen Stuhl. »Du siehst aus, als hättest du einen Geist gesehen, Pulis, mein Freund.«

»Keine Scherze, bitte«, erwiderte Pulis. »Der Mann hätte mich um ein Haar getötet.«

»Nun, du hast in den letzten Monaten genügend seiner Freunde getötet.«

»Das stimmt schon. Aber trotzdem ist es beunruhigend.«

»Ich weiß. Wo kommen wir hin, wenn die Priester der QUELLE anfangen, sich zu verteidigen?«

Der Krieger starrte den jungen Offizier an, sagte jedoch nichts.

Pulis war kein Feigling – das hatte er oft genug bewiesen –, aber der silberne Priester hatte ihm angst gemacht. Wie die meisten Krieger der Bruderschaft war er kein wahrer Mystiker und mußte sich auf die Kraft des Blattes verlassen, um sich von seinem Körper zu trennen. Aber trotzdem, wenn seine Kräfte verstärkt waren, hatte er Visionen... Lichtblitze gehabt, die warnender Natur waren. Mit dem Priester war es auch so gewesen.

Pulis hatte gespürt, daß von dem silbernen Krieger eine furchtbare Gefahr ausging – nicht einfach nur eine persönliche Gefahr, sondern eine zeitlose Bedrohung für die Sache der Bruderschaft. Doch es war alles so nebulös, mehr eine gefühlsmäßige Reaktion als eine Vision. Obwohl er etwas gesehen hatte... was war es gewesen? Er suchte in seinen Erinnerungen.

Das war es! Eine Runenzahl, die am Himmel hing, in Flammen getaucht.

Eine Zahl. Die was bedeutete? Tage? Monate? Jahrhunderte?

»Dreißig«, sagte er laut.

»Was?« fragte der Offizier. »›Die Dreißig‹?«

Ein kalter Hauch streifte Pulis, als ob ein Dämon über sein Grab schreiten würde.

Waylander war allein, als er im Morgengrauen aufwachte. Er öffnete die Augen und gähnte. Seltsam, dachte er, denn er konnte sich nicht erinnern, eingeschlafen zu sein. Aber er erinnerte sich an das Versprechen, das er Orien gegeben hatte, und schüttelte verwirrt den Kopf. Er blickte sich um, doch der alte Mann war fort.

Er rieb sich das Kinn und kratzte sich unter dem Bart.

Die Rüstung des Orien.

Was für ein gewaltiger Unsinn.

»Diese Aufgabe wird dich umbringen«, flüsterte er.

Er zog ein Messer aus seinem Gürtel und schärfte es einige Minuten lang, dann rasierte er sich sorgfältig. Seine Haut war unter der Klinge rauh. Es tat gut, die Morgenbrise im Gesicht zu spüren.

Dardalion kam aus der Senke und setzte sich neben ihn. Waylander nickte, sagte jedoch nichts. Der Priester sah müde aus, seine Augen lagen tief in ihren Höhlen. Er war auch dünner geworden, dachte Waylander, und er hatte sich fast unmerklich verändert.

»Der alte Mann ist tot«, sagte Dardalion. »Du hättest mit ihm reden sollen.«

»Das habe ich«, antwortete Waylander.

»Nein, ich meine, *wirklich* reden. Diese paar Worte am Feuer waren nichts. Weißt du, wer er war?«

»Orien«, sagte Waylander. Dardalios überraschte Miene war zu komisch.

»Du hast ihn erkannt?«

»Nein. Er kam letzte Nacht zu mir.«

»Er hatte große Macht«, erklärte Dardalion leise. »Denn er starb, ohne das Feuer zu verlassen. Er hat uns viele Geschichten aus seinem Leben erzählt, dann legte er sich zurück und schlief. Ich saß neben ihm, und er starb im Schlaf.«

»Du hast dich geirrt«, erklärte Waylander.

»Ich glaube nicht. Wovon habt ihr gesprochen?«

»Er bat mich, etwas für ihn zu holen. Ich sagte, ich würde es tun.«

»Was war das?«

»Das geht dich nichts an, Priester.«

»Es ist zu spät, mich davonzuschicken, Krieger. Als du mein Leben rettetest, hast du mir deine Seele geöffnet. Als dein Blut in meine Kehle tropfte, erfuhr ich dein Leben, und jeder Moment deines Seins durchströmte mich. Wenn ich jetzt in einen Spiegel schaue, sehe ich dich.«

»Dann siehst du in die falschen Spiegel.«

»Erzähl mir von Dakeyras«, bat Dardalion.

»Dakeyras ist tot«, fuhr Waylander auf. »Aber du hast einen Punkt gemacht, Dardalion. Ich rettete dein Leben. Zweimal! Du schuldest mir mein Recht auf Alleinsein.«

»Um zuzulassen, daß du wieder zu dem Mann wirst, der du warst? Ich glaube nicht. Sieh dich doch an. Dein halbes Leben vergeudet. Du hast eine große Tragödie erlitten – und bist daran zerbrochen. Du wolltest sterben, aber statt dessen hast du nur einen Teil deiner selbst getötet. Armer Dakeyras, verloren für zwei Jahrzehnte, in denen Waylander durch die Welt zog und für Gold tötete, das er nie ausgab. All die Seelen, die du in die Leere geschickt hast. Und wofür? Um einen Schmerz zu lindern, den du nicht berühren konntest.«

»Wie kannst du es wagen, mir eine Predigt zu halten!« rief Waylander. »Du sprichst von Spiegeln? Sag mir, was aus dir geworden ist, seit du zwei Männer getötet hast.«

»Sechs Männer. Und es werden noch mehr«, erwiderte Dardalion. »Ja, deswegen verstehe ich dich. Vielleicht ist alles falsch, was ich tue, aber ich werde vor meinem Gott stehen und sagen, daß ich tat, was ich für richtig hielt – daß ich die Schwachen gegen die starken Bösen verteidigte. Du hast mich das gelehrt. Nicht Waylander, der Mann, der für Geld tötet, sondern Dakeyras, der Mann, der den Priester rettete.«

»Ich will nicht mehr reden«, sagte Waylander und wandte sich ab.

»Wußte Orien, daß du seinen Sohn getötet hast?«

Der Meuchelmörder fuhr herum. »Ja, er wußte es. Es war meine übelste Tat. Aber ich werde dafür bezahlen, Priester. Orien hat dafür gesorgt. Weißt du, ich habe immer gedacht, daß Haß die stärkste Kraft auf Erden ist. Aber letzte Nacht habe ich etwas Bitteres gelernt. Er vergab mir . . . und das ist schlimmer als heiße Eisen in meinem Fleisch. Verstehst du?«

»Ich glaube schon.«

»Also werde ich für ihn sterben, und das wird meine Schuld tilgen.«

»Dein Tod wird gar nichts tilgen. Worum hat er dich gebeten?«

»Seine Rüstung zu holen.«

»Von Raboas, dem Heiligen Riesen.«

»Er hat es dir erzählt?«

»Ja. Er hat mir auch gesagt, daß ein Mann namens Kaem demselben Schatz hinterherjagt.«

»Kaem jagt mich. Aber er würde gut daran tun, mich nicht zu finden.«

Kaem hatte beunruhigende Träume. Der vagrische General hatte ein schönes Haus requiriert, das den Hafen von Purdol überblickte, und Wachen patrouillierten im Garten, während die beiden Soldaten, denen er am meisten vertraute, vor seiner Tür standen. Das Fenster war barrikadiert, so daß die Hitze in dem kleinen Raum drückend war.

Er erwachte mit einem Ruck, setzte sich auf und tastete nach seinem Schwert. Die Tür ging auf, und Dalnor stürzte mit gezücktem Schwert herein.

»Was ist los, Herr?«

»Nichts. Ein Traum. Habe ich gerufen?«

»Ja, Herr. Soll ich hierbleiben?«

»Nein.« Kaem nahm ein Leinentuch von dem Stuhl neben seinem Bett und wischte sich damit den Schweiß von Stirn und Gesicht. »Verdammter, Waylander«, flüsterte er.

»Herr?«

»Nichts. Laß mich wieder allein.« Kaem schwang die Beine aus dem Bett und ging zum Fenster. Er war dünn und völlig haarlos. Seine faltige Haut gab ihm das Aussehen einer gestrandeten Schildkröte, der man den Panzer weggenommen hatte. Viele hielten ihn beim ersten Anblick für komisch, aber die meisten lernten, ihn als das zu sehen, was er war: der beste Stratege seiner Zeit, der Mann, dem man den Titel Kriegsfürst verliehen hatte. Seine Soldaten respektierten ihn, wenn auch nicht mit der Bewunderung, die sie für einige andere Männer mit mehr Charisma übrig hatten. Aber das paßte ihm, denn Gefühle bereiteten ihm Unbehagen, und ihre Zurschaustellung unter Männern fand er kindisch und dumm. Was er wollte, war Gehorsam von seinen Offizieren und Mut von seinen Männern. Er erwartete beides. Er *verlangte* beides.

Jetzt wurde sein eigener Mut auf die Probe gestellt. Waylander hatte seinen Sohn getötet, und Kaem hatte geschworen, daß der Meuchelmörder dafür den Tod finden sollte. Aber Waylander war ein gewiefter Jäger, und Kaem war sicher, daß er eines Nachts wieder mit einem Messer an der Kehle erwachen würde.

Oder schlimmer ... vielleicht wachte er überhaupt nicht mehr auf. Die Bruderschaft jagte den Mörder, aber die ersten Berichte waren nicht ermutigend. Ein Verfolger war tot, und jetzt war unter der Bruderschaft die Rede von einem mystischen Kriegerpriester, der mit dem Meuchelmörder reiste.

Trotz all seiner strategischen Fähigkeiten war Kaem ein vorsichtiger Mann. Solange Waylander lebte, stellte er eine Bedrohung für Kaems Pläne dar. So großartige Pläne – wenn die Eroberung abgeschlossen war, würde er über ein Gebiet herrschen, das größer war als Vagria selbst. Lentria, Drenai und das Land der Sathuli im Norden –, sechzehn Häfen, zwölf größere Städte und die Gewürzstraße nach Osten. Dann konnte der Bürgerkrieg beginnen, und Kaem würde seine Stärke gegen die nachlassende Arglist des Kaisers einsetzen. Kaem schlenderte zu dem Bronzespiegel an der gegenüberliegenden Wand und betrachtete sein Spiegelbild. Die Krone würde auf seinem knochigen Schädel fehl am Platze wirken, aber er müßte sie ja auch nicht allzuoft tragen.

Ruhiger geworden, kehrte er zum Bett zurück. Und schlief.

Er fand sich unter fremden Sternen auf einem dunklen Berg wieder, seine Gedanken waren leicht betäubt und verwirrt. Vor ihm saß ein alter Mann in einem zerlumpten, braunen Gewand. Er hatte die Augen geschlossen, als er sprach:

»Willkommen, General. Suchst du die Rüstung?«

»Rüstung?« fragte Kaem. »Welche Rüstung?«

»Die Bronzerüstung. Oriens Rüstung.«

»Er versteckte sie«, sagte Kaem. »Niemand weiß, wo.«

»Ich weiß es.«

Kaem ließ sich dem alten Mann gegenüber nieder. Wie jeder, der sich mit der jüngeren Geschichte befaßt hatte, hatte er auch er von dieser Rüstung gehört. Einige behaupteten, sie besäße magische Kräfte, die dem Träger den Sieg garantierten, aber das waren schlichte Gemüter oder Sagen-Dichter. Kaem hatte sich lange mit Kriegsführung beschäftigt und wußte, daß Orien lediglich ein hervorragender Stratege gewesen war. Und doch war die Rüstung ein mächtiges Symbol.

»Wo ist sie?« fragte er.

Der alte Mann öffnete noch immer nicht die Augen. »Wie sehr wünschst du sie dir?«

»Ich würde sie gerne haben«, antwortete Kaem, »aber sie ist nicht wichtig.«

»Wie definierst du Wichtigkeit?«

»Ich werde mit ihr gewinnen oder ohne sie.«

»Bist du da so sicher, General? Purdol widersteht dir, und Egel hat eine Armee in Skultik.«

»Purdol gehört mir. Es dauert vielleicht einen Monat, aber die Stadt wird fallen. Und Egel sitzt in der Falle – er kann mir nichts anhaben.«

»Er kann, wenn er die Rüstung hat.«

»Wie das? Ist sie doch magisch?«

»Nein, sie ist lediglich ein Stück Metall. Aber sie ist ein Symbol, und die Drenai werden sich um den Mann scharen, der sie trägt. Selbst deine eigenen Soldaten wissen um ihre angeblichen Kräfte, und ihr Kampfgeist wird darunter leiden. Du weißt, daß das wahr ist.«

»Nun gut«, sagte Kaem. »Ich akzeptiere, daß sie mir schaden könnte. Wo ist sie?«

»Im Land der Nadir.«

»Das ist ein großes Gebiet, alter Mann.«

»Sie wurde im Herz der Mondberge verborgen.«

»Warum erzählst du mir das? Wer bist du?«

»Ich bin ein Träumer in einem Traum – in deinem Traum, Kaem. Meine Worte sind wahr, und deine Hoffnungen beruhen darauf, wie du sie interpretierst.«

»Wie finde ich die Rüstung?«

»Folge dem Mann, der sie sucht.«

»Wer ist dieser Mann?«

»Wen fürchtest du am meisten in der Welt des Fleisches?«

»Waylander?«

»Derselbe.«

»Warum sollte er die Rüstung suchen? Er hat kein Interesse an diesem Krieg.«

»Er tötete den König für dich, Kaem. Und doch jagst du ihn. Die Drenai würden ihn töten, wenn sie wüßten, wer er ist, und die Vagrier werden ihn töten, wenn sie ihn finden. Vielleicht versucht er zu handeln.«

»Weiß er, wo die Rüstung ist?«

»Ich habe es ihm gesagt.«

»Warum? Was ist das für ein Spiel?«

»Ein Spiel des Todes, Kaem.«

Die Augen des alten Mannes öffneten sich, und Kaem schrie, als Feuerzungen an ihm leckten.

Und erwachte.

Drei Nächte lang wurde Kaem in seinen Träumen von Visionen der Bronzerüstung und zwei sagenhaften Schwertern heimgesucht. Einmal sah er die Rüstung über dem Wald von Skultik schweben, schimmernd wie eine zweite Sonne. Dann sank sie langsam den Bäumen entgegen, und er sah, wie Egels Armee in ihr Licht getaucht wurde. Die Armee wurde größer, denn aus den Bäumen wurden Männer – eine riesige, unüberwindliche Macht.

In der zweiten Nacht sah er Waylander, der durch die Bäume kam und eines dieser schreckliche Schwerter trug. Dann begriff er, daß der Meuchelmörder ihm auflauerte. Er rannte davon, aber seine Beine waren schwach und schwer, und er hatte mit Entsetzen zugesehen, wie ihm Waylander langsam die Glieder abschlug.

In der dritten Nacht sah er sich selbst in Oriens Rüstung, wie er die Marmorstufen zu Vagrias Thron emporstieg. Der Jubel der Menge erfüllte ihn mit Freude, und als er in die Augen seiner neuen Untertanen blickte, sah er Bewunderung.

Am Morgen des vierten Tages schweiften seine Gedanken ab, als er sich die Berichte seiner Untergeneräle anhörte.

Kaem zwang sich dazu, sich auf die scheinbar endlose Reihe kleiner Probleme zu konzentrieren, die eine Armee im Krieg beschäftigen. Der Nachschub aus dem Westen kam zu langsam, da es weniger Fuhrwerke gab, als man erwartet hatte. Neue Fuhrwerke waren im Bau. Sechshundert Pferde waren in der Nähe von Drenan geschlachtet worden, nachdem man ein paar gefunden hatte, die Blut husteten. Man glaubte, die Krankheit nun unter Kontrolle zu haben. Dem Zusammenbruch der Disziplin in einigen Truppenabschnitten war man mit strengen Maßnahmen begegnet, aber man durfte nicht vergessen, daß die Männer jetzt auf halbe Rationen gesetzt waren.

»Was ist mit den Lentriern?« fragte Kaem.

Xertes, ein junger Offizier, der entfernt mit dem Kaiser verwandt war, trat vor. »Sie haben unseren ersten Angriff zurückgeschlagen, Herr. Aber jetzt haben wir sie zurückgedrängt.«

»Du hast mir versprochen, daß du mit einer Armee von zehntausend Männern Lentria in einer Woche einnehmen würdest.«

»Den Männern fehlt der Mut«, verteidigte sich Xertes.

»Das war noch nie eine vagrische Schwäche. Was ihnen fehlte, war Führerschaft.«

»Nicht von mir«, entgegnete Xertes wütend. »Ich habe Misalas befohlen, das hohe Gebäude an ihrer rechten Flanke einzunehmen, so daß ich mit einem Keil in ihre Mitte vorstoßen konnte. Aber er hat versagt – es war nicht meine Schuld.«

»Misalas ist leichte Kavallerie – lederne Brustplatten und Säbel. Die rechte Flanke des Feindes hatte sich verschanzt, die Hügel waren mit Bäumen bedeckt. Wie im Namen des Geistes konntest du von leichter Kavallerie erwarten, eine solche Stellung zu nehmen? Sie wurde von den Bogenschützen in Stücke gerissen.«

»Ich lasse nicht zu, daß man mich so demütigt«, brüllte Xertes. »Ich werde meinem Onkel schreiben.«

»Edle Geburt befreit dich nicht von Verantwortung«, stellte Kaem fest. »Du hast viele Versprechen gemacht und keins gehalten. Zurückgedrängt, sagst du? Soweit ich es verstanden habe, haben die Lentrier dir eine blutige Nase geschlagen und sich dann wieder formiert, um dir noch eins zu verpassen. Ich befahl dir, rasch nach Lentria einzufallen, damit sie keine Chance hatten, sich zu verschanzen. Und was hast du getan? Du hast an ihren Grenzen dein Lager aufgeschlagen und deine Späher das Land erkunden lassen, damit auch ein Blinder merkte, daß du einen Angriff plantest. Du hast mich zweitausend Männer gekostet.«

»Das ist nicht fair!«

»Schweig, du Wurm! Ich entlasse dich aus meinen Diensten. Geh nach Hause, Junge!«

Die Farbe wich aus Xertes' Gesicht, und seine Hand wanderte zu seinem verzierten Dolch.

Kaem lächelte . . .

Xertes erstarrte, verbeugte sich knapp und marschierte steifbeinig aus dem Raum. Kaem sah sich um: zehn Offiziere in Habachtstellung, kein Augenpaar blickte in seines.

»Wegtreten«, sagte er, und als sie fort waren, rief er Dalnor zu sich. Der junge Offizier trat ein, und Kaem bot ihm einen Stuhl an.

»Xertes geht nach Hause«, sagte Kaem.

»Ich hörte davon, Herr.«

»Es ist eine gefährliche Reise . . . es könnte viel geschehen.«

»In der Tat, Herr.«

»Da gibt es zum Beispiel den Attentäter Waylander.«

»Jawohl.«

»Der Kaiser wäre entsetzt, wenn ein solcher Mann jemanden von königlich-vagrischem Blute töten würde.«

»Das wäre er in der Tat, Herr. Er würde alles tun, damit der Mörder aufgespürt und getötet würde.«

»Dann müssen wir sicherstellen, daß dem jungen Xertes nichts zustößt. Sorge dafür, daß er eine Eskorte bekommt.«

»Jawohl, Herr.«

»Und, Dalnor . . .«

»Ja, Herr?«

»Waylander benutzt eine kleine Armbrust mit Bolzen aus schwarzem Eisen.«

# 7

Die alte Festung hatte nur drei gute Mauern, von denen jede sieben Meter hoch war. Die vierte Mauer war von den Dorfbewohnern teilweise abgetragen worden, weil sie die Steine für ihre Häuser brauchten. Jetzt war das Dorf verlassen, und die Festung thronte wie ein verkrüppelter Wächter über den Resten. Die innere Festung – sofern sie noch stand – war feucht und kalt, da ein Teil des Daches schon vor Jahren eingestürzt war, und einiges deutete darauf hin, daß der zentrale Raum einmal als Viehstall benutzt worden war. Der Gestank hielt sich noch, als die Tiere längst fortgebracht worden waren.

Gellan ließ die Fuhrwerke vor der exponierten vierten Mauer aufstellen, so daß sie eine Barriere gegen vagrische Angriffe darstellten. Der Regen prasselte hernieder, klatschte gegen die Steine der uralten Festungsmauer, so daß sie glänzten wie Marmor.

Blitze zuckten über den Nachthimmel, und Donner grollte im Osten, als Gellan sich seinen Umhang um die Schultern warf und nach Norden starrte. Sarvaj kletterte die knirschenden, verfaulenden Stufen zu den Wehrgängen hinauf und gesellte sich zu dem Offizier.

»Ich hoffe, du hast recht«, sagte er, doch Gellan antwortete nicht. Seine Verzweiflung war nahezu vollkommen.

Am ersten Tag war er überzeugt gewesen, daß die Vagrier sie fänden. Am zweiten hatten seine Befürchtungen noch zugenommen. Am dritten hatte er sich gestattet, etwas Hoffnung zu schöpfen, daß sie in einem Triumphzug Skultik erreichen würden.

Dann hatte der Regen eingesetzt, so daß die Wagen in einem Meer von Schlamm versanken. An diesem Punkt hätte er die Vorräte vernichten und eiligst in den Wald flüchten sollen – das wußte er jetzt. Aber er hatte zu lange gezögert, und nun hatten die Vagrier ihn eingekreist.

Es wäre Zeit gewesen für einen Ausfall – wie Jonat gesagt hatte –, aber zu diesem Zeitpunkt war Gellan schon von der Idee besessen gewesen, den Nachschub zu Egel zu bringen.

Er hatte gehofft, es mit weniger als zweihundert Vagriern zu tun zu haben, und die Fuhrwerke nach Westen, zu der verfallenen Festung in Masin gelenkt. Fünfzig Männer konnten die Festung vielleicht drei Tage lang gegen eine zweihundert Mann starke

Truppe halten. In der Zwischenzeit hatte er drei Reiter nach Skultik geschickt mit der dringenden Bitte um Hilfe.

Aber Gellans Glück paßte sich seiner Verfassung an. Seine Späher berichteten, daß die gegnerische Truppe fünfhundert Mann stark war und abzusehen war, daß man sie beim ersten Angriff überrannte.

Die Späher waren zu Egel geschickt worden, und niemand in der Festung kannte die Stärke des Gegners. Gellan fühlte sich wie ein Verräter, weil er Sarvaj nicht informierte, aber der Kampfgeist war selbst im günstigsten Fall eine delikate Angelegenheit.

»Wir können aushalten«, sagte Gellan schließlich, »selbst wenn sie mehr Männer haben, als wir annehmen.«

»Die westliche Mauer ist morsch. Ein wütendes Kind könnte sie einschlagen«, entgegnete Sarvaj. »Die Fuhrwerke bilden keine nennenswerte Barriere.«

»Sie werden genügen müssen.«

»Du glaubst also zweihundert?«

»Vielleicht drei«, gestand Gellan.

»Hoffentlich nicht.«

»Denk an das Handbuch, Sarvaj – und ich zitiere: ›Gute Befestigungen können gegen eine feindliche Macht gehalten werden, die zehnmal so stark ist wie die verteidigende Truppe‹.«

»Ich will mich nicht mit einem Vorgesetzten streiten, aber heißt es im Handbuch nicht ›fünfmal‹?«

»Wir schlagen es nach, wenn wir in Skultik sind.«

»Jonat beschwert sich wieder. Aber die Männer sind froh, ein Dach über dem Kopf zu haben. Sie haben in der Inneren Festung ein Feuer entzündet. Warum gehst du nicht für eine Weile hinein.«

»Du machst dir allmählich Gedanken über meine alten Knochen, was?«

»Ich glaube, daß du dich ausruhen solltest. Morgen könnte es anstrengend werden.«

»Ja, da hast du recht. Sieh zu, daß die Wachen aufmerksam sind, Sarvaj.«

»Ich werde mein Bestes tun.«

Gellan ging zur Treppe, kehrte jedoch noch einmal um. »Es sind über fünfhundert Vagrier«, sagte er.

»Das hatte ich mir schon gedacht«, antwortete Sarvaj. »Schlaf jetzt etwas. Und paß auf dieser Treppe auf – ich sage jedesmal ein Gebet, wenn ich sie hochsteige!«

Gellan stieg behutsam die Stufen hinunter und ging über den kopfsteingepflasterten Hof hinüber in den Bergfried. Die Angeln der Tore waren durchgerostet, aber die Soldaten hatten die Türen festgekeilt. Gellan quetschte sich hindurch und ging zu der riesige Feuerstelle. Das Feuer tat wohl, und er wärmte sich die Hände über den Flammen. Als er eingetreten war, waren die Männer verstummt, jetzt trat einer von ihnen, Vanek, auf ihn zu.

»Wir haben ein Feuer für dich gemacht. Im Ostzimmer. Dort steht auch eine Pritsche, wenn du eine Mütze voll Schlaf nehmen möchtest.«

»Vielen Dank, Vanek. Jonat, kommst du einen Augenblick mit mir?«

Der hochgewachsene, knochige Jonat erhob sich und folgte dem Offizier. Sarvaj hatte sich mal wieder beschwert, vermutete er, und bereitete im Geiste seine Argumente vor. Sobald sie in dem kleinen Zimmer waren, zog Gellan Umhang und Brustplatte aus und stellte sich vor das knisternde Feuer.

»Du weißt, warum ich dich befördert habe?« fragte Gellan.

»Weil du dachtest, ich könnte es?« wagte Jonat zu äußern.

»Mehr als das. Ich wußte, daß du es kannst. Ich vertraue dir, Jonat.«

»Danke«, sagte Jonat unbehaglich.

»Ich will dir etwas sagen – und ich möchte, daß du es für heute für dich behältst. Es stehen mindestens fünfhundert Vagrier gegen uns.«

»Wir werden die Festung nie gegen sie halten.«

»Ich hoffe doch, denn Egel braucht den Nachschub. Es wird nicht länger als drei Tage dauern. Ich möchte, daß du die Westmauer hältst. Nimm dir zwanzig Männer – die besten Bogenschützen, die geschicktesten Schwertkämpfer –, aber halte sie!«

»Wir hätten einen Ausfall machen sollen, wir könnten es immer noch.«

»Egel hat viertausend Männer, und es mangelt ihnen an Ausrüstung, Lebensmitteln und Arzneien. Die Menschen in Skultik hungern, um sie zu versorgen. Aber so kann das nicht weitergehen. Ich habe heute abend die Fuhrwerke überprüft. Du weißt, daß sie über zwanzigtausend Pfeile, zusätzliche Bögen, Schwerter und Speere enthalten, ebenso Pökelfleisch, getrocknete Früchte und über einhunderttausend Silberstücke.«

»Einhundert ... Das ist ihr Sold!«

»Genau. Aber damit kann Egel sogar Handelsbeziehungen zu den Nadir knüpfen.«

»Kein Wunder, daß sie fünfhundert Männer geschickt haben. Ich bin überrascht, daß es nicht tausend sind.«

»Wir wollen dafür sorgen, daß sie wünschten, tausend geschickt zu haben«, sagte Gellan. »Kannst du die Westmauer mit zwanzig Mann halten?«

»Ich kann es versuchen.«

»Mehr verlange ich gar nicht.« Nachdem Jonat gegangen war, legte sich Gellan auf die Pritsche. Sie roch nach Staub und Verfall, aber für ihn fühlte sie sich besser an als ein seidenbespanntes Himmelbett.

Gellan schlief zwei Stunden vor Morgengrauen ein. Sein letzter wacher Gedanke galt den Kindern an jenem Tag, an dem er sie zum Spielen mit in die Berge genommen hatte.

Wenn er nur gewußt hätte, daß es ihr letzter gemeinsamer Tag war, dann hätte er ihn ganz anders gestaltet. Er hätte sie in den Arm genommen und ihnen gesagt, daß er sie liebte ...

Im Laufe der Nacht erstarb der Sturm, und der wolkenlose Morgenhimmel war von einem strahlenden Frühlingsblau. Gellan wurde sofort geweckt, als Reiter im Osten gesichtet wurden. Er zog sich rasch an und rasierte sich, dann machte er sich auf den Weg zur Mauer.

In der Ferne waren zwei Pferde zu erkennen, die sich unter schweren Lasten langsam bewegten. Als sie näherkamen, sah Gellan, daß ein Pferd einen Mann und eine Frau trug, während auf dem zweiten ein Mann und zwei Kinder saßen.

Als sie in Rufweite kamen, winkte Gellan sie zu den zerstörten Toren der Westmauer und befahl, daß die Karren beiseite geschoben wurden, um die Pferde durchzulassen.

»Geh hin und frage sie aus«, befahl er Sarvaj.

Der junge Soldat stieg in den Hof hinab, als die Gruppe sich aus dem Sattel schwang, und wurde sofort von dem Mann in dem schwarzen Lederumhang angezogen. Er war hochgewachsen und hatte dunkles, mit grauen Strähnen durchsetztes Haar. Seine Augen waren von einem so dunklen Braun, daß es schien, als hätte er keine Pupillen. Er trug eine starre, finstere Miene zur Schau und bewegte sich vorsichtig, immer im Gleichgewicht. In der Hand hielt er eine kleine Armbrust, von einem breiten schwarzen Gürtel hingen mehrere Messer.

»Guten Morgen«, begrüßte Sarvaj sie. »Seid ihr weit gereist?«

»Weit genug«, antwortete der Mann mit einem Blick auf die Fuhrwerke, die wieder an ihren Platz geschoben wurden.

»Es wäre vielleicht sicherer für euch, weiterzureiten.«

»Nein«, sagte der Mann ruhig. »Dort draußen ist eine vagrische Vorhut.«

»Sie jagen uns«, erklärte Sarvaj. Der Mann nickte und ging auf die Brustwehr zu, während Sarvaj sich an den anderen Mann wandte, der bei der jungen Frau und den zwei Kindern stand.

»Willkommen in Masin«, sagte er und streckte die Hand aus, die Dardalion herzlich schüttelte. Sarvaj verbeugte sich vor Danyal, dann kauerte er sich vor den Kindern nieder. »Ich heiße Sarvaj«, sagte er und nahm den Helm mit dem Federbusch ab. Verängstigt klammerten die Kinder sich an Danyals Rock und wandten die Köpfe ab.

»Ich konnte immer gut mit Kindern umgehen«, sagte er mit einem schiefen Lächeln.

»Sie haben viel erlitten«, erklärte Danyal, »aber sie werden sich bald besser fühlen. Habt ihr etwas zu essen?«

»Wie nachlässig von mir! Kommt hier entlang.«

Er brachte sie in den Bergfried, wo der Koch das Frühstück aus heißem Haferbrei und kaltem Schweinefleisch vorbereitete, und sie ließen sich an einem provisorischen Tisch nieder. Der Koch servierte ihnen Haferbrei, aber die Kinder schoben nach einem Löffel die Teller von sich.

»Es schmeckt scheußlich«, erklärte Miriel.

Einer der Männer am Nachbartisch stand auf und kam zu ihrem Tisch.

»Was ist damit, Prinzessin?«

»Es ist sauer«, antwortete sie.

»Du hast ein bißchen Zucker in deinem Haar versteckt. Warum süßt du deinen Brei nicht damit?«

»Ich habe keinen Zucker«, widersprach sie. Der Mann beugte sich vor, zerzauste ihr Haar und öffnete dann die Hand, in der ein kleines Lederbeutelchen lag. Er schnürte es auf und schüttete etwas Zucker auf den Brei.

»Habe ich auch Zucker im Haar?« fragte Krylla eifrig.

»Nein, Prinzessin, aber ich bin sicher, deine Schwester teilt ihren gern mit dir.« Er schüttete den Rest seines kleinen Vorrats auf Kryllas Teller, und die Schwestern begannen zu essen.

»Vielen Dank«, sagte Danyal.

»War mir ein Vergnügen, meine Damen. Ich heiße Vanek.«

»Du bist sehr freundlich.«

»Ich mag Kinder«, sagte er. Dann ging er zurück zu seinem Tisch. Danyal sah, daß er leicht hinkte.

»Vor zwei Jahren ist ein Pferd auf ihn gestürzt«, erklärte Sarvaj. »Hat seinen Fuß zerschmettert. Er ist ein guter Mann.«

»Könnt ihr ein paar Waffen erübrigen?« fragte Dardalion.

»Wir haben einen vagrischen Nachschub-Konvoi gekapert. Wir haben Schwerter, Bögen und Brustplatten.«

»Mußt du denn kämpfen, Dardalion?« fragte Danyal.

Sarvaj hörte die Besorgnis in ihrer Stimme und warf einen Blick auf den jungen Mann. Er sah kräftig genug aus, obwohl sein Gesicht sanft war – eher das eines Gelehrten als das eines Kriegers, dachte Sarvaj. Er streckte die Hand aus und ergriff Danyals, sagte jedoch nichts.

»Du mußt nicht kämpfen«, sagte Sarvaj. »Das ist keine Pflicht.«

»Danke, aber ich habe meinen Weg gewählt. Würdest du mir helfen, eine Waffe für mich auszusuchen? Ich kenne mich in solchen Dingen nicht aus.«

»Natürlich. Erzähl mir etwas über euren Freund.«

»Was möchtest du gerne hören?« fragte Dardalion.

Sarvaj grinste. »Er wirkt wie ein Einzelgänger«, sagte er lahm. »Nicht wie jemand, in dessen Gesellschaft man eine Frau und Kinder erwartet.«

»Er hat uns das Leben gerettet«, erklärte Dardalion, »und das spricht mehr für ihn als sein Aussehen.«

»Das tut es allerdings«, gab Sarvaj zu. »Wie heißt er?«

»Dakeyras«, antwortete Dardalion rasch. Sarvaj sah Danyals Gesichtsausdruck und verfolgte die Angelegenheit nicht weiter, es gab weit wichtigere Dinge als einen Namenswechsel. Wahrscheinlich war Dakeyras ein Gesetzloser, was vor sechs Monaten noch etwas bedeutet hätte. Jetzt war es belanglos.

»Er sprach von einer vagrischen Vorhut. Habt ihr sie gesehen?«

»Es sind knapp fünfhundert Soldaten«, antwortete Dardalion. »Sie lagerten in einem Graben nordöstlich von hier.«

»Lagerten?«

»Eine Stunde vor Morgengrauen sind sie aufgebrochen auf der Suche nach euren Fuhrwerken.«

»Du weißt ziemlich viel über ihre Bewegungen.«
»Ich bin ein Mystiker, ein früherer Priester der QUELLE.«
»Und du willst Waffen haben?«
»Meine Perspektiven haben sich verschoben, Sarvaj.«
»Kannst du sehen, wo die Vagrier jetzt sind?«
Dardalion schloß die Augen und legte den Kopf auf die Ellbogen. Sekunden später öffnete er sie wieder.
»Sie haben eure Spuren gefunden, dort, wo ihr nach Westen abgebogen seid. Jetzt sind sie auf dem Weg hierher.«
»Was für ein Regiment ist es?«
»Ich habe keine Ahnung.«
»Beschreibe ihre Rüstungen.«
»Blaue Umhänge, schwarze Brustplatten und Helme, die das Gesicht bedecken.«
»Sind die Visiere glatt oder getrieben?«
»Auf der Stirn ist das Abbild eines knurrenden Wolfes.«
»Danke, Dardalion. Entschuldige mich.« Sarvaj stand vom Tisch auf und ging wieder auf die Brustwehr, wo Gellan das Austeilen der Pfeile an die Männer überwachte: für jeden Bogenschützen einen Köcher mit fünfzig Stück. Sarvaj nahm seinen Helm ab und fuhr sich mit den Fingern durch das schütter werdende Haar.
»Traust du diesem Mann?« fragte Gellan, nachdem Sarvaj ihm berichtet hatte.
»Ich würde sagen, daß er aufrichtig ist. Aber ich kann mich irren.«
»Das werden wir bald wissen.«
»Ja. Aber wenn er recht hat, haben wir es mit den Hunden zu tun.«
»Es sind Menschen, Sarvaj, es ist nichts Übernatürliches an ihnen.«
»Es ist nicht das Übernatürliche, was mir Sorgen macht«, erwiderte der Soldat. »Es ist die Tatsache, daß sie immer gewinnen.«

Waylander sattelte sein Pferd ab und verstaute seine Satteltaschen im Bergfried. Dann nahm er seine Waffen mit zu den langsam verfallenden Wehrgängen der Westmauer. Sechs Wurfmesser und zwei Köcher mit Bolzen für seine Armbrust lehnte er gegen die Rüstung. Dann sah er Dardalion und Sarvaj bei einem Karren an der Ostmauer stehen. Hier waren die Fuhrwerke so aufgestellt worden, daß sie einen Pferch für die Ochsen bildeten.

Waylander schlenderte über den Hof. Dardalion hatte das Schwert und die Scheide, die er dem toten Räuber abgenommen hatte, abgelegt und einen Säbel aus blauem Stahl gewählt. Das Breitschwert war für den schlanken Priester zu schwer gewesen. Sarvaj holte unter der Plane eine Brustplatte hervor. Sie war in Öltuch gewickelt, und als er sie herausnahm, glänzte sie in der Sonne wie Silber.

»Von einem vagrischen Offizier der Blauen Reiter«, erklärte Sarvaj. »Maßgefertigt. Probier sie an.« Er tauchte noch weiter in die Tiefen des Wagens und kam mit einem großen Paket zum Vorschein. Er riß es auf und förderte einen weißen, mit Leder besetzten Umhang zutage.

»Du wirst auffallen wie eine Taube unter lauter Krähen«, stellte Waylander fest, aber Dardalion grinste nur und schwang den Umhang um die Schultern. Kopfschüttelnd kletterte Waylander auf den Karren und suchte sich zwei kurze Schwerter aus blauem Stahl mit passenden schwarzen Scheiden aus, die er an seinen Gürtel knotete. Da die Klingen stumpf waren, nahm er sie mit zur Brustwehr, um sie zu schärfen.

Als Dardalion sich zu ihm gesellte, blinzelte Waylander in spöttischem Unglauben. Der Priester hatte sich einen Helm mit einem weißen Roßhaarbusch unter dem Kinn festgebunden, ein lederbesetzter Umhang lag über einer schimmernden Brustplatte, die mit einem fliegenden Adler verziert war. Ein lederner, mit Silbernieten besetzter Kilt schützte Dardalions Oberschenkel, während silberne Beinschienen an seine Schienbeine geschnallt waren. Von seiner Seite hing ein Kavalleriesäbel, an der linken Hüfte hing ein langes, gekrümmtes Messer in einer juwelenbesetzten Scheide.

»Du siehst albern aus«, meinte Waylander.

»Höchstwahrscheinlich. Aber wird es seinen Zweck erfüllen?«

»Du wirst darin die Vagrier anziehen wie Kuhscheiße Fliegen.«

»Ich komme mir ziemlich dumm vor.«

»Dann zieh das aus und such dir etwas weniger Farbenfrohes.«

»Nein. Ich kann nicht erklären, warum, aber es ist genau richtig.«

»Dann halte dich von mir fern, Priester. Ich möchte am Leben bleiben!«

»Willst du dir nicht auch eine Rüstung suchen?«

»Ich habe mein Kettenhemd. Ich habe nicht die Absicht, lange genug an einer Stelle zu bleiben, um getroffen zu werden.«

»Ich würde einige Tips fürs Schwertfechten sehr zu schätzen wissen«, sagte Dardalion.

»Barmherzige Götter!« fauchte Waylander. »Man braucht Jahre, um es zu lernen, und du hast eine Stunde, vielleicht zwei. Es gibt nichts, was ich dich lehren könnte – denk nur einfach an Kehle und Leiste. Schütze deine eigenen, schlitze ihre auf!«

»Ach, übrigens, ich habe Sarvaj – dem Soldaten, der uns empfangen hat – gesagt, daß du Dakeyras heißt.«

»Es spielt keine Rolle. Aber trotzdem, danke.«

»Es tut mir leid, daß meine Rettung dich so weit gebracht hat«, sagte Dardalion.

»Ich selbst habe mich hierher gebracht, mach dir keine Vorwürfe. Versuch einfach nur, am Leben zu bleiben, Priester.«

»Ich bin in den Händen der QUELLE.«

»Wie auch immer. Sieh zu, daß du die Sonne im Rücken hast – auf diese Weise kannst du sie mit deiner Herrlichkeit blenden! Und besorge dir eine Feldflasche mit Wasser – du wirst feststellen, daß Krieg trockene Kehlen macht.«

»Ja, dann mache ich das gleich. Ich . . .«

»Keine Reden mehr, Dardalion. Hol dir Wasser und bring dich unten bei den Fuhrwerken in Stellung. Dort wird am heftigsten gekämpft werden.«

»Ich habe das Gefühl, daß ich etwas sagen sollte. Ich schulde dir mein Leben. Aber die Worte wollen nicht kommen.«

»Du brauchst nichts zu sagen. Du bist ein guter Mann, Priester – und ich bin froh, dich gerettet zu haben. Und jetzt geh, um Himmels willen!«

Dardalion kehrte in den Hof zurück, und Waylander spannte seine Armbrust und überprüfte die Spannung der Sehnen. Zufrieden legte er die Waffe behutsam auf die steinerne Brüstung. Dann nahm er einen schmalen Streifen Rehleder und band sich die Haare im Nacken zusammen.

Ein junger, bärtiger Soldat kam auf ihn zu. »Guten Morgen. Ich heiße Jonat. Das ist mein Abschnitt.«

»Dakeyras«, antwortete Waylander und reichte ihm die Hand.

»Dein Freund sieht aus, als wolle er auf ein Bankett bei Hofe.«

»Es war das Beste, was er finden konnte. Aber er wird seinen Mann stehen.«

»Dessen bin ich sicher. Hast du vor, hier oben zu bleiben?«

»Genau das hatte ich im Sinn«, erwiderte Waylander trocken.

»Es ist nur so, daß dies die beste Stelle ist, um die Lücke abzudecken, und ich hätte lieber einen meiner Bogenschützen hier.«

»Das kann ich verstehen«, sagte Waylander, nahm seine Armbrust und zog die obere Sehne zurück. Er legte den Bolzen ein und sah hinab auf den Karren, der das zerstörte Tor blockierte. Die Karrendeichsel war hochgestellt, so daß sie mit dem Joch ein Kreuz bildete. Waylander zog die untere Sehne zurück und ließ einen Bolzen an seinen Platz gleiten.

»Wie breit, würdest du sagen, ist die Deichsel?« fragte Waylander.

»Schmal genug, um ein schwieriges Ziel abzugeben«, meinte Jonat.

Waylander hob den Arm, und ein schwarzer Bolzen schoß durch die Luft und drang in den rechten Balken. Ein zweiter Bolzen hämmerte in die linke Seite.

»Interessant«, bemerkte Jonat. »Darf ich mal probieren?«

Waylander reichte ihm die Waffe, die Jonat in den Händen drehte. Sie war sehr schön gearbeitet. Jonat lud nur einen Bolzen, zielte auf die Mitte der Deichsel und schoß. Der Bolzen glitt vom Holz ab und landete auf dem Pflaster des Hofes, daß die Funken nur so stoben.

»Schöne Waffe«, sagte Jonat. »Ich würde gern damit üben.«

»Falls mir etwas zustößt, kannst du sie haben«, sagte Waylander. Jonat nickte. »Dann bleibst du also hier?«

»Ich denke schon.«

Plötzlich erklang ein Warnruf auf der Ostmauer, und Jonat rannte zur Treppe, die von der Brustwehr hinabführte, um sich in den Strom von Männern einzureihen, die sich den Feind anschauen wollten. Waylander ließ sich mit dem Rücken an die Brüstung gelehnt nieder. Er hatte schon viele Armeen gesehen. Er nahm einen Zug aus seiner Feldflasche und spülte sich mit dem warmen Wasser erst den Mund, bevor er es schluckte.

Jonat traf Gellan und Sarvaj an der Ostmauer.

Auf der Ebene konnte man etwa sechshundert vagrische Reiter erkennen. Zwei Späher lösten sich aus den Reihen des Feindes und galoppierten zur Westmauer. Dann machten sie kehrt. Einige Minuten lang geschah nichts, während die vagrischen Offiziere abstiegen und sich zusammensetzten, dann stand einer auf und schwang sich wieder in den Sattel.

»Zeit zu reden«, knurrte Sarvaj.

Der Offizier ritt mit erhobener Hand zur Ostmauer. Er nahm den Helm ab und rief: »Ich heiße Ragic. Ich spreche für Graf Ceoris. Wer spricht für die Drenai?«

»Ich«, rief Gellan.

»Dein Name?«

»Das geht dich nichts an. Was hast du zu sagen?«

»Wie ihr sehen könnt, sind wir euch zahlenmäßig weit überlegen. Graf Ceoris bietet euch die Möglichkeit zu kapitulieren.«

»Zu welchen Bedingungen?«

»Sobald ihr eure Waffen abgeliefert habt, seid ihr frei und könnt gehen.«

»Sehr großzügig!«

»Also seid ihr einverstanden?«

»Ich habe von Graf Ceoris gehört. Es heißt, daß sein Wort ebensowenig wiegt wie das Versprechen einer lentrischen Hure. Der Mann besitzt keine Ehre.«

»Dann lehnt ihr ab?«

»Ich verhandle nicht mit Schakalen«, antwortete Gellan.

»Ihr werdet diese Entscheidung noch bereuen«, rief der Herold, packte die Zügel und preschte zurück zu den feindlichen Linien.

»Ich glaube, damit hat er recht«, brummte Jonat.

»Bereite die Männer vor«, sagte Gellan. »Die Vagrier haben weder Taue noch Belagerungsmaschinen, und das bedeutet, sie müssen die Lücke in der Mauer angreifen. Sarvaj!«

»Jawohl?«

»Laß nur fünf Männer auf jeder Mauer zurück. Der Rest geht mit Jonat. Sofort!«

»Wir hätten einen Ausfall machen sollen«, sagte Jonat.

»Halt den Mund!« fuhr Sarvaj ihn an.

Die Vagrier schwenkten rechtsum und ritten zur Westmauer, dann galoppierten sie vor, bis sie knapp außer Reichweite der Bogenschützen waren. Die Männer glitten aus den Sätteln, rammten ihre Lanzen in die Erde und banden ihre Pferde daran fest. Anschließend nahmen sie ihre Schilde und Schwerter und rückten langsam vor.

Dardalion beobachtete sie und fuhr sich mit der Zunge über die Lippen. Seine Hände waren schweißnaß, so daß er sie an seinem

Umhang abwischen mußte. Jonat grinste ihn an. »Schöne Hurensöhne, was?«

Dardalion nickte. Die Männer um ihn herum waren angespannt, und der Priester erkannte, daß er nicht der einzige war, der Angst hatte. Selbst Jonats Augen brannten heller, seine Miene war ausdruckslos. Dardalion warf einen Blick zu Waylander hinauf, der mit dem Rücken zur Mauer saß und seine Bolzen vor sich auslegte. Er war der einzige, der die anrückenden Soldaten nicht beobachtete. Ein Mann zu seiner Rechten schoß einen Pfeil ab, der auf die Vagrier zusegelte. Ein feindlicher Soldat hob seinen Schild, und der Pfeil prallte davon ab.

»Erst schießen, wenn ich es befehle!« bellte Jonat.

Mit einem plötzlichen Aufschrei griffen die Vagrier an. Dardalion schluckte schwer und zog seine Schwerter.

Als der Feind nur noch knapp zehn Meter von der Lücke entfernt war, brüllte Jonat: »Jetzt!« Pfeile hämmerten in die vorrückende Reihe, aber die meisten wurden von den kupferbesetzten, runden Schilden beiseite gewischt. Andere prallten von schwarzen Helmen ab, aber einige der Feinde fielen, als die mit Widerhaken versehenen Pfeile in ungeschützte Hälse drangen.

Ein zweiter Pfeilhagel traf die Vagrier, als sie die Bresche erreichten. Und diesmal fiel mehr als ein Dutzend Krieger. Dann waren sie an den Fuhrwerken. Ein stämmiger Soldat kletterte mit erhobenem Schwert über ein hölzernes Gefährt, doch Waylanders Bolzen durchdrang seinen Helm über dem rechten Ohr, und er fiel lautlos. Ein zweiter Bolzen traf einen Soldaten hinter ihm am Hals.

Jonat hatte die Verteidiger gut in Stellung gebracht. Ein Dutzend kniete auf der nördlichen Brustwehr und schoß einen Pfeil nach dem anderen auf den Feind ab, der versuchte, über die Fuhrwerke zu gelangen, während zwanzig weitere Bogenschützen im Hof standen und mühelos den Feind abschossen. Die Toten türmten sich, doch die Vagrier drängten weiter vor.

Waylander hörte hinter sich ein kratzendes Geräusch und fuhr herum. Eine Hand packte die Brüstung, ein vagrischer Soldat zog sich über die Mauer. Ein weiterer folgte ... dann noch einer. Waylander spannte die Armbrust und feuerte. Der erste Soldat taumelte rückwärts und stürzte von der Brüstung. Den zweiten erwischte ein Bolzen durch die Schulter, was den Soldaten jedoch nicht daran hinderte, mit einem haßerfüllten Schrei weiterzustürmen. Waylander ließ die Armbrust fallen und zog sein Schwert, mit dem er einen Abwärtshieb abwehrte. Dann traf er den Mann in die Leiste. Als er schwankte, hämmerte Waylander ihm das Schwert gegen den Hals, so daß das Blut hervorschoß und der Mann in den Hof hinunterfiel.

Waylander ließ sich auf die Knie fallen, als der nächste Krieger einen heftigen Hieb auf seinen Kopf zielte. Er stieß seine Klinge nach oben und spürte, wie sie dem Mann in die Lenden drang. Waylander trat ihn von der Brüstung und stand einem weiteren Soldaten gegenüber, der jedoch plötzlich mit einem Pfeil im Nacken vornüberstürzte. Ein Drenaisoldat trat aus der Tür zum Turm, den Bogen in der Hand. Er grinste Waylander an und hinkte weiter.

Unten gelang es vier Vagriern endlich, durch das Kreuzfeuer zu gelangen, und sie sprangen in den Hof. Jonat tötete den ersten mit einem Rückwärtshieb in den Hals. Dardalion stürmte mit klopfendem Herzen vor und stieß mit seinem Schwert nach einem feindlichen Krieger. Der Mann fegte die Klinge beiseite und schmetterte seinen Schild auf den Priester. Dardalion schwankte und geriet auf dem Kopfsteinpflaster ins Stolpern. Der Vagrier holte aus, und der Priester rollte sich zur Seite, so daß die Klinge auf die Steine prallte. Dardalion kam auf die Füße, zog sein zweites Schwert und stellte sich dem Krieger. Der Mann schoß vor, sein Schwert zielte auf Dardalions Lende. Der Priester parierte den Hieb mit seinem rechten Schwert, macht einen Schritt nach vorn und stieß die linke Klinge in die Kehle des Mannes. Blut quoll unter dem schwarzen Helm hervor, und er sank in die Knie.

»Paß auf!« brüllte Waylander, doch Dardalions Schwert kam zu spät hoch, so daß ein zweiter vagrischer Soldat einen krachenden Hieb auf seinen Kopf landen konnte. Die Klinge glitt an dem silbernen Helm ab und drang in seine Schulter. Benommen schwankte er zurück, und der Vagrier setzte an, ihm den Todesstoß zum geben.

Jonat erlegte einen Gegner, drehte sich um und sah, daß Dardalion in Gefahr war. Er rannte los und sprang den Angreifer mit den Füßen voran an, so daß er ihn von den Beinen riß. Jonat rappelte sich hoch und warf sich auf den Rücken des Mannes, zog einen schlanken Dolch, riß ihm den Helm vom Kopf und schnitt ihm die Kehle durch.

Ein einziger Ton eines Signalhorns durchdrang das Kampfgetöse, und die Vagrier zogen sich zurück, bis sie außer Reichweite der Bögen waren.

»Räumt die Toten weg!« rief Jonat. Waylander holte seine Armbrust und zählte die verbliebenen Bolzen. Zwölf. Er kletterte in den Hof hinab und begann, die Toten zu untersuchen. Er fand noch fünfzehn brauchbare Bolzen.

Dardalion saß mit dem Rücken an die Nordmauer gelehnt, schwindlig und unfähig, auf den Beinen zu stehen. Waylander ging zu ihm hinüber und kniete neben ihm nieder.

»Trink«, sagte er.

Dardalion schob mit einer schwachen Bewegung die Feldflasche beiseite. »Mir ist übel.«

»Du kannst nicht hier sitzenbleiben, Priester, sie werden in wenigen Minuten zurück sein. Mach, daß du in den Bergfried kommst.«

Dardalion versuchte mühsam aufzustehen. Waylander zog ihn hoch.

»Kannst du stehen?«

»Nein.«

»Dann stütz dich auf mich.«

»Ich habe mich nicht besonders geschickt angestellt, Waylander.«

»Du hast deinen ersten Mann im Kampf getötet. Das ist immerhin ein Anfang.«

Gemeinsam schafften sie es zum Turm, und Waylander ließ den Priester auf eine Bank sinken. Danyal eilte herbei, das Gesicht weiß vor Schock.

»Er ist nicht tot, lediglich betäubt«, erklärte Waylander. Ohne ihn zu beachten, ging sie zu Dardalion, zog ihm den Helm ab und untersuchte den leichten Schnitt, wo der Helm eine Beule bekommen hatte.

Ein Hornsignal hallte über die Ebene.

Waylander fluchte leise und eilte zur Tür.

# 8

Um Schmerz und Schwindel abzuschütteln, befreite Dardalion seinen Geist und stieg empor durch die Mauern der Festung hinaus in die Sonne des hellen Tages.

Unten tobte die Schlacht weiter. Waylander, wieder auf der Brustwehr, zielte sorgfältig und ließ Bolzen um Bolzen auf die anrückenden Vagrier los. Jonat, erfüllt von einer fast manischen Energie, scharrte zwanzig Krieger um sich und stürmte auf die Vagrier zu, die es über die Fuhrwerke geschafft hatten. Auf den Wehrgängen zur Linken und Rechten suchten sich drenaische Bogenschützen mit Bedacht ihre Ziele. Auf der Ostmauer hatte der Feind Fuß gefaßt, indem er über die eingestürzte äußere Brüstung geklettert war. Hier kämpften drei Männer mit aller Kraft, um die Flut aufzuhalten, und Dardalion eilte zu ihnen.

In der Mitte der drei stand ein Offizier mittleren Alters, der das Schwert hervorragend handhabte. Für ihn gab es kein wildes Eindreschen, keinen fanatischen Angriff: Er kämpfte mit subtiler Anmut und Stil, das Schwert zuckte hierhin und dorthin und schien seine Gegner kaum zu berühren. Aber sie fielen, erstickten an ihrem eigenen Blut. Sein Gesicht war ruhig, sogar ernst, dachte Dardalion, und er konzentrierte sich intensiv.

Durch seine Geistaugen konnte der Priester die flackernden Auren sehen, die die Stimmung eines jeden Mannes kennzeichneten. Leuchtend rot pulsierten die Farben bei allen außer zwei der Kämpfenden.

Der Offizier glühte im Blau der Harmonie, und Waylander im Purpur kontrollierter Wut.

Immer mehr Vagrier überwanden die Brustwehr der Ostmauer, während Jonat und seine Männer von der Lücke in der Westmauer zurückgedrängt wurden. Waylander, der seine Bolzen verschossen hatte, zog sein Schwert und sprang von der Brüstung auf die Fuhrwerke unter ihm. Er landete krachend auf mehreren vagrischen Soldaten und riß sie von den Füßen. Er sprang auf, schwang sein Schwert und tötete zwei, ehe sie noch ihr Gleichgewicht wiedergefunden hatten. Ein dritter starb, als er sein Schwert ins Spiel bringen wollte. Waylander wehrte den Hieb ab und schlitzte dem Mann mit einem abwärts gerichteten Stich die Kehle auf.

Im Bergfried brachte Danyal die beiden Mädchen die Wendeltreppe des Turms hinauf und setzte sich dann mit ihnen hin, den Rücken der Brüstung zugekehrt. Hier oben war das Kampfgetöse gedämpft, und sie nahm die beiden Schwestern in den Arm.

»Du hast große Angst, Danyal«, stellte Krylla fest.

»Ja, das habe ich. Ihr müßt auf mich aufpassen«, antwortete Danyal.

»Werden sie uns töten?« fragte Miriel.

»Nein... ich weiß es nicht, meine Kleine.«

»Waylander wird uns helfen, das tut er immer«, meinte Krylla.

Danyal schloß die Augen, und Waylanders Gesicht erfüllte ihre Gedanken: die dunklen, tiefliegenden Augen unter schön geschwungenen Brauen, das eckige Gesicht und das kantige Kinn, der breite Mund mit dem leichten, spöttischen Halblächeln.

Der Schrei eines Sterbenden schallte über den Lärm der Schlacht.

Danyal ließ die Kinder los und lehnte sich über die zinnenbewehrte Brüstung.

Waylander und ein kleiner Trupp von Männer versuchten, sich den Weg zurück in den Bergfried zu erkämpfen, aber sie waren fast umzingelt. Sie konnte nicht mehr hinsehen und sank neben den Mädchen zusammen.

In der Festung erhob sich Dardalion und tastete nach seinen Schwertern. Er fühlte sich jetzt weniger angeschlagen, das Bewußtsein des drohenden Todes überdeckte die Schmerzen. Er ging zur Tür und stieß sie auf. Draußen schien die Sonne so hell, daß ihm die Tränen in die Augen traten. Blinzelnd sah er, wie vier Männer auf ihn losstürmten.

Angst überwältigte ihn, doch anstatt sie zu verdrängen, ließ er ihr freien Lauf und schleuderte sie mit schrecklicher Gewalt den angreifenden Soldaten entgegen. Der Angriff auf ihren Geist ließ sie taumeln. Einer griff sich an sein Herz, sank zu Boden und starb innerhalb weniger Sekunden, ein weiterer ließ sein Schwert fallen und rannte schreiend auf die Bresche zu. Die restlichen beiden – stärker als die meisten Männer – zogen sich lediglich zurück.

Dardalion stieß zur Haupttreppe vor. Seine Augen waren weit geöffnet und von einem erstaunlichen Blau, die Pupillen fast nicht zu sehen. Seine Stärke wuchs, und er schleuderte seine Angst der blaugekleideten Masse der Angreifer entgegen. Männer schrien auf, als sie sie traf, und Panik fuhr durch die Vagrier wie ein Lauffeuer. Sie machten kehrt, ohne sich um die Schwerter der Drenai zu kümmern, und sahen sich dem silbernen Krieger gegenüber. Ein Mann in vorderster Reihe fiel auf die Knie. Er zitterte unkontrolliert, dann stürzte er bewußtlos vornüber.

Auch bei intensiver Befragung konnte später nicht ein einziger Vagrier das Entsetzen beschreiben, das er gespürt hatte, ebensowenig wie die furchtbare Gefahr, die es hervorrief . . . obwohl sich die meisten an den silbernen Krieger erinnern konnte, der wie heißes Feuer schimmerte und dessen Augen Tod und Verzweiflung ausstrahlten.

Die Vagrier ließen ihre Waffen fallen und rannten davon.

Die Drenai sahen ehrfürchtig zu, wie Dardalion ihnen zu der Bresche folgte, die Schwerter in den Händen.

»Götter des Lichts«, flüsterte Jonat. »Ist er ein Zauberer?«

»Es sieht so aus«, antwortete Waylander.

Die Männer traten aus dem Glied und rannten zu dem Priester und klopften ihm auf den Rücken. Er taumelte und stürzte beinahe, doch zwei der Krieger hoben ihn auf ihre Schultern und trugen ihn zurück in die Festung. Waylander lächelte und schüttelte den Kopf.

»Dak?« sagte eine Stimme. »Bist du das?«

Waylander fuhr herum und stand Gellan gegenüber. Der Offizier sah älter aus, sein Haar wurde dünn, die Augen blickten müde.

»Ja, ich bin es. Wie geht es dir, Gellan?«

»Du hast dich nicht ein bißchen verändert.«

»Du dich auch nicht.«

»Was hast du so gemacht?«

»Ich bin ziemlich viel gereist. Wie ich sehe, bist du bei der Legion geblieben – ich dachte, du wolltest deinen Abschied nehmen und heiraten.«

»Ich habe geheiratet und bin geblieben«, antwortete Gellan, und Waylander sah den Schmerz in seinem Gesicht, obwohl Gellan sich Mühe gab, ihn zu verbergen. »Es tut gut, dich zu sehen. Wir unterhalten uns später, es gibt viel zu tun.«

Daraufhin verließ Gellan ihn, aber der Mann, der zuerst mit Waylander gesprochen hatte, blieb.

»Ihr seid alte Freunde?« fragte Sarvaj.

»Was? Ja.«

»Wie lange ist es her, daß du ihn gesehen hast?«

»Zwanzig Jahre.«

»Seine Kinder sind bei der Pest in Skoda umgekommen, und seine Frau hat sich kurz darauf das Leben genommen.«

»Danke, daß du mir das gesagt hast.«

»Er ist ein guter Offizier.«

»Das war er immer. Ein besserer, als er selbst wußte.«

»Er wollte sich dieses Jahr zur Ruhe setzen – er hat einen Bauernhof in der Nähe von Drenan gekauft.«

Waylander beobachtete, wie Gellan die Männer anwies, den Verwundeten zu helfen und die Gefallenen abzutransportieren. Andere schickte er auf die Wehrgänge, um nach den Vagriern Ausschau zu halten.

Waylander ließ Sarvaj mitten im Satz stehen und schlenderte zurück zur Brüstung der Westmauer, um seine Armbrust zu holen. Er fand einen Drenaikrieger daneben sitzen – der Mann, der ihm vorhin gerade rechtzeitig mit einem Pfeil das Leben gerettet hatte. Da er nicht in der Stimmung für ein Gespräch war, ging Waylander an ihm vorbei und hob seine Waffe auf.

»Einen Schluck?« fragte der Mann und bot Waylander eine Feldflasche an.

»Nein.«

»Das ist kein Wasser«, sagte der Soldat grinsend.

Waylander nahm einen Schluck, und seine Augen traten hervor.

»Sie nennen es lentrisches Feuer«, bemerkte Vanek.

»Ich glaube, ich weiß auch warum!«

»Es bringt süße Träume«, erklärte Vanek, streckte sich aus und bettete den Kopf auf die Arme. »Weck mich, wenn sie zurückkommen, ja?«

Die Vagrier hatte sich außer Reichweite der Bogenschützen zurückgezogen und sammelten sich um ihren General. Waylander konnte nicht hören, was er sagte, aber die Gesten sprachen eine deutliche Sprache. Er saß auf einem großen grauen Pferd, sein weißer Umhang blähte sich in der Nachmittagsbrise. Er wedelte merkwürdig mit der Faust, und die Männer wirkten eingeschüchtert. Waylander kratzte sich das Kinn und nahm einen tiefen Schluck lentrisches Feuer.

Was hatte der Priester wohl für einen Bann gesprochen, überlegte er, der so ausgezeichnet kämpfende Männer derart demoralisieren konnte? Er blickte zum Himmel und hob die Feldflasche empor.

»Vielleicht hast du doch eine gewisse Macht«, sagte er anerkennend.

Er trank noch einmal und mußte sich abrupt setzen. Sein Kopf wirbelte. Dann drückte er mit großer Sorgfalt den Stöpsel wieder auf die Flasche und legte sie neben sich.

Verrückt, sagte er sich. Die Vagrier würden zurückkommen. Er kicherte. Soll Dardalion mit ihnen fertig werden! Er holte tief Luft und lehnte den Kopf gegen die kalten Steine. Der Himmel war klar und strahlend, doch über der Festung kreisten dunkle Gestalten.

»Ihr könnt den Tod riechen, nicht wahr?« sagte Waylander. Der Wind trug die heiseren Schreie der Krähen zu ihm hinunter. Waylander schauderte. Er hatte schon gesehen, wie diese Vögel ihr Festmahl abhielten, Augäpfel aus ihren Höhlen zerrten und sich über saftige Bissen von noch warmen Körpern stritten. Er wandte den Blick ab und betrachtete den Hof.

Dort arbeiteten Männer, um die Toten fortzuschaffen. Die Vagrier wurden außerhalb der Bresche auf einen Haufen geworfen, während die Toten der Drenai nebeneinander an die Nordmauer gelegt und mit ihren Mänteln zugedeckt wurden. Zweiundzwanzig Tote lagen dort. Waylander zählte die verbliebenen Männer. Er konnte nur neunzehn sehen – nicht genug, um noch einem weiteren Angriff standzuhalten. Ein Schatten fiel auf ihn, und als er aufsah, erblickte er Jonat mit einem Bündel seiner Bolzen.

»Ich dachte, du könntest sie brauchen«, sagte der Unteroffizier. Waylander nahm sie mit einem schiefen Grinsen entgegen.

»Was zu trinken?« fragte er.

»Nein. Danke.«

»Es ist kein Wasser«, erklärte Waylander.

»Ich weiß, ich kenne Vaneks Flasche! Dun Gellan würde dich gerne sehen.«

»Er weiß, wo ich bin.«

Jonat kauerte sich nieder und lächelte grimmig. »Ich mag dich, Dakeyras. Es wäre unschicklich, wenn ich dich von drei Männern in den Turm zerren ließe – unschicklich und lächerlich.«

»Wohl wahr. Hilf mir auf.«

Waylanders Beine waren etwas zittrig, aber mit einiger Mühe gelang es ihm, neben Jonat durch die Haupthalle zu einem kleinen Raum am anderen Ende zu gehen. Gellan saß auf einer Pritsche, hielt einen Federkiel in der Hand und schrieb seine Berichte.

Jonat salutierte und zog sich zurück, wobei er die Tür hinter sich schloß. Da es keinen anderen Platz gab, ließ sich Waylander auf dem Fußboden nieder und lehnte den Rücken an die Wand.

»Ich hatte unrecht«, stellte Gellan fest. »Du hast dich verändert.«
»Wir alle verändern uns. Das ist ein Teil des Sterbens.«
»Ich glaube, du weißt, was ich meine.«
»Sag's mir – es ist deine Festung.«
»Du bist kalt, Dak. Wir waren einmal Freunde. Brüder. Und doch hast du mich da draußen gegrüßt wie einen flüchtigen Bekannten.«
»Und?«
»Erzähl mir, was passiert ist.«
»Wenn ich beichten wollte, würde ich in einen Tempel gehen. Und außerdem hast du im Moment wichtigere Probleme zu lösen. Wie zum Beispiel, daß eine Armee darauf wartet, dich zu vernichten.«
»Na schön«, sagte Gellan traurig, »vergessen wir unsere einstige Freundschaft. Erzähl mir von deinem Freund. Was für ungeheure Kräfte hat er – und woher hat er sie?«
»Verdammt, wenn ich das wüßte«, antwortete Waylander. »Er ist ein Priester der QUELLE. Ich habe ein paar Männer davon abgehalten, ihn zu Tode zu foltern, und seitdem ist er eine positive Last für mich. Aber bis zum heutigen Tage habe ich noch keine Anzeichen seiner Kräfte gesehen.«
»Er könnte wertvoll für uns sein.«
»Das könnte er bestimmt. Warum sprichst du nicht mit ihm?«
»Das werde ich. Wirst du nach Skultik kommen?«
»Wahrscheinlich. Wenn wir überleben.«
»Ja, wenn wir überleben. Nun, wenn du es tust, dann ohne diese Armbrust.«
»Es ist eine gute Waffe«, widersprach Waylander.
»Ja, und eine sehr ungewöhnliche. Alle Offiziere haben den Befehl, nach einem Mann Ausschau zu halten, der eine solche Waffe trägt. Es heißt, er hat den König umgebracht.«
Waylander erwiderte nichts, aber seine dunklen Augen begegneten Gellans Blick, und er wandte sich ab. Gellan nickte. »Geh jetzt, Dakeyras. Ich möchte mit deinem Freund sprechen.«
»Es ist nicht immer alles, wie es scheint«, sagte Waylander.
»Ich will es nicht hören. Geh jetzt.«
Als Waylander sich zum Gehen wandte, ging die Tür auf, und Dardalion trat ein. Gellan erhob sich, um ihn zu empfangen, und streckte ihm die Hand entgegen. Der Priester schüttelte sie. Der Griff war fest, jedoch nicht sehr kraftvoll, dachte Gellan.

»Setz dich«, sagte Gellan und bot Dardalion das Bett an. »Erzähl mir von deinen Freunden.«

»Dakeyras oder Danyal?«

»Dakeyras.«

»Er rettete mich ... uns alle. Er hat sich als guter Freund erwiesen.«

»Hast du ihn immer schon als Dakeyras gekannt?«

»Was geht dich das an?«

»Also kanntest du ihn unter einem anderen Namen?«

»Ich werde ihn dir nicht enthüllen.«

»Ich habe schon mit den Kindern gesprochen«, sagte Gellan.

»Dann brauchst du meine Mithilfe ja nicht.«

»Nein. Ich kannte Dakeyras früher – oder glaubte es zumindest. Er war ein Mann von Ehre.«

»Er hat in den letzten Tagen gezeigt, daß er noch immer ein solcher ist«, erklärte Dardalion. »Das sollte dir genügen.«

Gellan lächelte und nickte. »Vielleicht. Erzähl mir von dir und der schrecklichen Macht, die du heute gezeigt hast.«

»Ich kann dir nicht viel erzählen. Ich bin ... war ... ein Priester der QUELLE. Ich besitze einige Kräfte des Reisens und der Kommunikation.«

»Aber warum ist der Feind davongerannt?«

»Aus Angst«, antwortete Dardalion schlicht.

»Wovor?«

»Einfach Angst. Ich habe meine Angst in ihre Köpfe geschleudert.«

»Mach, daß ich Angst habe«, bat Gellan.

»Warum?«

»Vielleicht, damit ich es verstehe.«

»Aber im Augenblick verspüre ich keine Angst. Ich habe nichts, was ich einsetzen könnte.«

»Wird der Feind zurückkehren? Kannst du mir das sagen?«

»Ich glaube nicht. Unter ihnen ist ein Mann – er heißt Ceoris –, der sie zum Angriff drängt, aber sie fürchten sich. Wenn er genügend Zeit hat, wird er sie überzeugen, aber in Kürze wird deine Verstärkung hier sein.«

»Wer kommt?«

»Ein großer Mann namens Karnak. Er hat vierhundert Reiter bei sich.«

»Das sind wirklich gute Nachrichten. Es ist sehr nützlich, dich zu kennen, Dardalion. Was hast du für Pläne?«

»Pläne? Ich habe keine Pläne. Ich habe nicht gedacht...«

»Wir haben Priester in Skultik – mehr als zweihundert. Aber sie würden nicht kämpfen wie du. Wenn sie es täten, würden die Drenai viel gewinnen. Mit deinen Kräften, hundertfach verstärkt, könnten wir ganze vagrische Armeen in die Flucht schlagen.«

»Ja«, sagte Dardalion müde, »aber das ist nicht die Art der QUELLE. Ich wurde, was ich bin, durch Schwäche. Wäre ich so stark wie viele meiner Priesterbrüder, hätte ich – so wie sie es tun – einem solchen Machtmißbrauch widerstanden. Ich kann sie nicht bitten, etwas zu werden, das sie verabscheuen. Die wahre Macht der QUELLE lag immer im Fehlen der Macht. Kannst du das verstehen?«

»Ich bin nicht sicher.«

»Es ist, als würdest du einem Feind einen Speer an die Brust setzen, um ihn dann beiseite zu legen. Selbst wenn dein Feind dich tötet – falls er so etwas tut –, weiß er, daß er es nicht aus eigener Kraft tut, sondern weil du es so entschieden hast.«

»Aber, um bei deiner Analogie zu bleiben, du bist trotzdem tot, nicht wahr?«

»Der Tod ist nicht wichtig. Verstehst du, die Priester der QUELLE glauben, damit Leben existieren kann, muß es eine durch Gleichgewicht geschaffene Harmonie geben. Für jeden Mann, der lebt und stiehlt oder tötet, muß es einen anderen geben, der gibt und Leben rettet. Gezeitenliebe war der Name, den man in einem Tempel dafür hatte. Mein Abt hat uns dies oft gelehrt. In einem Kaufladen gibt der Kaufmann dir zuviel Wechselgeld zurück. Du behältst das Geld und freust dich über dein Glück. Aber wenn du weg bist, bemerkt er seinen Fehler und ist wütend, sowohl auf dich als auch auf sich selbst. Also wird er den nächsten, der seinen Laden betritt, betrügen, um seinen Verlust auszugleichen. Dieser Mann wiederum stellt das später fest und ist wütend, und vielleicht läßt er seinen Ärger an wieder jemand anderem aus. Und so steigt die Flut, und jede Welle betrifft mehr und mehr Menschen.

Die QUELLE lehrt uns, nur gute Taten zu tun – ehrlich zu leben, Böses mit Gutem zu vergelten, um die Flut einzudämmen.«

»Das ist ja alles sehr edel«, sagte Gellan, »aber märchenhaft unpraktisch. Wenn ein Wolf in einem Schafpferch räubert, bringst du ihn doch nicht dazu, zu verschwinden, indem du ihn mit Lämmern fütterst! Wie auch immer, jetzt ist nicht die Zeit für theologische Debatten. Und du hast bereits bewiesen, wo deine Gefühle liegen.«

»Darf ich etwas fragen, Dun Gellan?«

»Natürlich.«

»Ich habe dich heute im Kampf beobachtet, und du hast dich von allen anderen Kriegern unterschieden. Du warst ruhig und gelassen. Inmitten des ganzen Schlachtens und der Angst bliebst du allein ruhig. Wie kommt das?«

»Ich hatte nichts zu verlieren«, antwortete Gellan.

»Du hattest dein Leben.«

»Ach ja, mein Leben. Wolltest du sonst noch etwas wissen?«

»Nein, aber verzeih mir, wenn ich dir dies sage: Alle Kinder sind Geschöpfe der Freude, und alle Menschen sind der Liebe fähig. Du fühlst, daß du alles verloren hast, aber es gab auch eine Zeit der Freude für dich, als deine Kinder noch nicht geboren waren und du deine Frau noch nicht kanntest. Hältst du es nicht für möglich, daß es irgendwo eine Frau gibt, die dein Leben wieder mit Liebe erfüllen und dir Kinder schenken kann, die dir Freude bringen?«

»Geh jetzt, Priester«, sagte Gellan sanft.

Waylander ging zur Mauer zurück und beobachtete den Feind. Der Anführer hatte seine Ansprache beendet, und die Männer saßen herum und starrten mürrisch auf die Festung. Waylander rieb sich die Augen. Er wußte, was sie fühlten. Heute morgen noch waren sie voller Zutrauen zu ihren Fähigkeiten gewesen, arrogant und stolz. Jetzt waren sie demoralisiert, weil sie eine Niederlage erlitten hatten.

Seine eigenen Gedanken waren ein Widerhall ihrer Verzweiflung. Vor einer Woche war er Waylander der Schlächter gewesen, ein Krieger, seiner Talente sicher, aber sich keiner Schuld bewußt.

Jetzt fühlte er sich einsamer als jemals zuvor in seinem Leben. Wie seltsam, daß die Einsamkeit ihn ausgerechnet jetzt heimsuchte, da er umgeben von Menschen war, dachte er. Er hatte dieses Gefühl nie gehabt, wenn er allein in den Bergen oder den Wäldern lebte. Sein Gespräch mit Gellan hatte ihn tief verletzt, und er hatte sich, wie immer, mit leichtfertigen Reden aus der Affäre gezogen. Von allen Menschen, die sich in seinen Erinnerungen drängten, betrachtete er nur Gellan mit Zuneigung.

Aber was hätte er ihm sagen können? Ja, Gellan, mein Freund, ich sehe, du bist bei der Armee geblieben. Ich? Oh, ich bin Meuchelmörder geworden. Für Geld bringe ich jeden um – ich habe sogar deinen König getötet. Es war so einfach: Ich schoß ihm in den Rücken, als er in seinem Garten spazierenging.

Oder vielleicht hätte er den Mord an seiner Familie erwähnen sollen. Hätte Gellan seine Verzweiflung verstanden und was sie aus ihm gemacht hatte? Warum sollte er? Hatte er nicht auch seine Familie verloren?

Es war der verdammte Priester. Er hätte ihn an dem Baum lassen sollen. Der Priester hatte Macht: Als er die Kleidung der Räuber berührt hatte, hatte er durch das Tuch ihre Bosheit gespürt. Waylander hatte ihn in einen Mörder verwandelt, indem er seine Reinheit befleckt hatte. Aber war eine solche Macht zweischneidig? Hatte der Priester das unheilige Geschenk zurückgegeben, indem er Waylander mit seiner Güte berührte? Waylander lächelte.

Ein vagrischer Reiter galoppierte aus Norden heran und brachte sein Tier vor dem General zum Stehen. Innerhalb weniger Minuten waren die Vagrier aufgesessen und nach Osten aufgebrochen.

Waylander schüttelte den Kopf und löste die Sehnen seiner Armbrust. Drenaisoldaten liefen zu den Mauern, um zu beobachten, wie der Feind abrückte, und ein heiserer Jubel brandete auf. Waylander setzte sich. Vanek gähnte und reckte sich.

»Was ist los?« fragte er, setzte sich auf und gähnte wieder.

»Die Vagrier sind weg.«

»Das ist gut. Himmel, habe ich einen Hunger.«

»Schläfst du immer mitten in einer Schlacht?«

»Keine Ahnung, das hier ist die erste Schlacht in meinem Leben – es sei denn, du zählst mit, als wir die Fuhrwerke gekapert haben, was aber mehr ein Massaker war. Ich lasse es dich wissen, wenn ich noch ein paar Schlachten hinter mir habe. Hast du meine Flasche ausgetrunken?«

Waylander warf ihm die halbleere Flasche zu, dann erhob er sich und wanderte zum Bergfried. Der Koch hatte ein Faß mit Äpfeln geöffnet. Waylander nahmen sich zwei und aß sie, ehe er die Wendeltreppe hinauf zum Turm kletterte. Als er oben ins Sonnenlicht hinaustrat, sah er Danyal, die an der Brüstung lehnte und angespannt nach Norden blickte.

»Es ist vorbei«, sagte Waylander. »Ihr seid jetzt in Sicherheit.«

Sie drehte sich um und lächelte. »Für den Augenblick.«

»Mehr kann man nicht verlangen.«

»Bleib hier und laß uns reden«, bat sie. Er betrachtete sie, sah, wie ihr rotgoldenes Haar in der Sonne schimmerte.

»Ich habe nichts zu sagen.«

»Ich hatte beim Kampf Angst um dich. Ich wollte nicht, daß du stirbst«, sagte sie hastig, als er in die Schatten des Türbogens trat. Er hielt inne und blieb einen Moment mit dem Rücken zu ihr stehen, ehe er sich umwandte.

»Es tut mir leid um den Jungen«, sagte er leise. »Aber die Verletzung war sehr schwer, und er hätte noch stunden-, vielleicht sogar tagelang schlimme Schmerzen gehabt.«

»Ich weiß.«

»Es macht mir keinen Spaß, Jungen zu töten. Ich weiß nicht, warum ich das gesagt habe. Ich bin nicht gut mit Worten ... mit Menschen.« Er schlenderte zur Brüstung und blickte hinab auf die Soldaten, die die Ochsen für den langen Weg nach Skultik vor die Fuhrwerke spannten. Gellan war mitten unter seinen Männern, flankiert von Sarvaj und Jonat. »Ich war einmal Offizier. Ich war so vieles. Ehemann. Vater. Er sah so friedlich aus, als er dort inmitten der Blumen lag. Als ob er in der Sonne schliefe. Erst am Tag zuvor hatte ich ihm beigebracht, mit seinem Pony kleine Hindernisse zu überspringen. Ich bin auf die Jagd gegangen ... er wollte mit mir kommen.« Waylander starrte auf die grauen Steine. »Er war sieben Jahre alt. Aber sie haben ihn getötet. Es waren neunzehn – Deserteure und Verräter.«

Er spürte ihre Hände auf den Schultern und drehte sich um in ihre Arme. Danyal hatte nicht viel von dem verstanden, was er gesagt hatte, aber sie hatte den Schmerz in seinen Worten gehört. Er setzte sich auf die Brüstung und zog sie an sich. Sein Gesicht war ihrem ganz nah, und sie spürte seine Tränen an ihrer Wange.

»Er sah so friedlich aus«, sagte Waylander.

»Wie Culas«, flüsterte Danyal.

»Ja. Ich fand sie alle – es dauerte Jahre. Auf ihre Köpfe war ein Preis ausgesetzt, und ich benutzte jede Belohnung, um meine Suche nach den anderen zu finanzieren. Als ich den letzten schnappte, wollte ich, daß er wußte, warum er sterben mußte. Und als ich ihm erzählte, wer ich war, konnte er sich an die Morde nicht erinnern. Er starb, ohne es zu wissen.«

»Wie hast du dich gefühlt?«

»Leer. Verloren.«

»Wie fühlst du dich jetzt?«

»Ich weiß nicht. Es ist etwas, worüber ich nicht nachdenken will.«

Sie nahm sein Gesicht in ihre Hände und drehte es so, daß er ihr in die Augen sah. Dann küßte sie ihn, erst auf die Wange, dann auf den Mund. Schließlich trat sie zurück und zog ihn auf die Füße.

»Du hast uns das Leben gegeben, Dakeyras, den Kindern und mir. Dafür werden wir dich immer lieben.«

Ehe er antworten konnte, erklang von unten neuerlicher Jubel.

Karnak war mit vierhundert Reitern eingetroffen.

# 9

Gellan befahl, daß die Wagen von der Bresche zurückgefahren wurden, so daß Karnak mit zehn seiner Offiziere in die Festung reiten konnte. Er war ein großer Mann, der dazu neigte, Fett anzusetzen, und älter aussah als seine zweiunddreißig Jahre. Er glitt neben Gellan aus dem Sattel und grinste.

»Bei allen Göttern, Mann, du bist ein Wunder!« sagte er. Er drehte sich um die eigene Achse, löste dabei die Schnalle seines grünen Umhangs und drapierte ihn über seinem Sattel. »Sammelt euch, Männer«, rief er. »Ich will die Helden von Masin sehen. Damit bist auch du gemeint, Vanek«, rief er. »Und du auch, Parac!«

Die fünfundzwanzig Überlebenden kamen herbei, dümmlich grinsend. Viele von ihnen waren verwundet, aber vor dem charismatischen General nahmen sie eine stolze Haltung ein.

»Götter, ich bin stolz auf euch alle! Ihr habt eine der besten Elitetruppen in die Flucht geschlagen, die die Vagrier aufzubieten haben. Und was noch mehr ist, ihr habt genügend Vorräte erbeutet, um uns einen Monat lang über Wasser zu halten. Und am allerbesten ist, daß ihr gezeigt habt, was der Mut der Drenai ausrichten kann. Eure Taten werden dem Volk der Drenai wie eine Fackel leuchten – und ich kann euch versprechen, daß dies nur ein Anfang ist. Im Moment sind wir vielleicht am Boden, aber wir sind noch nicht fertig – nicht, solange wir Männer wie euch haben. Wir werden diesen Krieg zum Feind tragen und ihn büßen lassen. Ihr habt mein Wort darauf. Und jetzt auf nach Skultik, dann zeige ich euch, wie man richtig feiert!« Er wandte sich Gellan zu und legte ihm einen braungebrannten Arm um die Schultern.

»So, und wer von euch ist jetzt der Zauberer?«

»Er ist in der Festung, General. Woher weißt du von ihm?«

»Deswegen sind wir ja hier, Mann. Er hat letzte Nacht Kontakt zu einem unserer Priester aufgenommen und von deiner Zwangslage berichtet. Verdammt, das könnte der Wendepunkt für uns sein.«

»Hoffentlich, General.«

»Du hast dich großartig geschlagen, Gellan.«

»Ich habe fast die Hälfte meiner Männer verloren, General. Ich hätte die Fuhrwerke vor zwei Tagen aufgeben sollen.«

»Unsinn, Mann! Wären wir nicht rechtzeitig gekommen und ihr

alle getötet worden, hätte ich dir recht gegeben. Aber der Sieg war das Risiko wert. Ich muß ehrlich sein – ich hatte es nicht von dir erwartet. Nicht, daß ich jemals deinen Mut angezweifelt hätte, aber du bist ein vorsichtiger Mann.«

»So klingt ›vorsichtig‹ wie eine Beleidigung, General.«

»Vielleicht. Aber es sind verzweifelte Zeiten, und dann muß man Risiken eingehen. Vorsicht wird die Vagrier nicht dazu bringen, ihre Zelte abzubrechen. Und vertu dich nicht, Gellan, was ich zu den Männern sagte, war nicht nur rein rhetorisch. Wir *werden* gewinnen. Glaubst du das?«

»Es ist sehr schwer, nicht zu glauben, was du sagst, General. Die Männer sind der Überzeugung, wenn du wolltest, daß der Himmel grün statt blau wäre, würdest du auf einen Berg klettern und ihn so anstreichen.«

»Und was glaubst du?«

»Ich schäme mich zuzugeben, daß ich ihrer Meinung bin.«

»Die Männer brauchen Führungspersönlichkeiten, Gellan. Männer mit Feuer im Bauch. Wenn der Kampfgeist dahinschwindet, kann es keinen Sieg geben. Vergiß das nicht.«

»Ich bin mir darüber im klaren, General. Aber ich bin kein Redner.«

»Mach dir darüber keine Gedanken. Ich kümmere mich um die Ansprachen. Du hast heute gute Arbeit geleistet, und ich bin stolz auf dich. Du weißt, daß Purdol noch immer aushält?«

»Ich freue mich, das zu hören, General.«

»Ich werde morgen dorthin aufbrechen.«

»Aber es ist umzingelt.«

»Ich weiß, aber es ist wichtig, daß die Festung gehalten wird. Sie bindet den größten Teil der vagrischen Truppen.«

»Mit allem Respekt, General, es ist wesentlich wichtiger, daß du frei bleibst. Es heißt, sie hätten einen Preis von 10 000 Goldstücken auf deinen Kopf ausgesetzt – fast so viel wie für Egel selbst.«

»Hast du so rasch vergessen, was ich gerade über Risiken gesagt habe?«

»Aber wenn sie merken, daß du in Purdol bist, werden sie ihre Anstrengungen verdoppeln, um es einzunehmen, und noch mehr Truppen dorthin verlegen.«

»Genau!«

»Es tut mir leid, General, aber ich denke, das ist Wahnsinn.«

»Darin unterscheiden wir uns, Gellan. Du siehst die Dinge nicht im großen Maßstab. Sieh mich an! Ich bin zu groß, um mit einigermaßen Zutrauen auf einem Pferd zu sitzen, und ich bin kein Kavalleriegeneral – gib mir eine Festung, die ich halten soll, und ich bin in meinem Element. Egel dagegen ist ein Stratege und ein guter, gerissener alter Soldat. Sie brauchen mich in Skultik nicht. Aber wenn ich es schaffe, nach Purdol zu kommen, werden die Vagrier ihre Truppen dort zusammenziehen und Egel so eine Chance geben, aus dem Wald auszubrechen.«

»Ich sehe die Logik, aber – und das soll keine Schmeichelei sein – wir *brauchen* dich. Wenn du gefangengenommen oder getötet wirst, ist die Sache der Drenai so gut wie verloren.«

»Nett von dir, das zu sagen. Aber mein Plan steht fest. Was hältst du davon, mit mir zu kommen?«

»Das möchte ich mir um keinen Preis der Welt entgehen lassen«, antwortete Gellan grinsend.

»Das ist mein Mann«, sagte Karnak. »Und wo ist dieser Zauberer?«

Gellan brachte den General in die Festung zu Dardalion, der mit den Kindern zusammensaß.

»Das ist der Zauberer?« fragte Karnak und starrte den jungen Mann in der silbernen Rüstung an.

»Ich fürchte ja«, sagte Gellan.

Dardalion wandte sich um, als sie eintraten. Dann stand er auf und verbeugte sich vor dem General.

»Du bist Dardalion?«

»Ja.«

»Ich bin Karnak.«

»Ich weiß, General. Du bist herzlich willkommen.«

»Du bist der unwahrscheinlichste Zauberer, den ich je getroffen habe.«

»Ich bin wohl kaum ein Zauberer. Ich sage keine Zaubersprüche.«

»Über die Vagrier hast du bestimmt einen gesprochen – du hast die Festung und jeden einzelnen Mann darin gerettet. Willst du mit mir reiten?«

»Es wird mir eine Ehre sein.«

Karnak lächelte die Kinder an, aber sie versteckten sich hinter Dardalion. »Weißt du, ich glaube, die Flut wendet sich«, erklärte Karnak. »Wenn es uns nur gelingt, die Soldaten um Purdol herum und die verfluchte Dunkle Bruderschaft zu vermeiden, denke ich, könnten wir gerade rechtzeitig eintreffen, um den vagrischen Hoffnungen ein paar tödliche Stöße zu versetzen.

»Die Dunkle Bruderschaft jagt dich?« fragte Dardalion.

»Das tun sie schon seit Monaten. Und darüber hinaus heißt es, daß Waylander der Schlächter angeheuert wurde, um mich zu töten.«

»Das ist höchst unwahrscheinlich«, meinte Dardalion.

»Wirklich? Dann bist du auch ein Prophet?«

»Nein . . . ja . . . das ist nicht Waylanders Art.«

»Du kennst ihn?« fragte Karnak.

»Ja, er kennt ihn«, sagte Waylander, der um die Ecke bog, die Armbrust in der Hand.

Karnak drehte sich langsam um, und Gellan stellte sich vor ihn.

»Ich bin Waylander, und sollte ich deinen Tod wollen, dann *wirst* du sterben. Also mußt du dir nur noch um die Bruderschaft Gedanken machen.«

»Du meinst, ich soll dir glauben?«

»Angesichts der Umstände wäre das eine kluge Entscheidung.«

»Ich habe vierhundert Männer in Rufweite.«

»Aber sie sind jetzt nicht hier, General.«

»Das ist wahr«, gab Karnak zu. »Du bist also nicht hier, um mich zu töten?«

»Nein. Ich habe andere Dinge zu erledigen.«

»Betrifft es die Drenai?«

»Und wenn?« fragte Waylander.

»Dann werde ich dir auf der Stelle den Hals brechen«, erklärte Karnak.

»Mit Glück wird es den Drenai helfen«, sagte Waylander. »Man hat mich gebeten, Egel mit einer neuen Rüstung zu versorgen!«

Sie ritten vorsichtig. Ein Dutzend Späher umrundete die Hauptgruppe, und der Kriegergeneral wurde in der Mitte von sechs Reitern abgeschirmt. Dardalion ritt zu seiner Linken, Gellan zur Rechten. Hinter ihnen kamen die Fuhrwerke, jedes wurde von sechs Ochsen gezogen.

Danyal und die Kinder fuhren im vordersten Wagen neben dem Krieger Vanek. Die junge Frau stellte fest, daß er ein amüsanter Gesellschafter war. Einmal, als die beiden Leitochsen in verschiedene Richtungen zogen, sagte Vanek mit unbewegter Miene: »Hervorragend ausgebildet, diese Tiere – gehorchen jedem Befehl. Ich bringe sie dazu, das zu tun.«

Hinter den Fuhrwerken ritt die Nachhut von hundert Mann unter dem Befehl von Dundas, dem Adjutanten Karnaks: ein junger Mann mit hellem Haar und einem freundlichen, offenen Gesicht. An seiner Seite ritt Waylander. Er zweifelte nicht daran, daß er praktisch ein Gefangener war; vier Reiter hielten sich dicht bei ihm, die Hände immer am Schwert.

Waylander verbarg seinen Ärger und ließ seine Gedanken schweifen, während seine Augen die grüne Schönheit der sentranischen Ebene aufsogen, wo sie in die graublauen Berge im Norden überging. Schließlich, was machte es schon, wenn sie ihn töteten? Hatte er nicht ihren König ermordet? Und was war am Leben so besonderes, daß er wünschen sollte, seine Spanne auszudehnen?

Nichts davon spielte eine Rolle, stellte er fest, als die Berge immer näher rückten. Wieviel Tod hatten diese Gipfel gesehen? Wer würde in tausend Jahren noch nach diesem kleinen Krieg fragen?

»Du bist ein anspruchsloser Gefährte«, bemerkte Dundas, hob seinen Helm an und fuhr sich mit den Fingern durch die Haare.

Waylander antwortete nicht. Er lenkte sein Pferd nach links und wollte losgaloppieren, doch einer der Reiter blockierte seinen Weg.

»Der General denkt, wir sollten in Formation reiten, während wir in gefährlichem Gelände unterwegs sind«, erklärte Dundas glattzüngig. »Du hast doch nichts dagegen?«

»Und wenn doch?«

»Es wird nicht lange dauern, das versichere ich dir.«

Im Laufe des Tages wurde Dundas der Versuche müde, ein Gespräch mit dem dunkelhaarigen Krieger in Gang zu bringen. Er wußte nicht, warum Karnak wollte, daß er bewacht wurde, und genaugenommen interessierte es ihn auch nicht. Aber so war Karnak eben – erklärte nur das Nötigste und erwartete, daß seine Befehle buchstabengetreu ausgeführt wurden. Manchmal war es außerordentlich enervierend, unter einem solchen Mann zu dienen.

»Wie ist er?« fragte Waylander plötzlich.

»Entschuldige, ich war mit meinen Gedanken woanders«, sagte Dundas. »Was hast du gesagt?«

»Der General – wie ist er?«

»Warum willst du das wissen?«

»Neugier. Soweit ich weiß, war er Erster Dun mit dem Kommando über eine Bergfestung. Jetzt ist er General.«

»Hast du nicht von Hargate und der Belagerung gehört?«

»Nein.«

»Ich sollte das den General wirklich selbst erzählen lassen. Inzwischen gibt es so viele wunderbare Ausschmückungen zu der Geschichte, daß es mich nicht erstaunen würde, zu hören, daß Drachen dabeigewesen wären. Aber trotzdem ... möchtest du sie gerne hören?«

»Warst du dabei?«

»Ja.«

»Gut. Ich ziehe Berichte aus erster Hand vor.«

»Nun, wie du sagst, war Karnak Erster Dun in Hargate. Die Festung ist nicht groß – vielleicht zweimal so groß wie Masin, und außerhalb der Festung gibt es ... gab es ... eine kleine Stadt. Karnak hatte sechshundert Mann unter seinem Befehl. Die Vagrier sickerten nach Skoda ein und umzingelten Hargate und verlangten unsere Kapitulation. Wir weigerten uns und schlugen ihre Angriffe am ersten Tag zurück. Dann beobachteten wir, wie sie ihr Lager für die Nacht aufschlugen. Wir hatten an jenem Tag sechzig Mann verloren, aber wir hielten uns gut, und die Vagrier glaubten, sie hätten uns schon im Netz.«

»Wie viele waren es?« fragte Waylander.

»Wir schätzten sie auf achttausend. Jedenfalls, Karnak hatte Späher ausgeschickt, die nach den Vagriern Ausschau halten sollten – er hatte ihren Friedensversprechungen nie getraut –, und daher waren wir vorgewarnt, daß sie angreifen würden. Kennst du Hargate?« Waylander nickte. »Dann weißt du auch, daß etwa anderthalb Kilometer östlich davon ein kleiner Wald ist. Karnak hatte in der Nacht zuvor dreihundert Mann dorthin gebracht. Und als die Vagrier jetzt in ihrem Lager schliefen, kam er in den dunkelsten Stunden der Nacht über sie, setzte ihre Zelte in Brand und jagte die Pferde davon. Unsere Krieger machten genug Lärm, daß man sie für eine ganze Drenaiarmee hätte halten können, und wir öffneten die Tore und griffen sie auch von vorn an. Die Vagrier zogen sich zurück, um sich neu zu formieren, aber bei Tagesanbruch waren wir schon auf und davon nach Skultik. Wir müssen mehr als achthundert von ihnen getötet haben.«

»Schlau«, sagte Waylander, »aber wohl kaum ein Sieg.«

»Was meinst du damit? Sie waren uns zahlenmäßig mehr als zehn zu eins überlegen.«

»Eben. Ihr hättet euch sofort zurückziehen können, als ihr von der Invasion erfahren habt. Welchen Sinn hatte es, überhaupt zu kämpfen?«

»Hast du denn kein Gefühl für Ehre? Wir haben ihnen eine blutige Nase verpaßt – wir haben sie spüren lassen, daß die Drenai genausogut kämpfen, wie sie rennen können.«

»Aber sie haben die Festung trotzdem eingenommen.«

»Ich verstehe dich nicht, Dakeyras . . . oder wie immer du auch heißen magst. Wenn Davonlaufen dir soviel bedeutet, warum bist du dann nach Masin gegangen, um Gellan und seinen Männern zu helfen?«

»Es war der einzige sichere Ort. Oder besser gesagt, der sicherste, den ich finden konnte.«

»Nun, in Skultik wirst du sicher genug sein. Die Vagrier wagen es nicht, dort einzudringen.«

»Ich hoffe, die Vagrier wissen das auch.«

»Was soll das heißen?« fuhr der junge Offizier auf.

»Gar nichts. Erzählst du mir von Egel?«

»Warum? Damit du auch über *seine* Erfolge spotten kannst?«

»Du bist jung und heißblütig, und du siehst Spott, wo keiner ist. Es ist keine Gotteslästerung, eine militärische Entscheidung in Frage zu stellen. Es könnte sein, wie du sagst, daß Karnaks Entscheidung, den Vagriern eins auf die Nase zu geben, eine gute Entscheidung war, daß sie zum Beispiel den Kampfgeist stärkte. Aber mir scheint, daß es ein riskantes Unternehmen war, das auch gegen ihn hätte ausschlagen können. Wenn der Feind nun die Wälder hätte auskundschaften lassen? Dann hätte er die Flucht ergreifen müssen und dich und dreihundert Mann in der Falle sitzen lassen.«

»Aber das hat er nicht.«

»Eben – und jetzt ist er ein Held. Ich habe schon viele Helden gekannt. Meistens müssen andere sterben, um ihre Legenden zu weben.«

»Ich wäre stolz, für Karnak zu sterben – er ist ein großer Mann. Und hüte dich, ihn zu beleidigen, es sei denn, du möchtest mit jedem Mann in Hörweite die Schwerter kreuzen.«

»Ich habe deine Botschaft schon verstanden, Dundas. Er wird verehrt.«

»Und das mit Recht. Er schickt seine Männer nicht in Gefahr, ohne sich selbst dem gleichen Risiko auszusetzen. Er ist immer im dicksten Kampfgetümmel.«

»Sehr klug«, stellte Waylander fest.

»Und jetzt plant er sogar, Purdol zu Hilfe zu eilen. Ist das die Handlungsweise eines ruhmsüchtigen Mannes?«

»Purdol? Die Stadt ist umzingelt.«

Dundas biß sich auf die Lippe und wandte sich für einen Moment ab. Sein Gesicht überzog sich mit Röte. »Ich wäre dir verbunden, wenn du das nicht wiederholen würdest. Ich hätte das nicht sagen sollen.«

»Ich bin nicht gerade als Schwätzer bekannt«, sagte Waylander. »Es ist schon vergessen.«

»Danke. Ich bin dir wirklich dankbar. Ich war einfach nur zornig. Er ist ein sehr großer Mann.«

»Ich bin sicher, daß er das ist. Und jetzt, wo wir einander trauen, wirst du sicher nichts dagegen einzuwenden haben, daß ich nach vorn reite, um mit meinen Gefährten zu reden?«

Dundas' Miene spiegelte Verwirrung wider, aber dann huschte ein resignierter Ausdruck über sein Gesicht. »Natürlich nicht. Ich habe auch das Bedürfnis, mir den Wind um die Nase wehen zu lassen. Ich reite mit dir.«

Die beiden Männer ließen ihre Pferde in leichten Galopp fallen, und Waylander ritt zur Mitte der Kolonne. Karnak fuhr im Sattel herum, als er, gefolgt von dem jungen Offizier, näher kam.

»Willkommen in unserer Gruppe, Waylander«, sagte der General mit einem Grinsen. »Du hast gerade die Geschichte von Hargate verpaßt.«

»Nein. Dundas hat sie mir erzählt. Aber kamen in deiner Geschichte Drachen vor?«

»Noch nicht, aber ich arbeite daran«, erwiderte Karnak. »Komm, reite neben mir. Ich habe gehört, du und Gellan seid alte Freunde?«

»Wir kannten uns früher einmal«, sagte Gellan, »aber nicht besonders gut.«

»Ist ja auch egal«, sagte Karnak. »Sag mir, Waylander, warum jagt die Bruderschaft dich?«

»Ich tötete Kaems Sohn.«

»Warum?«

»Sein Vater schuldete mir Geld.«

»Mein Gott, du machst mich krank!« fuhr Gellan auf. »Entschuldige, General, aber ich muß eine Weile reiten und meinen Rücken strecken.« Karnak nickte, und Gellan entfernte sich von der Gruppe.

»Du bist ein seltsamer Mann«, stellte Karnak fest.

Waylander lächelte kalt. »Du auch, General. Was suchst du eigentlich?«

»Den Sieg. Was sonst?«

»Unsterblichkeit?«

Karnak lächelte. »Mißverstehe mich nicht, Waylander – ich bin kein Narr. Ich bin eitel. Ich bin eingebildet. Meine Stärke ist, daß ich *weiß*, was ich bin. Ich bin der beste General, dem du je begegnen wirst, und der größte Krieger unserer Zeit. Ja, ich wünsche mir Unsterblichkeit. Und man wird sich an mich nicht als einen tapferen Verlierer erinnern. Verlaß dich drauf.«

Sie eilten fast die ganze Nacht hindurch vorwärts, doch ein plötzliches Unwetter weichte den Boden auf, und die Fuhrwerke blieben stecken, so daß Karnak halten lassen mußte. An den Seiten der Wagen wurden hastig Planen errichtet, die als provisorische Zelte dienten, unter denen sich die Männer gegen den peitschenden Regen zusammendrängten.

Karnak sorgte dafür, daß Waylander dicht bei ihm blieb, doch der Mörder konnte nicht umhin, die Anwesenheit zweier bewaffneter Männer zu bemerken, die ihn ständig beobachteten. Ihm entging auch nicht der giftige Blick, den Karnak Dundas zuwarf, als der junge Offizier zu seinen Männern zurückkehrte. Doch trotz allem blieb der General oberflächlich in guter Stimmung. So, wie er mit durchweichten Kleidern, die ihm am Körper klebten, unter dem plumpen Zelt saß, sollte der General – dachte Waylander – eigentlich eine komische Figur machen. Der Mann hatte Übergewicht und war schreiend in Grün, Blau und Gelb gekleidet. Und trotzdem war er eindrucksvoll.

»Was denkst du?« fragte Karnak und zog sich den Mantel enger um die Schultern.

»Ich frage mich, was um alles in der Welt dich reitet, dich so zu kleiden«, sagte Waylander grinsend. »Blaues Hemd, grüner Mantel, gelbe Beinkleider! Es sieht aus, als hättest du dich nach und nach angezogen, als du betrunken warst.«

»Ich bin kein Mann für schicke Kleider«, gab Karnak zu. »Ich ziehe mich so an, daß es bequem ist. Jetzt erzähl mir von Egels Rüstung.«

»Ein alter Mann bat mich, sie für ihn zu holen, und ich versprach es ihm. Das ist kein Geheimnis.«

»Wie großartig du deine Mission herunterspielst. Der alte Mann war Orien, und die Rüstung ist eine Legende und im Land der Nadir versteckt.«

»Dardalion hat es dir erzählt. Nun, dann ist es nicht nötig, mir weiter Fragen zu stellen. Du weißt schon alles, was es zu wissen gibt.«

»Ich weiß nicht, warum du dich entschieden hast zu gehen. Was bringt es dir ein?«

»Das ist meine Sache.«

»Allerdings. Aber die Rüstung bedeutet den Drenai sehr viel, und das ist *meine* Sache.«

»Du bist in kurzer Zeit sehr weit gekommen, General. Es ist wohl kaum die Sache eines Ersten Dun einer heruntergekommenen Festung.«

»Versteh mich richtig, Waylander. Ich bin ein freundlicher Mensch mit einem Herz aus Gold . . . wenn die Leute tun, was ich will. So, ich mag dich, und ich versuche zu vergessen, daß ein Mann in Schwarz, der eine kleine Armbrust hat, König Niallad ermordet hat. Ein solcher Mann bekäme eine rasche Verurteilung.«

»Warum mußt du das alles wissen?«

Karnak lehnte sich zurück, seine hellen Augen fixierten Waylanders Blick. »Ich könnte die Rüstung verwenden, sie würde mir helfen.«

»Sie würde dir nicht passen, General.«

»Man könnte sie ändern.«

»Aber sie ist Egel versprochen.«

»Er weiß ja noch nicht einmal davon.«

»Du bist ein Mann voller Überraschungen, Karnak. Hier sitzt du am Rande einer Niederlage und planst deine glorreiche Zukunft. Was soll es sein? König Karnak? Klingt nicht schlecht. Graf Karnak, vielleicht?«

»So weit schaue ich nicht voraus, Waylander. Ich traue meinem Urteil. Egel ist ein guter Krieger und ein vernünftiger General. Vorsichtig, ja, aber in dem Mann ist Stahl. Mit gewissen Vorteilen könnte er diesem Krieg die entscheidende Wendung geben.«

»Und die Rüstung wäre genau so ein Vorteil«, bemerkte Waylander.

»Eben. Aber sie könnte woanders besser eingesetzt werden.«

»Wo?«

»In Purdol«, antwortete Karnak, beugte sich vor und beobachtete Waylander angespannt.

»Die Festung ist bereits umzingelt.«

»Es gibt einen Weg hinein.«

»Was hast du vor?«

»Ich werde zwanzig meiner besten Männer mit dir schicken, um die Rüstung zu holen. Du bringst sie nach Purdol – zu mir.«

»Und du wirst in Oriens Bronzerüstung auf den Wehrgängen stehen und dafür sorgen, daß du in der Geschichte der Drenai eine Rolle spielst.«

»Ja. Was sagst du dazu?«

»Ich sage, vergiß es. Orien hat mich um einen Gefallen gebeten, und ich sagte, ich würde es versuchen. Ich bin vielleicht kein großer Mann, Karnak, aber wenn ich etwas sage, kannst du dich auf mein Wort verlassen. Wenn es menschenmöglich ist, die Rüstung zurückzuholen, dann werde ich es tun . . . und sie Egel nach Skultik bringen, oder wo immer er auch sein mag. Beantwortet das deine Frage?«

»Dir ist klar, daß ich dein Leben in der Hand habe?«

»Das ist mir egal, General. Das ist die schlichte Schönheit dieser Aufgabe. Es ist mir gleich, ob sie erfolgreich ist – und irgendwelche Bedrohungen meines Lebens sind mir noch gleichgültiger. Ich habe nichts, wofür zu leben es sich lohnt. Mein Blut fließt in keinem anderen Lebewesen. Kannst du das verstehen?«

»Also kann ich dich mit Reichtümern oder Drohungen nicht versuchen?«

»Genau. Mein Ruf erweist sich damit als ziemlich unsinnig, nicht wahr?«

»Kann ich dir bei deiner Aufgabe irgendwie helfen?«

»Das ist eine etwas abrupte Sinnesänderung, General.«

»Ich bin Realist. Ich weiß, wann ich aufgeben muß. Wenn ich die Rüstung nicht haben kann, ist Egel der Nächstbeste für die Drenai. Also frage mich. Irgend etwas, das du brauchst?«

»Ich brauche nichts. Ich habe genügend Mittel in Skarta.«

»Aber du hast doch sicherlich nicht vor, allein zu gehen?«

»Im Idealfall würde ich gern eine Armee mitnehmen – aber in Ermangelung dessen hat ein einzelner größere Erfolgsaussichten.«

»Was ist mit Dardalion?«

»Sein Schicksal liegt woanders. Er kann und wird sich dir nützlich erweisen.«

»Wie bald willst du aufbrechen?«

»Bald.«

»Du traust mir noch immer nicht?«

»Ich traue niemandem, General. Vertrauen setzt Bedürfnisse voraus, Bedürfnisse Liebe.«

»Und du liebst gar nichts? Nicht einmal die Frau und die Kinder?«

»Ich liebe gar nichts.«

»Ich lese in Menschen, wie andere Spuren lesen. Du bist ein offenes Buch für mich, Waylander, und ich glaube, daß du lügst – ebenso, wie du über Kaems Sohn gelogen hast. Aber lassen wir es dabei. Es spielt keine Rolle, außer für dich. Ich werde dich jetzt schlafen lassen.«

Der schwergewichtige General hievte sich hoch und trat in die Nacht hinaus. Der Regen hatte aufgehört. Karnak reckte sich und wanderte die Kolonne entlang, flankiert von seinen beiden Leibwächtern.

»Was hältst du von ihm, Ris?« fragte er den größeren der beiden.

»Ich weiß nicht, General. Sie sagen, er hat in Masin gut gekämpft. Er ist ruhig. Gelassen.«

»Aber würdest du ihm trauen?«

»Ich glaube schon. Ich würde ihm sicher eher trauen, als gegen ihn kämpfen.«

»Gut gesprochen.«

»Ich habe eine Frage, General, wenn ich darf?«

»Mein Gott, Mann, du brauchst nicht zu bitten. Sag schon.«

»All das Gerede über die Rüstung. Was hättest du damit getan?«

»Ich hätte sie zu Egel geschickt.«

»Das verstehe ich nicht. Dorthin will er sie doch auch bringen.«

»Das ganze Leben ist ein Rätsel, mein Freund«, erwiderte Karnak.

# 10

Die Stadt Skarta erstreckte sich auf der Ebene zwischen zwei Hügeln südwestlich von Skultik. Sie besaß keine Stadtmauern, wenn es auch Anzeichen für hastig errichtete Verteidigungsanlagen gab – locker zusammengefügte Barrikaden aus Steinen hinter tiefen Gräben. Überall waren Soldaten am Werk, die die Barrikaden weiter erhöhten oder die nach außen weisenden Fenster der Häuser an den Stadtgrenzen vernagelten.

Alle Arbeit kam jedoch zum Stillstand, als Karnak, jetzt an der Spitze der Kolonne, die Fuhrwerke in die Stadt leitete.

»Willkommen zurück, General!« rief ein Mann, der auf der Mauer saß, die er gerade baute.

»Fleisch zum Abendbrot. Wie klingt das?« brüllte Karnak.

Am Ende der Kolonne ritt Waylander mit Dardalion.

»Ein weiterer großer Sieg für Karnak«, bemerkte Waylander. »Sieh nur, wie die Massen sich um ihn scharen! Man könnte glauben, er selbst hätte Masin verteidigt. Wo ist Gellan in diesem Moment des Triumphs?«

»Warum magst du ihn nicht?« fragte Dardalion.

»Es ist nicht so, daß ich ihn nicht mag. Aber er ist ein Wichtigtuer.«

»Meinst du nicht, daß er das sein muß? Er hat eine demoralisierte Armee – eine Truppe, die dringend Helden braucht.«

»Vielleicht.« Waylander ließ seinen Blick über die Verteidigungsanlagen schweifen. Sie waren gut geplant, die Gräben tief genug, daß Reiter die Stadt nicht angreifen konnten, und die Mauern strategisch plaziert, so daß Bogenschützen einer angreifenden Armee schwere Verluste zufügen konnten. Aber in einem länger dauernden Kampf waren sie nutzlos, da sie weder hoch noch stark waren. Auch waren sie untereinander nicht verbunden. Es war unmöglich, Skarta in eine Festung zu verwandeln, und Waylander schätzte, daß die Anlagen mehr für die Kampfmoral der Stadt als für einen ernsten Versuch gedacht waren, gegen die Vagrier zu kämpfen.

Sobald sie die äußeren Anlagen passiert hatten, wurden die Fuhrwerke ins Zentrum von Skarta gezogen. Die Gebäude waren vorwiegend aus weißem Stein gebaut, der aus den im Norden gelegenen Delnoch-Bergen stammte. Die Stadt bestand zum größten Teil aus einstöckigen Häusern, die sich um ein altes befestigtes

Landhaus in der Mitte scharten, das jetzt als Ratshaus und Egels Hauptquartier diente.

Waylander zügelte sein Pferd, als die Truppe in die Stadt einritt. »Ich stoße später zu dir«, rief er Dardalion zu, dann ritt er zu den östlichen Stadtvierteln. Seit seinem Gespräch mit Karnak wurde er nicht mehr bewacht, aber trotzdem bewegte er sich vorsichtig und prüfte mehrmals, ob er verfolgt wurde. Hier waren die Häuser ärmlicher, die Mauern weiß gestrichen, um den herrschaftlichen Häusern aus Granit und Marmor zu gleichen, die im Nordviertel standen. Doch die Steine waren von minderer Qualität.

Waylander ritt zu einem Wirtshaus in der Nähe der Straße der Weber und ließ sein Pferd in einem Stall an dessen Rückseite. Die Schänke war überfüllt, die Luft dick vom Geruch nach altem Schweiß und billigem Bier. Er schob sich zu der langen hölzernen Bar durch, wobei seine Augen prüfend über die Menge schweiften. Der Wirt hob einen Zinnkrug, als er ihn kommen sah.

»Bier?« fragte er.

Waylander nickte. »Ich suche Durmast«, sagte er.

»Viele Leute suchen Durmast. Er muß sehr beliebt sein.«

»Er ist ein Schwein. Aber ich muß ihn finden.«

»Schuldet dir wohl Geld, was?« Der Wirt grinste, wobei er fleckige und abgebrochene Zähne sehen ließ.

»Ich muß zu meiner Schande gestehen, daß er ein Freund von mir ist.«

»Dann solltest du wissen, wo er ist.«

»Ist er in solchen Schwierigkeiten?«

Der Wirt grinste wieder und füllte Waylanders Krug mit schäumendem Bier. »Wenn du ihn suchst, wirst du ihn auch finden. Zum Wohle.«

»Wieviel?«

»Geld hat hier nicht so großen Wert, Freund. Daher geben wir es gerne aus.«

Waylander nahm einen tiefen Zug. »So, wie das schmeckt, solltest du den Leuten Geld dafür geben, daß sie es trinken!« Der Wirt schritt davon, und Waylander legte die Arme auf die Theke und wartete. Nach einigen Minuten berührte ein dünner junger Mann mit Raubvogelgesicht seinen Arm.

»Folge mir«, sagte er.

Sie schoben sich durch die Menge zu einer schmalen Tür an der Rückseite der Schänke, die auf einen kleinen Hof und eine Reihe von Gassen hinausführte. Der zierliche Mann ging rasch voraus, bog in dem Labyrinth von Gassen links und rechts ab, bis er schließlich vor einer breiten, messingbeschlagenen Tür stehenblieb. Dort klopfte er dreimal, wartete und klopfte dann noch zweimal. Die Tür wurde von einer Frau in einem langen grünen Kleid geöffnet. Mißtrauisch führte sie die beiden zu einem Raum an der Rückseite des Hauses, und der junge Mann klopfte erneut. Dann grinste er Waylander an und ging.

Waylander legte die Hand auf den Türgriff, hielt dann aber inne. Er stellt sich mit dem Rücken an die Wand neben die Tür, hob den Riegel an und stieß die Tür auf. Ein Armbrustpfeil schoß in die gegenüberliegende Wand, so daß ein Schauer von Funken durch den Gang flog.

»Begrüßt man so einen alten Freund?« fragte Waylander.

»Ein Mann muß vorsichtig sein unter Freunden«, kam die Antwort.

»Du schuldest mir Geld, du verkommenes Subjekt!«

»Komm rein und hol's dir!«

Waylander trat von der Tür zurück auf die andere Seite des Flurs. Mit zwei Laufschritten warf er sich, Kopf voran, in das Zimmer und kam, ein Messer in der Hand, wieder auf die Füße.

»Das Spiel ist vorbei, und du bist tot!« kam die Stimme, diesmal von der Tür her. Waylander drehte sich langsam um. Hinter der Tür stand ein gewaltiger Bär von einem Mann mit einer schwarzen Armbrust, deren Pfeil auf Waylanders Magen zielte.

»Du wirst alt und langsam, Waylander«, bemerkte Durmast. Er nahm den Bolzen von der Waffe, löste die Sehne und stellte die Armbrust gegen die Wand. Waylander schüttelte den Kopf und steckte sein Messer ein. Der große Mann kam durch das Zimmer und hob ihn mit einer Bärenumarmung, die ihm fast die Knochen brach, von den Füßen. Bevor er ihn losließ, drückte er einen Kuß auf Waylanders Stirn.

»Du stinkst nach Zwiebeln«, sagte Waylander.

Durmast grinste und ließ seine massige Gestalt in einen lederbezogenen Stuhl sinken. Der Mann war noch größer, als Waylander ihn in Erinnerung hatte, sein brauner Bart zottig und ungepflegt. Wie immer trug er grüne und braune handgesponnene Wolle, die ihm das Aussehen eines menschlichen Baumes verlieh: ein durch Zauberei erschaffenes Wesen. Durmast war knapp zwei Meter groß und wog mehr als drei große Männer. Waylander kannte ihn seit elf Jahren, und soweit er überhaupt einem Menschen traute, traute er diesem Riesen.

»Nun, komm zur Sache«, sagte Durmast. »Hinter wem bist du her?«

»Hinter niemandem.«

»Wer ist dann hinter dir her?«

»Ungefähr jeder. Aber vor allem die Bruderschaft.«

»Du suchst dir deine Feinde gut aus, mein Freund. Hier, lies das.« Durmast wühlte in einem unordentlichen Haufen von Pergamentrollen und förderte ein fest zusammengerolltes Päckchen zutage, das mit einem Kreis aus schwarzem Wachs versiegelt war. Das Siegel war erbrochen. Waylander nahm die Rolle und las sie rasch.

»Fünftausend Goldstücke? Ich bin ja richtig wertvoll.«

»Nur tot«, erklärte Durmast.

»Daher die Begrüßung mit der Armbrust.«

»Berufsstolz. Wenn die Zeiten rauh werden, kann ich mich immer auf dich verlassen – und den Preis auf deinen Wolfsschädel.«

»Ich brauche deine Hilfe«, sagte Waylander, zog einen Stuhl heran und setzte sich dem Riesen gegenüber.

»Hilfe für dich wird aber teuer.«

»Du weißt, daß ich bezahlen kann. Du schuldest mir bereits sechstausend in Silber.«

»Dann ist das der Preis.«

»Du weißt noch nicht, welche Hilfe ich brauche.«

»Stimmt – aber das ist trotzdem der Preis.«

»Und wenn ich ablehne?«

Das Lächeln verschwand vom Gesicht des Riesen. »Dann werde ich die Belohnung der Bruderschaft einsacken.«

»Du verhandelst hart.«

»Nicht härter als du damals auf dem Berg in Ventria, als ich mir das Bein gebrochen hatte. Sechstausend für eine Schiene und ein Pferd?«

»Der Feind war uns dicht auf den Fersen«, erwiderte Waylander. »War dir dein Leben so wenig wert?«

»Jemand anders hätte mich aus reiner Freundschaft gerettet.«

»Aber Leute wie wir haben nun mal keine Freunde, Durmast.«

»Also bist du mit dem Preis einverstanden?«

»Ja.«

»Schön. Was brauchst du?«

»Ich brauche jemanden, der mich zu Raboas, dem Heiligen Riesen, führt.«
»Warum? Du weißt doch, wo er ist.«
»Ich möchte lebend zurückkommen – und ich werde noch etwas mitbringen.«
»Du hast vor, einen Schatz der Nadir von ihrem heiligsten Ort zu stehlen? Du brauchst keinen Führer, du brauchst eine Armee! Frag die Vagrier – sie sind vielleicht zahlreich genug. Aber ich bezweifle es.«
»Ich brauche jemanden, der die Nadir kennt und in ihren Lagern willkommen ist. Was ich suche, ist kein Schatz der Nadir, es gehört den Drenai. Aber ich will dich nicht belügen, Durmast, es ist mit großer Gefahr verbunden. Die Bruderschaft wird hinter mir her sein, und sie haben dasselbe Ziel.«
»Ist es wertvoll?«
»Es ist mehr wert als eine Unmenge Geld.«
»Und wieviel Prozent bietest du mir?«
»Die Hälfte von dem, was ich bekomme.«
»Das ist gerecht. Was bekommst du?«
»Nichts.«
»Willst du mir etwa sagen, daß dies etwas ist, was du deiner kranken Mutter auf ihrem Totenbett versprochen hast?«
»Nein. Ich versprach es einem alten blinden Mann auf seinem.«
»Ich glaube dir kein Wort. Du hast noch nie in deinem Leben etwas umsonst getan. Bei den Göttern, Mann, ich habe dich zweimal auf meine Kosten gerettet, aber als ich in Schwierigkeiten war, hast du mir dafür Silber abgeknöpft. Und jetzt erzählst du mir, du wärst selbstlos geworden? Mach mich nicht wütend, Waylander. Du würdest mich nicht mögen, wenn ich wütend bin.«
Waylander zuckte die Achseln. »Ich bin selbst über mich erstaunt. Sonst gibt es kaum etwas, was ich dir erzählen könnte.«
»Doch. Erzähl mir von dem alten Mann.«
Waylander lehnte sich zurück. Was konnte er ihm sagen? Wie könnte er die Geschichte darlegen, so daß Durmast verstand, was mit ihm geschehen war? Überhaupt nicht. Der Riese war ein Mörder, gnadenlos und amoralisch – genau wie Waylander vor nur wenigen Tagen noch gewesen war. Wie konnte er die Scham begreifen, die der alte Mann in Waylander hervorgerufen hatte? Er holte tief Luft und stürzte sich in die Geschichte, ohne sich Ausschmückungen zu erlauben. Durmast lauschte schweigend, seine

Miene blieb völlig ausdruckslos, die grünen Augen zeigten keine Spur von Gefühl. Zum Schluß breitete Waylander die Arme aus und verfiel in Schweigen.

»Die Drenai würden alles, was sie besitzen, geben, um die Rüstung zu bekommen?« fragte Durmast.

»Ja.«

»Und die Vagrier würden noch mehr zahlen?«

»Allerdings.«

»Und du willst es umsonst tun?«

»Mit deiner Hilfe.«

»Wann willst du aufbrechen?«

»Morgen.«

»Kennst du das Eichenwäldchen nördlich von hier?«

»Ja.«

»Ich werde dich dort treffen, dann gehen wir über den Delnoch-Paß.«

»Was ist mit dem Geld?« fragte Waylander leise.

»Sechstausend sagtest du. Damit sind wir quitt.«

Waylander nickte nachdenklich. »Ich hatte erwartet, daß du mehr verlangen würdest in Anbetracht der Größe der Aufgabe.«

»Das Leben ist voller Überraschungen, Waylander.«

Nachdem der Mörder gegangen war, rief Durmast den jungen Mann mit dem Raubvogelgesicht zu sich.

»Hast du alles gehört?« fragte er.

»Ja. Ist er wahnsinnig?«

»Nein, er ist lediglich weich geworden. Das passiert gelegentlich, Sorak. Aber unterschätze ihn nicht. Er ist einer der besten Krieger, die ich je gesehen habe, und es wird schwer sein, ihn zu töten.«

»Warum töten wir ihn nicht einfach für die Belohnung?«

»Weil ich diese Rüstung *und* die Belohnung haben will.«

»Soviel zum Thema Freundschaft«, sagte Sorak grinsend.

»Du hast ihn gehört. Männer wie wir haben keine Freunde.«

Danyal brachte die Kinder in ein winziges Schulhaus hinter der Ratshalle. Es wurde von drei Priestern der QUELLE geleitet, und mehr als vierzig Kinder lebten dort, alles Kriegswaisen. Weitere dreihundert waren bei Familien in der Stadt untergebracht worden. Krylla und Miriel schienen zufrieden damit, dort zurückgelassen zu werden, und winkten fröhlich vom Spielplatz, als Danyal mit einem älteren Priester davonging.

»Sag mir, Schwester«, bat dieser, als sie an dem schmiedeeisernen Tor stehenblieben, »was weißt du über Dardalion?«

»Er ist ein Priester wie du auch«, antwortete sie.

»Aber ein Priester, der tötet«, sagte er traurig.

»Ich kann dir nicht helfen. Er tat, was er für notwendig hielt, um Leben zu retten – es ist nichts Böses in ihm.«

»In allen von uns ist Böses, Schwester, und es zeichnet einen Mann aus, wie er diesem Bösen widersteht. Unsere jungen Männer sprechen viel über Dardalion, und ich fürchte, er stellt eine furchtbare Bedrohung für unseren Orden dar.«

»Vielleicht wird er aber auch helfen, ihn zu retten«, wagte sie zu sagen.

»Wenn wir von Menschen gerettet werden müssen, ist alles Unsinn, was wir glauben. Denn wenn der Mensch letztendlich mächtiger ist als Gott, wozu sollten wir dann überhaupt eine Gottheit verehren? Aber ich will dich nicht mit unseren Problemen belasten. Möge die QUELLE dich segnen, Schwester.«

Sie verließ ihn und wanderte durch die von weißen Mauern gesäumten Straßen. Ihr Kleid war schmutzig und zerrissen, und sie fühlte sich wie ein Bettler unter den Blicken der Stadtbewohner. Ein kleiner, dicker Mann näherte sich ihr und bot ihr Geld, aber sie verjagte ihn mit einem zornigen Blick. Auf einmal berührte eine Frau ihren Arm.

»Bist du gerade angekommen, meine Liebe?« fragte sie.

»Ja.«

»War ein Mann namens Vanek bei eurer Gruppe?«

»Ja, ein Soldat, der hinkt.«

Die Frau sah erleichtert aus. Sie war untersetzt und mußte einmal hübsch gewesen sein, aber jetzt hatte ihr Gesicht Falten, und sie hatte rechts mehrere Zähne verloren, was ihr ein etwas schiefes Aussehen verlieh.

»Ich heiße Tacia. Neben meinem Haus ist ein Badehaus, und du bist herzlich eingeladen, es zu benutzen.«

Das Badehaus war verlassen und das Hauptbad leer, aber in den Nebenräumen standen noch einige Wannen. Tacia half Danyal, eine Kupferwanne mit Eimern voll Wasser zu füllen, die sie aus einem Brunnen hinter dem Badehaus holten. Dann setzte sie sich, als Danyal ihr Kleid auszog und sich in das kalte Wasser gleiten ließ.

»Das Wasser wird nicht mehr erhitzt«, sagte Tacia. »Nicht mehr, seit der Ratsmann gegangen ist. Ihm gehörte das Haus, er ist nach Drenan gegangen.«

»Es ist schon gut so«, erwiderte Danyal. »Gibt es auch Seife?«

Tacia ging und kehrte einige Minuten später mit Seife, Handtüchern, einem Rock und einer Tunika zurück.

»Sie werden dir zu groß sein, aber ich kann sie rasch für dich ändern«, erklärte sie.

»Bist du Vaneks Frau?«

»Das war ich«, antwortete sie, »aber er lebt jetzt mit einem jungen Mädchen aus dem Südviertel zusammen.«

»Das tut mir leid.«

»Heirate nie einen Soldaten – heißt es nicht so? Die Kinder vermissen ihn. Er kann sehr gut mit Kindern umgehen.«

»Wart ihr lange verheiratet?«

»Zwölf Jahre.«

»Vielleicht kommt ihr wieder zusammen«, meinte Danyal.

»Vielleicht – wenn meine Zähne nachwachsen und die Jahre von meinem Gesicht abfallen! Hast du eine Unterkunft?«

»Nein.«

»Du bist bei uns willkommen. Es ist nicht viel Platz, aber gemütlich – falls du nichts gegen Kinder hast.«

»Danke, Tacia, aber ich bin noch nicht sicher, ob ich in Skarta bleibe.«

»Wo willst du sonst hin? Purdol wird bald fallen, wie ich höre, trotz aller Versprechungen von Karnak und Egel. Sie müssen glauben, wir sind dumm. Niemand wird den Vagriern lange widerstehen ... sieh nur, wie rasch sie das Land erobert haben.«

Danyal sagte nichts, wohl wissend, daß sie kein Gegenmittel für die Verzweiflung der Frau besaß.

»Hast du einen Mann?« fragte Tacia.

Danyal dachte einen Augenblick an Waylander, dann schüttelte sie den Kopf.

»Du hast Glück«, sagte die Frau. »*Wir* verlieben uns in Männer, *sie* verlieben sich in weiche Haut und strahlende Augen. Ich habe ihn wirklich geliebt, weißt du. Ich hätte nichts dagegen gehabt, wenn er hin und wieder mit ihr geschlafen hätte. Aber warum mußte er mich ihretwegen verlassen?«

»Es tut mir leid. Ich weiß nicht, was ich sagen soll.«

»Nein. Aber du wirst es eines Tages wissen, wenn dein hübsches rotes Haar graue Strähnen zeigt und deine Haut rauh wird. Ich wünschte, ich wäre noch einmal jung. Ich wünschte, ich hätte schönes rotes Haar und wüßte nicht, was ich einer alten Frau antworten sollte.«

»Du bist nicht alt.«

Tacia stand auf und legte die Kleider auf den Stuhl. »Wenn du fertig bist, komm nach nebenan. Ich habe das Abendessen vorbereitet – zwar nur Gemüse, fürchte ich, aber wir haben noch immer ein paar Gewürze, um ihm Geschmack zu geben.«

Durmast sah der alten Frau nach, als sie ging, dann gab sie Seife auf ihr Haar und schrubbte sich Schmutz und Fett heraus. Schließlich stand sie auf und trocknete sich vor einem Bronzespiegel am anderen Ende des Raumes ab.

Irgendwie erfreute sie der Anblick ihrer Schönheit nicht so, wie er es sonst tat.

Dardalion wanderte aus der Stadt hinaus über eine steinerne Bogenbrücke, die einen kleinen Fluß überspannte. Hier wuchsen zierlichere Bäume – Ulmen und Birken, schlank und anmutig im Vergleich zu den gewaltigen Eichen des Waldes. Blumen blühten am Ufer, Glockenblumen schienen wie ein saphirblauer Nebel über dem Boden zu schweben. Hier war Stille, dachte Dardalion. Harmonie.

Die Zelte der Priester waren auf einer Wiese in ordentlichem Kreis aufgeschlagen. In der Nähe gab es frische Grabstellen, deren Hügel mit Blumen bedeckt waren.

Dardalion fühlte sich in seiner Rüstung unbehaglich. Er wanderte über die Wiese und sah, wie sich ihm die Augen der Priester zuwandten. Eine Mischung verschiedener Gefühle traf ihn mit voller Kraft: Zorn, Kummer, Enttäuschung, Begeisterung, Stolz, Verzweiflung. Er sog sie auf, ebenso wie er die geistigen Gesichter derer aufnahm, die diese Gefühle ausstrahlten, und er antwortete mit Liebe, die aus Trauer geboren war.

Als er näher kam, scharten sich Priester schweigend um ihn und schufen so einen Pfad, der zum Zelt in der Mitte des Kreises führte. Er ging darauf zu, und ein älterer Mann trat aus dem Zelt und verbeugte sich tief. Dardalion fiel vor dem Abt auf die Knie und beugte den Kopf.

»Willkommen, Bruder Dardalion«, sagte der alte Mann leise.

»Danke, Vater Abt.«

»Willst du die Kleider des Krieges ablegen und dich wieder deinen Brüdern anschließen?«

»Ich bedaure, das ablehnen zu müssen.«

»Dann bist du nicht länger Priester und solltest nicht vor mir knien. Stehe auf als Mann, befreit von deinen Gelübden.«

»Ich habe nicht den Wunsch, frei von meinen Gelübden zu sein.«

»Der Adler zieht keinen Pflug, Dardalion, und die QUELLE akzeptiert keine halbherzigen Helden.«

Der alte Mann zog Dardalion sanft hoch. Der junge Kriegerpriester blickte ihm in die Augen, wo er rechtschaffenen Zorn zu finden glaubte, aber nur Traurigkeit sah. Der Abt war sehr alt, die Falten seines Gesichts spiegelten die Bürde seines Lebens wider. Und doch strahlten die Augen in wacher Intelligenz.

»Ich will nicht frei sein. Ich will einem anderen Pfad zur QUELLE folgen.«

»Alle Wege führen zur QUELLE, entweder zur Verurteilung oder zur Freude.«

»Spiele keine Wortspielchen mit mir, Vater Abt. Ich bin kein Kind. Aber ich habe in diesem Land viel Böses gesehen, und ich will nicht dasitzen und zusehen, wie es triumphiert.«

»Wer kann sagen, wo der Triumph liegt? Was ist das Leben anderes als eine Suche nach Gott? Ein Schlachtfeld, ein Sündenpfuhl, das Paradies? Ich sehe den Kummer, den du auch siehst, und er stimmt mich traurig. Und wo ich Kummer finde, bringe ich Trost, und wo ich Trauer finde, bringe ich das Versprechen künftiger Freude. Ich existiere, um zu heilen, Dardalion. Es liegt kein Sieg im Schwert.«

Dardalion richtete sich auf und sah sich um. Er spürte die Last ungestellter Fragen. Alle Augen ruhten auf ihm, und er seufzte und schloß die Augen und betete um Führung. Aber sein Gebet blieb unbeantwortet, und die Last wurde nicht leichter.

»Ich habe zwei Kinder nach Skarta gebracht – aufgeweckte, lebhafte Kinder mit seltenen Gaben. Und ich habe den Tod böser Männer gesehen und weiß, daß durch ihren Tod andere Unschuldige leben werden. Und ich habe ständig gebetet – um meinen Weg, meine Taten, meine Zukunft. Mir scheint, Vater Abt, daß die QUELLE das Gleichgewicht in der Welt fordert. Jäger und Gejagte. Das schwächste Kalb der Herde ist dasjenige, das von den Wölfen geschlagen wird. So bleibt die Herde stark. Aber zu viele Wölfe vernichten die Herde, und so spüren die Jäger die Wölfe auf und fangen die schwächsten und ältesten.

Wie viele Gleichnisse brauchen wir, um zu zeigen, daß die QUELLE ein Gott des Gleichgewichts ist? Warum wurden der Adler und der Wolf, die Heuschrecke und der Skorpion erschaffen? Alles ist im Gleichgewicht. Doch wenn wir sehen, wie das Böse der Bruderschaft am Werke ist und wie die Anbeter des Chaos das Land verwüsten, sitzen wir in unseren Zelten und denken über die Mysterien der Sterne nach. Wo liegt da das Gleichgewicht, Vater Abt?

Wir versuchen, die Welt zu lehren, daß es unsere Wertvorstellungen sind, denen sie folgen soll. Aber wenn alle uns in das Zölibat folgen, wo würde die Welt dann enden? Die Menschheit würde untergehen.«

»Und es würde keinen Krieg mehr geben«, sagte der Abt. »Keine Gier, Lust, Verzweiflung, Trauer.«

»Ja. Und keine Liebe, Freude oder Zufriedenheit.«

»Bist du zufrieden, Dardalion?«

»Nein, mir blutet das Herz, und ich fühle mich verloren.«

»Und warst du als Priester zufrieden?«

»Ja. Vollkommen.«

»Und zeigt das nicht, wo der Fehler in deinen Gedanken liegt?«

»Nein – es stellt vielmehr die Selbstsucht meiner Seele bloß. Wir wollen selbstlos sein, denn wir sehnen uns danach, von der QUELLE gesegnet zu werden. Aber es ist weder Selbstlosigkeit noch Liebe, die uns leitet, sondern Eigennutz. Wir verbreiten nicht die Botschaft der Liebe um der Liebe willen, sondern um unserer eigenen Zukunft als Priester der QUELLE willen. Du bringst jenen Trost, die Kummer haben? Wie? Wie kannst du ihren Kummer verstehen? Wir sind alle durchgeistigte Menschen und leben fern der Wirklichkeit. Selbst unser Tod ist eine moralische Schande, denn wir heißen ihn willkommen als eine Fahrt ins Paradies. Wo liegt da das Opfer? Der Feind bringt uns, was wir begehren, und wir nehmen den Tod von ihm als Geschenk entgegen. Ein Geschenk des Chaos – eine besudelte, blutige, abscheuliche Belohnung vom Teufel selbst.«

»Du sprichst wie einer, den das Chaos besudelt hat. Alles, was du sagst, klingt plausibel, aber gerade darin liegt die Stärke des Chaos-Geistes. Deswegen nannte man ihn den Morgen-Stern und jetzt den Fürst der Lüge. Die Einfältigen verschlingen seine Versprechungen, wie er sie verschlingt. Ich habe in dich hineingesehen, Dardalion, und ich finde nichts Böses in dir. Aber gerade deine Reinheit hat deinen Fall verursacht, als du dir gestattet hast, mit dem Mörder Waylander zu reisen. Du hattest zuviel Vertrauen in deine Reinheit, und das Böse des Mannes hat dich überwältigt.«

»Ich sehe ihn nicht als böse«, sagte Dardalion. »Amoralisch, grausam, aber nicht böse. Aber du hast recht, wenn du sagst, er hat mich beeinflußt. Aber Reinheit ist kein Mantel, der im Unwetter beschmutzt werden kann. Er ließ mich lediglich Werte in Frage stellen, die ich angenommen hatte.«

»Unsinn!« fuhr der Abt auf. »Er gab dir sein Blut zu trinken und damit seine Seele. Und du bist eins mit ihm geworden, so wie er jetzt gegen den Makel der Reinheit ankämpft, den er durch dich bekommen hat. Ihr seid miteinander verbunden, Dardalion, wie siamesische Zwillinge. Er versucht Gutes zu tun, während du versuchst, etwas Böses zu tun. Erkennst du das nicht? Wenn wir auf dich hören, ist unser Orden am Ende, unsere Disziplin vom Winde verweht. Was du verlangst, ist Selbstsucht, denn du suchst Sicherheit in den Reihen der Priester der QUELLE. Wenn wir dich aufnehmen, verringern wir deine Zweifel. Wir werden dich nicht aufnehmen.«

»Du sprichst von Selbstsucht, Vater Abt. Dann laß mich dich dies fragen: Wenn unser Leben als Priester uns lehrt, Selbstsucht zu verabscheuen, warum lassen wir dann zu, daß die Bruderschaft uns tötet? Denn wenn Selbstlosigkeit bedeutet, das aufzugeben, was wir uns wünschen, um anderen zu helfen, dann würden wir das doch sicherlich erreichen, indem wir gegen die Bruderschaft kämpften? Wir wollen nicht kämpfen, wir wollen sterben, wenn wir also kämpfen, sind wir selbstlos und helfen den Unschuldigen, die sonst erschlagen würden.«

»Geh, Dardalion. Du bist so befleckt, mein bescheidener Rat kann dir nicht mehr helfen.«

»Ich kämpfe allein gegen sie«, erwiderte Dardalion mit einer steifen Verbeugung.

Als er sich umdrehte, traten die Priester zurück, um ihm Platz zu machen. Er ging davon, ohne den Kopf zu wenden, so daß er ihre Gesichter nicht sehen konnte, und verschloß seinen Geist vor ihren Gefühlen.

Nachdem er sie verlassen hatte, überquerte er wieder die Steinbrücke und hielt inne, um in den Fluß zu starren. Er fühlte sich in seiner Rüstung nicht länger unbehaglich, und die Last war von seiner Seele genommen. Das Geräusch von Schritten ließ ihn sich umdrehen, und er sah eine Gruppe von Priestern, alles junge Männer, die über die Brücke kamen. Der erste war ein kleiner, kräftiger Mann mit hellen blauen Augen und kurzgeschnittenem blonden Haar.

»Wir möchten mit dir reden, Bruder«, sagte er. Dardalion nickte, und sie bildeten einen Halbkreis um ihn und setzten sich ins Gras. »Ich heiße Astila«, sagte der blonde Priester, »und meine Brüder hier haben auf dich gewartet. Hast du etwas dagegen, mit uns zu kommunizieren?«

»Zu welchem Zweck?«

»Wir möchten dein Leben kennenlernen und die Veränderungen, die du durchgemacht hast. Das können wir am besten verstehen, wenn wir deine Erinnerungen teilen.«

»Und wie sieht es mit der Befleckung eurer Reinheit aus?«

»Wir sind genug, um ihr zu widerstehen, falls es eine solche gibt.«

»Dann bin ich einverstanden.«

Die Gruppe senkte die Köpfe und schloß die Augen. Dardalion erschauderte, als die Priester in seinen Geist hineinflossen und er im Vergessen ihrer Masse aufging. Ein Kaleidoskop von Erinnerungen flackerte auf. Kindheit, Freude und Qual. Studium und Träume. Der verrückte Bilderwirbel wurde langsamer, als die Söldner ihn an den Baum fesselten und die Arbeit mit ihren Messern begannen, der Schmerz kehrte wieder. Dann ...

Waylander. Die Rettung. Die Höhle. Das Blut. Die wilde Freude von Kampf und Tod. Die Mauern von Masin. Aber durch das hindurch die ständigen Gebete um Führung. Alle unbeantwortet. Übelkeit wallte in ihm auf, als die Priester in ihre Körper zurückkehrten.

Er öffnete die Augen und stürzte beinahe, aber mit einem tiefen Atemzug fand er wieder Halt.

»Nun?« fragte er. »Was habt ihr gefunden?«

»Du warst besudelt«, erklärte Astila, »in den ersten Augenblicken, nachdem Waylanders Blut dich berührt hat. Deswegen hast du deinen Gegner in Stücke geschlagen. Aber seitdem hast du darum gekämpft – wie der Abt gesagt hat –, das Böse in die Schranken zu weisen.«

»Aber du glaubst, daß ich im Unrecht bin?«

»Ja. Und trotzdem werde ich mich dir anschließen. Wir alle werden uns dir anschließen.«

»Warum?«

»Weil wir schwach sind, so wie du schwach bist. Armselige Priester waren wir, trotz unserer Bemühungen. Ich bin bereit, von der QUELLE für alle meine Taten beurteilt zu werden, und wenn Ihr Urteil auf ewigen Tod lautet, so sei es denn. Aber ich bin es leid, zuzusehen, wie meine Brüder erschlagen werden. Der Tod der Kinder der Drenai macht mich krank, und ich bin bereit, die Bruderschaft zu vernichten.«

»Warum habt ihr es dann nicht früher schon getan?«

»Das ist nicht leicht zu beantworten. Ich kann nur für mich selbst sprechen, aber ich fürchtete, daß ich eins mit der Bruderschaft werden könnte. Denn mein Haß wuchs – ich wußte nicht, ob ein Mensch unter solchen Bedingungen seine Reinheit, irgendein Gefühl für Gott behalten konnte. Du hast es getan, und deshalb werde ich dir folgen.«

»Wir warteten auf einen Anführer«, sagte ein anderer Mann.

»Und ihr habt einen gefunden. Wie viele seid ihr?«

»Mit dir, dreißig.«

»Dreißig«, sagte Dardalion. »Immerhin ein Anfang.«

# 11

Waylander entließ die beiden Dienerinnen, stieg aus dem Bad und wischte sich die Blütenblätter vom Körper. Er schlang ein Handtuch um seine Hüften, ging zu einem mannshohen Spiegel und rasierte sich langsam. Seine Schulter schmerzte, die Muskeln waren verspannt und knotig von der Schlacht in Masin, und über seinen Rippen schillerte eine häßliche Prellung in allen Schattierungen. Er drückte sie leicht und zuckte zusammen. Vor zehn Jahren wäre eine solche Prellung schon längst verschwunden gewesen, und noch zehn Jahre früher wäre überhaupt keine Prellung entstanden.

Die Zeit war ein größerer Feind als alle Gegner, denen er je gegenübergestanden hatte.

Er starrte in seine dunkelbraunen Augen, betrachtete die dünnen Linien, die sein Gesicht durchzogen, und das graue Haar, das an den Schläfen um Vorherrschaft kämpfte. Sein Blick wanderte weiter nach unten. Der Körper war noch immer stark, aber die Muskeln wirkten ausgeleiert und dünn, dachte er. Für einen Mann mit seinem Beruf blieben nicht mehr viele Jahre.

Waylander goß sich etwas Wein ein und trank langsam, ließ ihn auf der Zunge und genoß den scharfen, fast bitteren Geschmack.

Die Tür ging auf, und Cudin trat ein. Er war klein und dick, auf seinem Gesicht stand der Schweiß. Waylander begrüßte ihn mit einem Nicken. Dem Kaufmann folgte ein Mädchen mit einem Kleiderbündel. Sie legte es auf einen vergoldeten Stuhl und verließ den Raum wieder mit niedergeschlagenen Augen. Cudin rieb sich nervös die Hände.

»Alles nach Wunsch, mein Lieber?«

»Ich brauche noch tausend in Silber.«

»Natürlich.«

»Sind meine Investitionen gut gelaufen?«

»Nun, wir haben schwere Zeiten. Aber ich denke, du wirst feststellen, daß die Zinsen beträchtlich waren. Ich habe den Großteil der achttausend in Ventria angelegt. Für den Gewürzhandel. Der Krieg dürfte sich also nicht darauf auswirken. Du kannst es in Isbas abheben, bei der Bank von Tyra.«

»Warum so nervös, Cudin?«

»Nervös? Nein, ich – es ist die Hitze.« Der dicke Mann leckte sich die Lippen und versuchte zu lächeln, jedoch ohne Erfolg.

»Jemand hat nach mir gesucht, nicht wahr?«

»Nein . . . ja. Aber ich habe ihnen nichts gesagt.«

»Natürlich nicht. Du *weißt* schließlich nichts über meine Schritte. Aber ich werde dir sagen, was du ihnen versprochen hast – du hast gesagt, du würdest es sie wissen lassen, falls ich mich je bei dir meldete. Und du hast ihnen von der Bank in Tyra erzählt.«

»Nein«, wisperte Cudin.

»Hab keine Angst, Kaufmann, ich mache dir keinen Vorwurf. Du bist kein Freund und hast keinen Grund, für mich etwas zu riskieren, ich erwarte es auch gar nicht. Ehrlich gesagt, würde ich dich für einen Narren halten, wenn du es tätest. Hast du sie über meine Ankunft informiert?«

Der Kaufmann setzte sich neben den Stapel Kleider. Das Fleisch seines Gesichts schien in sich zusammenzufallen, als ob die Muskeln plötzlich nicht mehr funktionierten.

»Ja, ich habe einen Boten nach Skultik geschickt. Was soll ich sagen?«

»Wer kam zu dir?«

»Cadoras, der Jäger. Bei den Göttern, Waylander, er hat die Augen der Hölle. Ich hatte Angst.«

»Wie viele Männer hatte er bei sich?«

»Ich weiß nicht. Ich erinnere mich, daß er sagte, ›sie‹ würden am Opal-Bach lagern.«

»Wie lange ist das her?«

»Fünf Tage. Er wußte, du würdest kommen.«

»Hast du ihn seitdem gesehen?«

»Ja. Er war in einer Schänke und trank mit dem riesigen Gesetzlosen – der, der aussieht wie ein Bär. Kennst du ihn?«

»Ja, ich kenne ihn. Danke, Cudin.«

»Du wirst mich nicht töten?«

»Nein. Aber wenn du es nicht zugegeben hättest . . .«

»Ich verstehe. Danke.«

»Du brauchst mir nicht zu danken . . . Aber jetzt etwas anderes – vor kurzem sind zwei Kinder nach Skarta gebracht worden, die jetzt bei den QUELLEN-Priestern leben. Sie heißen Krylla und Miriel. Du wirst dafür sorgen, daß man sich um sie kümmert? Da ist auch noch eine Frau, Danyal, auch sie wird Geld brauchen. Für diesen Dienst wirst du die Zinsen meiner Investitionen verwenden. Verstanden?«

»Ja, Krylla, Miriel, Danyal. Ich verstehe.«

»Ich kam zu dir, Cudin, weil du einen Ruf als ehrlicher Mann hast. Enttäusche mich nicht.«

Der Kaufmann verließ den Raum, und Waylander ging zu den Kleidern. Ein frisches Leinenhemd lag oben auf dem Stapel. Er hob es an sein Gesicht, es roch nach Rosen. Er streifte es über und schloß die Manschetten. Als nächstes kam ein Paar schwarzer Hosen aus dicker Baumwolle und dann eine Lederweste mit Wollrücken und ein Paar schenkellanger, schwarzer Reitstiefel. Er ging ans Fenster, hob sein Kettenhemd und legte es sich über die Schultern. Die Ringe waren frisch geölt, das Metall fühlte sich kalt am Körper an. Er zog sich rasch an, schnallte Messergürtel und Schwert um. Die Armbrust lag auf dem breiten Bett neben einem frischen Köcher mit fünfzig Bolzen. Er klemmte beides an seinen Gürtel und verließ den Raum.

Draußen im Gang wartete das Mädchen, und Waylander gab ihr vier Silberstücke. Sie lächelte und ging, aber er rief sie zurück, als er den blauen Fleck an ihrem Oberarm sah.

»Es tut mir leid, daß ich so grob zu dir war«, sagte er.

»Manche Männer sind schlimmer«, antwortete sie. »Du hast nicht gemerkt, was du tatest.«

»Nein, habe ich nicht.« Er gab ihr noch ein Silberstück.

»Du hast im Schlaf geweint«, sagte sie leise.

»Tut mir leid, wenn ich dich geweckt habe. Sag mir, lebt Hewla immer noch in Skarta?«

»Sie hat eine Hütte nördlich der Stadt.« Das Mädchen war verängstigt, aber sie erklärte Waylander den Weg. Er verließ das Haus des Kaufmannes, sattelte sein Pferd und ritt nach Norden.

Die Hütte war schlecht gebaut, das nicht abgelagerte Holz begann sich zu verziehen, in die Ritzen hatte man Lehm geschmiert. Die Vordertür paßte nicht recht, und dahinter hing ein Vorhang, um Zugluft abzuhalten. Waylander stieg ab, band sein Pferd an einen kräftigen Busch und klopfte an die Tür. Er erhielt keine Antwort und ging vorsichtig hinein.

Hewla saß an einem Holztisch und starrte in eine Kupferschale, die bis zum Rand mit Wasser gefüllt war. Sie war alt und fast kahl und noch magerer als vor zwei Jahren, als Waylander sie das letzte Mal besucht hatte.

»Willkommen, Dunkler«, sagte sie grinsend. Ihre Zähne waren

weiß und ebenmäßig. Sie wirkten in dem eingefallenen Gesicht merkwürdig fehl am Platz.

»Du bist ziemlich heruntergekommen, Hewla.«

»Das Leben ist ein Pendel. Ich werde zurückkehren«, antwortete sie. »Nimm dir Wein – es ist auch Wasser da, wenn du das lieber möchtest.«

»Wein ist schon in Ordnung«, sagte er, füllte einen irdenen Becher aus einem irdenen Krug und setzte sich ihr gegenüber.

»Vor zwei Jahren«, sagte er leise, »hast du mich vor Kaem gewarnt. Du sprachst über den Tod von Prinzen und über einen Priester mit einem Feuerschwert. Es war hübsch, poetisch und bedeutungslos. Jetzt hat es eine Bedeutung ... und ich möchte mehr wissen.«

»Du glaubst nicht an Vorherbestimmung, Waylander. Ich kann dir nicht helfen.«

»Ich bin kein Fatalist, Hewla.«

»Es ist Krieg.«

»Du überrascht mich.« Sein Ton war ironisch.

»Halt den Mund, Junge!« fuhr sie auf. »Du lernst nichts, wenn du schwätzt.«

»Ich entschuldige mich. Bitte fahre fort.«

»Der Krieg wird auf einer anderen Ebene geführt, zwischen Kräften, deren eigentliches Wesen wir nicht verstehen. Einige Menschen würden diese Kräfte Gut und Böse nennen, andere bezeichnen sie als Natur und Chaos. Wieder andere glauben, es ist die Kraft der QUELLE, die mit sich selbst im Krieg liegt. Aber wie die Wahrheit auch immer aussieht, der Krieg ist wirklich. Ich selbst neige der einfachen Vorstellung zu: Gut und Böse. In diesem Kampf gibt es nur kleine Triumphe und keinen endgültigen Sieg. Du bist jetzt Teil dieses Krieges – ein Söldner, der zu einem entscheidenden Zeitpunkt die Seiten gewechselt hat.«

»Erzähl mir von meiner Aufgabe«, bat Waylander.

»Ich sehe, die umfassende Perspektive erregt nicht dein Interesse. Na schön. Du hast dich mit Durmast verbündet, eine tapfere Entscheidung. Er ist ein Killer ohne Gewissen, und zu seiner Zeit hat er Männer, Frauen und Kinder umgebracht. Er ist ohne Moral, weder böse noch gut – und er wird dich verraten, denn er hat keinen Begriff von wahrer Freundschaft. Du wirst von Cadoras dem Narbigen gejagt, und er ist tödlich, denn wie du ist er nie mit dem Schwert oder dem Bogen besiegt worden. Die Dunkle Bruderschaft sucht dich, denn sie wollen Oriens Rüstung und deinen Tod, und der ventrische Kaiser hat eine Gruppe von Meuchelmördern angeheuert, die dich töten sollen, weil du seinen Neffen umgebracht hast.«

»Ich habe ihn nicht getötet«, widersprach Waylander.

»Nein. Die Tat wurde von Kaem arrangiert.«

»Bitte sprich weiter.«

Hewla blickte in die Wasserschale. »Du ziehst den Tod von allen Seiten an. Du sitzt in einem Schicksalsnetz fest, und die Spinnen kommen näher.«

»Aber werde ich Erfolg haben?«

»Das hängt davon ab, wie du Erfolg definierst.«

»Keine Rätsel, Hewla. Ich habe keine Zeit.«

»Das ist wahr. Also schön, laß mich dir erklären, was Prophezeiung bedeutet. Viel hängt von Interpretation ab, nichts ist klar und deutlich. Wenn du dein Messer nehmen und es in den Wald schleudern würdest, wie groß wäre die Chance, daß du den Fuchs triffst, der meine Hühner getötet hat?«

»Null.«

»Das ist nicht ganz richtig. Das Gesetz der Wahrscheinlichkeit besagt, daß du ihn *vielleicht* töten würdest. Und das ist die Größenordnung deiner Aufgabe.«

»Warum ich, Hewla?«

»Das ist eine Frage, die ich schon oft gehört habe. Wenn ich ein Jahr für jedes Mal verlieren würde, das mir diese Frage gestellt wurde, säße ich als jungfräuliche Schönheit vor dir. Aber du hast aufrichtig gefragt, und ich will dir antworten. Du bist in diesem Spiel nichts weiter als ein Katalysator. Durch deine Handlungen ist eine neue Kraft in die Welt getreten. Sie wurde in dem Moment geboren, als du den Priester gerettet hast. Sie ist unverwundbar und unsterblich und wird durch die Jahrhunderte bestehen bis zum Ende der Zeit. Aber niemand wird sich deswegen an dich erinnern, Waylander. Du wirst im Staub der Geschichte verblassen.«

»Das ist mir gleichgültig. Aber du hast meine Frage nicht beantwortet.«

»Richtig. Warum du? Weil du allein die Chance hast, sei sie auch noch so klein, den Lauf der Geschichte dieses Volkes zu verändern.«

»Und wenn ich mich weigere?«

»Eine sinnlose Frage – du wirst es nicht tun.«

»Was macht dich so sicher?«

»Ehre, Waylander. Du bist damit geschlagen.«

»Meinst du nicht gesegnet?«

»Nicht in deinem Fall. Sie wird dich umbringen.«

»Seltsam. Ich dachte, ich würde ewig leben.«

Er stand auf, um zu gehen, doch die alte Frau hielt ihn mit einer Handbewegung zurück.

»Ich kann dir eine Warnung mitgeben: Hüte dich vor der Liebe zum Leben. Deine Stärke liegt darin, daß dir der Tod gleichgültig ist. Das Chaos verfügt über viele Kräfte, und nicht alle sind von Schmerz und scharfen Klingen begleitet.«

»Ich verstehe nicht.«

»Liebe, Waylander. Hüte dich vor der Liebe. Ich sehe eine rothaarige Frau, die dir Kummer bereiten könnte.«

»Ich werde sie nicht wiedersehen, Hewla.«

»Vielleicht«, grunzte die alte Frau.

Als Waylander aus der Hütte trat, zuckte ein Schatten links von ihm, und er warf sich nach vorn, als eine Schwertklinge über seinen Kopf sauste. Er landete auf der Schulter, rollte sich auf die Knie. Sein Messer fuhr blitzschnell hoch und traf den Hals des Angreifers. Der verwundete Mann sank in die Knie und zerrte die Waffe aus der Kehle, aus der das Blut quoll. Dann fiel er vornüber. Waylander fuhr herum und spähte in die Bäume. Anschließend stand er auf und ging zu dem Toten. Er hatte den Mann noch nie gesehen.

Er säuberte sein Messer und steckte es gerade in die Scheide, als Hewla in die Tür trat.

»Es ist gefährlich, dich zu kennen«, sagte sie grinsend.

Seine dunklen Augen fixierten ihr faltiges Gesicht. »Du wußtest, daß er hier war, du alte Vettel.«

»Ja. Viel Glück bei deiner Suche, Waylander! Sei auf der Hut.«

Waylander ritt durch den dunkelsten Teil des Waldes nach Osten. Die Armbrust hielt er schußbereit. Seine dunklen Augen suchten ständig das Unterholz nach jeder Bewegung ab. Die Äste über ihm waren miteinander verwoben, vereinzelte Sonnenstrahlen trafen schräg auf die Bäume. Nach einer Stunde wandte er sich nach Norden, sein Nacken schmerzte von der zunehmenden Spannung.

Cadoras war kein Mann, den man auf die leichte Schulter nehmen konnte. Sein Name wurde im Flüsterton in den finstersten Gassen verbotener Städte genannt: Cadoras der Jäger, der Traumtöter. Es hieß, daß niemand ihm an Gerissenheit gleichkam und nur wenige an Grausamkeit, aber Waylander tat die wilderen Geschichten ab, da er wußte, wie selbst die weiseste Tat durch die Legenden an Farbe gewann.

Denn von allen Menschen konnte gerade er Cadoras gut verstehen.

Waylander der Schlächter, der Seelenräuber, die Klinge des Chaos.

Sagendichter sangen dunkle Lieder über den wandernden Mörder, den Fremden. Sie beendeten ihre Erzählungen immer mit Waylanders Taten, wenn die Feuer schon niedergebrannt waren und die Wirtshausgäste sich anschickten, im Dunkeln den Heimweg anzutreten. Waylander hatte in mehr als einem Wirtshaus unbemerkt gesessen, wenn sie die Menge mit seiner Niedertracht unterhielten. Sie begannen ihre Vorstellungen mit Geschichten von goldenen Helden, schönen Prinzessinnen, von Schatten heimgesuchten Burgen und silbernen Rittern. Aber wenn die Stunden vergingen, würzten sie sie mit einem Hauch von Furcht, dem Geschmack von Entsetzen. Und die Männer gingen hinaus in die dunklen Straßen mit ängstlichen Augen, die in den Schatten nach Cadoras dem Jäger oder nach Waylander dem Schlächter suchten.

Wie würden die Dichter vor Freude tanzen, wenn sie hörten, daß Cadoras angeheuert worden war, um den Schlächter zu jagen!

Waylander wandte sich nach Westen entlang den Delnoch-Bergen, bis er auf eine große Lichtung kam, auf der etwa dreißig Fuhrwerke warteten. Männer, Frauen und Kinder saßen beim Frühstück um die Feuer, während der Riese Durmast von Gruppe zu Gruppe ging, um seine Bezahlung einzusammeln.

Sobald er die Bäume hinter sich hatte, entspannte Waylander sich und trabte ins Lager. Er entfernte die Bolzen aus der Armbrust und löste die Sehnen. Dann klemmte er die Waffe in den Gürtel und glitt aus dem Sattel. Durmast, der sich zwei lederne Satteltaschen über eine Schulter geworfen hatte, erblickte ihn und winkte. Er ging zu einem der Fuhrwerke in der Nähe, warf die Taschen hinein und schlenderte zurück zu Waylander.

»Willkommen«, begrüßte er ihn grinsend. »In diesem Krieg kann man gute Geschäfte machen.«

»Flüchtlinge?« fragte Waylander.

»Ja, auf dem Weg nach Gulgothir. Mit ihrer ganzen weltlichen Habe.«

»Warum vertrauen sie dir?«

»Pure Dummheit«, antwortete Durmast mit breitem Grinsen. »So kann man schnell reich werden!«

»Das bezweifle ich nicht. Wann brechen wir auf?«

»Wir haben nur auf dich gewartet, mein Freund. Sechs Tage bis Gulgothir, dann den Fluß entlang nach Osten und Norden. Sagen wir drei Wochen. Dann Raboas und deine Rüstung. Klingt ganz einfach, was?«

»So einfach, wie eine Schlange zu melken. Hast du gehört, daß Cadoras in Skultik ist?«

Durmast riß die Augen in gespielter Überraschung auf. »Nein!«

»Er ist auf der Jagd nach mir, wurde mir erzählt.«

»Hoffen wir, daß er dich nicht findet.«

»Um seinetwillen«, sagte Waylander. »Wie viele Männer hast du?«

»Zwanzig. Gute Männer. Zäh.«

»Gute Männer?«

»Nun ja, genaugenommen Abschaum. Aber sie können kämpfen. Möchtest du ein paar von ihnen kennenlernen?«

»Nein, danke, ich habe gerade gegessen. Wie viele Leute bringst du dorthin?«

»Hundertundsechzig. Sind ein paar hübsche Frauen darunter, Waylander. Es sollten ein paar vergnügliche Tage werden.«

Waylander nickte und sah sich im Lager um. Sie alle liefen davon, aber ihm taten die Familien leid, die gezwungen waren, einem Mann wie Durmast zu trauen. Die meisten von ihnen würden mit dem Leben davonkommen, aber sie würden Gulgothir bettelarm erreichen.

Er ließ seinen Blick zu den baumgesäumten Hügeln im Süden wandern. Ein Lichtblitz fesselte seine Aufmerksamkeit, und er starrte eine Weile auf die fernen Hänge.

»Was ist los?« fragte Durmast.

»Vielleicht nichts. Vielleicht nur ein Sonnenstrahl auf einem Stück Quarz.«

»Aber du glaubst, es ist Cadoras?«

»Wer weiß?« erwiderte Waylander. Er nahm sein Pferd am Zügel und führte es ein Stück weg von den Fuhrwerken. Dann ließ er sich im Schatten einer ausladenden Kiefer nieder.

Hoch in den Bergen steckte Cadoras das lange Glas wieder in seinen ledernen Behälter und setzte sich erneut auf einen umgestürzten Baum. Er war groß und dünn, mit schwarzem Haar und eckigen Zügen. Eine Narbe lief von seiner Stirn über die Lippen bis zum Kinn, was ihm ein spöttisches Teufelsgrinsen verlieh. Die Augen waren wolkengrau und kalt wie Winternebel. Er trug ein schwarzes Kettenhemd, dunkle Beinkleider und Reitstiefel, an seiner Hüfte hingen zwei Kurzschwerter.

Cadoras wartete eine Stunde lang, beobachtete, wie die Ochsen vor die Fuhrwerke gespannt wurden und sich dann zu einer nach Norden weisenden Reihe aufstellten. Durmast ritt am Kopf der Kolonne und führte den Weg zu den Bergen und dem Delnoch-Paß. Waylander ritt am Schluß.

Ein Geräusch hinter ihm ließ Cadoras herumfahren. Ein junger Mann trat aus dem Gebüsch. Er blinzelte vor Erstaunen, als er das Messer in Cadoras' erhobener Hand sah.

»Er ist nicht gekommen«, sagte der Mann. »Wir haben an der Stelle gewartet, die du uns genannt hast, aber er ist nicht gekommen.«

»Doch – aber er hat einen Bogen um euch gemacht.«

»Vulvin fehlt. Ich habe Macas losgeschickt, ihn zu suchen.«

»Er wird seinen Leichnam finden«, sagte Cadoras.

»Wie kannst du da sicher sein?«

»Weil ich seinen Tod wollte«, antwortete Cadoras, ging ein paar Schritte und starrte den Fuhrwerken nach. Bei den Göttern, warum mußten sie ihm solche Narren geben? Bürokraten! Natürlich war Vulvin tot. Er hatte den Befehl gehabt, die Hütte von Hewla zu beobachten, aber unter keinen Umständen Waylander anzugreifen. Warum nicht, hatte er gefragt, er ist doch auch nur ein Mensch? Cadoras hatte gewußt, daß der Narr etwas Törichtes tun würde, aber Vulvin war auch kein großer Verlust.

Eine Stunde später kehrte Macas zurück. Er war ein kleiner und dicklicher Mann mit einem verdrießlichen Zug um die Lippen und ewig schlechter Laune. Er ging auf Cadoras zu, ohne den jungen Mann zu beachten.

»Tot«, sagte er einfach.

»Hast du die alte Frau getötet?«

»Nein. Sie hatte zwei Wölfe bei sich – sie fraßen Vulvin.«

»Und du wolltest ihr Mittagsmahl nicht stören?«

»Nein, Cadoras, ich wollte nicht sterben.«

»Sehr klug. Hewla hätte dich in Sekundenschnelle getötet; sie hat seltene Gaben. Übrigens, das waren keine Wölfe.«

»Aber ich habe sie gesehen...«

»Du hast gesehen, was sie dich sehen lassen wollte. Hast du sie gefragt, wie Vulvin starb?«

»Das war nicht nötig. Sie sagte, es wäre sinnlos, Schakale hinter einem Löwen herzujagen – sie sagte, das solle ich dir sagen.«

»Sie hat recht. Aber ihr Schakale wart Teil der Abmachung. Steig auf.«

»Du magst uns nicht, was?« fragte Macas.

»Euch mögen, kleiner Mann? Was heißt mögen? Und jetzt steig auf.«

Cadoras ging zu seinem Pferd und schwang sich geschmeidig in den Sattel. Die Fuhrwerke waren jetzt außer Sicht, und er lenkte sein Reittier auf den Hang hinaus, wobei er sich im Sattel zurücklehnte und den Kopf des Tieres hochhielt.

»Mach es nicht zu leicht, Waylander«, wisperte er. »Enttäusche mich nicht.«

## 12

Als Karnak den Ratssaal betrat, standen die zwanzig Offiziere auf und salutierten. Der General bedeutete ihnen mit einer Geste, sich zu setzen, ging zum Kopfende des Tisches, nahm seinen Umhang ab und drapierte ihn über der Stuhllehne.

»Purdol steht kurz davor zu fallen«, erklärte er. Seine blauen Augen musterten die ernsten Gesichter um den Tisch. »Gan Degas ist alt, müde und bereit aufzugeben. In Purdol gibt es keine Priester der QUELLE, und der Gan hat seit über einem Monat keine Nachrichten mehr erhalten. Er glaubt, er ist allein.«

Karnak wartete, damit alle die Neuigkeit aufnehmen konnten, und schätzte die wachsende Spannung ab. Er beobachtete Gellan und stellte fest, daß er keine Spur von Gefühl zeigte. Anders der junge Sarvaj, in dessen Gesicht sich die Enttäuschung deutlich abzeichnete. Jonat flüsterte mit Gellan, und Karnak wußte, was er sagte: Er ritt auf früheren Fehlern herum. Der junge Dundas wartete gespannt, sein Zutrauen zu Karnak war absolut. Der General ließ seinen Blick um den Tisch schweifen. Er kannte jeden der anwesenden Männer, ihre Schwächen, ihre Stärken – die Offiziere, die zu Melancholie neigten, und die, deren leichtsinniger Mut gefährlicher war als Feigheit.

»Ich werde nach Purdol gehen«, sagte er, den richtigen Moment abpassend. Die Männer keuchten auf, und er hob die Hand um Ruhe. »Drei Armeen stehen gegen uns, der Löwenanteil vor Purdol. Wenn die Festung fällt, bedeutet das, daß vierzigtausend Mann frei sind, um in Skultik einzufallen. Gegen eine solche Macht können wir nicht bestehen. Also werde ich dorthin ziehen.«

»Du wirst niemals hineingelangen«, sagte ein Offizier, ein bärtiger Legionskrieger namens Emden. »Die Tore sind versiegelt.«

»Es gibt einen anderen Weg«, sagte Karnak. »Über die Berge.«

»Das Land der Sathuli«, murmelte Jonat. »Ich war schon dort. Trügerische Pässe, eisbedeckte Simse – unpassierbar.«

»Nein«, widersprach Dundas und erhob sich. »Nicht unpassierbar – wir haben mehr als fünfzig Mann, um den Weg freizumachen.«

»Aber die Berge führen nicht in die Festung«, protestierte Gellan. »Von der Rückseite Purdols steigen senkrechte Klippen empor. Es wäre unmöglich, dort hinunterzuklettern.«

»Wir gehen nicht über den Berg«, sagte Karnak. »Wir gehen durch ihn *hindurch.* Er ist durchzogen von einem Netz von Höhlen und Tunneln, und ein Tunnel führt in die Verliese unterhalb des Bergfrieds; im Moment ist er blockiert, aber wir werden ihn räumen. Jonat hat recht: Der Weg ist schwierig, und wir haben keinen Platz für die Pferde. Ich habe vor, tausend Mann mitzunehmen, von denen jeder sechzig Pfund an Verpflegung schleppen wird. Dann werden wir aushalten, bis Egel aus Skultik ausbrechen kann...«

»Und wenn er es nicht tut?« wollte Jonat wissen.

»Dann ziehen wir uns durch die Berge wieder zurück und teilen uns in kleine Überfallkommandos auf.«

Sarvaj hob die Hand. »Nur eine Frage, General. Nach den Angaben über die Festung sollte Purdol mit zehntausend Soldaten bemannt sein. Selbst wenn wir es bis hinein schaffen, werden wir die Verteidiger nur bis auf sechzig Prozent des Solls aufstocken. Können wir auch so aushalten?«

»Nur Architekten und Bürokraten arbeiten mit Zahlen, Sarvaj. Die erste Mauer von Purdol ist bereits gefallen, was bedeutet, daß Hafen und Docks bereits in den Händen der Vagrier sind und sie somit Lebensmittel und Truppen an Land bringen können. Die zweite Mauer hat nur zwei Tore, und die halten. Die dritte Mauer hat nur ein Tor – und danach kommt der Bergfried. Eine starke Truppe könnte Purdol mindestens drei Monate lang halten, und mehr brauchen wir auch nicht.«

Gellan räusperte sich. »Haben wir irgendeine Vorstellung«, fragte er, »von den Verlusten in Purdol?«

Karnak nickte. »Achthundert Mann. Sechshundert sind tot, der Rest ist zu schwer verwundet, um wieder kämpfen zu können.«

»Und was ist mit Skarta?« fragte Jonat. »Die Drenai-Familien hier sind auf unseren Schutz angewiesen.«

Karnak rieb sich die Augen und ließ das Schweigen wachsen. Diese Frage hatte er gefürchtet.

»Es gibt Zeiten harter Entscheidungen, und wir leben in einer solchen. Unsere Anwesenheit gibt den Menschen vielleicht Hoffnung, aber es ist eine falsche Hoffnung. Skarta ist nicht zu verteidigen. Egel weiß es, ich weiß es – und deshalb macht er Überfälle im Westen, um die Vagrier in Bewegung zu halten, um sie zu beunruhigen und hoffentlich eine Invasion in großem Maßstab hier zu verhindern. Aber wir nageln hier Truppen fest, die anderswo verzweifelt gebraucht werden. Wir werden eine symbolische Truppe von zweihundert Mann hierlassen ... aber das ist alles.«

»Dann werden die Leute umkommen«, sagte Jonat und stand mit zornesrotem Gesicht auf.

»Sie werden ohnehin umkommen«, erklärte Karnak, »wenn die Vagrier angreifen. Im Augenblick wartet der Feind darauf, daß Purdol fällt, und er wird es nicht riskieren, in den Wald einzudringen. Purdol zu halten ist die beste Chance für Skarta und die anderen Städte in Skultik. Egel wird knapp viertausend Mann haben, aber von den Skoda-Bergen werden mehr kommen. Wir müssen ihm Zeit verschaffen.

Ich weiß, was ihr denkt: Das ist Wahnsinn. Da gebe ich euch recht! Aber die Vagrier haben alle Vorteile. Jeder größere Hafen ist in ihren Händen. Die lentrische Armee wird zurückgedrängt. Drenan ist gefallen, und die Straßen nach Mashrapur sind geschlossen. Purdol allein stemmt sich gegen sie. Wenn es fällt, ehe Egel ausbrechen kann, sind wir am Ende, und das Volk der Drenai wird ausgelöscht. Den vagrischen Bauern wird gutes Drenailand angeboten, die Kaufleute planen schon für den Tag, an dem unser ganzes Land Teil von Groß-Vagrien sein wird. Wir sind ein zum Untergang verdammtes Volk, wenn wir nicht unser Schicksal selbst in die Hand nehmen und alles riskieren.

Ganz einfach gesagt, meine Freunde, wir haben keinen Raum mehr zum Manövrieren. Wir haben keine andere Wahl, als den Tiger an der Kehle zu packen und zu hoffen, daß er schwächer wird, ehe wir ermüden. Morgen reiten wir nach Purdol.«

Tief in seinem Innern wußte Gellan, daß das Unternehmen gefährlich war. Darüber hinaus sagte ihm ein kleiner Funken Zweifel, daß Karnaks wirklicher Grund, Purdol zu Hilfe zu eilen, mehr auf persönlichem Ehrgeiz beruhte als auf strategischer Vernunft. Und trotzdem ...

War es nicht besser, einem charismatischen Führer zu den Toren der Hölle zu folgen als einem mittelmäßigen General zu einer dumpfen Niederlage?

Die Besprechung endete bei Anbruch der Dunkelheit, und Gellan ging in sein winziges Zimmer, um seine wenigen Habseligkeiten in Tuchbeutel und die lederne Satteltasche zu packen. Es waren drei Hemden, zwei Paar wollener Beinkleider, ein arg mitgenommenes, in Leder gebundenes, handgeschriebenes Handbuch der Legion, ein juwelenbesetzter Dolch und eine ovale Holzmalerei, die eine blonde Frau und zwei kleine Kinder darstellte. Er setzte sich auf sein Bett, nahm den Helm ab und betrachtete das Bild. Als er es bekommen hatte, hatte es ihm nicht gefallen. Er hatte das Gefühl gehabt, daß es nicht das wirkliche Lächeln, die echte Lebensfreude seiner Familie zeigte. Jetzt sah er es als eine Arbeit von seltener Schöpferkraft. Sorgfältig wickelte er die Malerei in Öltuch und legte sie zwischen seinen Hemden in die Satteltasche. Er ließ den Dolch aus seiner Scheide gleiten und nahm ihn in die Hand. Er hatte ihn vor zwei Jahren überreicht bekommen, als er als erster zum sechsten Mal das Silberne Schwert gewonnen hatte.

Seine Kinder waren bei dem Bankett so stolz auf ihn gewesen. In ihren besten Kleidern hatten sie wie kleine Erwachsene ausgesehen und ihn mit weit aufgerissenen Augen und breitem Lächeln angestarrt. Und Karys hatte nicht einen einzigen Tropfen Suppe auf ihr weißes Kleid gekleckert, was sie ihm den ganzen Abend immer wieder erzählte. Aber seine Frau, Ania, hatte nicht an dem Bankett teilgenommen. Sie hatte gesagt, von dem Lärm bekäme sie nur Kopfschmerzen.

Jetzt waren sie tot, ihre Seelen in der Leere verloren. Es war hart gewesen, als die Kinder starben, unendlich bitter. Und Gellan hatte sich in sich selbst zurückgezogen, hatte nichts mehr gehabt, womit er Ania hätte trösten können. Allein war sie nicht damit fertiggeworden, und achtzehn Tage nach der Tragödie hatte sie sich mit einem Seidenschal erhängt ... Gellan hatte sie gefunden. Die Pest hatte seine Kinder gefordert. Selbstmord seine Frau.

Jetzt war die Legion alles, was er hatte.

Und morgen würde sie nach Purdol zu den Toren der Hölle reiten.

Dardalion wartete schweigend auf seinen Besucher. Vor einer Stunde war der Drenaigeneral Karnak auf der Wiese angekommen und hatte seinen Plan erläutert, wie er Purdol helfen wollte. Er hatte gefragt, ob Dardalion ihm helfen könnte, indem er die Geister der Dunklen Bruderschaft in Schach hielte.

»Es ist lebenswichtig, daß wir unbemerkt ankommen«, sagte Karnak. »Wenn es nur das leiseste Anzeichen für unsere Manöver gibt, werden die Vagrier uns erwarten.«

»Ich werde tun, was ich kann, General Karnak.«

»Du mußt mehr tun, Dardalion. Töte die Hurensöhne.«

Nachdem er gegangen war, kniete Dardalion sich ins Gras vor seinem Zelt und beugte seinen Kopf im Gebet. Er hatte mehr als eine Stunde so verharrt, als der Abt kam und vor ihm niederkniete.

Dardalion spürte seine Anwesenheit und öffnete die Augen. Der alte Mann sah müde aus. Seine Augen waren rotgerändert und voller Kummer.

»Willkommen, Abt«, sagte Dardalion.

»Was hast du getan?« fragte der alte Mann.

»Vater, es tut mir leid, daß du Kummer hast, aber ich kann nur tun, was ich für richtig halte.«

»Du hast meine Brüder zersprengt. Neunundzwanzig Priester bereiten sich jetzt auf Krieg und Tod vor. Das *kann* nicht richtig sein.«

»Wenn es falsch ist, werden wir dafür bezahlen, denn die QUELLE ist rechtschaffen und wird nichts Böses dulden.«

»Dardalion, ich bin gekommen, um dich um etwas zu bitten. Verlasse diesen Ort, suche ein Kloster in einem fernen Land und nimm deine Studien wieder auf. Die QUELLE wird dir den Weg weisen.«

»Sie hat mir meinen Weg schon gewiesen, Vater.«

Der alte Mann senkte den Kopf, Tränen tropften ins Gras.

»Dann bin ich also machtlos gegen dich?«

»Ja, Vater. Wobei ich in keiner Weise gegen dich bin.«

»Du bist jetzt ein Führer, erwählt von denen, die dir folgen wollen. Welchen Titel wirst du tragen, Dardalion? Abt des Todes?«

»Nein, ich bin kein Abt. Wir werden ohne Haß kämpfen, und wir werden keine Freude am Kampf haben. Und wenn er gewonnen – oder verloren – ist, werden wir zu dem zurückkehren, was wir waren.«

»Siehst du nicht, wie töricht deine Worte sind? Du wirst das Böse auf seinem eigenen Gebiet bekämpfen, mit seinen eigenen Waffen. Du wirst es besiegen. Aber wird das den Krieg beenden? Vielleicht hält es die Bruderschaft auf, aber es gibt andere Bruderschaften und mehr Böses. Das Böse stirbt nicht, Dardalion. Es ist ein Unkraut im Garten des Lebens. Du kannst es abschneiden, verbrennen, ausreißen, es wird nur um so stärker wiederkommen. Dein Weg hat kein Ende – der Krieg verändert sich nur.«

Dardalion sagte nichts, die Wahrheit in den Worten des Abts traf ihn wie ein Schlag.

»Darin hast du recht, Vater. Das sehe ich. Und ich sehe auch, daß du recht hast, wenn du mich ›Abt‹ nennst. Wir können nicht einfach Seelen-Krieger werden. Es muß einen Orden geben, und unsere Mission muß endlich sein. Ich werde über deine Worte sorgfältig nachdenken.«

»Aber deinen unmittelbaren Kurs wirst du nicht ändern?«

»Er steht fest. Was ich getan habe, habe ich im Glauben getan, und ich werde nichts zurücknehmen, ebensowenig wie du deinen eigenen Glauben brechen wirst.«

»Warum nicht, Dardalion? Du hast bereits einmal mit deinem Glauben gebrochen. Du hast einen Eid geleistet, daß alles menschliche Leben – genaugenommen, *alles* Leben – dir heilig sei. Und jetzt hast du mehrere Menschen getötet und Fleisch gegessen. Warum sollte ein weiterer Akt des ›Glaubens‹ dich bedrücken?«

»Ich kann darüber nicht streiten, Vater«, sagte Dardalion. »Die Wahrheit darin betrübt mich.«

Der Abt erhob sich mühsam. »Ich hoffe, daß die Geschichte sich deiner und deiner Dreißig nicht erinnert, Dardalion, wenn ich auch fürchte, daß sie es tun wird. Die Menschen lassen sich immer von Gewalttaten beeindrucken. Bau deine Legende behutsam auf, sonst wird sie alles vernichten, wofür wir stehen.«

Der Abt wanderte in die zunehmende Dunkelheit davon, während Astila und die anderen Priester schweigend warteten. Sie verbeugten sich, als er an ihnen vorbeikam, doch er beachtete sie nicht.

Die Priester versammelten sich in einem Kreis um Dardalion und warteten, bis er seine Gebete beendet hatte. Dann sah er auf.

»Willkommen, meine Freunde. Heute abend müssen wir General Karnak helfen, aber vor allem müssen wir uns selbst kennenlernen. Es besteht durchaus die Möglichkeit, daß der Weg, dem wir folgen, die Straße zur ewigen Verdammnis ist, denn es kann sein, daß alles, was wir tun, gegen den Willen der QUELLE ist. Wir müssen in unseren Herzen die Stärke unseres Glaubens und das Vertrauen in unsere Sache halten. Heute abend werden vielleicht einige von uns sterben. Wir wollen nicht zur QUELLE reisen, wenn Haß in uns ist. Wir beginnen jetzt damit, uns im Gebet zu vereinigen. Wir beten für unsere Feinde, und wir vergeben ihnen in unseren Herzen.«

»Wie können wir ihnen vergeben und sie dann erschlagen?« fragte ein junger Priester.

»Wenn wir nicht vergeben, wird der Haß blühen. Aber bedenke

dies: Wenn dein Hund Tollwut bekäme, würdest du ihn schweren Herzens töten. Du würdest ihn nicht hassen. Das ist es, worum ich bitte. Laßt uns beten.«

Als die Dunkelheit sie umfing, beendeten sie ihre Vereinigung, und ihre Geister stiegen in den Nachthimmel empor.

Dardalion blickte sich um. Alle Priester waren in silberne Rüstungen gekleidet, mit schimmernden Schilden an den Armen und Schwertern aus Feuer in den Händen. Die Sterne funkelten wie Juwelen im Feuer, und die Mondberge warfen scharfe Schatten, als die Dreißig auf die Bruderschaft warteten. Alles war still.

Dardalion konnte die Spannung unter den Priestern spüren, denn ihr Geist war noch immer verbunden. Zweifel und Unsicherheit flackerten auf und verblaßten. Die Nacht war klar und ruhig, der Wald unter ihnen in silbernes Licht getaucht.

Die Stunden dehnten sich unglaublich lang, und Angst wogte unter den Priestern hin und her und berührte jeden von ihnen mit ihren eisigen Fingern.

Die Nacht wurde immer bedrohlicher, im Westen ballten sich düstere Wolken zusammen, die das Mondlicht verbargen.

»Sie kommen!« pulste Astila. »Ich kann es spüren.«

»Bleib ruhig«, warnte Dardalion eindringlich.

Die dunklen Wolken kamen näher, und Dardalions Schwert fuhr in seine Hand, die Klinge brannte in weißem Feuer. Die Wolken türmten sich drohend auf und spuckten schwarzgekleidete Krieger aus, die auf einer Welle von Haß, die die Dreißig verschluckte, herabstießen. Das dunkle Gefühl schlug über Dardalion zusammen, doch er schüttelte es los und stieg auf, um sich den Angreifern zu stellen. Seine Klinge hieb und stach in ihre Masse, und mit seinem Schild wehrte er klirrend ihre Angriffe ab. Die Dreißig eilten an seine Seite, und die Schlacht begann.

Es waren mehr als fünfzig schwarze Krieger, doch sie konnten es nicht mit den Priestern in ihren silbernen Rüstungen und mit den feurigen Schwertern aufnehmen, und so zogen sie sich zurück in ihre Wolken. Die Dreißig nahmen die Verfolgung auf.

Plötzlich schrie Astila eine Warnung im Geiste, und Dardalion, der gerade in die Wolken eindringen wollte, wich seitlich aus.

Die Wolke ballte sich zusammen und formte eine aufgedunsene, schuppige, dunkle Gestalt. Riesige Schwingen entfalteten sich, und ein klaffendes rotes Maul öffnete sich in dem Ungeheuer. Die Bruderschaft wurde in seine Masse gesogen, so daß es noch solider wurde.

»Zurück!« pulste Dardalion, und die Dreißig flogen über den Wald.

Das Ungeheuer verfolgte sie, und Dardalion hielt in seinem Flug inne, seine Gedanken rasten. Irgendwie hatte die vereinte Kraft der Bruderschaft dieses Ding geschaffen. War es wirklich? Instinktiv wußte er, daß es real war.

»Zur mir!« pulste er. Die Dreißig scharten sich um ihn. »Ein Krieger. Ein Geist. Eine Mission«, intonierte er, und die Dreißig verschmolzen. Dardalion wurde überflutet, und sein Geist verschwamm, als seine Macht sich vervielfältigte.

Wo dreißig gewesen waren, war jetzt nur noch einer, dessen Augen feurig funkelten und dessen Schwert gezackt war wie ein erstarrter Blitz.

Mit Wutgebrüll warf sich der Eine dem Ungeheuer entgegen. Das Wesen erhob sich auf die Hinterbeine, und klauenbewehrte Arme hieben nach dem Krieger, doch der Eine zog sein Blitzschwert über seinen Körper und mit jedem Schlag verwundete er ein Glied des Ungeheuers. Die Bestie brüllte vor Schmerz, und mit weitgeöffnetem Maul stürzte sie sich auf ihren Angreifer. Der Eine blickte in den gewaltigen Schlund, sah Reihe um Reihe scharfer Zähne, geformt wie die dunklen Schwerter der Bruderschaft. Er wog seine Klinge und schleuderte sie wie einen Blitz in die Höhle des Mauls. Als die Waffe traf, schuf der Eine eine neue und noch eine und schleuderte sie tief in das Ungeheuer. Das Biest zog sich zurück, seine Gestalt waberte und veränderte sich, während die Klingen aus Blitzen es durchbohrten.

Kleine dunkle Schatten flohen aus seinem Körper, es schrumpfte. Dann breitete der Eine seine Hände aus und flog wie ein Pfeil in das Herz der Wolke und zerriß das astrale Fleisch. Sein Geist war voller Schreie und Schmerzen, als einer nach dem anderen der Bruderschaft starb. Als die Wolke aufbrach und die überlebenden Krieger in die Sicherheit ihrer Körper flüchteten, schleuderte der Eine Lichtblitze hinter ihnen her, dann schwebte er unter den Sternen, die er zum ersten Mal sah.

Wie schön, dachte er. Seine weitblickenden Augen betrachteten die Planeten, das Spiel der Farben, das Wirbeln ferner Wolken über ausgetrockneten Ozeanen, und in weiter Ferne sah er einen Kometen, der seine Bahn durch die Galaxis zog. So viel zu sehen.

Im Innern des Einen kämpfte Dardalion um seine Identität. Sein Name war eine verlorene Sache für ihn, und er schlief in der Masse ein. Astila kämpfte weiter, seine Gedanken wogten wie Nebel auf und ab. Einer. Der Eine. Mehr als Einer. Zahlen. Eine Welle der Freude durchströmte ihn, während er kämpfte, und er sah nichts mehr außer einem Meteoritenhagel, der in Regenbogenfarben in der Atmosphäre explodierte. Der Eine war hocherfreut über dieses Schauspiel.

Astila klammerte sich an seine Aufgabe. Zahlen. Eine Zahl. Nein ... nicht Eins. Langsam zwang er sich zu zählen, durchsuchte das, was von seinen Erinnerungen noch übrig war, nach Gedanken, die nur ihm gehörten. Dann stieß er auf einen Namen. Dardalion. War das *sein* Name? Nein. Ein anderer. Kraftlos rief er ihn, aber er erhielt keine Antwort. Eine Zahl.

Dreißig. Das war die Zahl der Macht. *Dreißig.* Der Eine schauderte, und Astila brach aus.

»Wer bist du?« fragte der Eine.

»Astila.«

»Warum hast du dich aus mir zurückgezogen? Wir sind eins.«

»Ich suche Dardalion in dir.«

»Dardalion?« fragte der Eine, und tief in seinem Innern erwachte der junge Priester wieder. Astila rief nacheinander alle Namen der Dreißig, und die Priester wurden wieder sie selbst, zogen sich verwirrt und unsicher zurück.

Der Morgen graute bereits, als Astila die Gruppe heimführte.

Wieder in ihren Körpern, schliefen sie mehrere Stunden lang.

Dardalion erwachte als erster. Er weckte die anderen und rief Astila zu sich.

»Letzte Nacht hast du uns gerettet«, sagte Dardalion. »Du besitzt die Gabe, Täuschungen durchschauen zu können.«

»Aber du schufst den Einen«, widersprach Astila. »Ohne ihn hätten wir nicht überlebt.«

»Wir hätten beinahe nicht überlebt. Der Eine war eine ebenso große Gefahr für uns wie das Wolkenungeheuer, und du hast uns vor dieser zweiten Gefahr gerettet. Gestern hat mich der Abt gewarnt, und ich sagte, ich würde über seine Worte nachdenken. Wir brauchen eine Form, Astila ... Disziplin. Ich werde der Abt der Dreißig sein. Aber du mußt auch eine große Aufgabe übernehmen. Ich werde *Die Stimme* sein, und du *Die Augen.* Gemeinsam werden wir den Pfad zum Willen der QUELLE finden.«

# 13

Waylander lehnte sich im Sattel zurück und blickte über den Delnoch-Paß auf die dahinterliegenden Ebenen der Nadir. Hinter ihm waren die Karren für die Nacht dicht zusammengestellt worden, bereit für den gefahrvollen Abstieg am Morgen. Der Paß fiel über mehr als anderthalb Kilometer in einer Reihe trügerischer, mit Geröll bedeckter Vorsprünge ab, und es bedurfte schon eines tapferen Mannes, um einen Karren über den schmalen, gewundenen Pfad zu lenken.

Die meisten Flüchtlinge hatten Durmasts Männern eine anständige Summe dafür bezahlt, daß sie beim Abstieg die Zügel übernahmen, während sie vergleichsweise sicher zu Fuß hinterhergingen.

Ein kühler Wind blies aus Norden, und Waylander gestattete es sich, sich zu entspannen. Von Cadoras oder der Bruderschaft hatten sie keine Anzeichen gesehen, und er hatte immer aufmerksam zurückgeblickt. Plötzlich grinste er. Es hieß, wenn man Cadoras sah, bedeutete das Gefahr, wenn man ihn nicht sah, Tod. Waylander glitt vom Pferd und führte das Tier zu den Pfählen, wo er es anband. Er nahm den Sattel ab, rieb das Tier trocken, fütterte es mit Getreide und ging dann ins Lager, wo die Feuer unter den eisernen Kochtöpfen knisterten.

Durmast saß mit einer Gruppe von Reisenden zusammen, die er mit Geschichten von Gulgothir ergötzte. Im roten Feuerschein wirkte sein Gesicht weniger brutal und sein Lächeln warm und freundlich. Kinder saßen um ihn, die den Riesen ehrfürchtig anstarrten und seine gruseligen Geschichten genossen. Es war schwer zu glauben, daß diese Menschen vor einem schrecklichen Krieg flüchteten, daß viele von ihnen Freunde, Brüder und Söhne verloren hatten. Ihre Erleichterung bei der Aussicht zu entkommen zeigte sich in überlautem Gelächter und Scherzen. Waylander ließ seinen Blick zu Durmasts Männern schweifen, die etwas von den anderen entfernt zusammensaßen. Harte Männer, hatte Durmast gesagt, und Waylander kannte diesen Typ. Sie waren nicht hart, sie waren mörderisch. In Tagen des Friedens und Wohlstands verschlossen die guten Stadtbewohner, die jetzt lachten und sangen, ihre Türen vor ihnen. Sie wären nicht für alles Geld der Welt mit Durmast gereist. Jetzt lachten sie wie Kinder, unfähig zu erkennen, daß sie in ebenso großer Gefahr schwebten.

Waylander wandte sich um, um seine Decken zu holen – und erstarrte. Kaum drei Meter von ihm entfernt an einem der Feuer stand Danyal. Der Schein der Flammen tanzte auf ihrem rotgoldenen Haar, und sie trug eine neue Tunika aus Wolle, die mit Goldfäden bestickt und gesäumt war. Waylander schluckte und holte tief Luft. Dann hob sie eine Hand an ihr Haar und drehte sich um, so daß sie ihn sah. Ihr Lächeln war echt, und er haßte sie dafür.

»Also nimmst du mich endlich zur Kenntnis«, sagte sie und ging auf ihn zu.

»Ich dachte, du würdest mit den Kindern in Skarta bleiben?«

»Ich habe sie bei den QUELLEN-Priestern gelassen. Ich bin des Krieges müde, Waylander. Ich will irgendwo hingehen, wo ich nachts schlafen kann, ohne Angst vor dem Morgen zu haben.«

»Einen solchen Ort gibt es nicht«, sagte er bitter. »Komm, geh ein Stück mit mir.«

»Ich bin dabei zu kochen.«

»Später«, sagte er und ging in Richtung des Passes davon. Sie folgte ihm auf einen grasbewachsenen Hügel, wo sie sich auf einem vorspringenden Felsen niederließen. »Weißt du, wer diese Karawane anführt?«

»Ja«, antwortete sie. »Ein Mann namens Durmast.«

»Er ist ein Mörder.«

»Du auch.«

»Du verstehst nicht. Du bist hier in größerer Gefahr als in Skultik.«

»Aber du bist hier.«

»Was hat das damit zu tun? Durmast und ich verstehen einander. Ich brauche seine Hilfe, um die Rüstung zu finden; er kennt die Nadir, und ohne ihn komme ich vielleicht nicht durch.«

»Wirst du zulassen, daß er uns etwas antut?«

»*Zulassen*, Frau? Was um Himmels willen glaubst du denn, könnte ich tun, um ihn zu hindern? Er hat zwanzig Männer. Verdammt, Danyal, warum klebst du mir ständig an den Fersen?«

»Wie kannst du es wagen?« tobte sie. »Ich wußte nicht, daß du mit uns reisen würdest. Du bist unglaublich eingebildet.«

»Das habe ich nicht gemeint«, verteidigte er sich. »Es scheint nur so, wann immer ich mich umdrehe, bist du da.«

»Wie deprimierend für dich!«

»Meine Güte, Frau – kannst du nicht einmal aufhören, mir an die Kehle zu gehen? Ich will mich nicht mit dir streiten.«

»In dem Fall muß ich mit Bedauern sagen, daß es mit deinen Konversationskünsten nicht weit her ist.«

Eine Weile saßen sie schweigend und beobachteten, wie der Mond über den Delnoch-Paß stieg.

»Ich werde nicht sehr lange leben, Danyal«, sagte er schließlich. »Vielleicht noch drei Wochen, vielleicht weniger. Ich möchte sehr gern mein Leben erfolgreich beschließen ...«

»Das ist genauso eine dumme Bemerkung, wie ich sie von einem Mann wie dir erwarte! Wen kümmert es, ob du diese Rüstung findest? Sie ist nicht magisch, nichts weiter als ein Stück Metall. Und nicht mal wertvolles Metall.«

»*Mich* kümmert es.«

»Warum?«

»Was ist das für eine Frage?«

»Zeit schinden, Waylander?«

»Nein, ich meine das ernst. Du hältst Männer für dumm, wenn sie nach Ruhm streben? Ich auch. Aber hier geht es nicht um Ruhm – es geht um Ehre. Ich habe viele Jahre in Schande gelebt und bin auf ein Niveau herabgesunken, das ich nie für möglich gehalten hätte. Ich tötete einen guten Mann ... beendete sein Leben für Geld. Ich kann diese Tat nicht ungeschehen machen. Aber ich kann büßen. Ich glaube an Götter, denen die Menschen am Herzen liegen. Ich suche nicht Vergebung von einer höheren Autorität. Ich will mir selbst vergeben. Ich möchte die Rüstung für Egel und die Drenai finden und ein Versprechen erfüllen, das ich Orien gegeben habe.«

»Du mußt nicht sterben, um das zu tun«, sagte sie leise und legte ihre Hand sanft auf seine.

»Nein – und ich würde lieber leben. Aber ich werde gejagt. Cadoras jagt mich. Die Bruderschaft sucht mich. Und Durmast wird mich verkaufen, wenn die Zeit gekommen ist.«

»Warum bleibst du dann hier wie eine angepflockte Ziege? Zieh alleine los.«

»Nein. Für den ersten Teil der Reise brauche ich Durmast. Ich habe einen Vorteil! Ich kenne meine Feinde und verlasse mich auf niemanden.«

»Das macht doch keinen Sinn.«

»Nur weil du eine Frau bist und die Einfachheit der Worte nicht verstehst. Ich bin allein, also gibt es niemanden, der mich im Stich lassen könnte. Wenn ich weglaufe – falls ich davonlaufe –, trage ich keine Last. Ich bin auf mich allein gestellt und sehr, sehr tödlich.«

»Was uns zurück zu unserem ersten Punkt bringt«, sagte Danyal. »Du versuchst mir zu sagen, daß ich eine Last bin, die dich behindert.«

»Ja. Durmast darf nicht merken, daß wir uns kennen, denn sonst wird er dich gegen mich benutzen.«

»Dafür ist es zu spät«, sagte Danyal und wandte den Blick ab. »Ich fragte mich, warum er seine Meinung geändert hatte und mich mit den Fuhrwerken reiten ließ, obwohl ich kein Geld besaß. Aber ich dachte, er wollte meinen Körper.«

»Erkläre mir das«, bat Waylander mißtrauisch.

»Eine Frau, die ich kennenlernte, verwies mich an Durmast, aber er sagte, daß ich ohne Geld nutzlos für ihn sei. Dann fragte er, wo ich herkäme, da er mich in Skarta noch nicht gesehen hätte, und ich sagte ihm, daß ich mit dir gekommen sei. Dann änderte er seine Meinung und hat mich über dich ausgefragt, und danach sagte er, ich könne mitkommen.«

»Du läßt doch etwas aus.«

»Ja. Ich sagte ihm, daß ich dich liebe.«

»Warum? Warum hast du das bloß getan?«

»Weil es wahr ist!« fuhr sie auf.

»Und er fragte dich, ob ich genauso empfinde?«

»Ja. Ich sagte nein.«

»Aber er glaubte dir nicht.«

»Woher weißt du das?«

»Weil du hier bist.« Waylander verfiel in Schweigen. Er erinnerte sich an Hewlas Worte über die rothaarige Frau und Oriens rätselhafte Warnung über Gefährten. Was hatte der alte Mann noch gesagt?

Daß Erfolg oder Mißerfolg von Waylanders Gefährten abhinge. Oder eher davon, wen er wählte, um ihn zu begleiten.

»Woran denkst du?« fragte sie, als sie sah, wie er lächelte und die Spannung aus seinem Gesicht wich.

»Ich dachte gerade, daß ich froh bin, daß du hier bist. Es ist sehr selbstsüchtig von mir. Ich werde sterben, Danyal. Ich bin Realist, und die Chancen stehen zu schlecht für mich. Aber zu wissen, daß du bei mir bist, zumindest für ein paar Tage, erfüllt mich mit Freude.«

»Auch wenn Durmast mich gegen dich einsetzen wird?«

»Selbst dann.«
»Hast du eine kleine Kupfermünze?« fragte sie.
Er fischte in seinem Geldbeutel und brachte eine kleine Münze, die den Kopf Niallads zeigte, zum Vorschein und reichte sie ihr.
»Wozu brauchst du sie?«
»Du hast einmal gesagt, daß du nie eine Frau nimmst, für die du nicht bezahlst. Jetzt hast du bezahlt.«
Sie beugte sich vor, küßte ihn sanft, und er schlang die Arme um ihre Taille und zog sie an sich. Zwischen den Bäumen verborgen, sah Durmast zu, wie die Liebenden sich ins Gras neben den Felsen legten. Der große Mann schüttelte den Kopf und lächelte.

Der Morgen brach hell und klar an, doch im Norden dräuten dunkle Wolken, und Durmast fluchte laut.
»Regen«, knurrte er. »Das hat uns gerade noch gefehlt!«
Der erste Karren wurde zum Paß geführt. Von sechs Ochsen gezogen, war er knapp sieben Meter lang und schwer mit Kisten und Paketen beladen. Der Fahrer fuhr sich mit der Zunge über die Lippen und schätzte mit schmalen Augen die Gefahren des Pfades ein. Dann ließ er seine Peitsche über den Kopf des Leitochsen knallen, und der Karren setzte sich in Bewegung. Waylander ging mit Durmast und sieben seiner Männer hinter ihm her. Die ersten zweihundert Meter waren steil, wenn auch verhältnismäßig leicht zu bewältigen, denn der Pfad war breit und fest. Doch dann verengte er sich und fiel nach rechts ab. Der Fahrer riß die Zügel zurück und klemmte die Radbremse fest, aber trotzdem rutschte der Karren langsam seitlich auf den gähnenden Abgrund zur Linken zu.
»Taue!« brüllte Durmast, und die Männer stürzten los, um zentimeterdicke Hanfseile um die Achsen zu schlingen. Der Karren hörte auf zu rutschen. Waylander, Durmast und die anderen nahmen die beiden Seile und strafften sie.
»Jetzt!« rief Durmast, und der Fuhrmann löste behutsam die Bremse. Der Karren schlitterte langsam vorwärts und kam nach zwanzig Schritt zum Stehen. Der Pfad war an dieser Stelle geneigt, und der Karren wurde von seinem Gewicht auf den Abgrund zugezogen. Aber die Männer an den Seilen waren stark und an die Gefahren des Dolnoch-Passes gewöhnt.
Über eine Stunde lang mühten sie sich ab, bis das Fuhrwerk schließlich wieder ebenen Boden unter den Rädern hatte. Weit hin-

ter ihnen begann der zweite Karren seine Abfahrt, weitere sieben von Durmasts Männern hingen hier in den Seilen. Der Riese lehnte sich zurück und grinste, während er zusah, wie sie sich plagten.

»Sie verdienen sich ihr Geld, wenn sie mit mir arbeiten«, meinte er.

Waylander nickte. Er war zu erschöpft, um zu sprechen. »Du bist weich geworden, Waylander. Ein bißchen körperliche Betätigung, und du schwitzt wie ein Schwein!«

»Karren zu ziehen ist nicht gerade meine normale Beschäftigung«, erwiderte Waylander.

»Hast du gut geschlafen?« wollte Durmast wissen.

»Ja.«

»Allein?«

»Was ist das für eine Frage von einem Mann, der sich im Gebüsch versteckt und alles beobachtet hat?«

Durmast kicherte und kratzte sich den Bart. »Dir entgeht nicht viel, mein Freund. Du bist vielleicht weich, aber deine Augen haben nichts von ihrer Schärfe verloren.«

»Danke, daß du ihr erlaubt hast mitzukommen«, sagte Waylander. »Das macht die ersten Tage der Reise für mich viel angenehmer.«

»Das mindeste, was ich für einen alten Freund tun konnte. Ist sie deine Freundin?«

»Sie liebt mich«, antwortete Waylander mit einem Grinsen.

»Und du?«

»Ich werde in Gulgothir Lebewohl sagen – mit Bedauern.«

»Dann hast du sie gern?«

»Durmast, du hast uns letzte Nacht beobachtet. Hast du gesehen, was passierte, ehe wir uns liebten?«

»Ich sah, wie du ihr etwas gabst.«

»Du sahst, wie ich ihr Geld gab. *Liebe?* Ach, komm.«

Durmast lehnte sich zurück und schloß die Augen vor der Morgensonne.

»Hast du dir jemals gewünscht, du wärst seßhaft geworden? Hättest eine Familie gegründet?«

»Ich hatte eine Familie. Sie sind gestorben«, antwortete Waylander.

»Ich auch. Nur ist meine nicht gestorben – sie ist mit einem ventrischen Händler durchgebrannt und hat meine Söhne mitgenommen.«

»Ich bin erstaunt, daß du sie nicht verfolgt hast.«

Durmast setzte sich auf und streckte sich. »Habe ich, Waylander«, sagte er.

»Und?«

»Ich habe dem Händler den Bauch aufgeschlitzt.«

»Und deine Frau?«

»Sie wurde Hure in einer Hafenkneipe.«

»Was für ein tolles Paar wir sind! Ich zahle für mein Vergnügen, weil ich nie mehr riskieren will zu lieben, während du vom Verrat deiner Liebe verfolgt wirst.«

»Wer sagt, daß ich verfolgt werde?« fragte der Riese.

»Ich. Und sieh zu, daß du nicht zu wütend wirst, denn wenn ich vielleicht auch weich geworden bin, du schaffst mich nicht.«

Für einen Moment blieb der zornige Blick in Durmasts Augen, dann verschwand er, und er lächelte. »Zumindest etwas von dem alten Waylander ist noch da«, meinte er. »Komm, es ist Zeit für einen langen Aufstieg und den nächsten Karren.«

Den ganzen Tag lang mühten sich die Männer mit den Fuhrwerken, und bei Einbruch der Dunkelheit waren alle Karren sicher am Fuß des Passes. Waylander hatte sich den Nachmittag über ausgeruht, seine Instinkte warnten ihn, daß er in den nächsten Tagen seine ganze Kraft brauchen würde.

Der Regen zog an ihnen vorüber, und als es Nacht wurde, flackerten die Lagerfeuer, und der Duft von bratendem Fleisch hing in der Luft. Waylander ging zum Fuhrwerk des Bäckers Caymal, der Danyal mit sich und seiner Familie hatte reiten lassen. Als er ankam, fand er Caymal vor, der sein blaues Auge kühlte. Seine Frau Lyda saß an seiner Seite.

»Wo ist Danyal?« fragte Waylander.

Caymal zuckte die Achseln. Seine Frau, eine schlanke, dunkelhaarige Frau Ende Dreißig, sah auf.

»Ihr Tiere!« zischte sie.

»Wo ist sie?«

»Warte, bis du dran bist«, sagte Lyda mit bebenden Lippen.

»Jetzt hör mir zu, Frau – ich bin ein Freund von Danyal. Also, wo ist sie?«

»Ein Mann nahm sie mit. Sie wollte nicht gehen, und mein Mann versuchte, ihn aufzuhalten, aber er schlug Caymal mit einem Knüppel.«

»In welche Richtung?«

Die Frau deutete auf ein kleines Wäldchen. Waylander nahm ein Seil aus dem Wagen, schlang es über seine Schulter und eilte in die angegebene Richtung davon. Der Mond schien hell an einem klaren Himmel, und als er sich dem Wäldchen näherte, verlangsamte er seine Schritte, schloß die Augen und lauschte.

Dort! Von links hörte er das Schaben von rauhem Tuch an Baumrinde. Und von rechts einen erstickten Schrei. Waylander bog nach links ab und bewegte sich langsam vorwärts. Als er die Bäume erreichte, sprintete er los.

Ein Messer sauste an seinem Kopf vorbei, und er warf sich zu Boden und rollte sich über die Schulter ab. Ein dunkler Schatten löste sich von den Bäumen, Mondlicht schimmerte auf einem Krummschwert. Waylander kam hoch und sprang, sein rechter Fuß krachte gegen den Kopf des Mannes, und als der Fremde taumelte, wirbelte Waylander herum und hämmerte ihm den rechten Ellbogen gegen sein Ohr. Er fiel ohne einen Laut. Waylander kroch nach rechts. In einer flachen Senke lag Danyal, das Kleid aufgerissen, die Beine gespreizt. Ein Mann kniete über ihr. Waylander nahm das Seil von seiner Schulter und öffnete die Schlinge.

Lautlos schlich er sich von hinten an den Mann heran, legte ihm die Schlinge über den Kopf und zog sie ruckartig zusammen. Der Mann fiel nach hinten, zerrte an der Schlinge, aber Waylander zog ihn von den Füßen und schleppte ihn über die Senke zu einer hohen Ulme. Geschickt warf er das Seil über einen Ast etwa drei Meter über dem Boden und zog den strampelnden Mann auf die Füße. Die Augen des Wegelagerers traten hervor, und sein Gesicht über dem dunklen Bart lief purpurrot an.

Waylander hatte ihn noch nie gesehen.

Der Hauch einer Bewegung hinter ihm brachte ihn dazu, das Seil fallenzulassen und sich nach rechts zu werfen. Ein Pfeil zischte an ihm vorbei und traf den bärtigen Wegelagerer. Der Mann stöhnte, seine Knie gaben nach. Waylander zog die Beine an, sprang auf und rannte hakenschlagend, um dem versteckten Bogenschützen kein Ziel zu bieten. Sobald er zwischen den Bäumen war, ließ er sich fallen und kroch durchs Gebüsch um die Senke herum.

Er fluchte, als er Hufgetrappel hörte, erhob sich und steckte den Dolch zurück in die Scheide. Als er wieder auf die Lichtung kam, fand er Danyal bewußtlos. Über ihre nackte Brust hatte jemand einen gefiederten Pfeil gelegt. Waylander zerbrach ihn.

Cadoras!

Er hob Danyal auf und ging zurück zu den Karren, wo er sie in der Obhut von Lyda, der Bäckersfrau, ließ. Dann kehrte er in das Wäldchen zurück. Der erste Mann, der ihn angegriffen hatte, lag noch da, wo er hingefallen war; Waylander hatte gehofft, ihn befragen zu können, aber seine Kehle war zerquetscht. Rasch durchsuchte er den Toten, aber es gab nichts, durch das man ihn hätte identifizieren können. Der zweite Mann hatte drei Goldmünzen in einer Gürteltasche. Waylander nahm die Münzen mit und gab sie Lyda.

»Versteckt sie am Körper«, trug er ihr auf.

Sie nickte und hob die Plane, damit Waylander in den Karren klettern konnte.

Danyal war bei Bewußtsein. Ihre Lippe war geschwollen, auf der Wange hatte sie einen blauen Fleck. Caymal saß neben ihr. Der Karren war eng, und die beiden kleinen Kinder des Bäckers schliefen neben Danyal.

»Danke«, sagte sie mit einem mühsamen Lächeln.

»Sie werden dich nicht wieder belästigen.«

Caymal schob sich an Waylander vorbei und kletterte über die Ladeklappe hinaus. Waylander setzte sich neben Danyal.

»Bist du verletzt?« fragte er.

»Nein. Jedenfalls nicht sehr. Hast du sie getötet?«

»Ja.«

»Wie kommt es, daß du solche Sachen kannst?«

»Übung«, sagte er.

»Nein, das meine ich nicht. Caymal versuchte, den Mann aufzuhalten ... und Caymal ist stark, aber er wurde beiseite gefegt wie ein Kind.«

»Es hat alles mit Angst zu tun, Danyal. Möchtest du dich jetzt ausruhen?«

»Nein, ich möchte an die frische Luft. Laß uns ein Stück gehen.«

Er half ihr aus dem Wagen, und sie gingen an die Klippe und setzten sich auf die Felsen.

»Erzähl mir von der Angst«, bat sie.

Er stand auf, ging ein paar Schritte und bückte sich, um einen Stein aufzuheben.

»Fang«, sagte er und warf ihr den Stein zu. Ihre Hand schoß vor, und sie fing den Stein geschickt auf. »Das war leicht, oder?«

»Ja«, gab sie zu.

»Wenn ich jetzt Krylla und Miriel hier hätte, und zwei Männer hätten ihnen Messer an die Kehle gesetzt, und man würde dir sagen, wenn du den Kiesel verfehlst, würden sie sterben, wäre er dann immer noch so leicht zu fangen? Denk an all die Gelegenheiten in deinem Leben, als du nervös warst und deine Bewegungen unzusammenhängend wurden.

Die Angst macht aus uns allen Narren. Ebenso Ärger, Wut und Aufregung. Und dann bewegen wir uns zu schnell und haben keine Kontrolle mehr. Kannst du mir folgen?«

»Ich glaube schon. Als ich meine erste Vorstellung vor dem König in Drenan geben mußte, war ich wie erstarrt. Ich mußte nichts weiter tun, als über die Bühne gehen, aber meine Beine fühlten sich an, als wären sie aus Holz geschnitzt.«

»Das ist es. Genau! Wenn die Angst einsetzt, wird selbst die einfachste Handlung auf einmal komplex und schwierig. Genauso, wenn wir kämpfen ... und ich kämpfe besser als die meisten, weil ich mich ganz auf die kleinen Dinge konzentrieren kann. Der Kiesel bleibt ein Kiesel, gleichgültig, was von Erfolg oder Mißerfolg abhängt.«

»Kannst du mir das beibringen?«

»Ich habe keine Zeit.«

»Du gehorchst deinem eigenen Grundsatz nicht. Dies ist eine kleine Sache. Vergiß deine Aufgabe und konzentriere dich auf mich, Waylander – ich muß lernen.«

»Wie man kämpft?«

»Nein, wie man die Angst überwindet. Dann kannst du mich lehren zu kämpfen.«

»Also schön. Fangen wir damit an, daß du mir sagst, was der Tod ist.«

»Ein Ende.«

»Mach es schlimmer.«

»Maden und graues, verfaulendes Fleisch?«

»Gut. Und wo bist du dann?«

»Weg. Verschwunden.«

»Fühlst du dann noch etwas?«

»Nein ... vielleicht. Wenn es ein Paradies gibt.«

»Vergiß das Paradies.«

»Dann fühle ich nichts. Ich bin nicht mehr am Leben.«

»Dieser Tod, kannst du ihn vermeiden?«

»Natürlich nicht.«

»Aber du kannst ihn hinauszögern?«

»Ja.«

»Und was hast du davon?«

»Die Aussicht auf mehr Glück.«

»Aber im schlimmsten Fall?«

»Die Aussicht auf mehr Schmerz«, sagte sie. »Alter, Falten, Verfall.«

»Was ist schlimmer? Tod oder Verfall?«

»Ich bin jung. Im Moment fürchte ich beides.«

»Um die Angst zu überwinden, mußt du erkennen, daß es kein Entkommen gibt vor dem, was du fürchtest. Du mußt es in dich aufnehmen. Lebe damit. Schmecke es. Verstehe es, Überwinde es.«

»Das verstehe ich«, sagte sie.

»Gut. Was fürchtest du in diesem Augenblick am meisten?«

»Dich zu verlieren.«

Er ging ein Stück von ihr weg und hob einen Kieselstein auf. Wolken verbargen teilweise den Mond, und sie strengte sich an, seine Hand zu erkennen.

»Ich werde ihn dir zuwerfen«, sagte er. »Wenn du ihn fängst, kannst du bleiben – wenn du ihn verfehlst, kehrst du nach Skarta zurück.«

»Nein, das ist nicht fair! Die Sicht ist so schlecht.«

»Das Leben ist nicht gerecht, Danyal. Wenn du nicht einverstanden bist, reite ich allein davon.«

»Dann bin ich einverstanden.«

Ohne ein weiteres Wort warf er ihr den Stein zu – ein schlecht gezielter Wurf, zu weit links von ihr. Ihre Hand zuckte vor, und der Stein prallte gegen ihre Handfläche, aber beim zweiten Versuch hatte sie ihn fest in der Hand. Erleichterung durchflutete sie, und ihre Augen strahlten triumphierend.

»Weshalb freust du dich so?« fragte er.

»Ich habe gewonnen!«

»Nein. Sag mir, was du getan hast.«

»Ich habe meine Angst überwunden?«

»Nein.«

»Nun, was dann? Ich verstehe dich nicht.«

»Aber du mußt, wenn du etwas lernen willst.«

Plötzlich lächelte sie. »Ich verstehe das Geheimnis, Waylander.«

»Dann sag mir, was du getan hast.«

»Ich habe einen Stein bei Mondschein gefangen.«

Während der ersten drei Tage der Reise versetzten Danyals Fortschritte Waylander in Erstaunen. Er hatte gewußt, daß sie stark, beweglich und von rascher Auffassungsgabe war, aber wie er entdeckte, waren ihre Reflexe verblüffend schnell, und ihre Fähigkeit, Anweisungen aufzunehmen, war kaum zu glauben.

»Du vergißt«, sagte sie, »daß ich auf den Bühnen von Drenan gestanden habe. Ich habe Tanz und Jonglieren trainiert, und ich verbrachte drei Monate mit einer Gruppe von Akrobaten.«

Jeden Morgen ritten sie von den Fuhrwerken fort in das sanft gewellte Gelände der Steppe. Am ersten Tag brachte er ihr bei, wie man ein Messer wirft. Die Leichtigkeit, mit der sie sich diese Kunst aneignete, veranlaßte ihn, seine Lehrmethoden zu überdenken. Er hatte ursprünglich vorgehabt, es nur ihr zuliebe zu tun, aber jetzt nahm er die Sache ernst. Aufgrund ihrer Jonglierfähigkeiten hatte sie ein Gefühl für Balance, das wirklich außergewöhnlich war. Seine Messer hatten unterschiedliche Längen und Gewichte, aber in ihren Händen verhielten sie sich gleich. Sie wog die Klinge lediglich mit den Fingern, schätzte das Gewicht und schleuderte sie dann dem Ziel entgegen. Von ihren ersten fünf Würfen ging nur einer an dem vom Blitz gespaltenen Baum vorbei.

Waylander fand einen Stein mit hohem Kreidegehalt und zeichnete den Umriß eines Mannes auf den Baumstamm. Er reichte Danyal ein Messer und drehte sie um, so daß sie vom Baum abgewandt stand.

»Ich möchte, daß du dich, ohne innezuhalten, umdrehst und wirfst und dabei auf den Hals zielst«, sagte er. Sie wirbelte auf dem Absatz herum, ihr Arm schoß vor, und das Messer drang knapp über der rechten Schulter der Kreidefigur in den Stamm.

»Verdammt!« rief sie. Waylander lächelte und holte das Messer zurück.

»Ich sagte umdrehen, nicht wirbeln. Du hast dich bei dem Wurf immer noch nach links bewegt – und das hat deinen Arm am Ziel vorbeigetragen. Aber trotzdem, es war ein guter Versuch.«

Am zweiten Tag lieh er sich einen Bogen und einen Köcher mit Pfeilen. Mit dieser Waffe war sie weniger geschickt, aber sie hatte ein gutes Auge. Waylander beobachtete sie eine Zeitlang, dann bat er sie, ihr Hemd auszuziehen. Er faßte es bei den Ärmeln, stellte sich hinter sie und band es ihr fest um den Oberkörper, so daß die Brüste flach gegen die Rippen gepreßt wurden.

»Das ist nicht gerade bequem«, protestierte sie.

»Ich weiß. Aber du machst immer einen krummen Rücken, wenn du die Sehne spannst, damit sie sich nicht an deinem Körper verhakt – und das beeinträchtigt das Zielen.«

Doch die Idee war nicht sehr erfolgreich, und Waylander ging zum Schwert über. Einer von Durmasts Männern hatte ihm einen schlanken Säbel mit Elfenbeingriff und filigranem Handschutz verkauft. Die Waffe war gut ausbalanciert und leicht genug, daß Danyals größere Schnelligkeit ihren Mangel an Kraft ausgleichen konnte.

»Vergiß nie«, sagte er, als sie nach einer Stunde Üben zusammensaßen, »daß die meisten Schwerter als Hackwaffen gebraucht werden. Dein Feind wird im allgemeinen Rechtshänder sein. Er hebt das Schwert über die rechte Schulter und schlägt von rechts nach links, wobei er auf den Kopf zielt. Aber die kürzeste Entfernung zwischen zwei Punkten ist eine Gerade. Also stich zu! Benutze die Schwertspitze. In neun von zehn Malen wirst du so deinen Gegner töten. Die meisten Männer sind ungeübt, sie hauen und schlagen wild um sich und sind leicht zu erledigen.«

Am vierten Tag begann er, ihr die Grundlagen des unbewaffneten Kampfes beizubringen.

»Diesen Gedanken mußt du dir eisern einprägen: Überlege! Zügle deine Gefühle und handle nach den Instinkten, die unser Training hervorbringen wird. Wut ist nutzlos, also hau nicht wild um dich. Überlege! Deine Waffen sind Fäuste, Finger, Füße, Ellbogen und Kopf. Deine Ziele sind Augen, Kehle, Bauch und Leiste. Das sind die Stellen, an denen ein rechtzeitiger Schlag den Feind außer Gefecht setzt – du hast einen großen Vorteil bei dieser Art von Kampf: Du bist eine Frau. Deine Feinde werden Angst, Entsetzen und letztendlich Kapitulation erwarten. Wenn du kühl bleibst, wirst du überleben – und sie werden sterben.«

Am Nachmittag des fünften Tages, als Waylander und Danyal auf dem Rückweg zu ihrer Kolonne waren, galoppierte eine Gruppe von Nadirkriegern unter lautem Geschrei und Gejohle in Sicht. Waylander zügelte sein Pferd, als sie näher kamen. Es waren etwa zweihundert Reiter, und sie waren schwer beladen mit Decken, Handelswaren und Satteltaschen, die von Münzen und Juwelen ausgebeult wurden. Danyal hatte noch nie Stammeskrieger der Nadir gesehen, aber sie kannte ihren Ruf als mörderische Wilde. Es waren untersetzte, kräftige Männer, mit schrägstehenden Augen und flachen Gesichtern. Viele trugen lackierte Brustplatten und pelzverbrämte Helme, die meisten hatten zwei Schwerter und ein Sortiment von Messern.

Die Nadir kamen heran und versperrten ihnen den Weg. Waylander blieb ruhig sitzen und versuchte, den Anführer auszumachen.

Nach einigen angespannten Sekunden löste sich ein Krieger mittleren Alters aus der Gruppe. Er hatte dunkle, boshafte Augen und ein grausames Lächeln. Sein Blick wanderte zu Danyal, und Waylander erriet seine Gedanken.

»Wer bist du?« fragte der Führer, beugte sich vor und lehnte sich auf den Sattelknauf.

»Ich reite mit Eis-Auge«, sagte Waylander, die Nadir-Form von Durmasts Namen benutzend.

»Das behauptest du.«

»Wer bezweifelt meine Worte?«

Die dunklen Augen fixierten Waylander, und der Nadir nickte. »Du bist von Eis-Auges Karren gekommen. Viele Geschenke. Du hast Geschenke?«

»Nur eins«, antwortete Waylander.

»Dann gib es mir.«

»Das habe ich bereits. Ich schenkte dir das Leben.«

»Wer bist du, mir zu schenken, was ich schon besitze?«

»Ich bin der Seelenräuber.«

Der Nadir zeigte keinerlei Gefühle. »Du reitest mit Eis-Auge?«

»Ja. Wir sind Brüder.«

»Des Blutes?«

»Nein. Der Klinge.«

»Dann reite heute in Frieden«, sagte der Nadir. »Aber denk daran – es kommen auch andere Tage.«

Der Anführer der Nadir gab seinen Leuten ein Zeichen, und die Gruppe galoppierte an den beiden Reitern vorbei.

»Was sollte das alles?« fragte Danyal.

»Er wollte nicht sterben«, antwortete Waylander. »Das war eine Lektion, wenn du darüber nachdenken willst.«

»Ich hatte genug Lektionen für einen Tag. Was meinte er – viele Geschenke?«

Waylander zuckte die Achseln. »Durmast hat die Leute verraten. Er nahm ihr Geld für das Geleit bis Gulgothir, aber er hatte bereits einen Handel mit den Nadir abgeschlossen. Also werden die Nadir die Fuhrwerke ausrauben, und Durmast erhält einen Prozentsatz davon. Im Augenblick haben sie wenigstens noch ihre Wagen, aber die Nadir werden noch einmal kommen, ehe sie Gulgothir erreichen, und ihnen selbst diese noch nehmen. Wer überhaupt nach Gulgothir kommt, ist mittellos.«

»Wie abscheulich.«

»Nein. Das ist der Lauf der Welt. Nur die Schwachen laufen davon... und jetzt müssen sie für ihre Schwäche zahlen.«

»Bist du wirklich so herzlos?«

»Ich fürchte ja, Danyal.«

»Das ist eine Schande.«

»Da gebe ich dir recht.«

»Du machst einen rasend!«

»Und du bist eine außergewöhnliche Frau – aber darüber wollen wir heute abend nachdenken. Jetzt beantworte mir die Frage: Warum hat er uns am Leben gelassen?«

Danyal lächelte. »Weil du ihn von seinen Männern isoliert und ihn als einzelnen bedroht hast. Bei den Göttern, wann hören diese Lektionen bloß auf?«

»Nur allzu bald«, antwortete Waylander.

# 14

Danyal und Waylander liebten sich in einer flachen Senke ein Stück von den Fuhrwerken entfernt, und dieses Erlebnis erschütterte Waylander. Er konnte sich nicht an den Moment erinnern, in dem er in sie eindrang, auch nicht an ein Gefühl der Leidenschaft. Er war voller Verlangen gewesen, Danyal näher zu sein, ihren Körper in seinen eigenen aufzusaugen – oder vielleicht sich in ihr zu verlieren. Und zum ersten Mal in vielen Jahren hatte er nicht wahrgenommen, was um ihn herum geschah. Er hatte sich in ihrem Liebesspiel verloren.

Jetzt, wo er allein war, nagte Angst an ihm.

Was, wenn Cadoras ihnen nachgeschlichen wäre?

Was, wenn die Nadir zurückgekommen wären?

Was, wenn die Bruderschaft...?

Was, wenn?

Hewla hatte recht. Die Liebe war im Moment der größere Feind.

»Du wirst alt«, schalt er sich. »Alt und müde.«

Er wußte, daß er nicht mehr so schnell und stark war und die grauen Haare immer zahlreicher wurden. Irgendwo da draußen in der unendlichen Schwärze der Welt war ein junger Mann, der schneller und tödlicher war als der legendäre Waylander. War es Cadoras? Oder einer von der Bruderschaft?

Der dramatische Augenblick mit den Nadir sprach für sich selbst. Waylander hatte aus Erfahrung und durch einen Bluff überlebt, denn mit Danyal an seiner Seite hatte er nicht sterben wollen. Seine größte Stärke war immer seine Furchtlosigkeit gewesen, aber jetzt – als er seine ganzen Kräfte brauchte – kehrte die Angst zurück.

Er rieb sich die Augen, wohl wissend, wie sehr er den Schlaf brauchte, zögerte aber trotzdem, ihm nachzugeben. Schlaf ist der Bruder des Todes, hieß es in einem Lied. Aber er ist sanft und freundlich. Erschöpfung schickte ihre Wärme in seine Muskeln, und der Felsen, an dem er lehnte, erschien ihm weich und einladend. Zu müde, um sich in seine Decken zu wickeln, legte er den Kopf auf den Stein und schlief ein. Als er in die Dunkelheit glitt, sah er Dardalions Gesicht; der Priester rief ihn, aber er konnte die Worte nicht hören.

Durmast schlief unter dem Leitwagen, als der Traum ihn überkam. Er sah einen Mann in silberner Rüstung: einen gutaussehenden jungen Mann, stark, mit klaren Gesichtszügen. Durmast träumte von einer Frau mit schimmerndem, kastanienbraunem Haar – und von einem Kind, stämmig und kräftig. Er schob das Bild des Kriegers beiseite, aber es kehrte wieder und wieder zurück. »Was willst du?« rief der Riese, als die Frau und das Kind zu schimmern begannen und verschwanden. »Laß mich in Ruhe!«

»Dein Gewinn ist Staub, wenn du nicht aufwachst«, sagte der Krieger.

»Aufwachen? Ich bin wach.«

»Du träumst. Du bist Durmast, und du führst die Fuhrwerke nach Gulgothir.«

»Fuhrwerke?«

»Wach auf, Mann! Die Jäger der Nacht sind dir auf den Fersen!«

Der Riese stöhnte und wälzte sich herum, dann setzte er sich, stieß dabei mit dem Kopf heftig gegen den Boden des Karrens und fluchte laut. Er rollte sich darunter hervor, streckte sich – der Traum war verschwunden, doch ein leiser Zweifel blieb.

Er nahm eine kurze doppelköpfige Axt und ging Richtung Westen.

Auch Danyal erwachte mit einem Ruck. Der Traum war sehr deutlich gewesen, und darin hatte Dardalion sie gedrängt, Waylander zu suchen. Sie kroch vorsichtig an dem schlafenden Bäcker und seiner Familie vorbei, nahm den Säbel aus der Scheide und sprang vom Wagen.

Durmast fuhr herum, als sie neben ihm auftauchte.

»Mach das nicht noch einmal!« fuhr er sie an. »Das hätte dich den Kopf kosten können!«

Dann bemerkte er das Schwert. »Was hast du denn damit vor?«

»Ich hatte einen Traum«, antwortete Danyal lahm.

»Halte dich dicht bei mir«, befahl er und entfernte sich von den Karren.

Die Nacht war klar, aber Wolken verdeckten den Mond, und Durmast stieß eine Verwünschung aus, als er versuchte, in der Dunkelheit etwas zu erkennen. Der Hauch einer Bewegung zur Linken! Sein Arm schoß vor und fegte Danyal von den Beinen. Pfeile zischten an ihm vorbei, während er sich zu Boden warf. Dann sprang ihn ein dunkler Schatten an, und die Axt fuhr in die Seite des Mannes und zerschmetterte ihm die Rippen, ehe er blutüberströmt sein Leben aushauchte. Danyal rollte sich auf die Füße, als sich plötzlich die Wolken verzogen, so daß sie zwei Männer in schwarzer Rüstung sehen konnte, die mit erhobenen Schwertern auf sie zurannten. Sie ließ sich nach vorn fallen, rollte sich über die Schulter ab, und die Männer krachten in sie hinein und fielen der Länge nach in den Staub. Danyal kam hoch und stieß die Spitze ihres Säbels blitzschnell in den Hals des einen. Der zweite Mann wirbelte herum und stürzte sich auf sie, doch Durmasts Axt bohrte sich ihm in den Rücken. Die Augen des Wegelagerers weiteten sich, aber er war tot, ehe er auch nur einen Schrei ausstoßen konnte.

»Waylander!« brüllte Durmast, als noch mehr schwarze Schatten aus der Dunkelheit auftauchten.

Bei dem Felsen begann Waylander sich zu rühren, seine Augen öffneten sich, aber sein Körper war schwer von tiefem Schlaf. Ein Mann hockte über ihm, eine bösartig gekrümmte Klinge in der Hand.

»Jetzt wirst du sterben«, sagte der Mann, und Waylander hatte nicht die Kraft, ihn aufzuhalten. Doch plötzlich erstarrte der Mann, sein Kiefer klappte nach unten. Der Schlaf fiel von Waylander ab, und seine Hand holte aus und boxte den Angreifer von den Füßen. Als er fiel, sah Waylander, daß ein schwarzgefiederter Pfeil ihm in den Nacken gedrungen war.

Waylander rollte sich nach links und sprang auf, in jeder Hand ein Messer, als eine dunkle Gestalt sich auf ihn stürzte. Er wehrte einen Abwärtshieb mit dem Schwert ab, das am Handschutz seines linken Messers abprallte. Mit einer Schulterbewegung stieß er seinem Angreifer das Messer in die Lenden. Der Mann drehte sich im Fallen und riß Waylander so das Messer aus der Hand.

Wieder kamen die Wolken näher, und Waylander warf sich zu Boden, rollte sich ein paar Meter weiter und blieb dann reglos liegen.

Um ihn herum regte sich nichts.

Einige Minuten lang lauschte er angestrengt mit geschlossenen Augen und versuchte, ruhig zu werden.

Zufrieden, daß seine Angreifer geflohen waren, stand er langsam auf. Die Wolken verzogen sich ...

Waylander wirbelte auf dem Absatz herum und holte aus. Das Messer mit der schwarzen Klinge drang in die Schulter eines knienden Bogenschützen. Waylander rannte los, als der Mann aufsprang, aber sein Gegner wich aus und lief in die Dunkelheit davon.

Waffenlos ließ sich Waylander auf ein Knie fallen und wartete.

Aus der Richtung, in die der Verwundete geflohen war, ertönte ein Schrei. Dann hörte er eine Stimme.

»Du hättest vorsichtiger sein sollen, Waylander.« Ein dunkler Gegenstand segelte durch die Luft und landete mit einem dumpfen Aufprall neben ihm. Es war sein Messer.

»Warum hast du mich gerettet?«

»Weil du mir gehörst«, erwiderte Cadoras.

»Ich werde bereit sein.«

»Das hoffe ich.«

Durmast und Danyal liefen auf ihn zu.

»Mit wem hast du gesprochen?« fragte der Riese.

»Cadoras. Aber es spielt keine Rolle. Laßt uns zurück zu den Wagen gehen.«

Zusammen schritt das Trio zurück in die relative Sicherheit des Lagers, wo Durmast ein ersterbendes Feuer wieder anfachte und dann seine Axt von Blut säuberte.

»Das ist mal eine Frau, die du da hast«, sagte er. »Sie hat drei der Schweine getötet! Und du wolltest mich glauben machen, sie sei nur eine gelegentliche Bettgenossin! Du bist ein raffinierter Teufel, Waylander.«

»Es waren Krieger der Bruderschaft«, erklärte Waylander, »und sie haben eine Art Zauber eingesetzt, um mich in den Schlaf zu zwingen. Ich hätte es mir denken können.«

»Dardalion hat dich gerettet«, sagte Danyal. »Er ist mir im Traum erschienen.«

»Ein silberner Krieger mit blondem Haar?« fragte Durmast.

Danyal nickte.

»Er kam auch zu mir. Du hast mächtige Freunde – eine Teufelin und einen Zauberer.«

»Und einen Riesen mit einer Streitaxt«, sagte Danyal.

»Verwechsle Geschäft nicht mit Freundschaft«, brummte Durmast. »Und jetzt entschuldigt mich, aber ich muß etwas Schlaf nachholen.«

Der alte Mann betrachtete mit müden Augen die vagrischen Krieger, die im ehemaligen Palast von Purdol vor ihm saßen. In ihren

Gesichtern stand die aus dem Sieg geborene Arroganz, und er wußte nur zu gut, wie er auf sie wirkte: alt, müde und schwach.

Gan Degas nahm seinen Helm ab und legte ihn auf den Tisch. Mit steinernem Gesicht saß Kaem ihm gegenüber.

»Ich nehme an, du bist bereit zu kapitulieren«, sagte Kaem.

»Ja. Unter bestimmten Bedingungen.«

»Nenne sie.«

»Meinen Männern geschieht nichts – sie werden freigelassen und können nach Hause gehen.«

»Einverstanden ... sobald sie ihre Waffen abgeliefert haben und die Festung uns gehört.«

»Viele Bürger sind in die Festung geflüchtet, auch sie müssen freigelassen werden und ihre Häuser zurückfordern können, die deine Männer ihnen genommen haben.«

»Belanglose Bürokratie«, sagte Kaem. »Das wird problemlos gehen.«

»Welche Garantien kannst du mir geben?« fragte Degas.

Kaem lächelte. »Welche Garantien kann ein Mann überhaupt geben? Du hast mein Wort – und das sollte unter Generälen genügen. Wenn nicht, mußt du nur die Tore verbarrikadiert lassen und weiterkämpfen.«

Degas schlug die Augen nieder. »Na gut. Ich habe also dein Wort?«

»Selbstverständlich, Degas.«

»Die Tore werden bei Tagesanbruch geöffnet.«

Der alte Krieger stand mühsam auf und drehte sich um, um zu gehen.

»Vergiß deinen Helm nicht«, spottete Kaem.

Gelächter hallte im Gang wider, als Degas aus der Halle geleitet wurde, flankiert von zwei Männern in schwarzen Umhängen. Er wanderte durch die Nachtluft entlang den Hafenanlagen bis zum Osttor. Dort wurde ein Seil vom Torturm herabgelassen. Degas schlang es sich um die Handgelenke und wurde in die Festung gehievt.

Im Palast gebot Kaem seinen Offizieren zu schweigen und wandte sich an Dalnor.

»In der Festung befinden sich etwa viertausend Mann. Sie alle umzubringen erfordert einen Plan – ich will keinen Berg verfaulender Leichen, die Pest und Seuchen verbreiten. Ich schlage vor, du teilst die Gefangenen in zwanzig Gruppen und bringst sie nach und nach zum Hafen hinunter. Dort sind zahlreiche leere Lagerhäuser. Töte sie und schaff die Leichen auf die gelöschten Getreideschiffe. Die können auf See versenkt werden.«

»Jawohl, General. Das wird allerdings seine Zeit dauern.«

»Wir haben Zeit. Wir werden tausend Mann zurücklassen, um die Festung zu bemannen, und dann nach Westen Richtung Skultik aufbrechen. Der Krieg ist fast vorbei, Dalnor.«

»Allerdings. Dank dir, General.«

Kaem wandte sich an einen Offizier mit dunklem Bart, der rechts von ihm saß.

»Neues von Waylander?«

»Er ist immer noch am Leben, General. Letzte Nacht haben er und seine Freunde einen Angriff meiner Brüder abgewehrt. Aber es sind noch mehr unterwegs.«

»Ich muß die Rüstung haben.«

»Du wirst sie bekommen, General. Der Kaiser hat den Mörder Cadoras gedungen, um Waylander zu jagen. Und zwanzig meiner Brüder sind ihm auf den Fersen. Darüber hinaus haben wir Nachricht von dem Räuber Durmast. Er fordert zwanzigtausend Silberstücke für die Rüstung.«

»Du hast natürlich zugestimmt?«

»Nein, General, wir haben ihn auf fünfzehntausend heruntergehandelt. Er wäre mißtrauisch geworden, hätten wir uns ohne Handeln auf seine ursprüngliche Forderung eingelassen. Jetzt vertraut er uns.«

»Paßt auf Durmast auf«, warnte Kaem. »Er ist wie ein wütender Löwe – er wendet sich gegen jeden.«

»Einige seiner Männer stehen in unseren Diensten, General. Wir haben alle Eventualitäten berücksichtigt. Die Rüstung gehört uns. Waylander gehört uns – ebenso wie die Drenai uns gehören.«

»Hüte dich vor übertriebener Selbstsicherheit, Nemodes. Man zählt die Zähne des Löwen erst, wenn man Fliegen auf seiner Zunge sieht.«

»Aber General, die Sache ist doch gewiß nicht mehr zweifelhaft?«

»Ich hatte einmal ein Pferd, das schnellste Tier, das ich je besaß. Es konnte einfach nicht verlieren, und ich setzte ein Vermögen auf es. Aber kurz vor dem Start wurde es von einer Biene ins Auge gestochen. Die Sache ist immer zweifelhaft.«

»Aber du sagtest, der Krieg wäre fast vorüber«, protestierte Nemodes.

»So ist es. Und bis es soweit ist, werden wir auf der Hut bleiben.«

»Jawohl, General.«

»Drei Männer müssen sterben. Karnak ist der erste. Egel der zweite. Aber vor allem will ich Waylanders Kopf auf einer Lanze sehen.«

»Warum Karnak?« fragte Dalnor. »Eine Schlacht reicht noch nicht, um ihn als gefährlich einzustufen.«

»Weil er rücksichtslos und ehrgeizig ist. Er ist unberechenbar«, antwortete Kaem. »Manche Männer sind gute Schwertkämpfer, Bogenschützen oder Strategen. Andere, anscheinend von den Göttern begnadet, beherrschen alles, was sie berühren. Karnak gehört zu diesen – ich kann ihn nicht einschätzen, und das beunruhigt mich.«

»Er soll in Skarta sein und unter Egel dienen«, sagte Dalnor. »Wir werden ihn bald haben.«

»Vielleicht«, meinte Kaem zweifelnd.

Kaem versuchte, seine Spannung zu kontrollieren, als er im Schatten des östlichen Tores vor der Zweiten Legion stand. Vor wenigen Minuten war die Sonne aufgegangen, doch jenseits der Tore regte sich noch nichts. Er war sich der feindlichen Blicke der Bogenschützen auf den Wehrgängen des Torturms deutlich bewußt, wie er in voller Kampfausrüstung in Rot und Bronze dastand und der Schweiß ihm zwischen den Schulterblättern hinabrann.

Dalnor stand hinter ihm, flankiert von Schwertkämpfern, dunkeläugigen Kriegern der Ersten Elite, der tödlichsten Kämpfer der Zweiten Legion der Hunde des Chaos.

Das schabende Geräusch angespannter Seile und das Knirschen rostiger Sperrklinken beendete Kaems Anspannung – jenseits der Tore aus Eiche und Eisen wurde der gewaltige, mit Bronze verstärkte Riegel angehoben. Minuten vergingen. Dann schoben sich quietschend und langsam die Tore auf. Ein Gefühl des Triumphs wallte in Kaem auf, doch er drängte es zurück, wütend über die Macht seiner Gefühle.

Hinter ihm begannen die Männer mit den Füßen zu scharren, begierig, die lange Belagerung zu beenden und in die verhaßte Festung einzudringen.

Die Tore gingen ganz auf.

Kaem marschierte in die Schatten des Fallgitters und trat dann hinaus in den hellen Sonnenschein des Innenhofes...

Und blieb so abrupt stehen, daß Dalnor in ihn hineinlief, er vornüberkippte und sein Helm ihm über die Augen rutschte. Er rückte ihn wieder zurecht. Der Hof war umringt von kampfbereiten Männern mit gezogenen Schwertern. In der Mitte, auf eine doppelköpfige Streitaxt gestützt, stand ein riesiger Krieger in schreiend bunter Kleidung. Der Mann reichte einem seiner Gefährten die Axt und schlenderte nach vorn.

»Wer ist dieser fette Clown?« flüsterte Dalnor.

»Still!« befahl Kaem, dessen Gehirn mit Höchstgeschwindigkeit arbeitete.

»Willkommen in Dros Purdol«, sagte der Mann lächelnd.

»Wer bist du, und wo ist Gan Degas?«

»Der Gan ruht sich aus. Er bat mich, eure Kapitulation mit euch zu erörtern.«

»Was ist das für ein Unsinn?«

»Unsinn, lieber General? Was meinst du damit?«

»Gan Degas hat sich heute mir gegenüber zu einer Kapitulation bereiterklärt, nachdem seine Bedingungen angenommen worden waren.« Kaem leckte sich nervös die Lippen, als der riesige Krieger auf ihn herablächelte.

»Ach, die Bedingungen«, sagte er. »Ich glaube, da hat es ein Mißverständnis gegeben. Als Gan Degas um Sicherheit für seine Leute bat, hatte er nicht im Sinn, sie in Gruppen von zwanzig zum Hafen schleppen und dort umbringen zu lassen.« Die Augen des Mannes verengten sich, und der Humor verschwand aus seinem Lächeln. »Ich habe dir die Tore geöffnet, Kaem, damit du mich sehen kannst. Mich kennenlernen... mich verstehen kannst. Es gibt keine Kapitulation. Ich habe dreitausend Mann mitgebracht«, log Karnak, »und ich befehlige diese Festung.«

»Wer bist du?«

»Karnak. Merk dir den Namen gut, Vagrier, denn er wird dein Tod sein.«

»Du machst viel Lärm, Karnak, aber nur wenige fürchten bellende Hunde.«

»Das ist wahr, aber du fürchtest mich, kleiner Mann«, sagte Karnak gelassen. »So, und jetzt hast du zwanzig Sekunden, um deine

Männer vom Tor abzuziehen. Danach wird die Luft gespickt sein mit Pfeilen und Tod. *Geh!*«

Kaem machte auf dem Absatz kehrt und sah sich mehreren hundert Kriegern gegenüber – der Elite seiner Truppe –, und die ganze Demütigung traf ihn wie ein Schlag. Er war in der Festung, die Tore standen offen, und trotzdem konnte er nicht den Angriff befehlen, denn jeder Bogenschütze hatte die Sehne gespannt und zielte auf ihn. Und um sich selbst zu retten – und er mußte sich unbedingt retten –, mußte er ihnen den Rückzug befehlen. Seine Aktien bei den Männern würden sinken, und die Moral würde einen ernsthaften Dämpfer erhalten.

Er fuhr herum, sein Gesicht war dunkelrot vor Wut. »Genieß diesen Moment, Drenai! Ab jetzt werden solche Höhepunkte rar!«

»Fünfzehn Sekunden«, sagte Karnak.

»Zurück!« rief Kaem. »Zurück durch das Tor.«

Spöttisches Gelächter verfolgte den vagrischen General, als er sich einen Weg durch seine Truppe bahnte.

»Schließt die Tore«, brüllte Karnak, »und dann macht euch bereit für die Hurensöhne!«

Gellan gesellte sich zu Karnak. »Was hast du mit den Hafenanlagen und dem Umbringen gemeint?«

»Dardalion erzählte mir, daß sie das vorhätten. Kaem hatte Degas versprochen, daß den Männern nichts geschehe, es war eine üble Lüge und genau das, was man von Kaem erwarten konnte, aber Degas war zu erschöpft, um es zu erkennen.«

»Da wir gerade von Erschöpfung reden«, sagte Gellan, »da ich mich über zehn Stunden durch die Felsen unter den Verliesen gebuddelt habe, fühle ich mich selbst ein wenig erschöpft.«

Karnak schlug ihm kräftig auf den Rücken. »Deine Männer haben gut gearbeitet, Gellan. Nur die Götter wissen, was geschehen wäre, wenn wir auch nur eine Stunde später angekommen wären. Trotzdem, es tut gut zu wissen, daß man ein Glückspferd reitet, was?«

»Glück, General? Wir haben uns einen Weg in eine belagerte Festung gegraben und den mächtigsten General des Kontinents verärgert. Was hat das mit Glück zu tun?«

Karnak kicherte. »Er *war* der mächtigste General des Kontinents, aber heute hat sein Ruf gelitten. Er wurde gedemütigt. Sein Mantel der Unbesiegbarkeit hat einen Riß bekommen.«

Jonat marschierte auf der Mauer entlang und brüllte Befehle für die fünfzig Männer unter seinem Kommando. Sie hatten sich am Morgen blamiert, als sie in Panik die Flucht ergriffen, während die Vagrier die Mauer neben dem Torturm stürmten. Mit zehn Schwertkämpfern war Jonat hingeeilt, um die Lücke zu schließen, und wie durch ein Wunder war der langgliedrige, schwarzbärtige Legionsreiter unverletzt geblieben, obwohl sechs seiner Kameraden an seiner Seite starben. Karnak hatte die Gefahr gesehen und war Jonat zu Hilfe geeilt, seine riesige doppelköpfige Axt schwingend und gefolgt von hundert Kämpfenden. Die Schlacht am Torturm war kurz und blutig, und gegen Ende hatten auch die Männer aus Jonats Abteilung den Kampf wieder aufgenommen.

Jetzt, als der Abend hereinbrach und die Sonne blutrot unterging, kanzelte Jonat sie ab. Wenn er seinen Zorn vergaß, kannte der große Krieger den Grund ihrer Panik und konnte ihn sogar verstehen. Die Hälfte der Männer waren Legionskrieger, die andere Hälfte waren eingezogene Bauern und Kaufleute. Die Krieger trauten den Bauern nicht zu, ihren Mann zu stehen, während sich die Bauern verloren und fehl am Platz fühlten in der wahnsinnigen Hölle aus zuckenden Schwertern und wilden Schreien.

Schlimmer noch, es waren die Krieger gewesen, die davongelaufen waren.

»Seht euch um«, rief Jonat. Ihm war bewußt, daß andere Soldaten die Szene beobachteten. »Was seht ihr? Eine Festung aus Stein? Es ist nicht, was es scheint – es ist eine Burg, aus Sand gebaut, und die Vagrier peitschen dagegen wie ein aufgebrachtes Meer. Sie steht nur so lange, wie der Sand zusammenhält. Versteht ihr das, ihr Tölpel? Heute seid ihr vor Entsetzen geflohen, und die Vagrier konnten die Mauer stürmen. Hätten wir sie nicht schnell zurückerobert, wären sie in den Hof hinter den Toren eingedrungen, und die Festung wäre ein riesiges Grab geworden.

Geht es denn nicht in eure Schädel, daß ihr nirgendwo in Sicherheit seid? Wir kämpfen, oder wir sterben.

Sechs Männer sind heute an meiner Seite gestorben. Gute Männer – bessere Männer als ihr. Ihr werdet morgen an sie denken, wenn ihr wieder davonlaufen wollt.«

Nur einer der Männer, ein junger Kaufmann, spuckte aus. »Ich habe auch nicht drum gebeten, hier zu sein«, sagte er bitter.

»Hast du etwas gesagt, Karnickel?« zischte Jonat.

»Du hast mich gehört.«

»Ja, ich habe dich gehört. Und ich habe dich heute beobachtet. Du bist davongelaufen, als wenn deine Kehrseite Feuer gefangen hätte.«

»Ich habe versucht, deine Legionssoldaten einzuholen«, fuhr der Mann auf. »Sie führten den Rückzug an.« Ein zorniges Murmeln antwortete auf seine Rede, verstummte jedoch, als ein hochgewachsener Mann über die Wehrgänge kam. Er legte seine Hand auf Jonats Schulter und lächelte entschuldigend.

»Darf ich ein paar Worte sagen, Jonat?«

»Selbstverständlich.«

Der Offizier hockte sich zwischen die Männer und nahm seinen Helm ab. In seinen graublauen Augen stand die Erschöpfung von sechs Tagen und sechs Nächten bitterer Kämpfe. Er rieb sie müde, dann sah er zu dem jungen Kaufmann auf.

»Wie heißt du, Freund?«

»Andric«, antwortete der Mann mißtrauisch.

»Ich bin Gellan. Was Jonat über die Burg aus Sand sagte, war eine Wahrheit, die man sich merken sollte, und gut ausgedrückt. Jeder einzelne von euch hier ist lebenswichtig. Panik ist eine Seuche, die eine Schlacht wenden kann, aber das ist Mut auch. Als Jonat diesen selbstmörderischen Gegenangriff mit nur zehn Männern führte, habt ihr alle reagiert. Ihr kamt zurück – ich glaube, das hat euch stärker gemacht. Hinter diesen Mauern wartet ein Feind von wahrer Bösartigkeit, der sich seinen Weg durch das Land der Drenai gemetzelt hat, indem er Männer, Frauen und Kinder umgebracht hat. Er ist wie ein tollwütiges Tier. Aber hier bleibt er stehen, denn Dros Purdol ist die Leine um den Hals des wahnsinnigen Hundes, und Egel wird die Lanze sein, die ihn zerstört. Ich bin kein großer Redner, wie Jonat hier bezeugen kann, aber ich möchte gern, daß wir hier alle Brüder sind, denn wir sind alle Drenai, und wir sind wirklich die letzte Hoffnung für das Volk der Drenai. Wenn wir nicht zusammen auf diesen Mauern stehen können, verdienen wir es nicht zu überleben.

Und jetzt seht euch um, und wenn ihr ein Gesicht seht, das ihr nicht kennt, fragt nach dem Namen. Euch bleiben noch einige Stunden bis zum nächsten Angriff. Nutzt sie, um eure Brüder kennenzulernen.«

Gellan kam auf die Füße, setzte den Helm wieder auf und ging in die zunehmende Dunkelheit davon. Jonat ging mit ihm.

»Das ist mal ein feiner Herr«, sagte Vanek, lehnte sich mit dem

Rücken an die Mauer und lockerte den Kinnriemen seines Helms. Er war einer der zehn, die mit Jonat gekämpft hatten, und auch er war ohne einen Kratzer davongekommen, wenn sein Helm auch an zwei Stellen verbeult war und jetzt etwas schief saß. »Ihr habt gehört, was er gesagt hat – nehmt es in euch auf, als wäre es in Stein gemeißelt. Für diejenigen von euch ›Brüdern‹, die mich nicht kennen – ich heiße Vanek. Ich bin ein Glückskind, und wer gern am Leben bleiben möchte, sollte sich dicht an mich halten. Jeder, dem morgen danach ist, davonzulaufen, kann in meine Richtung rennen, denn ich werde mir diese beiden Reden nicht noch einmal anhören.«

»Glaubst du wirklich, wir können diese Festung halten, Vanek?« fragte Andric, kam herüber und setzte sich neben ihn. »Den ganzen Tag über sind Schiffe angekommen, die noch mehr Vagrier brachten, und jetzt bauen sie einen Belagerungsturm.«

»Das hält sie wahrscheinlich beschäftigt«, antwortete Vanek. »Und was die Männer angeht, was glaubst du, wo sie herkommen? Je mehr wir hier sehen, desto weniger sind woanders. Kurz gesagt, Bruder Andric, wir ziehen sie zusammen wie eine Eiterbeule. Glaubst du, Karnak wäre hergekommen, wenn er dachte, wir könnten verlieren? Der Mann ist ein politischer Hurensohn. Purdol ist ein Trittstein zu seinem Ruhm.«

»Das ist etwas unfair«, sagte ein hohlwangiger Soldat mit tiefliegenden Augen.

»Vielleicht, Bruder Dagon, aber ich rede so, wie ich es verstehe. Mißverstehe mich nicht – ich respektiere den Mann, ich würde ihn sogar wählen. Aber er ist nicht wie wir, er trägt das Zeichen von Größe an sich, und er hat es sich selbst angeheftet, wenn du verstehst, was ich meine.«

»Nein«, sagte Dagon. »Soweit ich sehen kann, ist er ein großer Krieger und kämpft genauso für die Drenai wie ich.«

»Dann belassen wir es dabei«, sagte Vanek lächelnd. »Wir stimmen beide darin überein, daß er ein großer Krieger ist, und Brüder wie wir sollten sich nicht streiten.«

Über ihnen im Torturm saßen Karnak, Dundas und Gellan unter den neuen Sternen und lauschten dem Gespräch. Karnak grinste breit, als er Gellan auf die andere Seite der Brüstung winkte, wo ihre Unterhaltung nicht mitangehört werden konnte.

»Intelligenter Mann, dieser Vanek«, sagte Karnak leise und hielt die Augen unverwandt auf Gellans Gesicht gerichtet.

Gellan grinste. »Ja, das ist er, General. Außer bei Frauen!«

»Es gibt keinen Mann auf dieser Welt, der weiß, wie man mit Frauen umgehen muß«, sagte Karnak. »Ich sollte es wissen – ich war dreimal verheiratet und habe nicht das geringste gelernt.«

»Macht Vanek dir Sorgen, General?«

Karnaks Augen wurden schmal, funkelten jedoch vor Humor. »Und wenn?«

»Wenn ja, wärst du nicht der Mann, dem ich folge.«

»Gut gesagt. Ich mag Männer, die für sich einstehen. Teilst du seine Ansichten?«

»Natürlich, aber das tust du auch. Es gibt keine Helden, wie die Sagendichter sie beschreiben. Jeder Mann hat seinen eigenen Grund, auf das Sterben vorbereitet zu sein, und die meisten Gründe sind selbstsüchtig – zum Beispiel seine Frau zu beschützen oder sein Heim oder sich selbst. Du hast größere Träume als die meisten Männer, General, darin liegt nichts Schlimmes.«

»Ich freue mich, daß du so denkst«, sagte Karnak mit einer Spur Sarkasmus in der Stimme.

»Wenn du die Wahrheit nicht hören willst, sag es mir. Ich kann ebenso glatt lügen wie jeder andere.«

»Die Wahrheit ist eine gefährliche Waffe, Gellan. Für manche ist sie wie süßer Wein, für andere ist sie Gift, und doch ist sie an sich immer gleich. Geh und schlaf etwas, du siehst erschöpft aus, Mann.«

»Was sollte das alles?« fragte Dundas, als Gellan in das fackelerleuchtete Stiegenhaus trat.

Karnak zuckte die Achseln und ging zur Brüstung, um über die Lagerfeuer der vagrischen Armee am Hafen hinauszublicken. Zwei Schiffe glitten auf dem jettschwarzen Meer auf die Anleger zu. Die Decks waren gesäumt von Männern.

»Gellan macht mir Sorgen«, sagte Karnak.

»Inwiefern? Er ist ein guter Offizier – das hast du selbst gesagt.«

»Er steht seinen Männern zu nahe. Er hält sich für zynisch, aber in Wahrheit ist er ein Romantiker – auf der Suche nach Helden in einer Welt, die dafür keine Verwendung hat. Was läßt einen Mann so werden?«

»Die meisten halten dich für einen Helden, General.«

»Aber Gellan will keinen Scheinhelden, Dundas. Wie hat Vanek mich genannt? Einen politischen Hurensohn? Ist es ein Verbrechen, sich ein starkes Land zu wünschen, in das wilde Armeen nicht eindringen können?«

»Nein, General, aber du bist auch kein Scheinheld. Du bist ein Held, der so tut, als ob er etwas anderes wäre.« Aber Karnak schien ihn nicht gehört zu haben. Er starrte über den Hafen hinaus, während drei weitere Schiffe geisterhaft zur Mole glitten.

Dardalion berührte die Stirn des verwundeten Soldaten, und der Mann schloß die Augen, der Schmerz verschwand aus seinem Gesicht. Er war jung und brauchte sich noch nicht zu rasieren. Aber sein rechter Arm hing nur noch an einem dünnen Muskelstrang, und sein aufgerissener Bauch wurde von einem breiten Ledergürtel zusammengehalten.

»Für den hier besteht keine Hoffnung«, pulsierte Astilas Geist.

»Ich weiß«, antwortete Dardalion. »Er schläft jetzt . . . den Schlaf des Todes.«

Das provisorische Hospital war gedrängt voll mit Betten, Pritschen und Bahren. Mehrere Frauen bewegten sich zwischen den Verwundeten und wechselten Verbände, wischten schweißnasse Stirnen ab, sprachen mit leisen, mitfühlenden Stimmen zu den Verletzten. Karnak hatte die Frauen um Hilfe gebeten, und ihre Anwesenheit half den Männern mehr als die Kunst der Ärzte, denn kein Mann möchte sich vor einer Frau schwach zeigen, und daher bissen sie die Zähne zusammen und spielten ihre Wunden herunter.

Der Arzt, der das Hospital leitete – ein hagerer, zierlicher Mann namens Evris –, kam auf Dardalion zu. Die beiden hatten auf Anhieb Freundschaft geschlossen, und der Arzt war überaus erleichtert gewesen, als die Priester seine kleine Truppe unterstützten.

»Wir brauchen mehr Platz«, sagte Evris und wischte sich mit einem blutigen Lappen den Schweiß von der Stirn.

»Es ist zu heiß hier drinnen«, sagte Dardalion. »Es liegt ein Geruch nach Krankheiten in der Luft.«

»Was du riechst, sind die Leichen unten. Gan Degas hat keinen Platz, sie zu begraben.«

»Dann müssen sie verbrannt werden.«

»Da stimme ich dir bei, aber denk daran, was das für eine Wirkung auf die Kampfmoral haben wird. Zu sehen, wie deine

Freunde niedergemacht werden, ist eine Sache, aber zu sehen, wie sie in ein loderndes Feuer geworfen werden, eine andere.«

»Ich werde mit Karnak reden.«

»Hast du etwas von Gan Degas gesehen?« fragte Evris.

»Nein. Tatsächlich schon seit einigen Tagen nicht.«

»Er ist ein stolzer Mann.«

»Das sind die meisten Krieger. Ohne diesen Stolz gäbe es keine Kriege.«

»Karnak hat ihm gegenüber harte Worte gebraucht – ihn einen Verräter und Miesmacher genannt. Beides stimmt nicht. Ein tapferer, stärkerer Mann hat nie gelebt. Er versuchte zu tun, was für seine Männer das beste war, und wenn er gewußt hätte, daß Egel immer noch kämpft, hätte er nie an Kapitulation gedacht.«

»Was willst du von mir, Evris?«

»Sprich mit Karnak – überrede ihn, sich zu entschuldigen, die Gefühle des alten Mannes nicht zu verletzen. Es würde Karnak nichts kosten, aber es würde Degas vor der Verzweiflung retten.«

»Du bist ein guter Mann, Arzt, an so etwas zu denken, obwohl du von deiner Arbeit bei den Verwundeten erschöpft bist. Ich werde tun, um was du mich bittest.«

»Und dann schlaf ein wenig. Du siehst zehn Jahre älter aus als bei deiner Ankunft vor sechs Tagen.«

»Das liegt daran, daß wir tagsüber arbeiten und bei Nacht die Festung bewachen. Aber du hast auch hier wieder recht. Es ist arrogant von mir zu glauben, daß ich ewig so weitermachen kann. Ich werde mich bald ausruhen, das verspreche ich dir.«

Dardalion ging aus dem Krankensaal in ein kleines Nebenzimmer und zog seine blutbespritzte Schürze aus. Er wusch sich rasch mit frischem Wasser, das er aus einem Holzeimer in eine emaillierte Schale goß, dann zog er sich an. Er wollte die Brustplatte festschnallen, doch das Gewicht drückte ihn nieder, und so ließ er die Rüstung auf der schmalen Pritsche liegen und trat auf den engen Flur hinaus. Als er die offenen Türen zum Hof erreichte, schlugen die Kampfgeräusche über ihm zusammen – klirrende Schwerter und unmenschliche Schreie, gebrüllte Befehle und das qualvolle Klagen der Sterbenden.

Langsam kletterte er die ausgetretenen steinernen Stufen zum Bergfried hinauf und ließ das schreckliche Getöse hinter sich. Degas hatte seine Zimmer ganz oben in der Festung. Dardalion klopfte an die Tür und wartete, doch es kam keine Antwort. Er öffnete die Tür und trat hinein. Der Hauptraum war ordentlich und sparsam möbliert mit einem geschnitzten Holztisch und sieben Stühlen. Vor einer großen Feuerstelle lagen Teppiche, und neben dem Fenster stand eine kleine Vitrine. Dardalion seufzte tief und ging zu dem Glasschrank hinüber. Drinnen lagen Medaillen von Feldzügen von über vierzig Jahren und einige Erinnerungsstücke – ein geschnitzter Schild, den Gan Degas als Geschenk erhalten hatte zur Feier eines Kavallerieangriffs, ein Dolch aus massivem Gold, ein langer silberner Säbel, auf dessen Klinge die Worte FÜR DEN EINEN eingeätzt waren.

Dardalion setzte sich und öffnete den Schrank. Auf den unteren Böden lagen die Tagebücher von Degas, eines für jedes Jahr seines Militärdienstes. Dardalion öffnete willkürlich eines davon. Die Handschrift war schön gerundet und verriet eine disziplinierte Hand, während die Worte selbst Zeugnis von einem militärischen Geist ablegten.

Ein zehn Jahre alter Eintrag lautete:

*Am elften auf eine Räubertruppe der Sathuli am Rande von Skarta gestoßen. Zwei Fünfzig-Mann-Abteilungen ausgeschickt, um sie zu vernichten. Albar führte die erste, ich die zweite. Meine Truppe stellte sie auf den Hängen hinter Ekarlas. Frontalangriff riskant, da sie hinter Felsblöcken gut geschützt waren. Ich teilte den Trupp in drei Gruppen, und wir kletterten um sie herum und über sie und lockten sie mit Pfeilen heraus. Sie versuchten bei Einbruch der Nacht auszubrechen, aber bis dahin hatte ich Albars Männer in dem Arroyo unter ihnen plaziert, und alle Räuber wurden getötet. Leider muß ich berichten, daß wir zwei Männer verloren, Esdric und Garlan, beides gute Reiter. Achtzehn Räuber wurden getötet.*

Dardalion stellte das Tagebuch zurück und suchte das neueste. Hier war die Handschrift etwas zittriger:

*Der zweite Monat der Belagerung beginnt, und ich habe keine Hoffnung auf Erfolg. Ich kann nicht mehr schlafen wie früher. Träume. Schlimme Träume füllen meine Nachtstunden.*

Und dann:

*Hunderte sterben. Ich habe seit einiger Zeit die seltsamsten Visionen. Ich habe das Gefühl, ich fliege in den Nachthimmel, und ich kann unter mir das Land der Drenai sehen. Nichts als Leichen. Niallad tot. Egel tot. Die ganze Welt ist tot, und nur wir verhöhnen die Welt der Geister.*

Zehn Tage zuvor hatte Degas geschrieben:

*Heute ist mein Sohn Elnar bei der Verteidigung des Torturms gefallen. Er war sechsundzwanzig und stark wie ein Bulle, aber ein Pfeil streckte ihn nieder, und er stürzte über die Mauer und fiel unter den Feind. Er war ein guter Mann, und seine Mutter, gesegnet sei ihre Seele, wäre stolz auf ihn gewesen. Ich bin jetzt überzeugt, daß wir allein gegen Vagria stehen, und weiß, daß wir nicht mehr lange aushalten. Kaem hat versprochen, jeden in Purdol, ob Mann, Frau oder Kind, zu kreuzigen, wenn wir uns nicht ergeben. Und die Träume haben wieder angefangen, wispernde Dämonen in meinem Kopf. Es ist so schwer, klar zu denken.*

Dardalion blätterte durch die Seiten.

*Karnak kam heute mit tausend Mann an. Mein Herz jubelte, als er mir erzählte, daß Egel noch immer kämpft, aber dann erkannte ich, wie nahe daran ich gewesen war, all das zu verraten, das ich mit meinem Leben beschützen wollte. Kaem hätte meine Männer erschlagen, und die Drenai wären dem Untergang geweiht gewesen. Harsche Worte hörte ich von dem jungen Karnak, aber ich hatte sie reichlich verdient. Ich habe versagt.*

Und die letzte Seite:

*Die Träume haben aufgehört, und ich habe Frieden. Mir scheint jetzt, daß ich in meiner ganzen Ehe mit Rula niemals von Liebe gesprochen habe. Ich habe ihr nie die Hand geküßt, wie Liebende es tun, oder ihr Blumen geschenkt. So seltsam. Doch alle Männer wußten, daß ich sie liebte, denn ich habe ständig mit ihr geprahlt. Einst schnitzte ich ihr einen Stuhl mit Blumen darauf. Ich brauchte einen Monat dafür, und sie liebte den Stuhl. Ich habe ihn immer noch.*

Dardalion schloß das Buch, lehnte sich in dem Stuhl zurück und blickte auf das liebevoll geschnitzte und polierte Holz hinunter. Es war eine kunstvolle Arbeit. Er stand auf und ging in das Schlafzimmer hinüber, wo Degas auf blutgetränkten Laken lag, das Messer noch in der Hand. Seine Augen standen offen, und Dardalion schloß die Lider sanft, ehe er das Gesicht des alten Mannes mit einem Laken bedeckte.

»Herr aller Dinge«, bat Dardalion, »führe diesen Mann heim.«

# 15

Cadoras beobachtete Waylander, der sich in Richtung Norden von den Fuhrwerken entfernte und auf eine Reihe niedriger Hügel zuhielt. Der Jäger lag flach auf dem Bauch, das Kinn in die Hände gestützt. Sein Pferd hatte er hinter sich auf der anderen Seite des Hügels angebunden. Er machte sich auf den Rückweg von der Hügelkuppe, wanderte langsam zu dem stahlgrauen Wallach und schnallte die dicke Sattelrolle ab, um sie auf dem Boden auszubreiten. Die Leinwandhülle enthielt ein Sortiment an Waffen von einer zerlegten Armbrust bis zu einem Satz Wurfmesser mit Elfenbeingriffen. Cadoras setzte die Armbrust zusammen und wählte zehn Bolzen aus, die er in einen rehledernen Köcher an seinem Gürtel steckte. Dann steckte er behutsam zwei Wurfmesser in jeden seiner wadenlangen Reitstiefel und zwei weitere in Scheiden an seiner Seite. Sein Schwert war am Sattel festgebunden, zusammen mit einem vagrischen Kavalleriebogen mit goldenen Spitzen. Der dazugehörige Köcher hing am Sattelknauf. Jetzt vollständig ausgerüstet, befestigte Cadoras die Sattelrolle wieder an ihrem Platz. Dann nahm er etwas getrocknetes Fleisch aus den Satteltaschen, setzte sich ins Gras, betrachtete den Himmel und sah zu, wie von Osten her Gewitterwolken nahten.

Es war Zeit, zu töten.

Die Jagd hatte wenig Freude bereitet. Er hätte Waylander bei einem Dutzend Gelegenheiten töten können – aber es waren zwei nötig, um das Spiel zu spielen, und Waylander hatte sich geweigert mitzuspielen. Zuerst hatte das Cadoras irritiert, weil er das Gefühl hatte, daß sein Opfer ihn verachtete. Aber als die Tage vergingen, hatte er erkannt, daß es Waylander einfach gleichgültig war. Und daher hatte Cadoras den tödlichen Pfeil noch nicht abgeschickt.

Er wollte wissen *warum.* Er spürte den starken Drang, zu den Fuhrwerken zu reiten, sich Waylander gegenüberzusetzen, ihn zu fragen . . .

Cadoras war seit über einem Jahrzehnt Jäger, und er kannte diese Rolle besser als jeder andere lebende Mann. In dem tödlichsten aller Spiele war er der Meister – verstand jede Facette, jede eiserne Regel: Der Jäger pirschte sich heran, die Beute wich aus oder floh, oder sie machte kehrt und kämpfte. Aber die Beute ignorierte *niemals* den Jäger.

Warum?

Cadoras hatte erwartet, daß Waylander ihn jagte, hatte sogar ausgeklügelte Fallen um sein Lager aufgebaut. Nacht für Nacht hatte er sich in Bäumen versteckt, den Bogen umgeschlungen, während seine Decken am warmen Feuer lagen, aber nur Steine und Zweige umhüllten.

Heute würde die brennende Frage enden. Er würde Waylander töten und nach Hause gehen. Nach Hause?

Hohe Mauern und seelenlose Räume, Boten mit kalten Augen, die Gold für Tod offerierten. Wie ein Grab mit Fenstern.

»Verflucht seist du, Waylander! Warum hast du es so einfach gemacht.«

»Das war die einzige Verteidigung«, antwortete Waylander, und Cadoras fuhr herum, als ein Schwert aus schimmerndem Stahl seinen Rücken berührte. Er erstarrte, entspannte sich dann aber, während seine rechte Hand sich zentimeterweise auf die verborgenen Messer in seinem Stiefel zubewegte. »Sei nicht dumm«, warnte Waylander. »Ich kann dir die Kehle aufschlitzen, ehe du auch nur blinzeln kannst.«

»Was jetzt, Waylander?«

»Ich habe mich noch nicht entschieden.«

»Ich hätte dich töten sollen.«

»Stimmt, aber das Leben ist voller ›hätte sollen‹. Zieh die Stiefel aus . . . langsam.« Cadoras tat wie ihm geheißen. »Jetzt Gürtel und Weste.« Waylander nahm die Waffen heraus und schleuderte sie ins Gras.

»Du hast das hier geplant?« fragte Cadoras, lehnte sich zurück und stützte sich auf die Ellbogen. Waylander nickte, steckte sein Schwert in die Scheide und setzte sich etwa drei Meter von dem Jäger entfernt nieder. »Möchtest du etwas getrocknetes Fleisch?« fragte Cadoras. Waylander schüttelte den Kopf und zog ein Wurfmesser hervor, das er in der rechten Hand balancierte.

»Ehe du mich tötest, darf ich dir eine Frage stellen?«

»Natürlich.«

»Woher wußtest du, daß ich so lange warten würde?«

»Ich wußte es nicht, ich hoffte lediglich. Du solltest besser als jeder andere wissen, daß der Jäger alle Vorteile hat. Niemand ist vor dem Attentäter sicher, ob König oder Bauer. Aber du mußtest etwas beweisen, Cadoras – und das hat dich zu einer leichten Beute gemacht.«

»Ich mußte nichts beweisen.«

»Wirklich nicht? Nicht einmal dir selbst?«

»Was zum Beispiel?«

»Daß du der bessere Mann bist, der größte Jäger?«

Cadoras lehnte sich zurück und starrte in den Himmel. »Stolz«, sagte er. »Eitelkeit. Das macht aus uns allen Narren.«

»Wir sind auch ohne dies alle Narren – sonst wären wir Bauern und würden unseren Söhnen beim Wachsen zusehen.«

Cadoras rollte sich auf einen Ellbogen und grinste. »Hast du dich deshalb entschlossen, ein Held zu werden?«

»Vielleicht«, gab Waylander zu.

»Macht es sich bezahlt?«

»Ich weiß nicht. Ich bin noch nicht lange einer.«

»Du weißt, daß die Bruderschaft zurückkehren wird?«

»Ja.«

»Du kannst nicht überleben.«

»Auch das weiß ich.«

»Warum tust du es dann? Ich habe dich mit der Frau gesehen – warum nimmst du sie nicht mit nach Gulgothir und bringst sie dann nach Osten, nach Ventria?«

»Glaubst du, dort wäre es sicher?«

Cadoras schüttelte den Kopf. »Das ist ein Argument. Aber dann hättest du zumindest eine Chance – bei dieser Aufgabe hast du keine.«

»Deine Besorgnis rührt mich.«

»Auch wenn du es nicht glaubst, aber sie ist echt. Ich respektiere dich, Waylander, aber du tust mir leid. Du bist dem Untergang geweiht ... und das durch deine eigene Hand.«

»Warum durch meine?«

»Weil die Fähigkeiten, die dich auszeichnen, jetzt gehemmt sind. Ich weiß nicht, was mit dir passiert ist, aber du bist nicht mehr Waylander der Schlächter. Wenn du es wärst, wäre ich jetzt tot. Der Schlächter hätte nicht innegehalten, um sich zu unterhalten.«

»Das kann ich nicht bestreiten, aber der alte Cadoras hätte schließlich auch nicht gewartet, bevor er einen Pfeil abschießt.«

»Vielleicht werden wir beide alt.«

»Nimm deine Waffen und geh«, sagte Waylander, steckte sein Messer weg und erhob sich geschmeidig.

»Ich gebe keine Versprechen«, bemerkte Cadoras. »Warum tust du das?«

»Geh einfach.«

»Warum gibst du mir nicht einfach dein Messer und hältst mir deine Kehle hin?« fauchte Cadoras.

»Bist du wütend, weil ich dich nicht getötet habe?«

»Erinnere dich an das, was du warst, Waylander, dann weißt du, weshalb ich wütend bin.« Cadoras ging zu seinen Waffen und hob sie auf. Dann zog er die Stiefel an, zog den Sattelgurt stramm und stieg auf.

Waylander sah ihm auf seinem Weg nach Süden hinterher, dann wanderte er über die Hügelkuppe zurück zu seinem Pferd und schwang sich in den Sattel. Die Fuhrwerke waren im Norden im Dunst der Hitze kaum noch zu sehen, aber Waylander wollte sie vor Einbruch der Nacht auch nicht einholen.

Er verbrachte den Tag damit, die bewaldeten Hügel zu erkunden, und schlief zwei Stunden neben einem kleinen Felsteich, der im Schatten von Fichten lag. Gegen Sonnenuntergang sah er, wie im Norden Rauch in den Himmel stieg, und kalte Furcht überkam ihn. Rasch sattelte er seinen Wallach und eilte auf die Bäume zu, trieb sein Reittier in einen wütenden Galopp. Fast anderthalb Kilometer lang hielt er dieses Tempo, dann kehrte seine Vernunft zurück, und er ließ das Pferd etwas gemächlicher laufen. Er war wie betäubt, denn er wußte, was er vorfinden würde, noch ehe er den letzten Hügel überquert hatte. Die Rauchsäule war zu groß für ein einfaches Lagerfeuer gewesen, selbst für zehn Lagerfeuer. Von der Hügelkuppe blickte er hinab auf die ausgebrannten Fuhrwerke. Man hatte sie in einem groben Halbkreis aufgestellt, als ob den Fuhrleuten nur wenige Sekunden geblieben wären, um einen Schutzwall zu errichten. Überall lagen Tote, und zankende Geier hatten sich um sie geschart.

Waylander ritt langsam den Hügel hinab. Viele von denen, die jetzt tot waren, waren lebendig ergriffen und in Stücke gehauen worden – es hatte also keine Gefangenen gegeben. Ein Kind war an einen Baum genagelt, und mehrere Frauen waren gepfählt, auf ihren Brüsten Feuer entfacht worden. Etwas weiter nördlich lagen Durmasts Männer im Kreis, umringt von toten Nadirkriegern. Die Geier hatten ihr Werk bereits begonnen, und Waylander ertrug es nicht, nach Danyals Leichnam zu suchen. Er wandte sich nach Westen.

Es war nicht schwierig, der Fährte zu folgen, selbst bei Mondlicht, und beim Reiten setzte Waylander seine Armbrust zusammen.

Bilder zogen durch seine Gedanken, und Danyals Gesicht tauchte auf ...

Waylander blinzelte, als ihm Tränen in die Augen traten. Er schluckte die Schluchzer hinunter, die ihm in die Kehle stiegen, und etwas starb in ihm. Er hielt den Rücken gerade, als ob eine Last von ihm abgefallen wäre, und die jüngste Vergangenheit zog vor seinem inneren Auge vorbei wie die Träume eines anderen. Er sah, wie er den Priester rettete, wie er Danyal und den Kindern half, er sah die Schlacht bei Masin und das Versprechen, das er Orien gegeben hatte. Er sah erstaunt zu, wie er Cadoras freiließ, damit er wieder zuschlagen konnte. Er hörte sich selbst zu Cadoras über Helden sprechen und kicherte trocken. Er mußte sich angehört haben wie ein Idiot! Hewla hatte recht gehabt – die Liebe war fast sein Untergang gewesen. Aber jetzt hatten die Nadir Danyal getötet, und dafür würden sie büßen. Es spielte keine Rolle, daß es Hunderte waren. Es spielte keine Rolle, daß er nicht gewinnen konnte.

Nur eine Wahrheit war wichtig.

Waylander der Schlächter war zurück.

Danyal kniete neben Durmast auf dem Abhang eines Hügels, von dem aus sie eine am Fluß gelegene Stadt überblicken konnte, die aus weitverstreuten Holzhäusern bestand. Der Hügel war dicht bewaldet, und ihre Pferde waren in einer Senke etwa sechzig Schritt weiter südlich versteckt.

Sie war müde. Am vergangenen Tag waren sie den Nadirräubern nur um Haaresbreite entkommen, und sie war über ihre Flucht tief beschämt. Durmast war im Westen kundschaften gewesen, und sie hatte gesehen, wie er axtschwingend vor einem Kriegszug der Nadir hergaloppierte. Pfeile schossen an ihm vorbei, als er seinen kastanienbraunen Wallach zu den Fuhrwerken lenkte, neben dem Karren des Bäckers zum Stehen kam und nach Danyal rief. Ohne zu überlegen, war sie auf sein Pferd geklettert, und er hatte ihm die Sporen gegeben und auf die Berge zugehalten. Sie müßte sich selbst belügen, wenn sie behauptete, nicht zu wissen, daß er sie in Sicherheit brachte, während die anderen zu einem grausamen Tod verurteilt waren. Und sie haßte sich für ihre Schwäche.

Vier Nadirreiter hatten sie bis in die Hügel verfolgt. Sobald sie im Wald waren, hatte Durmast sie aus dem Sattel geworfen und das Pferd herumgerissen, um sich ihrem Angriff zu stellen. Der erste war gestorben, als Durmasts Axt ihm den Brustkorb zerschmetterte. Der zweite hatte mit seiner Lanze ausgeholt, die der Riese beiseitefegte, ehe er ihm den Kopf von den Schultern schlug. Der Rest dieser wilden Aktion war so schnell und chaotisch abgelaufen, daß Danyal ihn nicht verfolgen konnte. Durmast hatte die übriggebliebenen Reiter angegriffen, und ihre Pferde waren wild ausschlagend zu Boden gegangen. Er war zuerst auf den Beinen gewesen, wirkte wie ein Kriegsgott mit seiner im Sonnenlicht funkelnden silbernen Axt. Als die vier Männer tot waren, hatte er ihre Satteltaschen nach Lebensmitteln und Wasser durchsucht und ihr ohne ein Wort ein Nadirpony gebracht. Gemeinsam waren sie nach Norden aufgebrochen.

In jener Nacht hatten sie, weil die Temperatur sank, unter einer einzigen Decke geschlafen, und Durmast hatte, noch immer ohne ein Wort zu sagen, seine Kleider ausgezogen und seine Hand nach ihr ausgestreckt.

Sie wandte sich ihm mit einem süßen Lächeln zu, doch seine Augen weiteten sich, als er kalten Stahl an seinen Lenden spürte.

»Das Messer ist sehr scharf, Durmast. Ich würde vorschlagen, du kühlst dich ab – und schläfst.«

»Ein schlichtes ›nein‹ hätte es auch getan, Frau«, sagte er. Seine blauen Augen waren kalt vor Wut.

»Dann werde ich ›nein‹ sagen. Gibst du mir dein Wort, daß du mich nicht anrührst?«

»Natürlich.«

»Da ich weiß, daß dein Wort soviel taugt wie eine verwelkte Blume, laß mich dir folgendes sagen: Wenn du mich vergewaltigst, werde ich mein Bestes tun, dich umzubringen.«

»Ich bin kein Vergewaltiger, Frau. Und bin es auch nie gewesen.«

»Ich heiße Danyal.« Sie steckte das Messer weg und wandte ihm den Rücken zu.

Er setzte sich auf und kratzte sich den Bart. »Du hältst nicht gerade viel von mir, Danyal. Warum?«

»Schlaf, Durmast.«

»Antworte mir.«

»Was für eine Frage! Du hast diese Leute zur Schlachtbank geführt und bist dann geflohen, ohne auch nur einen Blick zurückzuwerfen. Du bist ein Tier – deine eigenen Männer sind zurückgeblieben und gestorben, aber du bist einfach davongelaufen.«

»*Wir* sind einfach davongelaufen«, korrigierte er.

»Ja – und glaube nicht, daß ich mich dafür nicht hasse.«

»Was hast du von mir erwartet, Danyal? Wäre ich geblieben, hätte ich vielleicht sechs oder sieben Nadir getötet, und dann wäre ich mit dem Rest gestorben. Das hatte doch keinen Zweck.«

»Du hast sie alle verraten.«

»Ja, aber ich wurde auch verraten – ich hatte eine Vereinbarung mit dem Nadirhäuptling Butaso.«

»Du erstaunst mich. Die Reisenden hatten dich bezahlt und ein Recht, von dir Loyalität zu erwarten – statt dessen hast du sie an die Nadir verkauft.«

»Du mußt ein Handgeld zahlen, wenn du Nadirland durchqueren willst.«

»Erzähl das den Toten.«

»Die Toten hören nicht mehr so gut.«

Sie setzte sich auf, rückte ein Stück von ihm ab und wickelte sich in ihre Decke.

»Sie berühren dich überhaupt nicht, nicht wahr? Die Toten?«

»Warum sollten sie? Ich habe keine Freunde verloren. Alle Menschen müssen sterben, und ihre Zeit war gekommen.«

»Es waren Menschen, Familien. Sie hatten ihr Leben in deine Hände gegeben.«

»Was bist du, mein Gewissen?«

»Hast du eins?«

»Deine Zunge ist so scharf wie dein Dolch. Sie haben mich dafür bezahlt, daß ich sie führe – bin ich dafür verantwortlich, daß ein Hundefresser von einem Nadir sein Wort bricht?«

»Warum hast du dich damit abgegeben, mich zu retten?«

»Weil ich mit dir schlafen wollte. Ist das auch ein Verbrechen?«

»Nein, es ist nur ein nicht sehr attraktives Kompliment.«

»Bei den Göttern, Frau, Waylander ist dir willkommen! Kein Wunder, daß er sich verändert hat – du bist wie Säure für die Seele. Können wir uns jetzt die Decke teilen?«

Am nächsten Tag waren sie schweigend geritten, bis sie die letzte Hügelkette vor dem Fluß erreichten. Sie hielten an, und Durmast zeigte nach Nordwesten, wo sich in der Ferne blaue Berge abzeichneten.

»Der höchste Gipfel ist Raboas, der Heilige Riese, und der Fluß entspringt in diesen Bergen und mündet etwa hundertfünfzig Kilometer nördlich von Purdol ins Meer. Er heißt Rostrias, Fluß der Toten.«

»Was hast du vor?«

»Dort drüben liegt eine Stadt. Ich werde mich dort einschiffen und nach Raboas aufbrechen.«

»Was ist mit Waylander?«

»Wenn er noch lebt, werde ich ihn dort treffen.«

»Warum wartest du nicht in der Stadt auf ihn?«

»Er wird nicht herkommen – er wird nach Nordwesten abbiegen. Wir sind nordöstlich geritten, um nicht verfolgt zu werden. Butaso gehört zu den Speeren, einem westlichen Stamm. Das hier ist Wolfsschädel-Land.«

»Ich dachte, du wolltest nur bis Gulgothir reisen.«

»Ich habe meine Pläne geändert.«

»Warum?«

»Weil ich ein Drenai bin. Warum sollte ich Waylander nicht helfen, die Bronzerüstung zurückzuholen?«

»Weil für dich dabei kein Profit abfällt.«

»Gehen wir«, fauchte er und gab seinem Pferd die Sporen.

Nachdem er die Pferde in einer Mulde versteckt hatte, kroch Durmast auf die Hügel, die den Ort überblickten. Er bestand aus etwa zwanzig Häusern und sieben Lagerhallen, die an einer dicken hölzernen Mole errichtet waren. Hinter den Lagerhäusern lag ein langgestrecktes, flaches Gebäude mit einer überdachten Veranda.

»Das ist das Wirtshaus«, erklärte Durmast, »aber es dient auch als Hauptvorratslager. Es scheinen keine Nadirreiter in der Nähe zu sein.

»Sind das dort nicht Nadir?« fragte Danyal und deutete auf eine Gruppe von Männern, die an der Mole saßen.

»Nein. Das sind Keistas – kein Stamm. Ursprünglich waren sie Ausgestoßene, jetzt sind sie Bauern und treiben Handel auf dem Fluß. Die Nadir kaufen bei ihnen eiserne Werkzeuge und Waffen, Decken und so weiter.«

»Kennt man dich hier?«

»Man kennt mich fast überall, Danyal!«

Sie ritten zusammen in das Städtchen, wo sie ihre Pferde an das Geländer vor der Schänke banden. Das Innere war schwach beleuchtet und roch nach Schweiß, abgestandenem Bier und fettem Essen. Danyal ging zu einem Tisch an einem Fenster mit geschlossenen Läden. Sie hob den Riegel und stieß die Läden auf. Sie trafen einen Mann, der draußen stand, heftig im Rücken.

»Du ungeschickte Kuh!« schimpfte er. Danyal wandte sich ab und setzte sich, doch als er, immer noch brüllend, in die Schänke stürmte, stand sie wieder auf und zog ihr Schwert. Der Mann blieb wie angewurzelt stehen, als sie auf ihn zukam. Er war untersetzt und trug eine Pelzjacke mit einem breiten schwarzen Gürtel, von dem zwei lange Messer hingen.

»Verschwinde, oder ich bringe dich um!« knurrte Danyal.

Durmast tauchte hinter dem Mann auf, packte ihn von hinten am Gürtel, hob ihn hoch und trug ihn an Danyal vorbei.

»Du hast gehört, was die Dame gesagt hat«, erklärte Durmast. »Verschwinde!« Er drehte sich um, schleuderte den Mann durch das offene Fenster und sah zufrieden zu, wie er ein paar Meter hinter dem hölzernen Gehsteig in den Staub krachte. Dann wandte er sich mit einem breiten Grinsen an Danyal.

»Ich sehe, daß du um deinen Ruf, ein nettes Mädchen zu sein, sehr besorgt bist.«

»Ich brauche deine Hilfe nicht.«

»Das ist mir klar. Ich habe ihm einen Gefallen getan. Mit etwas Glück hättest du ihn nur erstochen, aber dein Temperament hätte auch mit dir durchgehen können, so daß du deine spitze Zunge eingesetzt hättest, und davon hätte er sich nie wieder erholt.«

»Das ist nicht besonders komisch.«

»Das kommt auf den Standpunkt an. Ich habe uns eine Passage auf einem Segelschiff gebucht, das morgen vormittag ausläuft. Ich habe uns auch ein Zimmer gebucht ... mit *zwei* Betten«, fügte er mit Nachdruck hinzu.

# 16

Butaso saß in seinem Zelt und starrte mürrisch den uralten Schamanen an, der vor ihm kauerte. Der alte Mann breitete ein Stück gegerbtes Ziegenleder auf der Erde aus und warf nachlässig ein Dutzend Fingerknöchel darauf. Aus den Knochen waren grobe Würfel geschnitzt worden, die auf allen Seiten seltsame Symbole zeigten. Eine Zeitlang starrte der Schamane auf die Knochen, dann blickte er auf. Seine dunklen, schrägstehenden Augen funkelten vor boshaftem Humor.

»Dein Verrat hat dich getötet, Butaso«, sagte er.

»Sprich deutlich.«

»Ist das nicht deutlich genug? Du bist verdammt. Schon jetzt schwebt ein dunkler Schatten über deiner Seele.«

»Ich bin so stark wie immer«, sagte Butaso und erhob sich. »Nichts kann mir etwas anhaben.«

»Warum hast du dein Wort gegenüber Eis-Auge gebrochen?«

»Ich hatte eine Vision. Ich habe viele Visionen. Der Chaos-Geist ist mit mir – er leitet mich.«

»Sein Nadirname ist Der Geist der Dunklen Taten, Butaso. Warum benutzt du ihn nicht? Er ist ein Betrüger.«

»Das sagst du, alter Mann. Aber er hat mir Macht und Reichtum gebracht. Und viele Frauen.«

»Er hat dir den Tod gebracht. Was hat er von dir verlangt?«

»Die Fuhrwerke von Eis-Auge zu zerstören.«

»Aber Eis-Auge lebt. Genau wie sein Freund, der Seelenräuber.«

»Was soll das bedeuten?«

»Glaubst du, daß ich keine Macht habe? Törichter Sterblicher! Seit der Seelenräuber dein Herz an jenem Tag, als er dir das Leben schenkte, mit Furcht erfüllte, brennst du in deinem Verlangen nach Rache. Jetzt hast du seine Freunde getötet, und er macht Jagd auf dich. Verstehst du nicht?«

»Ich verstehe, daß ich hundert Mann die Steppe nach ihm durchsuchen lasse. Sie werden mir bei Tagesanbruch seinen Kopf bringen.«

»Dieser Mann ist ein Fürst unter den Mördern. Er wird deinen Jägern entkommen.«

»Das würde dir gefallen, nicht wahr, Kesa Khan? Du hast mich immer gehaßt.«

»Du bist viel zu aufgeblasen, Butaso. Ich hasse dich nicht, ich verachte dich – aber das spielt keine Rolle. Wir müssen diesen Mann aufhalten.«

»Du würdest mir helfen?«

»Er stellt eine Gefahr für künftige Nadirgenerationen dar. Er sucht die Bronzerüstung, den Fluch der Nadir. Er darf nicht so lange leben, daß er seine Aufgabe erfüllt.«

»Dann setz die Gestaltwechsler ein – jage ihn.«

»Sie sind nur der letzte Ausweg«, fauchte Kesa Khan und stand auf. »Ich muß nachdenken.« Er verstaute die Fingerknöchel wieder in einem Ziegenlederbeutel, verließ das Zelt und blickte zu den Sternen empor. Um ihn herum bewegte sich kaum etwas außer den Leibwächtern, die Butaso schützten. Acht Männer standen rings um sein Zelt, blickten schweigend ins Lager, die Schwerter in den Händen, und stampften gelegentlich gegen die Kälte mit den Füßen.

Kesa Khan ging zu seinem eigenen Zelt, wo das Sklavenmädchen Voltis ein Becken mit brennenden Kohlen vorbereitet hatte, um die Luft zu erwärmen. Sie hatte ihm auch eine Schale Lyrrd eingeschenkt und drei angewärmte Steine in sein Bett gelegt. Er lächelte sie an, trank das Lyrrd in einem einzigen Schluck und spürte, wie der Alkohol Feuer in seinen Adern entfachte.

»Du bist ein gutes Mädchen, Voltis. Ich verdiene dich nicht.«

»Du warst gut zu mir«, sagte sie mit einer Verbeugung.

»Möchtest du gern nach Hause zurückkehren?«

»Nein, Herr, ich möchte dir dienen.« Er war gerührt von ihrer Aufrichtigkeit, beugte sich vor und hob ihr Kinn ... und erstarrte.

*Acht!*

Die Wache vor Butasos Zelt bestand normalerweise aus sieben Mann!

Butaso drehte sich um, als der Wächter eintrat. »Was willst du?«

»Die Rückgabe meines Geschenks«, sagte Waylander. Butaso fuhr herum, ein Schrei stieg in seiner Kehle auf – ein Schrei, der von zwölf Zentimetern schimmernden Stahls erstickt wurde, der in seinen Hals drang. Seine Finger griffen nach der Klinge, seine Augen weiteten sich im Todeskampf. Dann fiel er auf die Knie, den Blick starr auf die hochgewachsene Gestalt gerichtet, die ungerührt vor ihm stand.

Das letzte, was er hörte, als seine Augen sich schlossen, war das Klirren von Stahl, als seine Wächter ins Zelt stürmten.

Waylander drehte sich um, wehrte mit seinem Schwert einen wilden Hieb ab. Mit einer Drehung des Handgelenks ließ er die Klinge seines Gegners durch die Luft fliegen. Der Wächter zerrte ein Messer aus seiner Scheide, aber er starb, als Waylanders Schwert durch seine Rippen fuhr. Weitere Wächter stürmten herein und zwangen den Mörder zurück in die Mitte des Zeltes.

»Leg dein Schwert nieder«, zischte Kesa Khan vom Eingang. Waylander betrachtete kühl den Ring aus Stahl, der sich um ihn schloß.

»Komm und hol es dir«, sagte er.

Die Nadir fielen über ihn her, und Waylander schickte einen Mann schreiend zu Boden. Dann traf ihn eine Klinge seitlich am Kopf, und er stürzte. Er versuchte aufzustehen, wurde aber von wütenden Fausthieben niedergeschlagen, bis ein Meer von Dunkelheit über ihn hinwegspülte ...

Schmerzen weckten ihn – tiefe, klopfende, anhaltende Schmerzen. Seine Finger waren geschwollen, und die Sonne schien erbarmungslos auf seinen nackten Körper. Er hing an den Handgelenken an einem Pfahl in der Mitte des Nadirlagers. Sie hatten ihm seine Nadirkleider ausgezogen und ihn der Sonne ausgesetzt. Er konnte schon spüren, wie seine Haut verbrannte. Sein Gesicht und seine Arme waren nicht in Gefahr, aber sein Körper war nie dem grellen Sonnenlicht ausgesetzt gewesen, und Brust und Schultern fühlten sich bereits jetzt wie Feuer an. Er versuchte, die Augen zu öffnen, aber nur das linke funktionierte, das rechte war zugeschwollen. Sein Mund war trocken, die Zunge steif wie ein Stock.

Seine Hände pochten und waren fast purpurn. Er versuchte, auf die Füße zu kommen und sich aufzurichten, um den Druck auf seine geschwollenen Handgelenke zu mildern. Sofort landete eine Faust in seinem Magen, und er zuckte zusammen und biß sich so heftig auf die geschwollene Lippe, daß sie blutete.

»Wir haben noch schöne Sachen mit dir vor, du rundäugiger Sohn einer Schlampe«, sagte eine Stimme. Waylander drehte den Kopf und sah einen jungen Mann mittlerer Größe vor sich stehen. Das fettige schwarze Haar hatte er zu einem Pferdeschwanz zusammengebunden, die Gesichtszüge waren unter der Asche der Trauer verborgen.

Waylander sah weg, und wieder schlug ihn der Mann.

»Laß ihn in Ruhe!« befahl Kesa Khan.

»Er gehört mir.«

»Gehorche mir, Gorkai«, befahl der alte Mann.

»Er muß einen schweren Tod haben und dann meinem Vater in der Leere dienen.«

Der junge Mann ging davon, und Waylander sah den alten Mann an.

»Du hast deine Sache gut gemacht, Seelenräuber, du hast das Leben eines Narren genommen, der uns in den Ruin geführt hätte.«

Waylander sagte nichts. Sein Mund war voller Blut, das seine trockene Zunge anfeuchtete und das Brennen in seiner Kehle linderte.

Kesa Khan lächelte.

»Blut wird dir nicht helfen. Heute bringen wir dich in die Wüste, wo wir zusehen werden, wie der Sand dir die Seele verbrennt.«

Der lange Tag zog sich dahin, und die Schmerzen wurden stärker. Waylander verschloß sich vor dem Brennen seines Fleisches und kämpfte darum, gelassen zu bleiben, indem er langsam und tief atmete und soviel Energie wie möglich für den Moment aufsparte, in dem die Nadir ihn losbinden würden. Wenn sie ihn in die Wüste bringen wollten, mußten sie ihn zuerst von dem Pfahl losmachen – und in dem Moment würde er angreifen und sie zwingen, ihn zu töten.

Seine Gedanken trieben dahin, glitten durch die Jahre zurück. Er sah wieder den jungen, idealistischen Dakeyras: das Kind, das unbedingt Soldat werden wollte, um in der Armee von Orien, dem Kriegerkönig aus Bronze, zu dienen. Er erinnerte sich an den Tag, als Orien seine siegreiche Armee durch die Straßen von Drenan geführt hatte, wie die Menge gejubelt und Blumen geworfen hatte. Der König in seiner Rüstung, die in der Mittagssonne glitzerte, war dem zehnjährigen Dakeyras wie ein Riese erschienen. Orien hatte seinen dreijährigen Sohn vor sich im Sattel gehalten, und das Kind, durch den Lärm der Menge verschreckt, war in Tränen ausgebrochen. Daraufhin hatte der König ihn hochgehoben und zärtlich geküßt. Dakeyras freute sich an diesem Augenblick der Wärme.

Er riß sich von den Erinnerungen an diese Szene los und sah noch einmal den Moment, als König Niallad fiel, in seinem Rücken ein Bolzen Waylanders. Der Anblick zerrte ihn zurück in die

Gegenwart, und die Schmerzen kehrten wieder. Wie war aus dem edlen jungen Kind der seelenlose Schlächter geworden? Seine Handgelenke schmerzten, und er merkte, daß seine Beine wieder unter ihm nachgegeben hatten. Er zwang sich, sich aufzurichten, und öffnete das eine Auge. Eine Gruppe von Nadirkindern hockte vor ihm, und eins von ihnen schlug mit einem Stock nach seinem Bein.

Ein Nadirkrieger trat vor und schickte den Jungen mit einem gut gezielten Tritt zu Boden.

Waylander trieb mit geschlossenen Augen wieder dahin. Sein Herz sank, als sich die Bilder von dem Kind wiederholten, das von seinem liebenden Vater hochgehalten wurde. Mit dem Kuß war der Junge getröstet gewesen und hatte angefangen zu lachen und den König nachzuahmen, der der Menge zuwinkte. Der kleine Niallad, die Hoffnung für das Morgen. Eines Tages, dachte Dakeyras damals, werde ich ihm dienen wie mein Vater Orien dient.

»Waylander«, rief eine Stimme, und er öffnete das Auge. Niemand war in der Nähe, aber die Stimme ertönte wieder, tief in seinem Geist. »Schließ die Augen und entspanne dich.« Waylander gehorchte, und seine Schmerzen verschwanden, als er in einen tiefen Schlaf fiel. Er fand sich auf einem trostlosen Hügel unter fremden Sternen wieder, die hell und vollkommen rund strahlten. Zwei Monde hingen am Himmel, ein silberner, einer blau und grün durchzogen wie Marmor. Auf dem Hang saß Orien. Er wirkte jünger und dem König aus Waylanders Erinnerungen ähnlicher.

»Komm, setz dich zu mir.«

»Bin ich gestorben?«

»Noch nicht, aber es dauert nicht mehr lange.«

»Ich habe dich enttäuscht.«

»Du hast es versucht, mehr kann kein Mensch verlangen.«

»Sie haben die Frau umgebracht, die ich liebe.«

»Und du hast Rache geübt. War sie süß?«

»Nein, ich habe nichts gefühlt.«

»Das ist eine Wahrheit, die du schon vor vielen Jahren hättest erkennen sollen, als du die Männer gejagt hast, die deine Familie erschlugen. Du bist ein schwacher Mensch, Waylander, daß du dich von Ereignissen so manipulieren läßt. Aber du bist nicht böse.«

»Ich habe deinen Sohn getötet. Für Geld.«

»Ja. Ich habe das nicht vergessen.«

»Es wirkt so sinnlos zu sagen, daß es mir leid tut, aber es tut mir wirklich leid.«

»Es ist nie sinnlos. Das Böse ist nicht wie ein Stein, statisch und unbeweglich – es ist eine Krebsgeschwulst, die aus sich selbst wächst. Frage irgendeinen Soldaten, der im Krieg war. Du vergißt niemals den ersten Mann, den du tötest, aber nicht für alles Gold der Welt kannst du dich an den zehnten erinnern.«

»Ich kann mich an den zehnten erinnern«, widersprach Waylander. »Es war ein Räuber namens Kityan, ein Nadir-Halbblut. Ich verfolgte ihn bis in eine kleine Stadt östlich von Skeln . . .«

»Und du hast ihn mit deinen Händen getötet, nachdem du ihm mit den Daumen die Augen ausgedrückt hattest.«

»Ja. Er war einer von denen, die meine Frau und meine Kinder umgebracht hatten.«

»Sag mir, warum hast du unter den Toten nicht nach Danyal gesucht?«

Waylander wandte sich ab und schluckte. »Ich habe einmal eine Frau, die ich liebte, gesehen, nachdem sie von den Mördern liegengelassen worden war. Ich hätte das nicht noch einmal ertragen.«

»Hättest du die Kraft gefunden, sie zu suchen, wärst du jetzt nicht an diesen Nadirpfahl gebunden. Sie lebt, denn Durmast hat sie gerettet.«

»Nein!«

»Würde ich lügen, Waylander?«

»Kannst du mir helfen zu fliehen?«

»Nein.«

»Dann werde ich sterben.«

»Ja«, sagte Orien traurig. »Du stirbst gerade. Aber es geschieht schmerzlos.«

Waylander nickte, dann fuhr sein Kopf herum. »Du meinst, gerade jetzt?«

»Natürlich.«

»Bring mich zurück, verdammt!«

»Du willst zu Tod und Schmerz zurückkehren?«

»Es ist mein Leben, Orien. *Meins!* Ich kenne Schmerzen und kann sie aushalten, aber bis zum Augenblick des Todes werde ich mich nicht ergeben. Dir nicht, den Nadir nicht, niemandem. Bring mich zurück!«

»Schließ die Augen, Waylander, und bereite dich auf Schmerzen vor.«

Waylander stöhnte, als die Qualen einsetzten. Der Laut zerkratzte seine trockene, geschwollene Kehle. Er hörte einen Mann lachen, öffnete die Augen und sah, daß sich eine Menschenmenge um ihn geschart hatte.

Der junge Mann, Gorkai, grinste breit. »Ich sagte doch, daß er noch lebt. Gut! Gebt ihm etwas zu trinken – ich will, daß er jeden Schnitt spürt.« Ein gedrungener Krieger zwang Waylanders Kopf in den Nacken und goß Wasser aus einem Steingutbecher auf seine gesprungenen Lippen. Zuerst konnte er nicht schlucken, sondern ließ die Flüssigkeit nur in seine ausgedörrte Kehle rinnen.

»Das reicht!« entschied Gorkai. »Du sollst wissen, Mörder, daß wir deinen Körper ganz leicht einritzen und dich dann mit Honig einschmieren werden. Anschließend vergraben wir dich neben einem Ameisennest. Verstehst du?«

Waylander sagte nichts. Er hatte den Mund voll Wasser und ließ alle paar Sekunden ein wenig davon seine wunde Kehle hinunterlaufen.

Gorkai zog ein gekrümmtes Messer und machte einen Schritt nach vorn, als das Geräusch von galoppierenden Hufen ihn innehalten und sich umwenden ließ. Die Menge teilte sich, als ein Reiter ins Lager donnerte, und Waylander sah auf, doch die Sonne stand direkt hinter dem Reiter.

Die Nadir zerstreuten sich, als der Reiter näher kam, und Gorkai, der mit der Hand die Augen gegen die Sonne beschattete, schrie: »Tötet ihn!« Die Nadir rannten nach ihren Waffen, Gorkai packte sein Messer mit festem Griff und wandte sich Waylander zu. Die Klinge hob sich ... Doch ein Armbrustbolzen drang in seine Schläfe und ließ ihn zu Boden stürzen. Der Reiter zügelte sein Pferd neben dem Pfahl, und ein Schwert durchschlug die Seile über Waylanders Handgelenken. Waylander sank nach vorn, rappelte sich wieder auf und taumelte auf das Pferd zu, als zwei Nadir mit gezogenen Schwertern heranstürmten. Der Reiter ließ seine Armbrust fallen, zerrte Waylander quer über den Sattel und schlug weitausholend mit seinem Schwert um sich, so daß die Nadir zurückwichen. Pfeile flogen um den Reiter, der sein Pferd wieder in Galopp fallen ließ.

Der Sattelknauf drückte in Waylanders Seite, und er stürzte beinahe, während das Pferd auf die Berge zugaloppierte. Er sah die Zelte vorbeihuschen und Nadir-Bogenschützen, die ihre Bögen spannten. Das Tier atmete schwer, als sie die Bäume erreichten.

Waylander konnte das Donnern der Hufe und die wütenden Schreie der Verfolger hinter ihnen hören. Der Reiter brachte sein Tier in einer Senke zum Stehen, dann warf er Waylander zu Boden. Er landete hart, dann kam er auf die Knie. Seine Hände waren noch immer gebunden.

Cadoras beugte sich über ihn, und Waylander streckte die Arme aus. Sein Schwert fuhr herab, und die Seile waren durchtrennt. Waylander schaute sich um und sah, daß sein eigenes Pferd an einen Busch gebunden war, seine Kleider und Waffen am Sattel hingen. Unter den Bäumen lag der nackte Leichnam des Nadirkriegers, den er in der Nacht zuvor getötet hatte, um sich verkleidet ins Lager schleichen zu können. Waylander stolperte zu seinem Pferd, machte die Zügel los und kletterte mühsam in den Sattel. Dann machten sie sich über den von Bäumen gesäumten schmalen Pfad davon.

Die Nadir holten auf, und Pfeile kamen den Flüchtlingen gefährlich nahe, doch dann waren die beiden Männer aus den Bäumen heraus und galoppierten über offenes Gelände.

»Ich hoffe, dein Pferd kann springen«, schrie Cadoras.

Waylander versuchte, nach vorn zu sehen. Angst stieg in ihm hoch, als er sah, daß der Pfad plötzlich an einem Abgrund endete. Cadoras ritt weiter. »Folge mir!« rief er.

Sein riesiger grauer Wallach segelte über den Abgrund, und Waylander grub seine Fersen in die Flanken seines Tiers und folgte ihm. Der Sprung betrug weniger als drei Meter. Tief unter ihnen rauschte ein Fluß über weiße Felsen. Cadoras' Pferd landete sicher, schlitterte nur etwas auf dem Geröll. Waylander stürzte um ein Haar, als sein Pferd sprang, klammerte sich aber verbissen an ihm fest. Auf der anderen Seite stolperte das Pferd, fand aber rasch festen Tritt und trug seinen Reiter außer Schußweite. Waylander schwang sich im Sattel herum und sah die Nadir entlang der Schlucht stehen. Für ihre Ponys war der Sprung zu weit.

Die beiden Männer ritten tiefer ins Gebirge, über Felsen und durch Flüsse. Waylander schwankte im Sattel, nahm seine Feldflasche vom Sattelknauf und trank in tiefen Zügen. Dann zerrte er seinen Umhang aus der Sattelrolle hervor und warf ihn sich über die brennenden Schultern. Als der Abend hereinbrach, gelangten sie in ein dichtes Wäldchen. Plötzlich fiel Cadoras aus dem Sattel. Waylander stieg ab, band sein Pferd an und kniete neben dem Gestürzten nieder. Erst jetzt sah er, daß drei Pfeile aus Cadoras' Rücken ragten. Sein Umhang war blutgetränkt. Sanft brachte Waylander ihn in eine sitzende Position, und Cadoras' Kopf fiel an Waylanders Brust. Als er auf ihn hinuntersah, stellte Waylander fest, daß ein vierter Pfeil tief in der linken Seite des Mannes steckte.

Cadoras öffnete die Augen. »Sieht wie ein guter Platz zum Lagern aus«, flüsterte er.

»Warum bist du meinetwegen zurückgekommen?«

»Wer weiß? Gib mir etwas zu trinken.« Vorsichtig lehnte Waylander den Sterbenden gegen einen Baum, ehe er seine Feldflasche holte. Cadoras nahm einen tiefen Schluck. »Ich folgte dir. Fand den Nadir, den du getötet hast, und sah, daß du seine Kleider genommen hattest. Da vermutete ich, daß du irgend etwas sinnlos Törichtes tun würdest.«

»Du meinst so sinnlos, wie ganz allein ein Nadirlager anzugreifen?«

Cadoras kicherte und zuckte dann zusammen. »Töricht, nicht wahr? Aber ich war eben nie ein Held. Dachte, ich könnte es einmal versuchen – ich glaube nicht, daß ich das noch mal machen werde.«

»Soll ich dir die Pfeile herausziehen?«

»Wozu? Du würdest mich in Stücke reißen. Weißt du ... ich bin in all den Jahren nur einmal verwundet worden, und das war nur ein oberflächlicher Schnitt ins Gesicht, wo ich diese abscheuliche Narbe herhabe. Seltsam, nicht wahr? Ich habe mein Leben damit verbracht, finstere Taten zu verüben, und das einzige Mal, wo ich versuche, etwas Gutes zu tun, werde ich getötet. Es gibt keine Gerechtigkeit!«

»Warum hast du das getan? Ehrlich?«

Cadoras legte seinen Kopf zurück und schloß die Augen.

»Ich wünschte, ich wüßte es. Glaubst du, es gibt einen Himmel?«

»Ja«, log Waylander.

»Glaubst du, daß eine Tat ein ganzes Leben im Bösen auslöschen kann?«

»Ich weiß es nicht. Ich hoffe es.«

»Wahrscheinlich nicht. Du weißt, daß ich nie geheiratet habe? Habe nie eine getroffen, die mich mochte. Nicht sehr erstaunlich – ich mochte mich selbst auch nie besonders. Hör zu – du darfst Durmast nicht vertrauen, er hat dich verkauft. Er hat von Kaem den Auftrag angenommen, die Rüstung zu holen.«

»Ich weiß.«

»Du weißt? Und du reitest trotzdem mit ihm?«

»Das Leben ist ein Rätsel«, sagte Waylander. »Wie fühlst du dich?«

»Eine alberne Frage. Ich kann meine Beine nicht fühlen, und mein Rücken brennt wie die Hölle. Hast du je Freunde gehabt, Waylander?«

»Ja. Vor langer Zeit.«

»War es ein schönes Gefühl?«

»Ja.«

»Das kann ich mir denken. Ich glaube, du solltest jetzt gehen. Die Nadir werden bald hier sein.«

»Ich bleibe noch ein bißchen.«

»Jetzt sei nicht so edel«, fauchte Cadoras. »Geh und hol diese Rüstung! Ich würde es hassen, wenn ich umsonst sterbe. Und nimm mein Pferd mit – ich will nicht, daß es irgendeinem hundefressenden Stammeskrieger in die Hände fällt. Aber hüte dich vor ihm, es ist ein ekelhaftes Biest. Es wird dir die Hand abbeißen, wenn es kann.«

»Ich werde aufpassen.« Waylander hob Cadoras' Hand und drückte sie. »Danke, mein Freund.«

»Geh jetzt. Ich will alleine sterben.«

# 17

Der Drenai-Offizier Sarvaj schlief unruhig. Er hatte sich im Windschatten der Wehrgänge in eine dicke Decke gekuschelt und den Kopf auf eine aufgerissene Satteltasche gelegt, die er in der Nähe der Ställe gefunden hatte. Ihm war kalt, und er spürte jeden Ring seines Kettenhemdes – selbst durch die Lederfütterung und das wollene Unterhemd hindurch. In der Rüstung zu schlafen ist nie bequem, aber in Wind und Regen wird es unerträglich. Sarvaj drehte sich um und blieb dabei mit dem Ohr an einer Bronzeschnalle hängen. Er fluchte, setzte sich auf und zog sein Messer. Nach einigen Minuten hatte er das nasse Leder durchgesägt und schleuderte das anstößige Stück Metall über die Brüstung hinaus.

Vom Himmel grollte eindrucksvoll der Donner, und ein frischer Schauer peitschte gegen die grauen Steinmauern. Sarvaj wünschte, er hätte ein Regencape aus geöltem Leder, aber selbst das hätte ihn in diesem Unwetter nicht trocken gehalten. Neben ihm schliefen Vanek und Jonat selig, ohne etwas von dem Wetter zu merken. Tatsächlich hatten sie es sogar begrüßt, denn es beendete die nächtlichen Angriffe, die die Energie der Verteidiger auslaugten.

Ein Blitz zuckte am Himmel und beleuchtete den Bergfried, der wie ein abgebrochener Zahn aus dem grauen Granit des Berges ragte. Sarvaj stand auf, um sich zu strecken. Er drehte sich um und blickte über den Hafen und die Bucht hinaus. Vagrische Triremen schaukelten und zerrten an ihren Ankern, wenn Sturmböen durch die Bucht tobten. Inzwischen lagen mehr als vierzig Schiffe in Purdol vor Anker, und Kaems Armee war auf fast sechzigtausend kämpfende Soldaten angewachsen – ein Zeichen, so versicherte Karnak den Verteidigern, für zunehmende Verzweiflung unter den Vagriern.

Sarvaj war sich dessen nicht so sicher. Fast tausend Mann waren während der letzten vierzehn blutigen Tage gestorben, und noch einmal fast ebensoviele waren durch schwere Verwundungen nicht mehr kampffähig. Wenn der Wind drehte, konnte man die Schreie aus dem Lazarett hören.

Elban, einem guten Reiter, mußte ein Bein amputiert werden, nachdem Wundbrand eingesetzt hatte. Er starb bei der schrecklichen Operation. Sidrik, der Spaßmacher des Regiments, bekam einen Pfeil in die Kehle. Die Namen rotierten in Sarvajs Gedanken, ein Ansturm von Gesichtern und Erinnerungsfetzen.

Und Gellan wirkte so müde. Sein Haar war von silbernen Strähnen durchzogen, und seine Augen lagen, von dunklen Ringen umgeben, tief in den Höhlen. Nur Karnak schien unverändert. Er hatte etwas Fett verloren, war aber immer noch von ehrfurchteinflößender Masse. Während einer Kampfpause am Tag zuvor war er zu Sarvajs Abschnitt gewandert.

»Wieder ein Tag, der uns dem Sieg näherbringt«, hatte Karnak gesagt. Im Dämmerlicht ließ ihn sein breites Grinsen jungenhaft wirken.

»Hoffentlich«, antwortete Sarvaj, wischte das Blut von seinem Schwert und steckte es in die Scheide. »Du nimmst ab, General.«

»Ich verrate dir ein Geheimnis: Ein dünner Mann könnte das Tempo nicht durchhalten! Mein Vater war doppelt so dick wie ich und ist über neunzig geworden.«

»Wie schön«, sagte Sarvaj grinsend. »Ich würde schon gern fünfundzwanzig werden.«

»Sie werden uns nicht besiegen, dafür fehlt ihnen der Mumm.«

Es schien klug, ihm zuzustimmen, und Karnak war davongegangen, um Gellan zu suchen.

Jetzt lauschte Sarvaj auf den Donner, der nach Osten abzuziehen schien. Er stieg vorsichtig über die schlafenden Soldaten, bahnte sich seinen Weg zum östlichen Torturm und kletterte die Wendeltreppe hinauf. Selbst hier lagen Männer, die es vorgezogen hatten, im Trockenen zu schlafen. Er trat auf ein Bein, doch der Mann grunzte nur, ohne zu erwachen.

Als Sarvaj auf die hohen Wehrgänge hinaustrat, sah er Gellan, der auf einem steinernen Sitz saß und über die Bucht hinausblickte. Der Regen war inzwischen zu einem feinen Nieseln geworden, als ob ein dunkler Gott gemerkt hätte, daß es nur noch eine Stunde bis Tagesanbruch war und die Vagrier gutes Wetter brauchten, um die Mauern zu erklimmen.

»Schläfst du eigentlich nie?« fragte Sarvaj.

Gellan lächelte. »Ich scheine das nicht zu brauchen. Ich döse hin und wieder.«

»Karnak sagt, wir gewinnen.«

»Schön. Dann fange ich an zu packen.«

Sarvaj ließ sich neben ihm nieder. »Es kommt mir vor, als wären wir schon ewig hier – als ob alles, was vorher war, nur ein Traum gewesen wäre.«

»Ich kenne das Gefühl«, sagte Gellan.

»Gestern liefen zwei Männer auf mich zu, und ich tötete sie beide, während ich an ein Tanzfest in Drenan im letzten Jahr dachte. Es war ein seltsames Gefühl, als ob mein Körper das Kommando übernommen hätte, so daß meine Gedanken frei umherschweifen konnten.«

»Laß sie nicht zu weit herumschweifen, mein Freund. Keiner von uns ist unverwundbar.«

Eine Weile saßen sie schweigend, dann lehnte Gellan seinen Kopf an den Stein und döste. Schließlich sprach Sarvaj wieder.

»Wäre es nicht schön, in Drenan aufzuwachen?«

»Abschied von einem bösen Traum?«

»Ja ... Sidrik ist heute gestorben.«

»Das hatte ich noch nicht gehört.«

»Ein Pfeil durch die Kehle.«

»Also schnell?«

»Ja. Ich hoffe, bei mir geht es ebenso schnell.«

»Wenn du mir stirbst, zahle ich dir keinen Sold mehr.«

»Ich erinnere mich an Sold«, sinnierte Sarvaj. »War das nicht etwas, das wir vor langer Zeit bekamen, als die Welt noch nicht verrückt war?«

»Denk nur, wie reich du sein wirst, wenn das alles vorbei ist.«

»Vorbei?« murmelte Sarvaj, dessen Humor so rasch verzogen war wie das Unwetter. »Es wird nie vorbei sein. Selbst wenn wir gewinnen. Kannst du dir vorstellen, daß wir den Vagriern verzeihen? Wir werden ihr Land in ein Schlachthaus verwandeln und sehen, wie sie damit fertig werden.«

»Ist es das, was du willst?«

»Im Moment? Ja. Morgen ... wahrscheinlich nicht. Was wäre damit erreicht? Ich frage mich, wie es Egel geht?«

»Dardalion sagt, er steht nur einen Monat davor, einen Ausbruchsversuch zu unternehmen. Und die Lentrier haben die vagrische Armee zerschlagen und sind nach Drenai einmarschiert. Erinnerst du dich an den alten Eisenfaust?«

»Der alte Mann beim Bankett?«

»Ja.«

»Der ohne Zähne, der Suppe und weiches Brot essen mußte?«

»Genau der. Nun, jetzt führt er die lentrische Armee an.«

»Das kann ich nicht glauben. Wir haben alle über ihn gelacht.«

»Mag sein, aber er drängt sie zurück.«

»Das muß sie hart treffen. Sie sind es nicht gewöhnt zu verlieren.«

»Das ist ihre Schwäche«, sagte Gellan. »Ein Mann oder eine Armee müssen hin und wieder verlieren. Das ist wie bei Stahl, den man ins Feuer hält – wenn er nicht zerbricht, kommt er stärker wieder heraus.«

»Karnak hat noch nie verloren.«

»Ich weiß.«

»Dann gilt deine Philosophie auch für ihn?«

»Dir gelingt es immer, die schwierigen Fragen zu finden. Aber, ja, ich glaube schon. Wenn Karnak von der Unvermeidlichkeit des Sieges spricht, glaubt er selbst ehrlich daran.«

»Und was ist mit dir?«

»Du bist mein Freund, Sarvaj, und ich will nicht herablassend zu dir sein. Wir haben eine Chance – mehr nicht.«

»Du sagst mir nicht mehr, als ich schon weiß. Was ich wissen will, ist: Glaubst du, daß wir gewinnen?«

»Warum sollten meine Voraussagen zuverlässiger sein als Karnaks?«

»Weil ich dir vertraue.«

»Und ich schätze dein Vertrauen, aber ich kann dir nicht antworten.«

»Ich glaube, das hast du schon.«

Hoch oben in der Festung verlor Karnak allmählich die Geduld mit Evris, dem Arzt. Bemüht, nicht die Beherrschung zu verlieren, tat er die Argumente des Mannes mit einem krachenden Fausthieb auf den Tisch ab.

»Ich dulde nicht, daß die Verwundeten in die Festung gebracht werden! Verstanden? Wie oft muß ich es dir noch sagen, Evris? Rede ich nicht deutlich genug?«

»Oh, doch, deutlich genug, General. Ich sage dir, daß hier Männer scharenweise unnötig sterben – und dich kümmert es nicht.«

»Mich kümmern? Natürlich kümmert es mich«, donnerte Karnak. »Du unverschämter Kerl! Die Audienz ist beendet. Raus!«

»Audienz, General? Ich dachte, das gäbe es nur bei Königen. Nicht bei Schlächtern!« Mit zwei langen Schritten umrundete Karnak den Tisch und packte den zierlichen Arzt an seiner blutbefleckten Schürze. Evris wurde von den Füßen gehoben und baumelte vor dem aufgebrachten Krieger.

Karnak hielt ihn für einige Sekunden so und schleuderte ihn dann gegen die Tür. Evris prallte hart dagegen und sank dann zu Boden.

»Raus, bevor ich dich umbringe«, zischte Karnak. Dundas, der die Szene schweigend beobachtet hatte, erhob sich und half dem Arzt in den Gang hinaus.

»Du bist zu weit gegangen, Arzt«, sagte Dundas leise. »Bist du verletzt?«

Evris wand sich aus Dundas' stützenden Armen. »Nein, ich bin nicht verletzt, Dundas. Ich habe keinen Wundbrand, der sich in meinen Gliedern ausbreitet. Ich habe keine Wunden, in denen Maden nisten.«

»Versuch doch, das Ganze aus einem anderen Blickwinkel zu sehen«, drängte Dundas. »Wir sehen uns vielen Feinden gegenüber, und nicht der geringste davon sind drohende Seuchen. Wir können die Verwundeten nicht in die Festung bringen.«

»Glaubst du, ich verstehe so wenig von Strategie, daß du mir dieselben einfachen Dinge erzählen mußt wie dein Anführer? Ich weiß, was er denkt, und ich hätte ihn weit mehr respektiert, hätte er es zugegeben. Wir können die Mauern nicht mehr viel länger halten. Dann werden sich die Soldaten in die Festung zurückziehen. Karnak will dort nur kampffähige Männer – er braucht nicht tausend oder noch mehr Verwundete, die den Platz wegnehmen, ernährt und getränkt werden müssen, gewaschen und geheilt.«

Dundas sagte nichts, und Evris lächelte. »Danke, daß du nicht widersprichst. Wenn wir uns zurückziehen, werden die Vagrier jeden Verwundeten töten – sie in ihren Betten abschlachten.«

»Karnak hat keine Wahl.«

»Das weiß ich, verdammt noch mal.«

»Warum hast du ihn dann so beschimpft?«

»Weil er da ist! Es ist seine Verantwortlichkeit, sie kommt mit der Macht. Und weil ich ihn verabscheue.«

»Wie kannst du das sagen, wo er doch kämpft, um alles zu verteidigen, wofür du lebst?«

»Verteidigen? Wofür ich lebe, kann man nicht mit einem Schwert verteidigen. Du kannst das nicht verstehen, oder, Dundas? Es gibt keinen wirklichen Unterschied zwischen Karnak und Kaem. Sie sind Brüder im Geiste. Aber ich kann hier nicht stehen und mit dir reden, wenn Menschen sterben.« Er humpelte davon, drehte sich aber an der Treppe noch einmal um.

»Heute morgen fand ich drei Männer tot im Keller unter den Ställen, wo man mich gezwungen hatte, sie unterzubringen. Ratten hatten sie bei lebendigem Leibe aufgefressen.«

Damit ging er. Dundas seufzte und kehrte in die Räume des Generals zurück. Er holte tief Luft, ehe er die Tür öffnete. Karnak saß noch immer am Tisch, sein Zorn war noch nicht verraucht.

»Elender Wurm!« erklärte er, als Dundas eintrat. »Wie kann er es wagen, so etwas zu mir zu sagen? Wenn das hier vorbei ist, werde ich mit ihm abrechnen.«

»Nein, wirst du nicht, General«, widersprach Dundas. »Du wirst ihn mit Medaillen ehren und dich bei ihm entschuldigen.«

»Niemals! Er hat mich beschuldigt, Degas in den Selbstmord getrieben zu haben, hat mir vorgeworfen, daß mir meine Männer gleichgültig wären.«

»Er ist ein guter Arzt und ein mitfühlender Mann. Und er weiß, warum du nicht zulassen wirst, daß die Verwundeten in die Festung gebracht werden.«

»Woher? Woher weiß er das?«

»Weil er auch Soldat ist.«

»Wenn er es weiß, warum zum Teufel hat er mich dann so angegriffen?«

»Ich weiß es nicht, General.«

Karnak grinste, und sein Zorn verflog. »Für einen kleinen Mann hat er es ganz schön mit mir aufgenommen.«

»Er hat sich gut gehalten.«

»Ich werde ihm nur eine *kleine* Medaille geben – und keine Entschuldigung«, sagte Karnak. »Sag mir, wie sehen unsere Wasservorräte aus?«

»Wir haben sechshundert Fässer in die Festung geschafft. Das ist die Grenze.«

»Wie lange werden wir damit auskommen?«

»Das hängt davon ab, wie viele Männer wir noch haben.«

»Sagen wir zweitausend, wenn der Rückzug eingeleitet wird?«

»Dann etwa sechs Wochen.«

»Das ist nicht genug, bei weitem nicht genug. Warum zum Kuckuck bricht Egel nicht aus?«

»Es ist noch nicht Zeit, er ist noch nicht soweit.«

»Er ist übervorsichtig.«

»Er weiß, was er tut, General. Er ist ein kluger Denker.«

»Es mangelt ihm an Begabung.«

»Du meinst, er ist nicht rücksichtslos?«

»Erzähl mir nicht, was ich meine«, fuhr Karnak auf. »Geh und ruh dich etwas aus.«

Dundas ging in seine Unterkunft und legte sich auf das schmale Bett. Es hatte keinen Sinn, die Rüstung auszuziehen, es war kaum mehr eine Stunde bis Tagesanbruch.

Als er in den Schlaf hinüberglitt, trieben Bilder von Karnak und Egel durch seine Gedanken. Beide waren Männer von ehrfurchtgebietender Kraft. Karnak war wie ein Sturm, dramatisch und inspirierend, während Egel mehr wie ein aufgewühltes Meer war – tief, dunkel und tödlich. Sie würden niemals Freunde werden. *Konnten* nie Freunde werden.

Die Bilder veränderten sich, und Dundas sah einen Tiger und einen Bären, umringt von knurrenden Wölfen. Solange der gemeinsame Feind nahe war, würden die beiden Seite an Seite kämpfen.

Aber was würde geschehen, wenn die Wölfe nicht mehr da waren?

Sarvaj schnallte den Kinnriemen seines Helms fest und schärfte sein Schwert mit einem schwarzen Wetzstein. Jonat neben ihm schwieg, als der Feind mit Leitern und aufgerollten Tauen vordrängte. Auf den Mauern waren jetzt nur wenige Bogenschützen, da der Vorrat an Pfeilen seit drei Tagen praktisch aufgebraucht war.

»Was würde ich darum geben, könnte ich jetzt mit fünftausend Legionsreitern heranreiten«, murmelte Vanek mit einem Blick auf die massierten Reihen der Infanterie, die zur Festung stürmten.

Sarvaj nickte. Ein Kavallerieangriff würde sie auseinandertreiben wie eine Lanze, die durch Butter glitt. Die ersten Vagrier erreichten die Mauer, und die Verteidiger wichen ein paar Schritte zurück, als die schweren eisernen Enterhaken über die Brüstung flogen und sich festhakten.

»Wieder ein Tag«, sagte Vanek. »Man sollte glauben, sie wären es allmählich müde.« Sarvajs Gedanken wanderten, während er darauf wartete, daß der erste feindliche Soldat auftauchte. Warum sollte jemand der erste sein wollen? Sie starben immer. Er fragte sich, wie er sich als Angreifer am Fuß der Leiter fühlen würde. Was dachten sie, wenn sie dem Tod entgegenkletterten?

Eine Hand griff über die Brüstung, breite Finger klammerten sich an den Stein. Vaneks Schwert sauste herab, und die Hand fiel Sarvaj vor die Füße, die Finger noch immer zuckend. Er hob sie auf und schleuderte sie über die Brüstung. Mehr Krieger erschienen, und Sarvaj stieß seine Klinge einem Mann zwischen die Zähne, daß sie im Nacken wieder austrat. Er zerrte sie los und zog sie einem anderen Kletterer über die Kehle. Sein Arm war bereits müde, und die eigentliche Schlacht hatte noch nicht einmal begonnen.

Eine Stunde lang gelang es dem Feind nicht, auf der Brüstung Fuß zu fassen, dann erzwang sich ein riesiger Krieger einen Weg auf die Mauer westlich des Torturms und öffnete eine Lücke hinter sich. Soldaten strömten über die Brüstung, und bald hatten sie sich zu einem kämpfenden Keil formiert. Gellan sah die Gefahr und zog fünf Männer vom Turm ab, um eine heftige Attacke gegen ihre Flanke zu führen. Der riesige Vagrier drehte sich um und führte einen wilden Hieb gegen den großen Drenai. Gellan duckte sich und warf sich nach vorn, seine Klinge fuhr dem Mann in die Seite. Sein Schwert sauste herab, doch Gellan wehrte es ab.

»Ich bringe dich um!« brüllte der Vagrier. Gellan sagte nichts. Der Mann machte einen Ausfall, aber Gellan wich der Klinge aus und konterte mit einem Stoß in die Kehle. Der Krieger stürzte zu Boden, erstickte an seinem Blut, doch selbst sterbend landete er noch einen Hieb, wenn er auch dem Mann neben Gellan ins Bein drang. Der vagrische Keil brach zusammen, und Gellan drängte sich näher, zog seinen Dolch und erstach einen feindlichen Soldaten, der gerade die Brüstung erkletterte. Der Mann fiel rücklings die Mauer hinunter und wurde auf den Felsen zerschmettert. Von der anderen Seite des Keils konnte Gellan hören, wie Sarvaj seinen Männern Befehl gab, dicht aufzuschließen. Langsam wurden die Vagrier zurückgedrängt, und die Mauer war wieder frei von Feinden. Doch sofort bildete sich ein neuer Keil dreißig Schritt weiter rechts.

Diesmal führte Karnak den Gegenangriff. Er schwang eine doppelköpfige Streitaxt, die Rüstungen zerschlug, Rippen zerschmetterte und seinen Angreifern den Bauch aufschlitzte.

Sarvaj stolperte über einen Toten und stürzte schwer, wobei er sich den Kopf an den Stufen zur Brüstung stieß. Als er sich auf den Rücken rollte, sah er eine Schwertklinge auf sein Gesicht zusausen.

Ein anderes Schwert wehrte den Hieb ab, so daß die Klinge abgelenkt wurde und nur den Stein neben Sarvajs Kopf traf. Sarvaj kam auf die Füße, als Vanek den Angreifer tötete, aber für ein Dankeschön blieb keine Zeit, sie warfen sich sofort wieder ins Getümmel. Ein stetes, dumpfes Dröhnen war über dem Lärm von klirrendem Stahl zu hören, und Sarvaj wußte, daß der Rammbock wieder eingesetzt wurde. Seine Bronzespitze donnerte gegen die verstärkten Eichentore. Die Sonne gleißte von einem klaren Himmel herab, und er spürte, wie das Salz seines Schweißes ihm in den Augen brannte.

Am Mittag endete der Angriff, und die Vagrier zogen sich zurück und nahmen ihre Verwundeten mit, während die Bahrenträger der Drenai ihre Verletzten im Hof einsammelten. Es war kein Platz mehr, um sie nach drinnen zu bringen.

Andere Soldaten schleppten keuchend Eimer voll Wasser entlang der Brüstung, aus denen die Verteidiger ihre Feldflaschen füllen konnten. Wieder andere wuschen das Blut von der Brüstung und streuten Sägemehl auf die Steine.

Sarvaj schickte drei Männer los, um Brot und Käse für seine Abteilung zu holen, dann setzte er sich und nahm seinen Helm ab. Er dachte daran, daß Vanek ihm das Leben gerettet hatte, und sah sich nach ihm um, bis er ihn an der Mauer beim Torturm sitzen sah. Müde erhob er sich und ging zu ihm.

»Ein harter Morgen«, sagte er.

Vanek lächelte erschöpft. »Es wird noch härter werden«, erwiderte er.

»Danke, daß du mich gerettet hast.«

»Keine Ursache. Ich wünschte, jemand hätte dasselbe für mich getan.«

Sarvaj sah, daß Vaneks Gesicht grau vor Schmerzen war und er in einer Blutlache saß, eine Hand gegen seine Seite gepreßt.

»Ich hole die Bahrenträger«, sagte Sarvaj und stand auf.

»Nein ... hat keinen Sinn. Außerdem, ich will nicht in der Nacht von Ratten gefressen werden. Es macht nichts – ich habe keine Schmerzen, was kein gutes Zeichen ist, nach dem, was ich weiß.«

»Ich weiß nicht, was ich sagen soll.«

»Mach dir keine Sorgen. Hast du gehört, daß ich meine Frau verlassen habe?«

»Ja.«

»Idiotisch. Ich liebte sie zu sehr, um den Anblick ertragen zu können, wie sie älter wurde. Verstehst du? Ich habe mir eine junge Frau genommen. Schönes Mädchen. Sie hat mich ausgenommen und hatte einen jungen Liebhaber. Warum müssen wir alt werden?«

Sarvaj sagte nichts, sondern rückte näher, da Vaneks Stimme zu einem Wispern wurde.

»Vor einem Jahr hätte ich diesen Hieb kommen sehen. Zu langsam... habe den Bastard trotzdem umgebracht. Habe mich gedreht, um seine Klinge aufzufangen, und ihm dann die verdammte Kehle durchgeschnitten. Ich glaube, dieses Drehen hat mich getötet. Verstehst du? Götter, ich wünschte, meine Frau wäre hier! Ist das nicht verrückt? Sie hier haben zu wollen, bei all dem Blutvergießen und Tod? Sag ihr von mir, Sarvaj, sag ihr, daß ich an sie gedacht habe. Sie war einst so schön. Menschen sind wie Blumen... Götter! Sieh dir das an!«

Sarvaj fuhr herum, aber da war nichts zu sehen.

»Was ist denn?«

Aber Vanek war tot.

»Sie kommen zurück!« gellte Jonat.

# 18

Waylander hatte in seinem Leben schon viele Schmerzen erlebt und war immer der Ansicht gewesen, daß er jeder Tortur, die die Welt ihm auferlegen konnte, widerstehen könne. Jetzt wußte er es besser. Seine blasenübersäte Haut fühlte sich an, als ob tausend Bienen ausgeschwärmt wären und zugestochen hätten, während sein Kopf im Rhythmus der Wellen von Übelkeit dröhnte, die seinen Körper schüttelten.

Zuerst, als er die Lichtung und den sterbenden Cadoras verließ, war der Schmerz auszuhalten gewesen, aber jetzt, als die Nacht hereinbrach, war er unerträglich. Eine neue Schmerzwelle überkam ihn, und er stöhnte, verfluchte sich für seine Schwäche. Er setzte sich auf, schauderte und ging tiefer in die Höhle, wo er mit zitternden Händen etwas Rinde als Zunder zerbrach und ein kleines Feuer anzündete. Seine Pferde, die im hinteren Teil der Höhle angebunden waren, wieherten, und das Geräusch ging ihm durch und durch. Er stand auf, taumelte, gewann jedoch sein Gleichgewicht wieder und ging zu den Tieren, um ihnen den Hals zu tätscheln. Er löste den Sattelgurt seines eigenen Pferdes und breitete eine Decke über seinen Rücken, ehe er wieder zu seinem Feuer zurückkehrte.

Er legte dickere Holzstücke auf das Feuer und spürte, wie die Wärme ihn durchdrang. Langsam zog er sein Hemd aus. Er stöhnte auf, als die Wolle sich von den Blasen auf seinen Schultern löste. Dann öffnete er einen Lederbeutel an seinem Gürtel und zog die länglichen, grünen Blätter heraus, die er vor Einbruch der Dunkelheit gepflückt hatte. Es war nicht ungefährlich, Lorassium zu nehmen. In kleinen Mengen linderte es Schmerzen und brachte lebhafte Träume; in großen Mengen tötete es. Und Waylander hatte keine Ahnung, wieviel oder wie wenig er nehmen sollte – oder wie er sie zubereiten mußte. Er zerdrückte ein Blatt in der Hand und roch daran, dann steckte er es in den Mund und kaute langsam. Es war bitter, und er würgte. Wut stieg in ihm auf und ließ seinen Kopf dröhnen. Er kaute schneller. Als er nach zehn Minuten keine Erleichterung spürte, aß er noch ein Blatt.

Jetzt sprangen Flammentänzer über sein kleines Feuer, drehten Pirouetten, warfen die Arme hoch, so daß Funken aus ihren winzigen Fingern stoben. Die Wände der Höhle knirschten und schwollen an, und Waylander kicherte, als seinem Pferd Flügel und Hörner wuchsen. Sein Lachen erstarb, als er sah, daß seine eigenen Hände zu schuppigen Klauen geworden waren. Nun verwandelte sich das Feuer in ein Gesicht, breit und gutaussehend, mit flammendem Haar.

»Warum versuchst du, meine Pläne zu durchkreuzen, Mann?« fragte das Feuer.

»Wer bist du?«

»Ich bin der Morgenstern, der Herr des Dunklen Lichtes.«

Waylander lehnte sich zurück und warf ein Stück Holz in das Gesicht. Feuer sprang aus seinem Mund und verschlang den Ast. Waylander sah, daß die Flammenzunge gegabelt war.

»Ich kenne dich«, sagte der Meuchelmörder.

»Das solltest du auch, Kind, du hast mir viele Jahre gedient. Es erfüllt mich mit Traurigkeit, daß du mich jetzt verrätst.

»Ich habe dir nie gedient. Ich war immer mein eigener Herr.«

»Glaubst du? Dann belassen wir es dabei.«

»Nein – erzähl mir.«

»Was gibt es da zu erzählen, Waylander? Du hast viele Jahre lang gejagt und getötet. Glaubst du, deine Taten dienten der QUELLE? Sie dienten der Sache des Chaos. *Meiner* Sache! Du gehörst mir, Waylander – du hast immer mir gehört. Und auf meine Art habe ich dich vor Schaden bewahrt, habe Dolche in der Nacht abgewehrt. Selbst jetzt schütze ich dich vor den Nadirjägern, die geschworen haben, dein Herz zu essen.«

»Warum tust du das für mich?«

»Denen, die mir dienen, bin ich ein guter Freund. Habe ich dir nicht Cadoras in deiner Not geschickt?«

»Ich weiß es nicht. Aber ich weiß, daß du der Fürst der Betrüger bist, also bezweifle ich es.«

»Harte Worte, Sterblicher. Worte des Todes, wenn ich es will.«

»Was willst du von mir?«

»Ich möchte dich von deinem Makel befreien. Du bist kein richtiger Mann mehr, seit Dardalion dich mit seiner Schwäche berührt hat. Ich kann es dir nehmen – ich tat es beinahe, als du dich auf die Jagd nach Butaso machtest –, aber jetzt sehe ich, daß es sich wie eine Krebsgeschwulst in deinem Herzen ausbreitet.«

»Wie willst du mich von diesem Makel befreien?«

»Du brauchst bloß zu sagen, daß du es wünscht, und er wird verschwunden sein.«

»Ich wünsche es nicht.«

»Glaubst du, die QUELLE wird dich annehmen? Du bist besudelt vom Blut der Unschuldigen, die du erschlagen hast. Warum den Tod für einen Gott riskieren, der dich verabscheut?«

»Es ist nicht für irgendeinen Gott, sondern für mich selbst.«

»Der Tod ist nicht das Ende, Waylander – nicht für solche wie dich. Deine Seele wird in die Leere eingehen, sich in der Dunkelheit verlieren, aber ich werde sie finden und in alle Ewigkeit mit Flammenzungen quälen. Begreifst du, was für ein Risiko du eingehst?«

»Deine Drohungen sind eher zu akzeptieren als deine Versprechungen. Sie entsprechen deinem Ruf. Und jetzt laß mich in Ruhe.«

»Sehr schön, aber wisse: Ich bin nicht der Feind, den du dir wünschen solltest, Mörder. Mein Arm ist lang, und meine Klauen tödlich. Dein Tod ist bereits festgelegt, das Szenario ist im Buch der Seelen niedergeschrieben, und ich habe es mit Freuden gelesen. Aber es gibt jemanden, an den du denken solltest – Danyal. Sie reist mit einem anderen, dessen Seele mein ist.«

»Durmast wird ihr nichts antun«, sagte Waylander, doch seine Worte waren leer und mehr von Hoffnung als von Überzeugung geprägt.

»Wir werden sehen.«

»Laß mich allein, Dämon!«

»Eine letzte Gabe, ehe ich gehe. Sieh zu und lerne!« Das Gesicht schimmerte und schrumpfte, die Flammen loderten erneut auf, und darin sah Waylander, wie Durmast Danyal durch einen dunklen Wald jagte. Am Ufer eines Flusses packte er sie und schwang sie herum. Sie zielte auf sein Gesicht, doch er parierte den Hieb. Dann schlug er sie, und sie fiel. Seine Hände rissen ihr die Tunika vom Leib . . .

Waylander beobachtete die folgende Szene und schrie nur auf, als Durmast ihr sein Messer über die Kehle zog. Dann verlor er das Bewußtsein.

Und der Schmerz hörte auf.

Dardalion und die Dreißig knieten im offenen Hof bei den Ställen. Ihr Sein war vereint, ihre Konzentration geschärft, ihr Geist sickerte durch die Balken und Wasserrinnen unter dem Stall.

Die erste Ratte schlief, doch ihre Knopfaugen gingen alarmiert auf, und sie huschte davon, als sie die Anwesenheit von Menschen spürte. Ihre Nüstern zitterten, doch in der feuchten Luft war der Geruch des Feindes nicht wahrzunehmen. Sie drehte sich um, erfüllt von namenlosem Entsetzen, quiekte und rannte ins Freie. Mehr und mehr ihrer Kameraden folgten ihr in einer panischen Flucht um ihr Leben. Aus Kanälen, Entwässerungsgräben und vergessenen Abwasserschächten strömten die Ratten in den Hof, angezogen von dem Kreis der Priester. Die erste Ratte legte sich neben Astila. Sie wußte nur, daß hier im Hof das Ende der Furcht war. Nichts konnte ihr etwas anhaben, solange sie so lag, im Mondschatten des Menschen. Andere folgten ihr, und ein großer Kreis bildete sich um die Priester.

Von den Mauern herab sah Karnak fasziniert zu, während um ihn herum seine Offiziere und Soldaten das Zeichen des Schützenden Horns schlugen.

Hunderte von Ratten scharten sich um die Priester, kletterten über ihre Gewänder und auf ihre Schultern. Sarvaj schluckte, wandte die Augen ab. Gellan schüttelte den Kopf und kratzte sich den Arm.

Dardalion hob langsam seinen Arm, Gellan registrierte die Bewegung.

»Öffnet die Tore. Langsam, nur ein paar Handbreit oder so!« Gellan blickte zu dem Soldat auf dem Torturm hinauf. »Was kannst du sehen?«

»Keine Bewegung vom Feind.«

So leise sie konnten, hoben die Soldaten am Tor die mit Bronze beschlagenen Riegel von den Torflügeln und zogen sie auf.

Die erste Ratte blinzelte und schauderte, als die tröstliche Decke der Sicherheit von ihr abglitt. Sie hastete zum Tor, und die Horde folgte ihr.

Die Nachtluft war kühl, als die schwarze Masse sich den Hügel hinabrollte und in die stillen Straßen von Purdol quoll, weiter auf die Marktplätze und zu den Zelten der vagrischen Armee. Ein Meer von Ratten strömte über die kopfsteingepflasterten Straßen in die Zelte.

Ein Mann erwachte, als eine schwarze Ratte über sein Gesicht huschte. Er fuhr mit einem Schrei auf und schlug wild um sich. Dann fiel eine zweite von seiner Schulter, landete in seinem Schoß und schlug ihre Zähne in seinen Schenkel. Weitere Schreie hallten durch die Nacht, als die Ratten weiterzogen. Um sich schlagende Männer zerbrachen Zeltstangen, so daß die weißen Planen sich um sie blähten, andere rannten über die Straßen, um sich ins Meer zu stürzen. Ein brennendes Kohlebecken stürzte um, und Flammen leckten an trockener Leinwand, während der leichte Wind aus Osten das Feuer anfachte und es von Zelt zu Zelt weiterspringen ließ.

Hoch auf den Mauern von Purdol hallte Karnaks Gelächter von den Bergen wider, während aus der Stadt die Geräusche der Panik aufstiegen.

»Es passiert nicht oft, daß Verwandtenbesuch mit einer solchen Vorstellung begrüßt wird«, sagte Sarvaj. Jonat kicherte.

»Götter, was für ein Höllenspektakel«, sagte Gellan. »Dardalion!« rief er. »Komm her und sieh dir dein Werk an.«

Der Priester in der silbernen Rüstung schüttelte den Kopf und führte die Dreißig zurück ins Hospital, wo Evris sie erwartete.

»Sehr schön, junger Mann«, sagte er und ergriff Dardalions Hand. »Wirklich sehr schön. Was kannst du mit Kakerlaken machen?«

Dardalion grinste. »Ich glaube, das lasse ich mir für einen anderen Tag, Evris, wenn du nichts dagegen hast –«

Astila, aufmerksam wie immer, fing Dardalion auf, als er fiel.

»Bring ihn hier hinein«, sagte Evris und stieß die Tür zu seinem eigenen Zimmer auf. Astila legte Dardalion auf das schmale Bett und zog ihm die silberne Rüstung aus. Evris nahm Dardalions Handgelenk. »Der Puls ist kräftig. Ich denke, er ist erschöpft – wann hat er zuletzt geschlafen?«

Astila zuckte die Achseln. »Ich weiß nicht, Doktor. Aber ich selbst habe von den letzten achtzig Stunden nur drei geschlafen. Es ist so viel zu tun – so viele Verwundete und Sterbende. Und dann bei Nacht . . .«

»Ich weiß. Die Bruderschaft schleicht durch die Dunkelheit.«

»Wir werden sie nicht mehr lange aufhalten können. Bald werden wir sterben.«

»Wie viele sind es?«

»Wer weiß?« antwortete Astila müde. »Sie haben Verstärkung bekommen. Letzte Nacht hätten wir beinahe Baynha und Epway verloren. Und heute nacht . . .?«

»Ruh dich etwas aus. Du mutest dir zuviel zu.«

»Das ist der Preis der Schuld, Evris.«

»Es gibt bestimmt nichts, dessen zu dich schuldig fühlen müßtest?«

Astila legte seine Hände auf die Schultern des Arztes. »Alles ist relativ, mein Freund. Man lehrt uns, daß Leben heilig ist. *Alles* Leben. Ich bin einmal aus dem Bett ausgestiegen und habe einen Käfer zertreten – ich fühlte mich irgendwie besudelt. Wie, glaubst du wohl, werde ich mich heute abend fühlen, wenn unten in der Stadt scharenweise Menschen sterben? Was glaubst du, wie wir uns alle fühlen? Für uns gibt es hier keine Freude, und Mangel an Freude bedeutet Verzweiflung.«

Sechs Männer knieten vor dem Schamanen, sechs Krieger mit strahlenden Augen und grimmigen Gesichtern: Bodai, der vor zwei Jahren seinen rechten Arm verloren hatte; Askadi, dessen Rückgrat nach dem Sturz von einer Klippe verkrümmt war; Nenta, einst ein guter Schwertkämpfer, jetzt verkrüppelt von Arthritis; Belikai der Blinde; Nontung, der Leprakranke aus den Höhlen von Mithega; Lenlai der Besessene, dessen Anfälle häufiger wurden und der sich in einem schrecklichen Krampf die Zunge abgebissen hatte.

Kesa Khan, angetan mit einem Gewand aus menschlichen Skalpen, gab jedem Mann einen Schluck Lyrrd, gewürzt mit den Kräutern der Berge. Er beobachtete ihre Augen, als sie tranken, sah, wie sich die Pupillen erweiterten und Verständnislosigkeit in ihnen dämmerte.

»Meine Kinder«, sagte er langsam, »ihr seid die Erwählten. Ihr, deren Leben beraubt wurde, werdet wieder stark sein. Stark und geschmeidig. Kraft wird in euren Adern fließen. Und nachdem ihr die Stärke gekostet habt, werdet ihr sterben, und eure Seelen werden auf einem Meer von Freude in die Leere schwimmen. Denn dann werdet ihr dem Blut von eurem Blut gedient und ein Nadirschicksal erfüllt haben.« Sie saßen reglos, die Augen fest auf ihn gerichtet. Sie zeigten keinerlei Regung – kein Blinzeln, scheinbar nicht einmal ein Atmen. Zufrieden klatschte Kesa Khan leicht in die Hände, und sechs Akolythen traten in die Höhle. Sie führten sechs graue Waldwölfe herein, denen man Maulkörbe aufgesetzt hatte.

Kesa Khan ging nacheinander auf jeden der Wölfe zu, nahm ihnen zuerst die Leine, dann den Maulkorb ab. Er legte seine knochigen Finger über ihre Augen, und jeder setzte sich gehorsam dorthin, wo er sie hinführte, bis zum Schluß alle sechs vor den verkrüppelten Kriegern kauerten. Die Akolythen zogen sich zurück.

Kesa Khan schloß die Augen, gestattete seinem Geist, durch die Höhle zu strömen, hinaus in die Dunkelheit der Nadirnacht. Er erspürte den Puls des Landes und stimmte ihn mit seinem eigenen ab. Er fühlte die gewaltige elementare Kraft der Berge in seinen Geist dringen, anschwellend im Versuch, die zerbrechliche Menschenhülle zu sprengen, die ihn hielt. Der Schamane öffnete die Augen und hielt die Woge von Adrenalin an, die durch seine Adern strömte.

»In dieser Höhle hat sich der Mörder ausgeruht. Sein Geruch haftet an den Felsen. Eure letzte Erinnerung muß diesem Mann gelten: diesem hochgewachsenen, rundäugigen Drenai, der versucht, das Schicksal eurer Rasse zu durchkreuzen. Brennt sein Bild in eure Köpfe, so wie die Wölfe den glühenden Haß dieses Geruchs in ihren Nüstern haben: Waylander der Schlächter. Der Seelenräuber in den Schatten. Er ist ein starker Mann, dieser Mann – aber nicht so stark, wie ihr sein werdet. Er ist schnell und tödlich – aber nicht so schnell wie ihr, meine Kinder.

Sein Fleisch wird süß sein, sein Blut wie der Wein der Berge. Kein anderes Fleisch kann euch nähren. Jede andere Nahrung wird euch vergiften. Er allein ist euer Leben.«

Kesa Khan holte tief Luft und stand auf. Er ging an den kauernden Wölfen vorbei und tätschelte jedem sanft den Hals. Bei seiner Berührung strafften sie sich und knurrten, richteten die Augen auf den schweigenden Mann.

Plötzlich stieß der Schamane einen Schrei aus, und die Wölfe machten einen Satz. Ihre großen Fangzähne schlossen sich um die Kehlen der Männer vor ihnen. Die Männer rührten sich nicht, als die Zähne durch Fleisch und Knochen drangen.

Die Wölfe schauderten.

Und schwollen an...

Während die Männer schrumpften, die Haut in flatternden Falten von ihnen hing, streckten sich die Wölfe. Ihre Pfoten schwollen zu pelzbedeckten Fingern, die Nägel wurden dunkel und krümmten sich zu Klauen. Die Brustkörbe dehnten sich, blähten sich unter neuen Muskeln, Schultern formten sich, und die Kreaturen richteten sich auf und ließen zu Boden fallen, was wie ein Sack alter Knochen aussah.

»Seht mich an, meine Kinder«, sagte Kesa Khan. Die sechs Wesen gehorchten, und er fühlte die Macht ihrer blutroten Augen auf sich gerichtet, spürte die ganze Wildheit ihres Blickes.

»Geht hin und tötet«, flüsterte er.

Und sechs Ungeheuer trabten in die Nacht.

Nach einer Weile kehrten die Akolythen zurück.

»Entfernt die Toten«, sagte der Schamane.

»Können wir diese Dinger Tote nennen?« fragte ein junger Mann mit aschgrauem Gesicht.

»Nenn sie, wie du willst, Junge, aber bring sie weg.«

Kesa Khan sah ihnen nach, dann entzündete er ein Feuer und hüllte sich in ein Gewand aus Ziegenleder. Das Ritual hatte ihn ausgelaugt, und er fühlte sich sehr alt und sehr müde. Es hatte eine Zeit gegeben, in der nur die stärksten Krieger genommen worden waren, aber das beleidigte Kesa Khan. Auf diese Art war es besser, denn es verlieh Männern, die von Unglück gebeugt waren, einen letzten Hauch wahren Lebens.

Sie würden Waylander jagen und ihn verschlingen. Dann würden sie sterben. Wenn sie Wasser tranken, würden sie daran ersticken. Wenn sie Fleisch fraßen, würde es sie vergiften. Innerhalb eines Monats würden sie verhungern.

Aber sie würden eine letzte gute Mahlzeit haben, wenn sich ihre großen Kiefer um das Fleisch von Waylander schlossen.

Kaem lauschte schweigend den Berichten: achtundsechzig Männer tot, siebenundvierzig verletzt. Vierhundert Zelte waren zerstört und zwei Lagerhäuser bis auf die Grundmauern abgebrannt. Beide hatten Fleisch und Getreide enthalten. Ein Schiff, das an der Mole vertäut lag, hatte in der Gluthitze die Segel verloren, war aber ansonsten intakt geblieben. Die Ratten jedoch hatten die restlichen Lebensmittellager heimgesucht und überrannten die Lagerhäuser. Kaem entließ die Offiziere und wandte sich an die schwarzgekleidete Gestalt an seiner Seite.

»Verschaff mir meine gute Laune wieder, Nemodes. Erzähle mir noch einmal, wie die Bruderschaft den Sieg über die Priester schon vor Augen hat.«

Nemodes zuckte die Achseln, seine schwerlidrigen Augen mieden den Blick des Generals.

Der Anführer der Bruderschaft war ein kleiner, ausgemergelter Mann mit einer dicken, fleischigen Nase, die in seinen hageren Zügen fehl am Platze wirkte. Er hatte einen lippenlosen Mund und Zähne wie Grabsteine.

»Drei von ihnen sind letzte Nacht gestorben. Das Ende ist nahe«, wisperte er.

»Drei? Ich habe achtundvierzig verloren.«

»Diese drei sind mehr wert als dein Abschaum«, fauchte Nemodes.

»Bald werden sie nicht mehr die Kraft haben, uns auszusperren, und dann werden wir an Karnak arbeiten, so wie wir Degas vernichtet haben.«

»Deine Versprechen sind wie Schweinefürze«, sagte Kaem. »Stark, aber nicht dauerhaft. Weißt du, wie dringend ich diese Festung brauche? Eisenfaust hat im Süden unsere Armee zerschlagen und marschiert nach Drenan. Ich kann keine Männer ausschicken, um ihn aufzuhalten, weil Egel noch immer in Skultik herumläuft und Karnak diese letzte Festung hält. Ich kann nicht verlieren ... und ich kann auch nicht gewinnen.«

»Wir werden die abtrünnigen Priester töten«, versicherte Nemodes ihm.

»Ich will nicht, daß sie an Altersschwäche sterben, Nemodes! Du hast mir versprochen, daß die Festung fallen würde. Sie ist nicht gefallen. Du hast mir versprochen, daß die Priester tot sein würden. Sie leben. Du hast mir Waylander versprochen. Was für schlechte Neuigkeiten hast du in dieser Hinsicht?«

»Cadoras hat uns verraten. Er hat den Mörder aus einem Nadirdorf gerettet, wo sein Tod gewiß gewesen wäre.«

»Warum? Warum sollte Cadoras so etwas tun?«

Nemodes zuckte die Achseln. »Das geht über meinen Verstand. In seinem ganzen Leben hat Cadodas nie selbstlos gehandelt. Vielleicht hatten er und Waylander ein Abkommen. Es spielt keine Rolle, denn Cadoras ist tot. Neun meiner Brüder sind gegenwärtig auf dem Weg nach Raboas. Es sind die besten Krieger meines Ordens, und daß heißt, die besten des Kontinents. Und wir haben immer noch Durmast.«

»Ich traue ihm nicht.«

»Deswegen können wir ihm trauen. Gier ist es, was ihn antreibt, und er wird immer an den Meistbietenden verkaufen.«

»Du deprimierst mich, Nemodes.«

»Ich habe auch gute Neuigkeiten für dich, General.«

»Das kann ich kaum glauben.«

»Wir haben den bergseitigen Eingang in die Festung gefunden – den Weg, den Karnak genommen hat.«

Kaem holte tief Luft und lächelte. »Ich will, daß tausend Mann in zwei Stunden marschbereit sind.«

»Ich werde dafür sorgen«, versprach Nemodes.

# 19

Der Wald war nicht groß, doch darin war eine Senke, in der Waylander ein Feuer machen konnte. Ihm war durch und durch kalt, und obwohl er sich rasch von der Tortur erholte, spürte er noch immer die Nachwirkungen des Fiebers, das seine gemarterte Haut hervorgerufen hatte. Drei Tage lang hatte er sich in der Höhle ausgeruht, dann war er nach Norden gereist. Unterwegs hatte er eine kleine Gruppe von Keistas getroffen, die ihm eine übelriechende Salbe verkauft hatten, mit der er seine Schultern und den Rücken eingerieben hatte. Während er mit ihnen zusammen war, hatte eine junge Frau die Wunde an seiner Schläfe versorgt, und der alte Anführer der Keistas hatte ihm einen neuen Namen gegeben: Ochsenschädel. Mit Hilfe eines Bronzespiegels hatte Waylander die Wunde untersucht. Sie war angeschwollen, dunkelrot und dick, die Haut darüber zerfetzt. Er erinnerte sich an die Schwertklinge, die gegen seinen Kopf gekracht war, und stellte fest, daß sie sich gedreht und ihn mit der flachen Seite getroffen haben mußte. Die Schwellung in seinem Auge hatte deutlich nachgelassen, aber seine Sehfähigkeit wurde durch grelles Sonnenlicht noch immer beeinträchtigt, da das Auge dann heftig tränte.

Der Anführer der Keistas, ein verwelkter, heiterer Greis, untersuchte seinen Kopf, indem er auf ihm herumdrückte und klopfte.

»Nichts kaputt, Ochsenschädel. Du wirst leben.«

»Wie weit ist es bis Raboas?«

»Fünf Tage, wenn du ohne acht zu geben reitest. Sieben, wenn du die Augen offen hältst.« Das Mädchen kam mit einem Krug kaltem Wasser und badete Waylanders Kopf. Sie war zierlich und hübsch, ihre Hände sanft.

»Meine jüngste Frau«, erklärte der alte Mann. »Gut, ja?«

»Gut«, pflichtete Waylander ihm bei.

»Du trägst viele Waffen, Ochsenschädel. Führst du Krieg?«

Waylander nickte. »Ich möchte ungern denken, daß ich mit weniger Habseligkeiten von hier fortginge, als ich bei meiner Ankunft hatte.«

»Dein schwarzes Pferd ist wild«, entgegnete der alte Anführer. »Er hat meinen ältesten Sohn in die Schulter gebissen.«

»Er hat ein unberechenbares Temperament. Wenn deine Leute

meine Besitztümer wieder an einem Ort zusammentragen, werde ich sie in meine Decke einrollen. Mich beißt das Pferd nicht.«

Der alte Mann kicherte und entließ das Mädchen, doch sein Lächeln verging, als die Zeltklappe fiel und er mit dem Fremden allein war. »Du wirst gejagt, Ochsenschädel. Viele, viele Reiter suchen dich.«

»Ich weiß.«

»Einige sind Nadir. Andere kommen aus dem Süden.«

»Auch das weiß ich.«

»Die aus dem Süden tragen schwarze Umhänge, und ihre Augen sind kalt. Sie sind wie eine Wolke vor der Sonne, und unsere Kinder haben Angst vor ihnen – die Jungen sind so scharfsichtig.«

»Es sind böse Männer«, sagte Waylander. »Ihre Versprechen sind nichts als Staub, aber ihre Drohungen werden mit Blut beschworen.«

»Das weiß ich«, sagte der Keista-Führer. »Sie versprachen Gold für Wissen und Tod für Schweigen.«

»Wenn sie zurückkommen, sag ihnen, daß ich hier war.«

»Das hätte ich ohnehin getan. Warum suchen sie dich? Bist du ein König im Exil?«

»Nein.«

»Was dann?«

Waylander breitete die Hände aus. »Ein Mann macht sich viele Feinde.«

Der alte Mann nickte grimmig. Er hatte seine dunklen Augen fest auf den Mörder gerichtet.

»Weißt du, weshalb ich so lange am Leben geblieben bin?« fragte er, beugte sich vor und goß seinem Gast einen Becher Lyrrd ein.

Waylander zuckte die Achseln, nahm den Becher und trank einen tiefen Zug.

»Weil ich gesegnet bin. Ich sehe Dinge im Nebel der Gedanken. Ich wandere die Geiststraßen entlang und beobachte die Geburt von Bergen. Nichts ist vor mir verborgen. Die Südländer verehren die Dunkelheit und ernähren sich von den Herzen von Säuglingen. Sie essen das lange grüne Blatt und reiten auf den Nachtwinden. Aber dich können sie nicht finden. Diese Männer, die in einer dunklen Höhle selbst die kleinste Fledermaus jagen könnten, können einen Reiter auf einer trockenen Ebene nicht finden! Wenn ich meine Augen schließe, kann ich alle Dinge sehen – die Kinder, die hinter dem Zelt spielen, deine grasenden Pferde, meine jüngste

Frau, wie sie meiner ältesten Frau erzählt, daß sie Angst vor meiner Berührung hat, weil sie sie an den Tod erinnert. Und doch kann ich dich nicht sehen, Ochsenschädel. Woran liegt das?«

»Ich weiß nicht.«

»Du sprichst die Wahrheit. *Aber ich weiß es.* Irgendwo hast du einen Freund, einen Freund mit großer Macht, der einen Zauber über deinen Geist gelegt hat. Nur mit wahren Augen kann man dich sehen.«

»Ich habe einen solchen Freund.«

»Sitzt er in einer belagerten Festung?«

»Vielleicht. Ich weiß nicht.«

»Er ist in großer Gefahr.«

»Ich kann ihm nicht helfen.«

»Ich glaube, du bist der Schlüssel.«

»Wir werden sehen. Wie lange ist es her, daß diese Reiter kamen? Sagten sie, sie würden zurückkommen?«

»Sie sagten es nicht ... aber ich weiß es. Sie werden bei Sonnenuntergang in unser Lager kommen.«

»Aus welcher Richtung?«

»Aus Osten. Durch deine Reise nach Norden wirst du ihnen entgehen – aber nur für den Augenblick. Eure Wege werden sich kreuzen, und nichts kann daran etwas ändern. Du brauchst mehr Freunde, Ochsenschädel – allein bist du verloren.« Der alte Keista schloß die Augen und schauderte. Als plötzlich ein kühler Hauch durch das Zelt fuhr, so daß die Kerzen tropften, schüttelte er sich zitternd und riß die Augen auf.

»Du mußt von hier fort, und ich muß mein Lager abbrechen«, sagte er. Angst stand in seinen dunklen, schrägstehenden Augen.

»Was siehst du?«

»Deine Feinde sind wahrhaftig mächtig. Sie haben das neunte Tor der Hölle geöffnet und die Gestaltwechsler losgelassen. Du mußt weit und schnell reiten, Ochsenschädel.«

»Was sind die Gestaltwechsler?«

»Ich kann dir nicht mehr sagen. Die Zeit ist zu Ende, und jeder Herzschlag bringt uns der Vernichtung näher. Beherzige dies in deiner Seele: Versuch nicht, gegen sie zu kämpfen! Fliehe! Sie sind Macht, und sie sind Tod. Fliehe!«

Der alte Mann sprang auf die Füße und rannte aus dem Zelt. Waylander konnte seine gebrüllten Befehle und den Anflug von Panik in seiner Stimme hören. Er stellte fest, daß seine Habseligkeiten in einem ordentlichen Stapel neben sein Pferd gelegt worden waren, packte sie rasch zusammen und ritt aus dem Lager. Cadoras' Pferd ließ er als Bezahlung für die Hilfe zurück, die sie ihm gewährt hatten.

Jetzt lagerte er etwa zwölf Kilometer weiter und dachte über die Worte des alten Mannes nach: »Kämpfe nicht. Fliehe.«

Aber was waren sie, diese Gestaltwechsler? Warum konnte er sie nicht töten? Hatten sie kein schlagendes Herz? Was für ein Ding konnte eine Begegnung mit Waylander dem Schlächter überleben?

Der alte Mann war kein Feigling. Er hatte das Böse in den Reitern der Bruderschaft gespürt, war aber nicht durch sie eingeschüchtert. Doch diese neue Bedrohung hatte ihm fast den Mut genommen. Warum das Lager verlegen? Waylander legte Zweige auf das Feuer nach und wärmte sich die Hände. Die nächtliche Brise raschelte in den Blättern der Bäume, und in der Ferne heulte ein Wolf.

Der Mörder kümmerte sich um seine Waffe und wetzte die Klingen seiner Wurfmesser. Dann prüfte er seine Armbrust, eine schöne Waffe, die nach seinen Vorstellungen entworfen und von einem ventrischen Waffenschmied gefertigt worden war. Der Rahmen bestand aus poliertem Ebenholz und die beiden Auslöser aus mattierter Bronze. Die Handwerkskunst, die in dieser Waffe steckte, war unvergleichlich, und Waylander hatte dem Mann ein Vermögen in Opalen gezahlt. Daß es gestohlene Juwelen gewesen waren, schmälerte die Gabe nicht, und der Waffenschmied hatte vor Erstaunen geblinzelt, als Waylander sie in seine ausgestreckten Hände schüttete.

»Du bist ein Künstler, Arles, und das ist ein Meisterwerk.«

Plötzlich wieherte Waylanders Pferd erschreckt, und der Mörder erhob sich geschmeidig, legte rasch die Sehne auf die Armbrust und legte zwei Bolzen ein. Das Tier zerrte an den Zügeln im Versuch, sie von dem niedrigen Ast zu ziehen, an denen sie festgebunden waren. Seine Ohren lagen flach am Schädel, die Augen waren vor Angst weit aufgerissen.

*»Kämpfe nicht. Fliehe!«* Die Worte des alten Mannes dröhnten in seinen Ohren.

Waylander nahm seine Decke, die neben dem Feuer lag, rollte sie zusammen und rannte zu seinem Pferd. Er brauchte einige Sekunden, um den Sattelgurt festzuzurren und die Decke zu verstauen, dann zerrte er die Zügel los und schwang sich in den Sattel. Er wurde beinahe abgeworfen, als das Pferd in Galopp fiel, dann waren sie aus dem Wald heraus und hasteten nach Norden.

Waylander drehte sich im Sattel um – hinter ihm waren mehrere dunkle Gestalten aus dem Wald gekommen. Er blinzelte, doch eine Wolke verdeckte den Mond, so daß sie im Dunkeln blieben. Um den wahnsinnigen Galopp etwas zu bremsen, zog er an den Zügeln. Es war Irrsinn, in der Dunkelheit über die Steppe zu rasen. Das Loch eines Kaninchenbaus, ein großer Stein – all das konnte seinem Pferd die Beine brechen und ihn zu Boden werfen.

Nach etwa eineinhalb Kilometern begann das Pferd, schwerer zu atmen. Waylander brachte es zum Stehen und ließ es dann langsam Schritt gehen. Die Flanken des Tieres waren schweißbedeckt, der Atem ging stoßweise. Waylander streichelte den langen Hals und flüsterte beruhigend auf das Pferd ein. Er hatte nur einen kurzen Blick auf seine Verfolger erhaschen können, doch in seiner Erinnerung waren es riesige Männer in Wolfsfellen, die auf allen vieren rannten. Er schüttelte den Kopf – das mußte eine Täuschung des Lichts gewesen sein, denn sie waren unglaublich schnell gewesen. Da er jetzt ein ruhigeres Tempo anschlug, entfernte er die Bolzen wieder aus der Armbrust und löste die Sehnen.

Was für Männer auch immer hinter ihm her waren, sie waren zu Fuß und würden ihn in dieser Nacht nicht mehr einholen.

Er stieg ab und führte sein Pferd weiter nach Norden. Er machte nur eine Pause, um dem Tier den Schweiß von den Flanken zu reiben. »Ich glaube, du hast mir das Leben gerettet«, flüsterte er und streichelte den samtweichen Hals.

Die Wolken verzogen sich, und der Mond schien silbern über den fernen Bergen. Waylander führte das Pferd über einen Kilometer weit am Zügel, ehe er sich wieder in den Sattel schwang.

Er rieb sich die Augen, gähnte und zog den Umhang fest um sich. Das Bedürfnis zu schlafen stieg in ihm auf und hüllte seine Gedanken ein wie eine warme Decke.

Eine Eule schwebte über ihm und stürzte sich plötzlich wie ein Stein mit ausgestreckten Klauen herab ... ein kleines Nagetier quiekte, als die Eule zuschlug.

Ein dunkler Schatten bewegte sich zu Waylanders Rechten, und er fuhr herum, sah jedoch nichts weiter als niedriges Gebüsch. Sofort war er wieder wachsam, warf er einen Blick nach links und sah dort zwei dunkle Gestalten, die mit erschreckender Geschwindigkeit aus dem hohen Gras auftauchten. Sein Pferd stieg auf die

Hinterbeine und begann zu rennen, als Waylander ihm die Stiefel in die Seiten stieß. Er beugte sich tief über den Sattel, als es davonsprintete.

Vor ihnen erhob sich eine Gestalt, und das Pferd schwenkte seitlich um. Als die Gestalt sprang, gefror Waylander das Blut in den Adern beim Anblick des dämonischen Gesichts mit den entblößten Fangzähnen, das sich auf ihn stürzte. Er holte mit der Faust aus und traf das Wesen seitlich am Kopf. Sein Pferd krachte mit der Schulter in das Biest, so daß es rücklings taumelte. Dieses Mal machte Waylander keine Anstalten, seine wilde Flucht in die Nacht zu zügeln. Er hatte ebensoviel Angst. Deutlich sah er noch das Bild jener schrecklichen roten Augen und der speicheltropfenden Fänge vor sich. Sein Herz klopfte wie wild. Kein Wunder, daß der alte Mann so verzweifelt sein Lager hatte verlegen wollen – er wollte es von Waylanders Geruch entfernen.

Nach etwa fünf Kilometern gewann Waylander die Kontrolle über sich zurück. Das Pferd war inzwischen ziemlich erschöpft und trabte nur noch sachte. Er ließ es noch langsamer gehen und blickte zurück.

Er konnte nichts sehen, aber er wußte, daß sie da waren, seiner Spur folgten, seine Angst rochen. Er suchte den Horizont nach einem Versteck ab, es war jedoch keins in Sicht. Also ritt er weiter, wohl wissend, daß die Ungeheuer ihn einholen würden, denn das Pferd war erschöpft, und wenn es auch auf kurzen Strecken schneller war, konnte es auf Dauer keinen Vorsprung vor ihnen haben.

Wie viele Ungeheuer mochten es sein? Er hatte mindestens drei gesehen. Drei war nicht so schlimm – er konnte doch bestimmt mit dreien fertig werden? Er bezweifelte es.

Wut stieg in ihm auf. Dardalion hatte ihm gesagt, er diene der QUELLE, aber was war das für ein Gott, der einen Mann solchen Gefahren aussetzte? Warum blieb alle Stärke beim Feind?

»Was willst du von mir?« rief er mit einen Blick zum Himmel.

Vor ihnen erhob sich eine Reihe niedriger Berge, die allmählich aus der Ebene stiegen. Sie waren baumlos und boten kaum Schutz. Langsam trottete das Pferd den Hang hinauf. Auf der Kuppe hielt Waylander an und studierte den Weg, den sie gekommen waren. Zuerst konnte er nichts erkennen, doch dann sah er sie in der Ferne: sechs dunkle Gestalten, die gemeinsam auf seiner Fährte rannten. Nur Minuten trennten sie jetzt noch von ihm.

Waylander spannte die Armbrust und legte die Bolzen ein. Zwei der Ungeheuer konnte er rasch erledigen, vielleicht ein drittes mit dem Schwert.

Er warf einen Blick auf die andere Seite des Berges. Unten lag ein Fluß, der sich wie ein silbernes Band in die Berge wand. Am Fuß der Berge stand eine Hütte, und dahinter war eine kleine Fähre vertäut. Hoffnung keimte in ihm, und er gab seinem Pferd die Sporen.

Auf halbem Weg begann er nach dem Fährmann zu rufen.

Eine Laterne flackerte im Fenster der Hütte auf, und ein großer Mann trat in die Nacht hinaus.

»Bring mich über den Fluß«, bat Waylander.

»Morgen früh«, antwortete der Mann. »Du kannst im Haus schlafen.«

»Morgen früh sind wir tot. Sechs Höllenwesen sind dicht hinter mir. Wenn du eine Familie hast, bring sie auf die Fähre.«

Der Mann hielt seine Laterne hoch. Er war hochgewachsen und hatte breite Schultern und einen dichten schwarzen Bart. Seine leicht schrägstehenden Augen zeugten von seiner gemischten Herkunft. »Das solltest du mir lieber erklären«, sagte er.

»Glaub mir, dafür haben wir keine Zeit. Ich gebe dir zwanzig Silberstücke für die Überfahrt, aber wenn du nicht schnell machst, versuche ich, über den Fluß zu schwimmen.«

»Das würdest du nicht schaffen, die Strömung ist zu stark. Warte hier.«

Der Mann ging zurück ins Haus, und Waylander fluchte, weil er so langsam war. Nach einigen Minuten erschien er wieder mit drei Kindern. Ein kleines Mädchen hielt eine Flickenpuppe ans Gesicht gedrückt. Er führte sie zur Fähre und hob den Balken, damit das Pferd an Bord klettern konnte. Waylander stieg ab und legte den Balken wieder zurück, dann warf er die Taue von der Mole los, während der Fährmann zum Bug ging, das Führungsseil fest in die Hände nahm und zog. Die Fährte bewegte sich zentimeterweise, und Waylander stand im Heck und beobachtete den Berghang.

Die Wesen kamen in Sicht und fielen in Laufschritt. Die Fähre war noch immer nur wenige Meter von der Mole entfernt.

»Bei allen Göttern, was ist das?« rief der Fährmann und ließ das Seil los.

»Zieh, wenn du am Leben bleiben willst!« brüllte Waylander, und der Mann packte das Seil und setzte sein ganzes Gewicht ein. Die Wesen sprangen den Hang hinab auf die Mole, angeführt von einem Riesen mit glitzernden Augen. Mit ausgestreckten Klauen erreichte das Ungeheuer das Ende der Mole und sprang. Waylander betätigte den ersten Abzug, und der Bolzen drang dem Ungeheuer ins Maul, durchschlug den Knochen oberhalb der Kehle und fuhr ihm ins Gehirn. Das Wesen krachte gegen den Balken, der durch den Aufprall entzwei brach. Waylanders Pferd stieg hoch und wieherte vor Entsetzen, als ein weiteres Biest zum Sprung ansetzte. Waylanders zweiter Bolzen prallte vom Schädel des Monsters ab, es landete taumelnd auf der Fähre. Waylander rannte los und sprang es mit den Füßen voraus an, so daß seine Stiefel gegen seine Brust krachten und es von der Fähre ins wirbelnde Wasser des Flusses katapultierten.

Die anderen Ungeheuer heulten wutentbrannt, während Waylander wieder auf die Füße kam und die Armbrust erneut spannte. Er schickte einen Bolzen über den sieben Meter breiten Abstand zur Mole und sah zu, wie er in eine fellbedeckte Brust drang. Das Wesen brüllte vor Wut auf, zog sich den Bolzen heraus und schleuderte ihn in den Fluß.

Eine klauenbewehrte Hand schloß sich um Waylanders Knöchel. Er ließ die Armbrust fallen, zerrte sein Schwert aus der Scheide und schlug mit aller Kraft zu. Die Klinge fuhr dem Wesen tief in den Arm, durchtrennte jedoch nicht den Knochen. Noch einmal hackte Waylander auf das Glied ein, bis die Klauen sich endlich lösten. Er riß seinen Fuß los und sprang zurück.

Das Wesen rollte sich auf den Rücken, der Armbrustpfeil ragte aus seinem Maul, Blut schoß stoßweise aus dem verstümmelten Arm. Es lag am Rand der Fähre, und Waylander lief hin und trat es über Bord. Der Körper versank wie ein Stein.

»Wo können sie den Fluß noch überqueren?« fragte Waylander.

»Etwa dreißig Kilometer weiter flußaufwärts und gut zwanzig Kilometer flußabwärts. Was *sind* das für Wesen?«

»Ich weiß es nicht. Ich will es auch nicht wissen.«

Die Kinder hatten sich in eine Ecke der Fähre gekauert, zu verängstigt, um zu weinen.

»Du kümmerst dich besser um sie«, sagte Waylander. »Ich ziehe für eine Weile.« Der Mann übergab ihm das Seil und kniete sich neben seine Kinder, sprach leise auf sie ein und nahm sie in die Arme. Er öffnete eine Kiste, die im Bug der Fähre befestigt war, nahm ein paar Wolldecken heraus und legte die Kinder eng aneinandergekuschelt hin.

Es dauerte etwas über eine Stunde, den Fluß zu überqueren, und

Waylander war zutiefst dankbar, daß er nicht gezwungen gewesen war zu schwimmen. In der Mitte war die Strömung für einen Menschen viel zu stark.

Der Fährmann ging nach vorn und nahm eine Festmacherleine in die Hand, als die Mole vor ihnen auftauchte. Auch hier hatte man eine Hütte hinter der Mole gebaut, und er und Waylander trugen die jetzt schlafenden Kinder hinein und legten sie auf die zwei Betten, die nebeneinander an der Wand standen. Der Mann machte Feuer, und die beiden setzten sich vor die knisternden Flammen.

»Es ist schon schlimm genug mit den Stämmen«, sagte der Fährmann plötzlich, »aber ich glaube, jetzt werde ich hier wegziehen.«

»Diese Ungeheuer jagen mich. Ich glaube nicht, daß sie zurückkommen werden und dir Kummer machen.«

»Egal, ich muß an die Kinder denken – das ist kein Ort für sie.«

»Seit wann bist du hier?«

»Seit drei Jahren. Wir kamen her, als meine Frau starb. Ich hatte einen Bauernhof in der Nähe von Purdol, aber Räuber haben mich zugrundegerichtet – sie nahmen mein ganzes Saatgut und die Wintervorräte. Also habe ich mich hier eingerichtet und einem alten Keista geholfen. Er starb letztes Jahr, fiel über Bord.«

»Die Stämme machten keinen Ärger?«

»Nicht, solange ich die Fähre in Betrieb halte. Aber sie mögen mich nicht. Mischling!«

»Du bist größer als die meisten Nadir«, stellte Waylander fest.

»Meine Mutter war eine Vagrierin, mein Vater war Keista, so daß ich wenigstens mit niemandem eine Blutfehde habe. Ich hörte, im Süden herrscht Krieg?«

»Ja.«

»Und du bist Waylander.«

»Dann waren die Reiter also schon hier. Waren es Nadir oder Vagrier?«

»Sowohl als auch«, antwortete der Mann. »Aber ich werde dich nicht verraten. Ich schulde dir vier Leben.«

»Du schuldest mir gar nichts – genau genommen ist es umgekehrt. Ich habe die Ungeheuer zu dir geführt. Wenn die Reiter zurückkommen, erzähl ihnen, was geschehen ist. Sag ihnen, ich bin nach Norden geritten.«

»Warum sollte ich das tun?«

»Aus zwei Gründen. Erstens ist es die Wahrheit, und zweitens wissen sie bereits, wohin ich reise.«

Der Mann nickte und fachte die Glut wieder an, ehe er Holz nachlegte. »Wenn sie es wissen, warum gehst du dann dorthin? Sie werden dich erwarten.«

»Weil ich keine Wahl habe.«

»Unsinn. Im Leben hat man immer die Wahl. Von hier aus kannst du in jede Richtung reiten.«

»Ich gab mein Wort.«

Der Fährmann lächelte verständnisvoll. »Darüber kann ich mit dir nicht streiten. Ich würde es auch gar nicht versuchen. Aber es fasziniert mich. Was kann einen Mann veranlassen, ein solches Versprechen zu geben?«

»Dummheit kann man nicht ausschließen«, antwortete Waylander.

»Aber du bist nicht dumm.«

»Alle Menschen sind dumm. Wir planen, als ob wir ewig leben würden. Wir glauben, mit unseren Bemühungen den Bergen zu gleichen. Aber wir täuschen uns selbst – wir zählen nichts, und die Welt verändert sich niemals.«

»Ich spüre Bitterkeit in deinen Worten, Waylander. Aber deine Taten passen nicht zu dem, was du sagst. Wie deine Aufgabe auch immer aussehen mag, sie muß zählen. Warum solltest du sonst dein Leben riskieren?«

»Ob ich Erfolg habe oder nicht, in hundert Jahren – vielleicht sogar in weniger – wird sich niemand daran erinnern. Es wird niemanden kümmern. Ich bringe dem Berg vielleicht eine Stunde Sonnenschein; wenn ich versage, eine Stunde Regen. Was kümmert es den Berg?«

»Vielleicht nichts«, sagte der Fährmann, »aber es kümmert *dich.* Und das ist genug. Es gibt viel zu wenige Menschen auf dieser Welt, die sich kümmern, und es gibt zuviel Gier und Gewalt. Ich sehe gern Dinge wachsen. Ich höre gern Lachen.«

»Du bist ein Romantiker, Fährmann.«

»Ich heiße Gurion«, sagte der Mann und reichte ihm die Hand.

Waylander nahm sie grinsend. »Und ich hieß einmal Dakeyras.«

»Du bist auch ein Romantiker, Dakeyras, denn nur Romantiker halten sich streng an ihr Wort, wie die Welt auch aussehen mag. Es sollte uns stärker machen, tut es aber nicht. Ehre ist eine schwere Kette, die uns behindert.«

»Ein Philosoph *und* ein Romantiker, Gurion? Du solltest Lehrer sein, nicht Fährmann.«

»Was ist deine Aufgabe, Dakeyras?«
»Ich suche die Bronzerüstung.«
»Zu welchem Zweck?«
»Es gibt einen Drenaigeneral namens Egel, und ich soll sie ihm bringen. Sie wird ihm in seinem Krieg von Nutzen sein.«
»Ich habe sie gesehen.«
»Du warst in Raboas?«
»Einmal vor vielen Jahren. Sie ist in einer Kammer tief in den Höhlen. Aber sie wird bewacht.«
»Von den Nadir?«
»Nein, von viel schlimmeren Wesen – Werungeheuern, die in der Dunkelheit tief im Berg leben.«
»Wie kommt es dann, daß du die Rüstung gesehen hast?«
»Ich war mit Leuten vom Stamm meiner Frau unterwegs, den Wolfsschädeln. Wir waren fünfzig. Es war eine Hochzeitszeremonie: der jüngste Sohn des Khans. Er wollte die legendäre Rüstung sehen.«
»Ich bin überrascht, daß die Nadir sie nicht weggenommen haben.«
»Das konnten sie nicht«, sagte Gurion. »Wußtest du das nicht? Sie existiert nicht.«
»Sprich deutlich, Mann.«
»Die Rüstung ist ein Abbild, du kannst deine Hand hindurchstecken. Es heißt, daß die echte Rüstung irgendwo im Berg versteckt ist, aber kein Mensch weiß, wo. Alles, was man sehen kann, ist eine geisterhafte, schimmernde Vision, und deshalb wird sie verehrt.«
Waylander erwiderte nichts. Er starrte gedankenverloren in die Flammen.
»Ich dachte, du wüßtest, wo die echte Rüstung verborgen ist«, sagte Gurion.
Waylander kicherte und schüttelte den Kopf, dann begann er zu lachen. Gurion wandte sich ab, als er die Trauer in diesem Lachen spürte.
»Verflucht seien alle Romantiker«, sagte Waylander, als das Lachen verebbte. »Mögen sie in sieben Höllen faulen!«
»Das meinst du doch nicht ernst«, sagte Gurion.
Waylander fuhr sich mit den Fingern durch die Haare und stand auf.
»Ich kann dir gar nicht sagen, wie müde ich bin. Ich habe das

Gefühl, als würde ich in einem Meer von Treibsand ertrinken, und meine Freunde helfen mir dadurch, daß sie mir Steine an die Füße binden. Verstehst du? Ich bin ein Mörder, der für Geld tötet. Klingt das romantisch? Ich bin ein Kopfjäger. Doch hier werde ich gejagt ... von Menschen und Ungeheuern und Geistern der Dunkelheit. Meinem Freund Dardalion zufolge dient meine Aufgabe der QUELLE. Hast du von der QUELLE gehört?« Gurion nickte. »Dann laß dir sagen, mein Freund, daß es nicht einfach ist, der QUELLE zu dienen. Du kannst sie weder sehen noch hören, und sie bietet dir keine Hilfe in ihrer eigenen Sache.«

»Sie hat dich zu meiner Fähre geführt«, meinte Gurion.

Waylander kicherte. »Meine Feinde können wie unsichtbare Dämonen in der Nacht fliegen, sie können Wolfswesen aus der Hölle beschwören und Gedanken lesen. Und auf unserer Seite steht eine Gottheit, die einen Mann zu einer Fähre führen kann!«

»Und doch lebst du noch.«

»Im Moment, Gurion. Wer weiß, wie es morgen aussieht.«

# 20

Dardalion wandte sich von Astila ab und lehnte sich an den breiten Sims des Fensters. Wie alle Fenster der Festung verjüngte es sich nach oben bis auf einen schmalen Schlitz, da ihr Zweck der Verteidigung galt und weniger der Aussicht oder dem Lichteinfall. Ein Bogenschütze konnte nach links, rechts oder geradeaus zielen und damit einen breiten Angriffbereich abdecken, während die Angreifer durch sie keinen Zugang zur Festung gewinnen oder – es sei denn, durch einen unwahrscheinlichen Zufall – mit ihren Pfeilen durch die Spalten gelangen konnten. Dardalion stützte die Ellbogen auf und starrte auf die Verteidigungsanlagen hinab.

Wieder herrschten Blut und Tod auf den Mauern, aber die Verteidiger hielten stand. Jenseits der Mauer lagen die verkohlten Überreste zweier vagrischer Belagerungstürme, umgeben von schwärzlichen Leichen. Ein dritter Belagerungsturm wurde langsam zu den Mauern gezogen, und die Verteidiger warteten mit Öl und Feuer. Hinter den Türmen saß eine zweite vagrische Armee und wartete auf den Befehl zum Angriff. Dardalion blinzelte und richtete seinen Blick auf den grauen Stein der Mauern.

»Warum willst du mich nicht hören, Dardalion?« fragte Astila.

Dardalion drehte sich um. »Ich höre dich, mein Bruder, aber ich kann dir nicht helfen.«

»Wir brauchen dich hier. Wir sterben. Sieben sind schon zur QUELLE gegangen, und wir brauchen deine Kraft.«

»Waylander braucht mich auch. Ich kann ihn nicht verlassen.«

»Uns sinkt der Mut, Dardalion.« Astila ließ sich schwer auf das schmale Bett sinken und stützte den Kopf in die Hände. Zum erstenmal bemerkte Dardalion die Müdigkeit des blonden Priesters: die gebeugten Schultern, die dunklen Flecken unter den strahlenden Augen. Er verließ das Fenster und setzte sich neben Astila.

»Ich kann nur meinen Teil tun, und es gibt so viel zu tun. Ich glaube ehrlich, daß Waylanders Aufgabe die Antwort für die Drenai ist. Ich kann nicht erklären, warum. Aber in all meinen Gebeten sucht die Rüstung mich heim, und Nacht für Nacht sehe ich sie in dieser dunklen Höhle schimmern. Doch obwohl sie so wichtig ist, haben wir nur einen Mann, der sie für uns sucht. Einen Mann, Astila! Und ihn bekämpfen die Bruderschaft, die Nadir und jetzt auch noch unheilige Geschöpfe ... Er hat keine Chance ohne mich. Versuche zu verstehen. Bitte versuche es.«

Astila schwieg einen Moment, dann sah er auf und begegnete Dardalions Blick. Die hellblauen Augen waren blutunterlaufen und eingesunken.

»Du bist der Anführer, und ich werde dir in den Tod und darüber hinaus folgen. Aber ich sage dir, das Ende ist sehr nah. Ich sage das ohne Arroganz, aber ich bin der stärkste unter uns Brüdern, und ich bin am Ende meiner Kräfte. Wenn ich diese Nacht reisen soll, werde ich nicht zurückkehren. Wenn das dein Wunsch ist, so sei es. Aber glaube mir, Dardalion, es gilt: die Dreißig oder Waylander. Ich beuge mich deinem Urteil.«

Dardalion legte seinen Arm auf Astilas Schulter. »Auch ich bin an den Grenzen meiner Kraft angelangt. Es kostet mich viel, den Schild über Waylander aufrechtzuerhalten. Und ich kann ihn nicht fallenlassen, nicht einmal für dich.«

»Ich verstehe«, sagte Astila dumpf. »Ich werde gehen und mich auf die Nacht vorbereiten.«

»Nein. Wir müssen akzeptieren, daß wir die größere Schlacht verloren haben – errichte nur einen Schild über Karnak und die Offiziere, die wir schützen können.«

»Dann wird die Bruderschaft Zugang zur Festung haben.«

»Dann sei es. Es sind starke Männer, Astila. Gute Männer. Sie werden standhalten, selbst gegen die Wolken der Verzweiflung.«

»Glaubst du das? Wirklich?«

»Was sollen wir sonst glauben, wenn wir keine Wahl mehr haben? Einige werden schwanken, einige sterben. Andere werden dagegen ankämpfen. Ich kann nicht glauben, daß das Böse triumphieren wird. Ich kann es nicht.«

»Es hat anderenorts bereits triumphiert, und jetzt liegt das Land in Trümmern.«

»Es hat hier nicht triumphiert, Astila.«

»Der Krieg ist noch nicht vorbei, Dardalion.«

Jonats Schlaf wurde von bösen Träumen geplagt, und er erwachte mit einem Ruck. Er hatte gesehen, wie sein toter Vater tanzte, als sie ihn vom Galgen abschnitten, mit dunkelrot angelaufenem Gesicht und heraushängender Zunge. Und er tanzte immer noch, als die Edlen lachten und drei Kupfermünzen warfen – die Edlen, die sich an Lerchenzungen labten, während sein Vater um Brot bettelte; die Edlen, die mehr für einen Becher Wein zahlten, als seine Familie in einem Monat an Geld sah. Spottend, höhnend.

Er setzte sich zitternd auf. Hoch oben auf den Mauern ging Karnak mit Gellan und Dundas. Jonat spie aus.

Wenn sie nur vor einem Jahr auf ihn gehört hätten, dann wären die Vagrier nie ins Land eingefallen. Aber die Vornehmen dachten anders. Baut die Legion ab. Werft Soldaten, die ehrliche Arbeit tun, auf die Straße. Laßt sie hungern, denn die Bauern konnten sie nicht alle ernähren. Und wen scherte der gemeine Soldat? Niemanden. Am wenigsten von allen die in Seide gewandeten Adligen mit ihren juwelenverzierten Schwertern. Was würden sie tun, wenn alle gemeinen Soldaten nach Hause gingen? Sowohl die der Vagrier als auch die der Drenai? Würden die Adligen dann vielleicht gegeneinander kämpfen? Nein. Das Spiel wäre vorbei, der Spaß verdorben.

Gellans Ankunft riß ihn aus seinen Gedanken. Der Offizier setzte sich neben ihn.

»Ich sah, daß du wach bist. Was dagegen, wenn ich mich zu dir geselle?«

»Warum nicht?«

»Wie geht es dir?«

»Gut genug.«

»Ich wünschte, mir auch. Ich glaube nicht, daß ich noch allzu viele Tage wie diesen durchstehe. Hast du dich jemals so gefühlt?«

»Manchmal. Es geht vorbei – mit dem ersten Angriff morgen früh.«

»Hoffentlich. Du hast heute gute Arbeit geleistet, Jonat. Du hast sie zusammengehalten, als alles verloren schien. Nicht viele Männer hätten das gekonnt. Es ist eine Gabe, die ich vom ersten Moment an in dir erkannt habe. Ich bin stolz auf dich – das meine ich ernst. Deswegen habe ich dich befördert.«

»Nicht, weil ich ein geborener Aufrührer war?« fauchte Jonat.

»Nein. Das warst du, weil du dir Gedanken machst. Du machst dir Gedanken um die Legion, die wahre Legion, die Männer. Und du hattest Schwung und Energie, und man hatte vor dir Respekt. Ein Offizier braucht Respekt. Der Titel ist nichts, wenn der Mann nicht richtig ist. Und du warst richtig. Bist richtig.«

»Aber nicht richtig durch Geburt«, sagte Jonat.

»Von deiner Herkunft weiß ich nichts, und es ist mir auch egal, aber wenn es für dich wichtig ist, dann laß dir sagen, daß mein

Vater Fischhändler war. Nichts weiter. Und ich bin stolz auf ihn, denn er hat geschuftet, um mir eine Ausbildung zu geben.«

»Mein Vater war ein Trinker – er wurde gehängt, weil er das Pferd eines Adligen geritten hat.«

»Du bist nicht dein Vater.«

»Verdammt richtig, das bin ich nicht! Und ich sage dir: Ich werde nie einem anderen König dienen.«

»Ich auch nicht. Aber das ist eine Schlacht für einen anderen Tag. Jetzt werde ich etwas schlafen.«

Als Gellan aufstand, grinste Jonat. »War dein Vater wirklich ein Fischhändler?«

»Nein, er war ein Graf. Ich habe das nur gesagt, um dich zu ärgern.«

»Das würde ich eher glauben.«

»Ich auch. Gute Nacht, Jonat.«

»Gute Nacht, Dun.«

»Ach, übrigens, Dardalion sagt, die Priester können die Macht der Bruderschaft nicht länger zurückhalten. Er sagt, wir sollen Ausschau halten nach Anzeichen von Verzweiflung unter den Leuten – der Feind wird sich an die Schwachen heranmachen. Also halte die Augen offen.«

»Das werde ich.«

»Ich weiß. Über deine Abteilung mache ich mir keine Gedanken.«

Gellan ging in die Dunkelheit davon und kicherte leise. Seinem Vater hatten fünf Fischfangflotten gehört, und Gellan fragte sich, ob dem Grafen der Titel eines Fischhändlers wohl gefallen hätte.

Waylander schlief eine Stunde, dann sattelte er sein Pferd und verabschiedete sich von dem Fährmann. Die Nacht war klar, und die fernen Berge wirkten wie die Mauer am Ende der Welt.

»Paß auf dich auf«, sagte Gurion und ergriff seine Hand.

»Und du auf dich, mein Freund. Wenn ich du wäre, würde ich wieder über den Fluß zurückgehen. Diese Ungeheuer jagen mich, sie werden nicht wiederkommen, um dir Ärger zu machen.«

Drei Tage lang ritt er wachsam, verwischte seine Spuren, so gut er konnte, ritt durch rasch fließende Bäche und überquerte felsige Abhänge, um sowohl seinen Geruch als auch seine Fährte zu verbergen. Er bezweifelte jedoch, daß seine Bemühungen mehr erreichten, als seine dämonischen Verfolger etwas aufzuhalten. Außerdem mußte er noch nach seinen menschlichen Feinden Ausschau halten.

Zweimal machte er in Keista-Lagern Rast, einmal teilte er ein Mahl mit einer kleinen Gruppe von Jägern. Die vier Männer hatten ihn kühl begrüßt und überlegt, ob sie ihn ausrauben sollten. Aber irgend etwas an dem großen Südländer hielt sie zurück – nicht seine Armbrust, seine Messer oder sein Schwert, eher der berechnende Ausdruck in seinen Augen und ein subtiles Selbstvertrauen in seiner Haltung. Also hatten sie ihm etwas zu essen gegeben und ihn mit sichtlicher Erleichterung davonreiten sehen.

Bei Einbruch der Nacht überfiel ein größerer Nadirtrupp die Jäger und fragte sie ausführlich aus, ehe sie sie grausam töteten.

Die Toten wurden am nächsten Tag von neun Kriegern der Bruderschaft entdeckt, deren Ankunft die Geier störte. Die Reiter blieben nicht lange.

Als es dunkel wurde, kam der erste Gestaltwechsler am Schauplatz an, angezogen vom Geruch des Blutes. Speichel tropfte ihm vom Maul, die roten Augen glühten. Die Geier zerstreuten sich, als er näher kam, ihre großen Flügel schlugen, um die schwerfälligen Körper vom Boden zu heben. Mit großen Anstrengungen schafften sie es auf die Zweige der umstehenden Bäume, von wo sie finster auf die Neuankömmlinge hinuntersahen.

Die anderen Wolfswesen tauchten aus dem Unterholz auf und näherten sich den Resten. Eins steckte seine Schnauze in die blutigen Leichen, und schloß – von Hunger überwältigt – die Kiefer um ein Stück Fleisch und Knochen. Dann hustete es und spuckte das Fleisch aus. Sein Geheul gellte durch die Luft.

Und die vier Ungeheuer rannten nach Norden.

Etwa sechzig Kilometer weiter war Waylander nicht mehr weit vom südlichen Rand des Gebirgszuges entfernt. Hier war die Steppe zerklüftet, tiefe Schluchten durchkreuzten das Land wie von einem riesigen Messer geschnitten. In den Schluchten gab es zahlreiche Bäume und Flüsse, und hier und dort standen vereinzelt verlassene Hütten und Häuser. Wildschafe und Ziegen grasten auf den Hängen, und im Nordosten sah Waylander eine Herde Wildpferde, die neben einem Wasserfall graste.

Er trieb sein Pferd weiter und begann den Abstieg in einen schattigen Wald.

Hier war das Land gut, reicher als die trockene Steppe. Die

schwere, schwarze Erde war so fruchtbar wie die der sentranischen Ebene. Trotzdem war das Land nicht bebaut. Kein Hafer, kein Weizen, keine Obstbäume, kein goldener Mais.

Denn die Nadir waren ein Nomadenvolk: Jäger, Krieger und Schlächter, die nichts bauten und sich wenig um ihre düstere Zukunft sorgten. ›Erobern oder sterben‹ war der am meisten verbreitete Spruch bei den Stämmen. Obwohl er eigentlich ›erobern *und* sterben‹ heißen sollte.

Was für eine Zukunft konnte es für ein Volk ohne Grundlagen geben?

Wo waren die Bücher, die Gedichte, die Architektur, die Philosophie? Die ganze Palette der Zivilisation?

Die Nadier waren dem Untergang geweiht – der künftige Staub der Geschichte, geknechtet durch Blut und Krieg, über die Oberfläche des Planeten streifend wie ein wütender Sturm.

Welchem Zweck dienten sie? fragte Waylander sich. Zerstreute Stämme voller Haß, die gegeneinander Krieg führten. Sie konnten niemals zu einem Volk zusammengeschweißt werden.

Das zumindest war ein kleiner Segen, denn es bedeutete, daß die Stämme den Völkern des Südens niemals Sorgen bereiten würden. Sie hatten genug mit sich selbst zu tun.

Waylander legte in einer Höhle auf der anderen Seite der Schlucht eine kurze Rast ein. Er nahm eine harte Bürste aus seiner Satteltasche und begann, das Fell seines Pferdes damit zu glätten, ehe er es tränkte. Er fachte ein kleines Feuer an und kochte aus dem getrockneten Fleisch eine Brühe, bevor er sich zwei Stunden Schlaf gönnte. Als er wieder im Sattel saß, begann er den langen Aufstieg aus der Schlucht. Er blickte sich häufig um, und jetzt sah er zum ersten Mal, seit er die Fähre verlassen hatte, einige seiner Verfolger. Als er den nördlichen Rand erreichte, betraten sie gerade die Schlucht von Süden her.

Es schienen etwa zwanzig Nadirreiter zu sein.

Waylander ritt weiter. Sie waren ungefähr vier Stunden hinter ihm, aber in der Nacht würde er diesen Abstand vergrößern.

Er fürchtete die Verfolger nicht, doch vor ihm ragte Raboas auf, der Heilige Riese, und hier war das Ende der Reise, wo Jäger und Gejagte sich begegnen würden.

Seine Gedanken wanderten zu Cadoras. Warum hatte der Meuchelmörder sein Leben weggeworfen, um einen Mann zu retten, den er kaum kannte, einen Mann, den zu töten er sich verpflichtet hatte? Was hatte einen eiskalten Mörder dazu bewogen, so zu handeln?

Dann kicherte er.

Was hatte Waylander dazu bewogen, Dardalion zu retten? Warum hatte er so hart gekämpft, um Danyal und die Kinder zu schützen? Warum ritt er jetzt für eine solche törichte und unmögliche Aufgabe in den sicheren Tod?

Danyals Gesicht erschien vor seinen Augen, um sofort den bärtigen, schweren Zügen von Durmast zu weichen. Er erinnerte sich wieder einmal an die Vision im Feuer, konnte sich aber nicht dazu durchringen, an sie zu glauben. Doch hatte Durmast nicht schon viele Frauen getötet? Und Kinder?

Das Pferd trottete weiter, und die Sonne sank hinter den westlichen Horizont. Die Nachtluft war frisch, so daß Waylander seinen Umhang aus der Satteltasche zog und ihn sich um die Schultern warf. Mit Einbruch der Dunkelheit wuchs seine Furcht vor den Wolfswesen. Wo waren sie jetzt?

Seine Augen huschten nach links und rechts, er drehte sich im Sattel um, um seine Fährte in dem rasch nachlassenden Licht zu prüfen. Er wog die Armbrust in der Hand, widerstand der Versuchung, sie zu laden. Eine längere Spannung der metallenen Arme würde die Waffe schwächen, und für diese Ungeheuer brauchte er ihre ganze Kraft.

Als die Wolken sich verzogen, erleuchtete der Mond mit seinem weißen Licht einen dicht bewaldeten Berghang. Waylander hatte keine Lust, im Dunkeln in den Wald zu gehen, aber die Bäume erstreckten sich weit nach Westen und Osten. Leise fluchend zog er an den Zügeln und ritt weiter.

Sobald er im Wald war, klopfte sein Herz heftiger, und sein Atem ging schneller, Panik drohte ihn zu überwältigen. Vor ihm glitzerte Mondlicht, das in silbernen Strahlen durch die Lücken der Zweige fiel. Die Hufe seines Pferdes klangen dumpf auf der weichen Erde. Links von ihm brach ein Dachs durchs Unterholz und querte seinen Pfad. Das Tier war ganz in Licht getaucht, so daß es aussah, als träge es eine silberne Rüstung. Waylander fluchte und gab nun doch der Versuchung nach, seine Armbrust zu laden.

Plötzlich zerriß Wolfsgeheul die Stille der Nacht. Waylander fuhr herum, und einer der Bolzen schoß aus der Armbrust in die Zweige über ihm.

»Du Tölpel!« schalt er sich. »Reiß dich zusammen, Mann!«

Er legte einen neuen Bolzen ein und spannte die Armbrust erneut. Das Heulen kam aus einiger Entfernung von Osten, und dem Klang nach vermutete Waylander, daß ein Wolfsrudel seine Beute – wahrscheinlich einen Hirsch – gestellt und der letzte Kampf begonnen hatte. Die Wölfe hatten das Tier bestimmt viele Kilometer weit gejagt, so daß es jetzt müde und kraftlos war. Jetzt hatten sie es.

Waylander ritt weiter, aber die Wölfe schwiegen jetzt, und der Meuchelmörder wußte, daß die Beute ihnen noch einmal entkommen war. Er zerrte an den Zügeln, denn er wollte dieser Jagd nicht in die Quere kommen. Sein Pferd wieherte und versuchte abzudrehen, doch Waylander riß es zurück.

Eine laufende Gestalt tauchte etwa dreißig Schritt vor ihnen zwischen den Bäumen auf. Sie war verwundet und zog den linken Fuß nach, in den Händen hielt sie eine gewaltige hölzerne Keule. Ein Wolf schoß aus dem Wald und sprang. Der Mann drehte sich um, die Keule blitzte im Mondlicht auf, als sie gegen die Rippen des Wolfs krachte und sie eindrückte. Die Bestie landete mit einem dumpfen Aufprall drei Meter von dem Mann entfernt.

Er war groß, größer als irgendein Mann, den Waylander je gesehen hatte, und er schien eine gräßliche Maske zu tragen, die mit einem weißen Fleck an der Stirn verziert war. Der untere Teil der Maske hatte einen lippenlosen Mund mit Fangzähnen. Waylander konnte ihn nicht deutlich erkennen, aber er sah nicht aus wie ein Nadir.

Weitere Wölfe kamen in Sicht, und der Mann brüllte vor Wut und Enttäuschung, dann humpelte er zu einem Baum und drehte sich um, um sich dem Rudel zu stellen. Die Wölfe bildeten vorsichtig einen Halbkreis und schlichen sich an ihn heran. Plötzlich schoß einer von rechts vor, und der Mann drehte sich zu ihm. Sofort jagte ein Wolf von links heran und sprang. Der Mann fiel zurück, als die Kiefer knapp vor seiner Kehle zuschnappten. Er holte mit seiner Keule aus, doch schon schoß ein dritter Wolf heran.

Ein Armbrustbolzen drang ihm in den Hals, und er sank zu Boden.

Waylander schrie, so laut er konnte, und ließ sein Pferd in Galopp fallen. Die Wölfe zerstreuten sich, doch vorher starb noch ein zweites Tier, einen Bolzen im Hirn.

Der Mann am Baum sackte zusammen und fiel nach vorn.

Waylander sprang aus dem Sattel und band die Zügel an einen kräftigen Busch. Er lud die Armbrust erneut und spähte ins Unterholz. Die Wölfe waren fort – für den Moment.

Er ging zu dem Mann, der jetzt kniete. Mit einer Hand umklammerte er die stark blutende Wunde an seinem Oberarm.

»Du hast Glück gehabt, mein Freund«, sagte Waylander. Der Mann blickte auf... und Waylander erbleichte.

Er trug keine Maske. Er hatte nur ein einziges Auge, mitten auf der Stirn, mit zwei Pupillen, die jeweils von einer goldenen Iris umrahmt waren. Er hatte keine Nase, unter dem Auge befanden sich zwei mit einem Häutchen bedeckte Schlitze. Und sein Mund war ein Alptraum.

Geformt wie ein umgekehrtes V, war er gesäumt mit messerscharfen Fangzähnen. Einmal hatte Waylander einen riesigen weißen Fisch mit einem solchen Maul gesehen, und er hatte es nie vergessen. Der Anblick hatte ihm damals Furcht eingejagt, und er hatte sich geschworen, nie ins Meer zu gehen.

Aber *das* hier?

Seine Armbrust war bereit, und er überlegte, ob er zurücktreten und beide Bolzen auf das Menschenwesen abschießen sollte, ehe es ihn angreifen konnte. Doch das große runde Auge schloß sich, und das Wesen sank zu Boden.

Die Gelegenheit war fast zu gut, um sie ungenutzt verstreichen zu lassen, und Waylander ging zurück zu seinem Pferd, um davonzureiten. Aber er konnte es nicht. Ein gewisser Eigensinn in seinem Wesen ließ ihn zu dem verwundeten Ding zurückkehren.

Wie er es vor so langer Zeit bei Dardalion getan hatte, nähte Waylander die Wunden an Arm und Bein des Wesens und verband sie dann, so gut er konnte. Es war nackt bis auf einen mottenzerfressenen Lendenschurz aus einem alten Fell, und Waylander wickelte es in eine Decke und machte Feuer.

Nach einer Stunde öffnete das Wesen das Auge und setzte sich. Waylander hielt ihm etwas Dörrfleisch hin, das es ohne ein Wort annahm und verschlang.

»Kannst du sprechen?« fragte Waylander.

Das große Auge sah ihn nur an. Waylander zuckte die Achseln und reichte ihm weitere Fleischstreifen, die sofort in dem klaffenden Mund verschwanden.

»Kannst du mich verstehen?«

Das Wesen nickte.

»Ich kann nicht bleiben, um dir zu helfen. Ich werde gejagt. Von Tieren und Menschen. Verstehst du?«

Das Wesen hob seine Hand und deutete nach Süden.

»Das ist richtig, sie kommen von Süden. Ich muß gehen, aber ich werde dir etwas zu essen dalassen.«

Waylander ging zu seinem Pferd, blieb einen Moment stehen und entrollte dann seine Decke, aus der er zwei lange Jagdmesser mit Knochengriff nahm, die rasiermesserscharf waren. Er nahm sie mit zum Feuer. »Hier. Du wirst sie vielleicht brauchen.« Das Menschenwesen streckte die Hand aus. Seine Finger waren unglaublich lang, die Nägel zu dunklen Klauen gekrümmt, die sich um die Knochengriffe schlossen, als es die Messer an sein Auge hob. Es sah sein Spiegelbild darin, blinzelte und wandte den Blick ab, dann nickte es und stand auf. Der seltsame Zyklop überragte Waylander um einiges.

Der Meuchelmörder schluckte. Es war schwierig, den Ausdruck im Gesicht des Ungeheuers zu lesen, aber Waylander war sich unbehaglich der beiden Messer in dessen Hand bewußt.

»Auf Wiedersehen, mein Freund«, sagte er mit einem gezwungenen Lächeln.

Er ging zu seinem Pferd, stieg in den Sattel und löste die Zügel von dem Busch. Das Wesen kam herbei, seine Kiefer mahlten und ließen ein grunzendes Geräusch hören, das Waylanders Pferd scheuen ließ. Das Wesen neigte vor Anstrengung den Kopf zur Seite.

»Auwise Roind«, sagte es. Ohne zu verstehen, nickte Waylander und setzte sich in Bewegung.

»Auwisen Wroind.«

Endlich verstand Waylander, drehte sich im Sattel um und winkte.

»Auf Wiedersehen, Freund«, rief er und ritt in die Dunkelheit davon.

## 21

Auf dem Gebirgspaß östlich von Purdol nahmen zwei junge Männer ein Frühstück aus Brot und Käse zu sich, während sie Geschichten über die legendären Huren im Hafen von Purdol austauschten. Die Sonne schien, und der größere der beiden – ein Soldat namens Tarvic, der sich für fünf Jahre verpflichtet hatte – stand auf und schlenderte zum Rand des Bergpfades, um über die Wüste hinweg nach Norden zu schauen. Er hatte sich über diese Aufgabe gefreut; einen Bergpfad zu bewachen war erheblich ungefährlicher, als einen Schutzwall zu verteidigen.

Er grinste noch immer, als ein Pfeil seine Kehle durchschlug und durch den Oberkiefer in sein Gehirn drang.

Der zweite Soldat sah sich um, als der erste mit zuckenden Händen rückwärts taumelte.

»Was ist los, Tarvic?« rief Milis. Als Tarvic fiel und sich den Kopf an einem vorspringenden Felsen anstieß, sah Milis den Pfeil. Sein Unterkiefer klappte nach unten. Angst wallte in ihm auf, und er fing an zu laufen. Ein Pfeil prallte von der Felswand zu seiner Rechten ab und flog an seinem Gesicht vorbei. Mit allem, was seine Beine hergaben, sprintete Milis zur Höhle. Etwas traf ihn hart im Rücken, aber er wurde nicht langsamer.

Vor ihm war der Eingang zur Höhle, er wurde noch zweimal im Rücken getroffen, aber er spürte keine Schmerzen und schaffte es in den Schutz des Tunnels. Endlich in Sicherheit, blieb er stehen.

Er krachte mit dem Gesicht auf den felsigen Boden, der ihm entgegensprang. Er versuchte aufzustehen, aber in seinen Armen war keine Kraft mehr. Er begann zu kriechen, wurde jedoch von Händen umgedreht.

»Die Vagrier kommen«, sagte er.

»Ich weiß«, antwortete der Vagrier und schnitt Milis die Kehle durch.

Er war allein, wie er immer allein gewesen war. Er saß am trüben Wasser eines mit Lilien bedeckten Teiches und starrte sein Spiegelbild in der silbernen Stahlklinge des Jagdmessers an. Er wußte, daß er ein Ungeheuer war; das Wort war ihm von Anfang an entgegengeschleudert worden – zusammen mit Steinen, Speeren und Pfeilen. Er war von Reitern mit Lanzen gejagt worden, von schlauen Wölfen mit scharfen Zähnen und von den langzahnigen Schneetigern, die mit dem winterlichen Eis aus den Bergen kamen.

Aber sie hatten ihn nie erwischt. Denn seine Schnelligkeit war Legende und seine Stärke furchterregend.

Er lehnte seinen breiten Rücken an den Stamm einer Weide und hob seinen großen Kopf, um die Zwillingsmonde zu betrachten, die hoch über den Bäumen standen. Er wußte inzwischen, daß es sich nur um einen Mond handelte, aber die Pupillen seines Riesenauges konnten nie sehen wie richtige Augen. Er hatte gelernt, damit zu leben, so wie er gelernt hatte, mit den anderen wilden Gaben zu leben, die die Natur ihm verliehen hatte.

Aus irgendeinem Grund war sein Gedächtnis schärfer als das der meisten, wenn er es auch nicht bemerkte. Er konnte sich lebhaft an den Augenblick seiner Geburt erinnern und an das Gesicht der alten Frau, die ihm aus dem schwarzroten Tunnel der LEERE in die Welt geholfen hatte. Sie hatte aufgeschrien und ihn fallengelassen, und er hatte sich weh getan. Sein Arm hatte sich unter seinen Körper gedreht und die Kante eines Holzbettes getroffen.

Dann trat ein Mann ein und hob ihn vom Boden ab. Er hatte ein Messer genommen, doch der Schrei einer anderen Frau hatte ihn innehalten lassen.

Er erinnerte sich, daß er danach eine kurze Zeit an der Brust eines dunkelhaarigen jungen Mädchens mit traurigen Augen getrunken hatte. Aber dann wuchsen seine Zähne, spitz und scharf – rotes Blut hatte sich mit der Milch vermischt, und das Mädchen weinte, wenn es ihn nährte.

Nicht lange danach wurde er in die Nacht hinausgetragen und unter den Sternen liegengelassen, und er hörte, wie das Hufgetrappel von Pferden in der Ferne immer schwächer wurde. Schwächer... bis es nicht mehr zu hören war.

Immer noch machte ihn das Geräusch von Hufen auf trockener Erde traurig.

Er hatte keinen Namen und keine Zukunft.

Doch etwas war von den Bergen gekommen und hatte ihn in die Dunkelheit gezogen...

Es waren viele, sie rutschten und kreischten, berührten und zwackten, und er war unter ihnen aufgewachsen in den Jahren der Dunkelheit und hatte nur selten das Tageslicht gesehen.

Und dann, an einem Sonntagmorgen, hatte er einen melodischen

Schrei von draußen gehört, der durch die Spalten in den Felsen drang und in den Tunneln des Berginnern widerhallte. Er wurde von dem Klang angelockt und kletterte hinaus ans Licht. Hoch über ihm kreisten große weiße Vögel, und er fühlte in ihren Schreien sein ganzes Leben eingebettet. Von diesem Moment an sah er sich selbst als Kai, und er verbrachte jeden Tag viele Stunde damit, auf den Felsen zu liegen und die weißen Vögel zu beobachten, darauf wartend, daß sie seinen Namen riefen.

Dann begannen die *Langen Jahre*, als seine Kraft wuchs. Nadirstämme versammelten sich in der Nähe der Berge und zogen weiter zu grüneren Weiden und tieferen Flüssen. Doch während sie lagerten, beobachtete er sie, sah die Kinder spielen und die Frauen Arm in Arm spazierengehen.

Manchmal kam er zu nahe, und das Leben wurde zu den vertrauten Schreien, und die Jäger ritten los. Dann rannte Kai, drehte sich um und zerriß und zerfetzte, bis er wieder allein war.

Wie viele Jahre, überlegte er, hatte er wohl so gelebt?

Der Wald, in dem er jetzt saß, war ein Wäldchen mit schlanken Bäumen gewesen. War das eine lange Zeit? Er hatte keine Vergleichsmöglichkeiten. Ein Stamm hatte länger sein Lager gehabt als die meisten, und er hatte ein junges Mädchen zur Frau werden sehen, hatte gesehen, wie ihr Haar grau wurde und ihr Rücken krumm. Sie lebten so kurze Leben, diese Nadir.

Kai betrachtete seine Hände. Es waren besondere Hände, das wußte er. Langsam wickelte er den Verband von seinem Arm und zupfte die Fäden heraus, mit denen Waylander ihn genährt hatte. Blut tropfte erst, dann quoll es aus der Wunde. Kai bedeckte den klaffenden Riß mit der Hand und konzentrierte sich. An der Stelle entwickelte sich ein starkes Hitzegefühl, als ob tausend kleine Nadeln sein Fleisch stachen. Nach einigen Minuten nahm er die Hand weg ... und der Riß war verschwunden, die Haut glatt und ohne Spur von Schorf oder Narbe. Nachdem er den Verband und die Naht von seinem Bein entfernt hatte, wiederholte er den Vorgang.

Nun war er wieder stark. Er stand geschmeidig auf und holte tief Luft. Er hätte die Wölfe letztendlich töten können, aber der Mann hatte ihm geholfen und ihm die Messer gegeben.

Kai hatte keinen Bedarf an Messern. Er konnte eine Antilope einholen und sie mit seinen Händen töten und ihr warmes Fleisch mit seinen Fangzähnen zerreißen. Wozu das glänzende Metall?

Aber es waren Geschenke, die ersten, die er je bekommen hatte, und die Griffe waren hübsch und schön geschnitzt. Er hatte einmal ein Messer besessen, aber in kurzer Zeit war es schimmernd rotbraun, brüchig und nutzlos geworden.

Er dachte an den, der ihm diese Geschenke gemacht hatte – der kleine Mann auf dem Pferd. Warum hatte er nicht geschrien und ihn angegriffen? Warum hatte er die Wölfe getötet? Warum hatte er seine Wunden verbunden? Warum hatte er ihm die Messer geschenkt?

Alles Geheimnisse.

Auf Wiedersehen, Freund. Was bedeutet das?

Im Laufe der Jahre hatte Kai die Sprache der Menschen gelernt, indem er das Durcheinander an Lauten zu Sätzen verknüpft hatte. Er konnte nicht sprechen, denn es gab niemanden, der ihm zuhörte, aber er konnte verstehen. Der Mann hatte gesagt, er werde gejagt. Das konnte Kai verstehen.

Von Tieren und Menschen? Kai fragte sich, warum er diese Unterscheidung gemacht hatte.

Er zuckte die Achseln und seufzte. Seltsamerweise fühlte er sich heute einsamer als gestern.

Er vermißte den kleinen Mann.

Karnak schlief auf dem Fußboden der großen Halle. Er hatte seinen massigen Körper nur in eine einzige Decke gewickelt. Das Feuer in der großen Feuerstelle war zu glühender Asche verkohlt, während der Drenaigeneral auf seinem Ziegenfell lag, verloren in Träumen von seiner Kindheit und dem Erwachen seines Ehrgeizes.

Trotz ihres Reichtums hatte Karnaks Familie eine puritanische Ader beibehalten, und schon früh im Leben wurde den Kindern beigebracht, wie wichtig Selbstgenügsamkeit war. Der junge Karnak war einem Schäfer im Norden der Familiengüter in die Lehre gegeben worden, und eines Nachts, während sie hoch in den waldigen Bergen lagerten, hatte sich ein großer grauer Wolf an die Herde herangepirscht. Karnak, sieben Jahre alt, nahm einen schweren Stab aus unbehandeltem Holz und ging auf das Tier zu. Einige Sekunden lang wich das Tier nicht von der Stelle, die gelben Augen fixierten den herankommenden Knaben. Dann hatte es sich zurückgezogen und war in der Dunkelheit verschwunden.

Als Karnak nach Hause kam, erzählte er seinem Vater voller Stolz die Geschichte.

»Ich wußte es schon«, sagte sein Vater kalt, »aber du hast deine Tat geschmälert, weil du damit geprahlt hast.«

Aus irgendeinem Grund hatte er nie vergessen, wie sein Vater ihn damals stehengelassen hatte, und die Szene suchte wieder und wieder seine Träume heim.

Manchmal träumte er, daß er ein Dutzend Tiger in die Flucht geschlagen hatte und schwer verwundet sterbend zu seinem Vater kroch.

Immer reagierte der alte Mann mit eisiger Gleichgültigkeit.

»Warum bist du nicht fürs Abendessen umgezogen?« fragte er dann den blutüberströmten Jungen.

»Ich bin von Tigern angefallen worden, Vater.«

»Immer noch prahlen, Karnak?«

Der schlafende Mann stöhnte und öffnete die Augen. In der Halle herrschte Stille, doch irgendein Geräusch hatte seinen Schlummer gestört. Ein leises Dröhnen drang an seine Ohren. Karnak legte sich flach hin und preßte sein Ohr gegen den Teppich. Dann riß er das Ziegenfell beiseite und legte sein Ohr auf die Steine.

Männer bewegten sich da unten ... viele Männer.

Karnak fluchte und rannte aus der Halle. Im Vorübergehen riß er seine Axt von dem großen Eichentisch. Im Gang würfelten ein paar Soldaten. Er rief sie zu sich und rannte auf die Treppe zu, die zu den Verliesen führten. Ein junger Krieger mit verbundenem Arm kam gerade die Treppe hoch, und Karnak hielt ihn an.

»Suche Gellan und sage ihm, er soll mit hundert Mann *sofort* in die Verliese kommen. Verstehst du? *Sofort!*«

Damit stieß der General den Mann beiseite und raste die Treppe hinunter. Zweimal rutschte er beinahe auf den glitschigen Steinen aus, dann war er in dem engen Gang mit den Zellen. Die Tür am Ende des Ganges führte zu einem großen Raum, an dessen anderem Ende Karnak den roh gehauenen Eingang zu dem Bergtunnel sehen konnte. Karnak wischte sich die schweißnassen Hände an seiner grünen Tunika ab, schwang die Axt und rannte durch den fackelerleuchteten Raum in den Tunnel. Dort war die Luft kühl, Wasser glitzerte auf den dunklen, unebenen Wänden. Der Tunnel war schmal, nur drei Männer konnten nebeneinander gehen. Karnak blieb stehen, um zu lauschen. Ein Soldat trat hinter ihn und fluchte.

»Still!« zischte der General.

Aus einiger Entfernung konnten sie das wispernde Geräusch von verstohlenen Schritten auf dem felsigen Boden hören. Wo der Tunnel eine Biegung nach links machte, tanzten Schatten von Fackeln an den Wänden.

Karnak hob die Axt und küßte langsam und ehrfürchtig beide Klingen.

Die Vagrier kamen um die Ecke – und wurde von einem ohrenbetäubenden Schrei und einer zuckenden Axt aus Silberstahl begrüßt, die die Rippen des ersten Kriegers zerschmetterte. Fackeln wurden fallengelassen, als Männer nach ihren Schwertern tasteten, weitere Schreie erfüllten den Tunnel, als die Axt niedersauste und die umherirrenden Männer niedermähte. Gestiefelte Füße trampelten die Fackeln aus, und in der Dunkelheit wuchs die Angst. Für Karnak war es einfach – er hatte sich allein seinen Weg zwischen den Feind erkämpft, und alles, was er traf, war vermutlich feindliches Fleisch. Für die Vagrier war es ein Alptraum, in dem Männer ihre Kameraden erstachen oder spürten, wie ihr Schwert von Steinwänden abprallte. Aus der Verwirrung wurde Chaos, und die Eindringlinge flohen.

Plötzlich stach eine kurze Klinge in Karnaks Gesicht, prallte an seinem linken Wangenknochen ab und stieß in sein Auge. Er taumelte zurück. Das Wurfmesser, das ihn getroffen hatte, fiel zu Boden, er griff mit seiner Hand an sein Gesicht, Blut quoll aus der Augenhöhle. Fluchend stolperte er hinter den Vagriern her, schrie und brüllte, daß der Lärm ihm wie das Zornesgebrüll eines wütenden Riesen voraneilte.

Der Schmerz in seinem zerstörten Auge war ungeheuer, die Dunkelheit fast vollkommen, doch trotzdem lief er mit erhobener Axt weiter. Vor ihm wurde der Tunnel weiter, und es wurde etwas heller.

Drei Vagrier, die als Nachhut zurückgelassen worden waren, rannten auf ihn zu. Der erste starb mit gespaltenem Schädel, der zweite folgte, als die Axt seine Rippen eindrückte. Der dritte stürzte sich auf den General, der auswich und dem Mann sein Knie ins Gesicht rammte. Sein Kopf fuhr zurück, und er fiel bewußtlos zu Boden. Karnak hämmerte ihm die Axt in den Rücken.

Er lief weiter, suchte die Felsen nach den Halteseilen ab und betete, daß die Vagrier sie nicht entdeckt hatten. An der breitesten Stelle des Tunnels sah er sie, aufgerollt und teilweise verborgen hinter vorspringenden schwarzen Felsen. Er ging nach links und nahm das lose Ende. Er begann das Seil abzurollen, als er sich wieder in den Tunnel zurückzog, doch die Vagrier hatten endlich erkannt, daß sie nur einem einzigen Mann gegenüberstanden, und stürmten auf ihn los.

Karnak wußte, daß er am Ende war, und eine furchtlose Wut stieg in ihm auf. Er ließ die Axt fallen, nahm das Seil in beide Hände und zog mit aller Kraft. Ein Knirschen über ihm zeigte, daß die Flaschenzüge und Winschen die Kraft übertrugen.

Die Vagrier waren jetzt nur noch zwanzig Schritt von der Gestalt entfernt, die an dem Seil zerrte, ihr Wutgeheul war in dem engen Tunnel ohrenbetäubend. Karnak stützte seinen rechten Fuß an der Tunnelwand ab und zog, so fest er konnte. Von der Tunneldecke kam ein gequältes Stöhnen, und ein riesiger Felsbrocken geriet über den rennenden Soldaten ins Wanken. Dann gab die gesamte Decke nach, und ein großer Spalt erschien in der Granitwand.

Karnak sah, wie die Vagrier unter Tonnen von Steinen und Erde begraben wurden. Dann machte er kehrt und begann zu laufen.

Steine und Felsblöcke stürzten auf ihn herab, als er in die Dunkelheit lief, dann stolperte er, fiel, und etwas Scharfes, Schweres traf seine Rippen. Er rollte sich zur Seite und mußte husten, weil aufgewirbelter Staub in seine Kehle drang. Es schien merkwürdig und dumm, in die Dunkelheit und den Tod zu rennen, aber er zwang sich trotzdem weiter. Die Felsen über ihm explodierten, und er wurde von den Füßen gerissen, seine Beine teilweise von Geröll begraben. Er machte sich frei, taumelte weiter, bis der Boden unter ihm nachgab und er nach vorn fiel.

»Gellan!« brüllte er, als die Wände näherrückten und ihn verschlangen. Ein Stein traf ihn am Kopf ... andere bedeckten seine Arme und seinen Rumpf. Er warf die Arme vor sein Gesicht und versuchte, sich weiter vorwärtszukämpfen. Dann krachte etwas gegen seine Stirn, und er hörte auf, sich zu bewegen.

Seit mehr als einem Tag und einer Nacht ließ Gellan die Männer sich mit den Steinen abplagen und sich zentimeterweise gefahrlos vorarbeiten, während auf den Mauern draußen ununterbrochen die Schlacht tobte. Viele der Offiziere waren inzwischen tot, und Gellan hatte Sarvaj und Jonat befördert und ihnen je fünfhundert Mann unterstellt. Die Anzahl der Verwundeten hatte erschreckende Ausmaße angenommen, und nicht einmal mehr zweitausend Mann hielten die gesamte vagrische Armee in Schach.

Doch Gellan selbst blieb in dem trügerischen Tunnel und wischte wütend den Protest seiner Mitoffiziere beiseite.

»Er ist tot – was soll das also?« sagte einer.

»Wir brauchen ihn«, erklärte Gellan.

»Die Decke ist eingestürzt, Mann! Mit jedem Meter, den wir vordringen, wächst das Risiko, daß noch mehr einstürzt. Das ist Wahnsinn!«

Aber er ignorierte sie, weigerte sich, ihre Argumente in seinen Verstand dringen zu lassen, denn er wußte, daß er sich dann ihrer Logik nicht mehr widersetzen könnte. Es war eine Art von Wahnsinn, er wußte das. Aber er würde nicht aufhören. Ebensowenig wie die Männer. Sie arbeiteten unermüdlich, drängten ihre zerbrechlichen Körper in die Finsternis. Über ihnen und um sie herum schwebten Tonnen um Tonnen Gestein in labilem Gleichgewicht.

»Wie zum Teufel willst du ihn finden? Die Männer, die ursprünglich bei ihm waren, sahen ihn vorwärts stürmen. Es dauert Jahre, bis du dich bis zur anderen Seite durchgegraben hast – und die Seile waren hundert Schritt von der ersten Biegung angebracht.«

»Verschwinde und laß uns in Ruhe.«

»Du bist verrückt, Gellan.«

»Verschwinde, oder ich bringe dich um.«

Am zweiten Tag hatten selbst die unermüdlichen Arbeiter die Hoffnung aufgegeben, aber sie wühlten weiter.

»Wir brauchen dich auf den Mauern, Gellan. Verzweiflung macht sich breit.«

Diesmal drangen die Worte zu ihm durch und trafen Gellan an einer Stelle, wo er sie nicht abwehren konnte.

»Noch eine Stunde«, sagte er. Die Hoffnung verließ ihn. »Ich bin in einer Stunde bei euch.«

Der Schmerz in seinem Auge weckte Karnak, und er versuchte sich zu bewegen. Panik stieg ihn ihm auf, als ihm klar wurde, daß er in der Falle saß ... lebendig begraben. Irrsinn durchzuckte ihn, er kämpfte wie besessen und hielt nur inne, wenn er spürte, daß sich die Felsen um ihn bewegten. Er atmete langsam und tief, um sich zu beruhigen.

»Warum bist du nicht zum Abendessen umgezogen, Karnak?«

»Ein Berg fiel auf mich drauf, Vater.«

Irres Gelächter stieg aus seiner Kehle empor, doch er kämpfte es nieder und begann zu weinen.

Hör auf damit! Du bist Karnak, befahl seine Stärke ihm.

Ich bin ein Stück Fleisch, das in einem Felsengrab gefangen ist, schrie seine Schwäche.

Alle seine Pläne waren nun hinfällig, und vielleicht war es gut so, dachte er. In seiner Arroganz hatte er geglaubt, er könne die Vagrier besiegen, sie aus dem Land der Drenai hinausdrängen. Sein neuerworbener Heldenstatus hätte ihm die Führerschaft über das Volk garantiert. Egel hätte sich nie gegen ihn gestellt. Egel konnte nicht mit dem Volk umgehen – er hatte kein Charisma. Und außerdem gab es noch andere Möglichkeiten, politische Feinde loszuwerden.

Aber jetzt würde es nichts geben. Keine Purpurroben. Kein öffentlicher Jubel.

Warum, fragte er sich, hatte er ganz allein den Feind angegriffen?

Weil er sich nicht die Zeit genommen hatte nachzudenken. Dundas hatte ihn durchschaut: ein Held, der so tat, als wäre er etwas anderes.

Nicht gerade der Tod, den du dir ausgesucht hättest, Karnak, sagte seine Stärke. Wo bleibt das Drama? Wo die jubelnde Menge?

Wenn ein Baum im Wald umfällt und niemand es hört, macht er dann trotzdem ein Geräusch?

Wenn ein Mann allein stirbt, wie wird sein Tod dann in den Geschichtsbüchern geführt?

»Verdammt, Vater«, flüsterte Karnak. »Zur Hölle mit dir.«

Gelächter schüttelte ihn. Tränen folgten. »Hol dich der Teufel!« brüllte er.

Der Stein neben ihm bewegte sich, und Karnak erstarrte, wartete darauf, zu Tode zerschmettert zu werden. Licht fiel auf sein Gesicht, Jubelschreie entrangen sich den Männern. Karnak blinzelte ins Licht der Fackel, dann zwang er sich zu einem Grinsen.

»Du hast dir Zeit gelassen, Gellan«, flüsterte er. »Ich dachte schon, ich müßte mich selbst ausgraben!«

# 22

Danyal lag auf dem Deck des Flußkahns und lauschte auf das sanfte Plätschern der Wellen gegen den Rumpf. Ein paar Schritt links von ihr lehnte Durmast an der Reling und suchte mit den Augen das Ufer ab.

Sie beobachtete ihn eine Zeitlang, wobei sie jedesmal die Augen schloß, wenn sein zotteliger Kopf sich in ihre Richtung drehte. Seit drei Tagen war er entweder schweigsam oder mürrisch gewesen, und immer, wenn sie zu ihm hinschaute, sah sie, daß seine glitzernden Augen auf sie gerichtet waren. Zuerst war sie verärgert gewesen, aber inzwischen war daraus Angst geworden, denn Durmast war kein gewöhnlicher Mann. Alles an ihm strahlte Macht aus. Er besaß eine rohe Kraft, und seine angeborene Wildheit wurde nur durch spinnwebdünne Fäden von Verstand und Logik im Zaum gehalten. Sie spürte, daß er sein ganzes Leben lang alles, was er sich wünschte, durch Kraft, List oder berechnende Rücksichtslosigkeit bekommen hatte.

Und er wollte sie.

Danyal wußte das – es stand in seinen Augen, seinen Bewegungen, seiner Wortkargkeit.

Sie konnte nur wenig tun, um sich weniger attraktiv zu machen. Sie hatte nur die eine Tunika, und die verbarg ihre Figur nicht im mindesten.

Jetzt wandte er sich von der Reling ab und kam auf sie zu. In der Dunkelheit ragte er auf wie ein Riese.

»Was willst du?« fragte sie und setzte sich auf.

Er hockte sich neben sie. »Ich wußte, daß du nicht schläfst.«

»Willst du reden?«

»Nein . . . ja.«

»Dann rede. Ich werde nirgendwo hingehen.«

»Was soll das heißen?«

»Es heißt, daß ich ein gefangener Zuhörer bin.«

»Du bist nicht meine Gefangene. Du kannst gehen oder bleiben, wie es dir beliebt.«

Er setzte sich und kratzte sich den Bart. »Warum wird bei dir alles zu einer Auseinandersetzung?«

»Du bringst meine schlechtesten Seiten zum Vorschein, Durmast – schreib es dem zu. Wann werden wir von Bord gehen?«

»Morgen. Wir werden Pferde kaufen und bei Einbruch der Nacht bei Raboas unser Lager aufschlagen.«

»Und dann?«

»Wir warten auf Waylander – wenn er nicht schon dort ist.«

»Ich wünschte, ich könnte dir glauben«, sagte sie bitter.

»Warum solltest du nicht?«

Sie lachte, und seine Hand schoß vor, packte ihren Arm und zog ihn zu sich. »Du Flittchen!« zischte er. In seinen Augen sah sie Irrsinn, den tödlichen Wahn des Berserkers.

»Nimm deine Hand weg«, sagte sie, bemüht, ruhig zu bleiben.

»Warum? Ich rieche deine Angst gern.« Er preßte sie an sich, drückte ihre Arme fest an ihren Körper. Sein Gesicht drängte sich an ihres, und sie fühlte seinen Atem auf ihrer Wange.

»Hast du nicht gesagt, du würdest keine Frauen vergewaltigen?« flüsterte sie.

Er stöhnte, als er sie losließ und von sich stieß.

»Du machst mich verrückt, Frau. Jede Bewegung, jeder Blick von dir drängt mich dazu, dich zu nehmen – du willst mich, ich weiß, daß du es willst.«

»Du mißverstehst mich, Durmast. Ich will nichts mit dir zu schaffen haben.«

»Komm mir nicht damit! Frauen wie du bleiben nicht lange ohne Mann. Ich weiß, was du brauchst.«

»Du weißt gar nichts. Du bist ein Tier.«

»Glaubst du, Waylander ist anders? Er und ich sind zwei Seiten derselben Medaille. Wir sind Meuchelmörder. Warum solltest du den einen begehren und den anderen nicht?«

»Begehren?« höhnte sie. »Das ist etwas, was du nie begreifen wirst. Begehren hat wenig damit zu tun. Ich liebe ihn als Mann, und ich möchte bei ihm sein. Ich will mit ihm reden, ihn berühren.«

»Aber mich nicht?«

»Wer könnte dich lieben, Durmast?« fauchte sie. »Du bist besessen von dir selbst. Glaubst du, du hättest mich mit deinem Gerede davon, Waylander helfen zu können, hinters Licht geführt? Du willst die Rüstung für dich selbst, und du wirst sie an den verkaufen, der am meisten bietet.«

»Bist du dir da so sicher?«

»Natürlich bin ich sicher. Ich kenne dich – du bist körperlich stark, aber moralisch stehst du tiefer als eine Kanalratte.«

Er kam auf sie zu, und sie erstarrte, erkannte, daß sie zu weit gegangen war, zuviel gesagt hatte. Aber er rührte sie nicht an. Statt dessen lächelte er, und seine Augen wurden klar, an die Stelle des boshaften Glitzerns trat Humor.

»Sehr gut, Danyal, ich gebe es zu: Ich habe vor, die Rüstung demjenigen zu verkaufen, der am meisten bietet. Und das werden Kaem und die Vagrier sein. Ich habe ebenfalls vor, Waylander zu töten und die Belohnung einzustreichen. Und was willst *du* tun?«

Ihre Faust, die den Dolch aus Silberstahl umklammerte, schoß auf sein Gesicht zu, doch er packte sie und schlug ihr auf das Handgelenk. Das Messer entfiel ihren Fingern.

»Du kannst mich nicht töten, Danyal«, flüsterte er. »Selbst Waylander hätte damit seine Schwierigkeiten – und du bist nichts weiter als ein begabter Lehrling. Du mußt einen anderen Weg finden.«

»Um was zu tun?« fragte sie, während sie ihr taubes Handgelenk rieb.

»Um Kaem zu überbieten.«

Es traf sie wie ein Schlag, als sie begriff. »Du abscheulicher Mistkerl! Du Schwein!«

Er nickte. »Wie lautet dein Angebot?«

»Willst du mich wirklich so sehr?«

»Ja, ich will dich, Frau. Immer schon. Seit ich gesehen habe, wie du mit Waylander in den Delnoch-Bergen geschlafen hast.«

»Und was willst du mir dafür geben, Durmast?«

»Ich überlasse Waylander die Rüstung. Und ich werde versuchen, ihn nicht zu töten.«

»Einverstanden«, sagte sie leise.

»Das dachte ich mir«, erwiderte er und griff nach ihr.

»Warte!« befahl sie, und diesmal erstarrte er, denn in ihren Augen stand Triumph. »Ich erklärte mich mit deinen Bedingungen einverstanden, und ich werde dich bezahlen, wenn Waylander mit der Rüstung davonreitet. Du und ich, wir bleiben auf Raboas.«

»Du verlangst viel, Danyal.«

»Nun, im Gegensatz zu dir, Durmast, kann man mir vertrauen.«

Er nickte. »Das glaube ich auch«, sagte er und ging in die Dunkelheit davon.

Endlich allein, überwältigte sie die Ungeheuerlichkeit ihres Versprechens.

Dundas, Gellan und Dardalion warteten im äußeren Wohnraum, während Evrin, der Arzt, sich um den mittlerweile bewußtlosen Karnak kümmerte.

Gellan, immer noch schmutzig von seinen Tagen im Tunnel, saß zusammengesunken in einem breiten Ledersessel. Ohne seine Rüstung wirkte er gebrechlich. Dundas schritt den Raum vom Fenster bis zur Schlafzimmertür ab und blieb nur hin und wieder stehen, als ob er auf die Arbeit des Arztes lauschen wollte. Dardalion saß schweigend da und kämpfte gegen das Verlangen zu schlafen. Er spürte die Spannung in den beiden Männern und entspannte seinen Geist, um mit ihnen zu schweben.

Er verband sich mit Gellan und spürte als erstes die innerste Kraft dieses Mannes – eine Kraft, die bis an die Grenzen belastet und durch Zweifel bedroht war. Er war ein guter Mann, wie Dardalion wußte, und es schmerzte ihn grausam, daß seine Männer leiden mußten. Er dachte an Karnak und betete für seine Genesung, befürchtete eine innere Verletzung, die den Drenai doch noch die Hoffnung nehmen würde. Er dachte ebenfalls an die Mauer und an den schrecklichen Zoll, den sie täglich forderte.

Daraufhin zog sich Dardalion von Gellan zurück und verband sich mit dem hochgewachsenen, blonden Dundas. Auch er betete für Karnak, jedoch nicht nur aus Freundschaft. Das Gewicht der Verantwortung lastete auf Dundas wie ein Berg. Wenn Karnak starb, würde er nicht nur seinen größten Freund verlieren, sondern müßte auch die ganze beängstigende Verantwortung für die Verteidigung übernehmen. Und hier war die Lage furchtbar: Sie konnten die Mauer nicht halten, aber Rückzug bedeutete den Untergang für tausend Verwundete. Dundas konnte sich die Szene vorstellen: Die Verteidiger sahen aus der trügerischen Sicherheit des Bergfrieds zu, wie die Verwundeten herausgezerrt und vor ihren Augen niedergemetzelt wurden. Dundas war Soldat, und ein guter dazu, aber er wurde von seinen Männern auch wegen seiner natürlichen Freundlichkeit und seines Verständnisses verehrt. Bei einem Mann waren diese Eigenschaften bewundernswert. Bei einem Krieger waren sie Schwächen, die ausgenutzt wurden.

Dardalion zog sich in seine eigenen Gedanken zurück. Er war kein Mann des Militärs, kein Stratege. Was würde er tun, wenn er wählen müßte?

Sich zurückziehen?

Aushalten?

Er schüttelte den Kopf, wie um die unliebsamen Gedanken zu vertreiben. Er war müde, und die Anstrengung, den Schild über Waylander zu halten, laugte ihn von Stunde zu Stunde mehr aus. Er schloß die Augen und sandte seinen Geist aus, schmeckte die Verzweiflung, die die Festung durchdrang. Die Bruderschaft war überall: Vier Männer hatten bislang Selbstmord verübt, zwei andere hatte man dabei erwischt, wie sie versuchten, eine verbarrikadierte Ausfalltür hoch auf der Nordmauer zu öffnen. Die Schlafzimmertür öffnete sich, Evris trat heraus und wischte sich die Hände an einem Leinentuch ab. Gellan sprang auf, doch der Arzt hob die Hände und sagte ruhig: »Es ist alles in Ordnung. Er ruht jetzt.«

»Was ist mit seinen Verletzungen?« fragte Gellan.

»Soweit ich es sagen kann, hat er das linke Auge verloren, aber nicht mehr. Schwere Prellungen, vielleicht ein oder zwei gebrochene Rippen. Er verliert kein Blut. Seine Masse hat ihn gerettet.«

Evris ging, um sich um die anderen Verwundeten zu kümmern, und Dundas sank in einen Stuhl, der an einem ovalen Schreibtisch stand.

»Ein Hoffnungsschimmer«, sagte er. »Wenn Egel jetzt noch morgen mit fünfzigtausend Mann käme, würde ich an Wunder glauben.«

»Ein Wunder zur Zeit reicht mir«, meinte Gellan. »Aber wir müssen eine Entscheidung treffen – wir können die Mauer nicht halten.«

»Du findest, wir sollten den Rückzug einleiten?« fragte Dundas.

»Ich glaube, wir müssen.«

»Aber die Verwundeten ...«

»Ich weiß.«

Dundas fluchte bitter, dann kicherte er humorlos. »Weißt du, ich wollte immer General sein – ein Erster Gan mit einer Kavallerieabteilung unter meinem Kommando. Weißt du warum? Dann hätte ich ein weißes Pferd und einen roten Samtumhang. Bei den Göttern, ich glaube, ich weiß, wie sich der arme Degas gefühlt hat!«

Gellan lehnte sich zurück und schloß die Augen. Dardalion beobachtete die beiden Männer einen Moment, dann sprach er. »Wartet auf Karnak – laßt ihn die Entscheidung fällen«, riet er ihnen leise.

Gellan riß die Augen auf. »Wäre das nicht zu einfach? Es stehen schwere Entscheidungen an, also bürden wir sie den breitesten

Schultern auf? Uns gehen allmählich die Pfeile aus – wenn wir sie nicht schon alle verschossen haben. Wir haben kein Fleisch mehr, das Brot ist madig, der Käse grün vor Schimmel. Die Männer sind erschöpft, und manche kämpfen wie in Trance.«

»Für die Vagrier ist es fast genauso schlimm, Gellan«, sagte Dardalion. »Sie haben vielleicht noch Kraft, aber Lebensmittel werden knapp, und in ihrem Lager sind Krankheiten ausgebrochen. Sie haben Eisenfaust im Süden vielleicht aufhalten können, aber zu einem hohen Preis. Sie sind ausgelaugt, und es sind nur noch zwei Monate bis Winteranfang.«

»Wir haben keine zwei Monate mehr«, sagte Dundas. »Sobald sie Purdol eingenommen haben, können sie entlang den Delnoch-Bergen und durch Skoda stürmen, um Eisenfaust einzukreisen. Dann bedeutet Winter verdammt wenig für sie.«

»Ich bin über diese Mauern gewandert«, entgegnete Dardalion, »aber anders als du. Du siehst Männer im Krieg. Aber ich bin im Geiste über die Mauern gewandert und habe dort die Kraft gespürt. Sei dir des Verlierens nicht so sicher.«

»Wie du schon sagst, Dardalion«, fauchte Gellan, »du bist nicht so über die Mauern gegangen wir wir.«

»Verzeih mir, Gellan, ich wollte nicht herablassend wirken.«

Gellan schüttelte den Kopf. »Nimm auf mich keine Rücksicht, junger Priester. Ich kenne meine Männer. Sie sind stärker, als sie selbst glauben, und sie haben bereits Wunder vollbracht. Niemand hätte erwarten können, daß sie so lange durchhalten. Ich frage mich nur, wie lange sie noch aushalten.«

»Ich pflichte Gellan bei«, sagte Dundas. »Die Entscheidung ist eine, die wir vielleicht für den Rest unseres Lebens bereuen, aber sie muß getroffen werden. Wir müssen uns zurückziehen.«

»Ihr seid die Militärs«, stimmte Dardalion zu, »und ich will nicht versuchen, euch umzustimmen. Aber die Männer kämpfen wie Dämonen, und sie geben nicht nach. Man hat mir erzählt, daß heute morgen ein Mann, dem ein Arm abgehackt worden war, drei Vagrier tötete, ehe er von der Brustwehr fiel. Und als er stürzte, zog er noch einen feindlichen Soldaten mit sich. Das klingt nicht, als fühlten sie sich schon der Niederlage nahe.«

»Ich habe das vom Torturm aus beobachtet«, sagte Dundas. »Der Mann war Bauer, ich habe einmal mit ihm gesprochen – er hat seine ganze Familie durch Söldner verloren.«

»Ein Mann allein ändert die Lage nicht«, erklärte Gellan. »Was wir von den Männern verlangen, ist unmenschlich, und früher oder später müssen sie zusammenbrechen.«

Die Tür zum Schlafzimmer wurde aufgerissen. Die drei Männer fuhren herum und sahen, wie Karnak in der Tür stand und sich mit einer Hand am Rahmen festhielt.

»Sie werden nicht zusammenbrechen, Gellan«, sagte er. Blut sickerte durch den Verband über seinem Auge, und sein Gesicht war aschfahl, aber seine Kraft beherrschte den Raum.

»Du solltest dich ausruhen, General«, sagte Dardalion.

»Ich habe mich im Tunnel ausgeruht. Du hast ja keine Vorstellung davon, wie ich mich ausgeruht habe, alter Knabe! Aber jetzt bin ich wieder da. Ich habe euch schon eine ganze Weile zugehört, und für jedes Argument läßt sich etwas sagen. Aber meine Entscheidung ist endgültig, und sie lautet: Wir halten die Mauer. Es gibt keinen Rückzug in die Festung.

Die Männer da draußen sind großartig gewesen, und sie werden es auch weiterhin sein. Aber wenn wir sie zurückziehen und sie mitansehen lassen, wie ihre Kameraden abgeschlachtet werden, werden sie diese eiserne Härte verlieren. Dann wird die Festung in wenigen Tagen fallen.«

Er trat ins Zimmer und ließ sich in einen breiten Sessel fallen. »Dundas, hol mir ein paar Kleider – auffallende Kleider. Und such mir ein Stück Leder, das ich über diesem Verband tragen kann. Und hol mir eine neue Axt. Ich gehe raus auf die Mauern.«

»Das ist Wahnsinn, General«, wandte Gellan ein. »Du bist nicht in der Verfassung zu kämpfen.«

»Kämpfen? Ich werde nicht kämpfen, Gellan. Ich will *gesehen* werden. Da ist Karnak, werden sie sagen. Ein Berg stürzte auf ihn, und er ist wieder da! Und jetzt hol mir die Kleider!« Er wandte sich an Dardalion. »Einer deiner Priester hat mir vor ein paar Tagen erzählt, daß deine Kraft, die Bruderschaft abzuhalten, eingeschränkt ist, damit du eine Art magischen Schild über Waylander halten kannst. Stimmt das?«

»Ja, General.«

»Wo ist Waylander jetzt?«

»Nicht mehr weit von dem Berg entfernt.«

»Dann nimm den Schild weg.«

»Ich kann nicht.«

»Hör zu, Dardalion, du glaubst an die Macht der QUELLE gegen alle Mächte des Chaos, und du hast unerschütterlich in diesem Glauben gekämpft.

Aber jetzt, finde ich, machst du dich der Arroganz schuldig. Ich sage das nicht leichtfertig, nicht einmal kritisch. Ich bin selbst arrogant. Aber du hast entschieden, daß Waylander für die Drenai wichtiger ist als Purdol. Vielleicht hast du recht. Aber er ist jetzt nahe der Rüstung, und du hast ihn dorthin gebracht. Laß die QUELLE ihn nach Hause bringen.«

Dardalion sah auf und begegnete Karnaks Blick. »General, du mußt verstehen, daß die Feinde, denen sich Waylander gegenübersieht, nicht alle menschlich sind. Die Nadir und die Bruderschaft verfolgen ihn, ja, aber auch andere – Ungeheuer aus der Hölle. Wenn ich den Schild hebe, ist er ganz allein.«

»Und du mußt verstehen: Wenn er allein ist, bedeutet das nur, daß es keine QUELLE gibt. Kannst du diesem Schluß folgen?«

»Ich glaube schon, obwohl ich fürchte, daß er trügerisch ist.«

»Und da spricht deine Arroganz. Die QUELLE existierte, bevor du geboren warst, und sie wird noch existieren, wenn du längst tot bist. Du bist nicht die einzige Waffe, die sie hat.«

»Aber wenn du unrecht hast!«

»Dann stirbt er, Dardalion. Aber Bäume werden wachsen, Flüsse ins Meer fließen und die Sonne scheinen. Nimm diesen verdammten Schild weg!«

Der Priester erhob sich und ging zur Tür.

»Wirst du es tun?« fragte Karnak.

»Es ist bereits geschehen«, antwortete Dardalion.

»Gut! Und jetzt vertreibe die Bruderschaft aus Purdol!«

Kurz vor Mitternacht waren die letzten Vagrier zu ihren Lagerfeuern zurückgehumpelt. Jonat sprang auf die Brustwehr und brüllte ihnen nach: »Kommt zurück, ihr Hunde, wir sind noch nicht fertig mit euch!«

Entlang der Mauer trugen Bahrenträger die Verwundeten davon, während die Toten über die Brüstung geworfen wurden. Jonat schickte ein Dutzend Männer aus, um Essen und Wasser zu holen, ehe er durch seinen Abschnitt patrouillierte und die Verluste zählte. Seit Tagen spürte er jetzt, wie die Last seiner neuen Verantwortung ihn niederdrückte, und seine eigene Quelle der Bitterkeit brachte ihn der Verzweiflung nahe. Das Wissen, daß die Bruderschaft am

Werke war, hatte ihm ein wenig geholfen, aber heute nacht fühlte er sich frei. Die Sterne funkelten, der Wind vom Meer war frisch und rein, und die Feinde zogen sich wie geprügelte Hunde in ihre Zelte zurück. Jonat fühlte sich stärker als jemals zuvor in seinem Leben, und er grinste breit, während er mit den Soldaten ringsum Scherze austauschte. Er winkte sogar Sarvaj am Tortum zu. Seine entschiedene Abneigung für ihn ging in seiner frisch gefundenen guten Laune unter.

Plötzlich erscholl von rechts ein rauhes Jubeln, und als Jonat sich umdrehte, sah er Karnak die Stufen zum Wehrgang ersteigen. Hinter ihm kamen vier Soldaten mit Weinflaschen.

»Ich sehe dich, Jonat, du Schurke«, röhrte Karnak. Jonat kicherte und fing die Flasche, die Karnak in seine Richtung warf. »Ich nehme doch an, du trinkst mit mir?«

»Warum nicht, General?«

Karnak setzte sich und rief die Männer zu sich. »Ihr habt wahrscheinlich gehört, daß ich den Tunnel schließen mußte«, sagte er grinsend. »Das bedeutet, der einzige Weg hinaus führt durch das Haupttor. Wie findet ihr das?«

»Sag uns nur Bescheid, wenn du gehen willst, General!« rief ein Mann von hinten.

»Also, ich hätte ja gesagt, heute abend, aber der Feind scheint auch so schon niedergeschlagen genug«, sagte Karnak. »Und wir wollen sie schließlich nicht mit der Nase drauf stoßen.«

»Stimmt es, daß du den Berg hast einstürzen lassen?« fragte ein anderer Mann.

»Ich fürchte ja, alter Knabe. Meine Techniker hatten Winschen und Flaschenzüge im Tunnel eingebaut und an einem der Deckenbalken eine raffinierte Vorrichtung installiert. Man darf ja keinen offenen Zugang zu einer Festung lassen.«

»Wir hörten, du seist tot«, sagte Jonat.

»Guter Gott, Mann, glaubst du etwa, ein einfacher Berg könnte mich umbringen? Wie wenig Glauben du doch besitzt! Aber, wie geht es euch allen?«

Ein paar Minuten blieb Karnak sitzen und plauderte mit ihnen, ehe er weiterzog. Zwei Stunden später kehrte er in sein Zimmer zurück. Sein Auge war ein einziger brennender Schmerz, seine Kraft fast am Ende. Er ließ sich auf sein Bett fallen, rollte sich auf den Rücken und stöhnte.

In der darunterliegenden Halle öffnete Dardalion die Augen und sah sich um. Acht Priester sahen ihn an, und weitere neun regten sich, doch sechs leblose Körper waren am Tisch zusammengesunken.

»Die Bruderschaft ist keine Bedrohung mehr«, sagte Astila, »aber der Preis des Sieges ist hoch.«

»Der Preis ist immer hoch«, sagte Dardalion. »Laßt uns beten.«

»Um was sollten wir beten, Dardalion?« fragte der junge Priester mit Namen Baynha. »Daß wir noch mehr Feinde töten? Mehr als sechzig Angehörige der Bruderschaft sind diese Nacht gestorben. Ich kann dieses endlose Töten nicht mehr lange aushalten.«

»Glaubst du, wir sind im Unrecht, Baynha?« fragte Dardalion sanft.

»Es hat mehr damit zu tun, daß wir nicht wissen, ob wir im Recht sind.«

»Darf ich sprechen, Dardalion?« fragte Astila, und Dardalion nickte.

»Ich bin intellektuell nicht so begabt wie einige andere unseres Ordens«, begann Astila, »aber habt Nachsicht mit mir, Brüder. Ich erinnere mich an einen Spruch, den der Abt gebrauchte, als ich noch Novize war. Er sagte: ›Wenn ein Narr sich selbst als solchen sieht, ist er kein Narr mehr; und wenn ein weiser Mann seine eigene Weisheit erkennt, wird er ein Narr.‹ Das hat mich sehr beunruhigt, denn es schien mir eine reine Wortspielerei. Doch nach vielen Jahren bin ich zu diesem Schluß gekommen: daß nämlich nur in der Gewißheit eine moralische Gefahr liegt. Der Zweifel ist die Gabe, die wir hegen müssen, denn er zwingt uns, ständig unsere Motivation zu hinterfragen. Er führt uns zur Wahrheit. Ich weiß nicht, ob es weise war, den Pfad zu wählen, den wir eingeschlagen haben. Ich weiß nicht, ob wir im Recht sind in dem, was wir tun. Aber wir gehen unseren Weg im Glauben.

Ich verabscheue das Töten, aber ich werde auch weiterhin die Bruderschaft mit allen Kräften bekämpfen, die die QUELLE mir gegeben hat. Aber wenn du, Baynha, glaubst, daß dies falsch ist, solltest du nicht mehr kämpfen.«

Baynha senkte kurz den Kopf, dann lächelte er.

»Ich bin nicht weise, Astila. Da ich das weiß, macht mich diese Erkenntnis nun weise?«

»Sie macht dich menschlich, mein Bruder, und ich für mein Teil bin froh darüber. Meine größte Furcht war, daß wir beginnen würden, die Schlacht zu lieben.«

»Ich werde weiterkämpfen«, sagte Baynha, »und deinen Rat annehmen und meine Zweifel hegen. Doch frage ich mich, was die Zukunft für uns alle bereithält. Was geschieht, wenn wir gewinnen? Gründen wir dann einen Tempel von Kriegerpriestern? Nehmen wir unser früheres Leben wieder auf? Wir haben hier etwas begonnen, was auf dieser Welt neu ist. Worin liegt unser Daseinszweck?«

Dardalion hob die Hand, und alle wandten sich ihm zu.

»Meine Freunde, das sind große Fragen. Aber wir sollten nicht versuchen, sie jetzt zu beantworten. Diejenigen von uns, die überleben, müssen über unsere Zukunft entscheiden. Doch muß ich sagen, daß ich in den letzten Tagen viele Träume hatte, schreckerfüllte Träume. Aber jeder endete gleich. Ich sehe eine Wüste der zerbrochenen Seelen und untoten Ungeheuer. In der Mitte dieser Wüste ist eine Oase – und daneben ein Baum. Unter seinen Zweigen sammeln sich Menschen, um Schatten, Ruhe und Frieden zu finden. Nicht eins der untoten Ungeheuer noch irgendein anderes Wesen des Bösen kann diesem Baum nahe kommen.

»Und was, glaubst du, soll das bedeuten?« fragte Astila.

»Der Baum hat dreißig Zweige«, antwortete Dardalion.

# 23

Waylander schlief, und in seinen Träumen war er wieder einmal auf dem einsamen Hügel mit dem blinden König Orien. Er öffnete die Augen und betrachtete den Himmel und die unbekannten Sterne.

»Willkommen!« sagte Orien.

Waylander setzte sich auf, und der alte Mann nahm seine Hand und tätschelte sie väterlich.

»Du hast mir Freude gemacht, Waylander. Meinen Glauben wiederhergestellt. Dein Mut ist groß, und du hast bewiesen, daß du ein Mann von Ehre bist.«

»Komplimente machen mich verlegen«, sagte Waylander, wandte sich ab und entzog Orien seine Hand.

Orien nickte. »Dann frage nach dem, was du fürchtest.«

»Wo ist die Rüstung?«

»Du wirst sie finden. Morgen, wenn die QUELLE dich segnet, wirst du über die Hänge von Raboas reiten. Du wirst einen schmalen Pfad finden, der sich zu einer Höhle windet. Die Höhle befindet sich auf einem Felssims, und dort wirst du einen zweiten Pfad finden. Diese beiden Wege sind der einzige Zugang zum Herz des Berges. Betritt die Höhle, und du wirst drei Tunnel sehen. Nimm den rechten Eingang und geh weiter, bis du in eine große, gewölbte Halle kommst. Dort ist die Rüstung für jedermann zu sehen.«

»Es ist ein Abbild, das man nicht berühren kann«, widersprach Waylander.

»Sie ist real, aber nur der Erwählte kann sie nehmen.«

»Und ich bin der Erwählte?«

»Das wirst du morgen wissen.«

»Ist Danyal in Sicherheit?«

»Das kann ich nicht sagen, denn ich weiß es nicht. Ich bin kein Gott, Waylander.«

»Was bist du dann?«

»Nichts weiter als ein Bild in deinen Träumen.«

»Du mußt mehr sein als das.«

»Dann stell dir vor, ich bin der Geist von Orien, das letzte flackernde Zeichen des einstigen Königs. Wenn du die Rüstung hast, werde ich gehen, um nie mehr zurückzukommen.«

»Wohin wirst du gehen? Ist das Paradies Wirklichkeit? Existiert die QUELLE?«

»Ich kann deine Fragen nicht beantworten. Nur du kannst entscheiden. Aber du mußt jetzt gehen, denn du bist in großer Gefahr. Dardalion schützt dich nicht länger vor der Bruderschaft. Geh jetzt!«

Waylander öffnete die Augen ein zweites Mal und fuhr mit einem Ruck hoch. Er lag wieder in seine Decken gewickelt am Fuße Raboas'.

Und sein Pferd war weg.

Er rollte sich auf die Füße und sah, daß der Busch, an den er sein Pferd gebunden hatte, ausgerissen war. Das Tier mußte zu Tode erschrocken sein. Aber wodurch?

Waylander spannte die Armbrust und spähte ins Unterholz.

Er konnte nichts Ungewöhnliches sehen, daher schloß er die Augen und lauschte. Von rechts hörte er ein leises Rascheln.

Er fuhr herum und schoß beide Bolzen ab, als der Werwolf sich erhob und angriff. Die Bolzen trafen ihr Ziel, doch die dicken Muskelstränge über der breiten Brust des Ungeheuers verhinderten, daß sie Herz und Lunge trafen, so daß es seinen Angriff ungehindert fortsetzte.

Waylander warf sich nach rechts, und ein zweites Ungeheuer erhob sich über ihm. Er kam auf die Füße und holte mit seinem Schwert aus, das jedoch vom Kopf des Wesens abprallte.

Er zog sich zurück, als die vier Ungeheuer vorrückten. Ihre großen Mäuler klafften weit, die Zungen hingen heraus, und rote Augen fixierten ihn. Er packte sein Schwert beidhändig und hob es über die rechte Schulter, bereit, wenigstens eins der Biester mit sich in den Tod zu nehmen.

Ein dunkler Schatten tauchte hinter ihnen auf, und Waylander blinzelte, als eine massige Hand sich um einen der pelzigen Nacken schloß und zudrückte. Ein schreckliches Geheul setzte ein und brach ab, als der Werwolf hochgehoben wurde. Ein silbernes Messer fuhr ihm zwischen die Rippen, dann wurde der Leichnam drei Meter weit ins Gebüsch geschleudert. Die anderen Wesen schwenkten zu dem Angreifer um, doch mit einem Satz war dieser unter ihnen, und ein zweites Messer fand sein Ziel und schlitzte dem Wesen, das einst Lenlai der Besessene gewesen war, den Bauch auf. Fangzähne schlossen sich um Kais Schulter, als ihn das dritte Ungeheuer ansprang. Er riß es los, umklammerte mit seinen riesigen

Händen dessen Kehle und schüttelte es. Waylander zuckte zusammen, als er hörte, wie das Genick brach, dann warf Kai den Körper beiseite.

Das vierte Werungeheuer war geflohen.

Waylander steckte sein Schwert in die Scheide und sah fasziniert zu, wie der Zyklop seine Hand über die klaffende Wunde in seiner Schulter legte. Als er Minuten später die Hand wegnahm, war die Wunde verschwunden. Kai ging zu den Leichnamen und zog seine Messer heraus. Mit wackligen Knien setzte sich Waylander und lehnte sich an einen Baum. Kai kam zu ihm, hockte sich vor ihm nieder und bot ihm die Messer mit den Griffen voraus an. Waylander nahm sie kommentarlos entgegen.

Kai beobachtete ihn einen Augenblick, dann hob er seine Hand und klopfte sich auf die enorme Brust.

»Wroind«, sagte er.

»Freunde«, stimmte Waylander zu.

Nach einer Weile ging Waylander zu seinem Gepäck und verteilte daraus Fleischstreifen und getrocknete Früchte. Die Nahrung verschwand rasch, dann rülpste Kai und klopfte sich wieder an die Brust.

»Kai«, sagte er. Sein Kopf wackelte vor lauter Anstrengung.

»Waylander.«

Kai nickte, dann streckte er sich aus, legte den Kopf auf die Arme und schloß sein großes Auge.

Ein Geräusch im Unterholz ließ Waylander auffahren.

»Fert«, sagte Kai, ohne sich zu rühren.

Waylanders Pferd kam auf die Lichtung. Er tätschelte ihm den Hals und fütterte es mit dem letzten Getreide, ehe er es an einem kräftigen Busch anband.

Er nahm seine Decke, legte sich neben das Mensch-Ungeheuer und schlief bis zum Morgengrauen. Als er aufwachte, war er allein. Die Leichen der Werwölfe waren ebenso verschwunden wie Kai.

Waylander aß seine letzte Nahrung, dann sattelte er sein Pferd. Er ritt von der Lichtung und blickte zu der vor ihm aufragenden Masse von Raboas hinauf.

Raboas, der Heilige Riese.

Ein seltsames, doch willkommenes Gefühl der Ruhe überkam Waylander, als er sein Pferd die Hänge von Raboas hinauflenkte. Die Sonne schien durch ein Gitterwerk von Wolken, was der Schönheit des Himmels eine unglaubliche Tiefe verlieh, während Möwen wie kleine lebendige Wolkenfetzen herabstießen. Waylander zügelte sein Pferd und betrachtete prüfend die Landschaft. Hier war eine Schönheit, die er nie zuvor gesehen hatte: eine wilde elementare Großartigkeit, die von der Arroganz der Ewigkeit sprach.

Rechts von ihm plätscherte ein Bach, der aus einer Spalte im Berg kam, über weiße Felsen. Er stieg ab und zog sich aus, dann wusch und rasierte er sich und kämmte seine Haare, die er im Nacken zusammenband. Das Wasser war kalt auf der Haut, und er zog sich rasch wieder an, nachdem er den Reisestaub aus seinen Kleidern geschüttelt hatte. Aus seinem Gepäck nahm er einen schwarzen Seidenschal, den er nach Art eines Sathuli-Burnus über Kopf und Schultern drapierte. Dann rückte er seine Schulterstücke aus Kettengliedern zurecht. Zwei silberne Armschützer schnallte er an die Unterarme, ein Wehrgehänge mit sechs Wurfmessern in ihren Scheiden folgte. Er schärfte Messer und Schwert. Dann betrachtete er den Berg.

Heute würde er sterben.

Heute würde er seinen Frieden finden.

In der Ferne sah er eine Staubwolke auf Raboas zueilen. Viele Reiter galoppierten zum Berg, aber das kümmerte Waylander nicht.

Heute war sein Tag. Diese glorreiche Stunde der Schönheit war seine Stunde.

Er stieg in den Sattel, und als er den schmalen Pfad zwischen den Felsen entdeckte, trieb er sein Pferd voran.

Sein ganzes Leben lang war er auf der Suche nach diesem Pfad gewesen, das wußte er jetzt. Jede Erfahrung, die er gemacht hatte, hatte dazu beigetragen, ihn zu diesem Zeitpunkt hierher zu führen.

Von dem Augenblick an, in dem er Niallad getötet hatte, hatte er das Gefühl, als wäre er auf dem Gipfel eines Berges angekommen, von dem es kein Zurück gab. Alle Pfade waren ihm verschlossen, er hatte nur noch die Wahl, sich vom Gipfel zu stürzen und zu fliegen!

Plötzlich spielte es keine Rolle mehr, ob er die Rüstung fand oder ob die Drenai nun gewannen oder verloren.

*Dies war Waylanders Stunde.*

Zum erstenmal seit zwei Jahrzehnten sah er ohne Qual seine geliebte Tanya in der Tür des Bauernhauses stehen und ihn hereinwinken. Er sah seinen Sohn und seine beiden Töchter im Blumengarten spielen. Er hatte sie so sehr geliebt.

Aber für die Räuber waren sie nicht mehr als Spielzeug gewesen. Seine Frau war vergewaltigt und ermordet worden, seine Kinder waren ohne einen Gedanken oder Gewissensbisse getötet worden. Ihr Gewinn hatte aus einer Stunde befriedigter Lust, einigen Säcken mit Korn und einer Handvoll Silbermünzen bestanden.

Ihre Strafe war Tod gewesen, gräßlich und rachsüchtig – nicht einer von ihnen war in weniger als einer Stunde gestorben. Denn Dakeyras der Bauer war mit seiner Familie gestorben. Die Räuber hatten Waylander den Schlächter erschaffen.

Aber jetzt war der Haß vorbei... vergangen wie Rauch im Wind. Waylander lächelte, als er sich an sein erstes Gespräch mit Dardalion erinnerte.

»Einst war ich ein Lamm, das auf einer grünen Wiese spielte. Dann kamen die Wölfe. Jetzt bin ich ein Adler und fliege in einem anderen Universum.«

»Und jetzt tötest du die Lämmer?« hatte Dardalion ihn beschuldigt.

»Nein, Priester. Für Lämmer zahlt niemand.«

Der Pfad wand sich immer weiter in die Höhe, über zerklüftete Felsen und zwischen gewaltigen Felsbrocken hindurch.

Orien hatte gesagt, daß Werungeheuer die Rüstung bewachten, doch das war Waylander gleichgültig.

Er würde vom Pferd steigen und in die Höhle gehen, die Rüstung holen und auf den Feind warten, den er nicht töten konnte.

Sein Pferd atmete schwer, als sie das Hochplateau erreichten. Vor ihm lag eine große Höhle, vor deren Eingang Durmast und Danyal an einem Feuer saßen.

»Du hast dir Zeit gelassen«, sagte der Riese grinsend.

Waylander stieg ab, als Danyal auf ihn zurannte, schloß sie in die Arme und küßte ihr Haar. Er schloß die Augen, um die Tränen zurückzuhalten. Durmast wandte den Blick ab.

»Ich liebe dich«, sagte Waylander leise, während er mit den Fingern ihr Gesicht streichelte. In seinen Worten lag ein so überwältigendes Bedauern, daß sich Danyal aus seinen Armen freimachte.

»Was ist los?«

Er schüttelte den Kopf. »Nichts. Geht es dir gut?«

»War nie besser.«

Er nahm sie bei der Hand und ging mit ihr zu Durmast. Der Riese erhob sich, sein Blick wanderte von einem zum anderen.

»Es tut gut, dich zu sehen«, sagte Waylander. »Aber ich wußte, du würdest es schaffen.«

»Und ich wußte, daß du es schaffen würdest. Ist bei dir alles in Ordnung?«

»Natürlich.«

»Du wirkst seltsam entrückt.«

»Es war eine lange Reise, und ich bin müde. Du hast die Staubwolke gesehen?«

»Ja. Uns bleibt nicht einmal eine Stunde.«

Waylander nickte zustimmend.

Sie pflockten die Pferde an, und dann bereitete das Trio Fackeln vor und ging in die Höhle. Sie war dunkel und übelriechend. Wie Orien gesagt hatte, teilte sie sich in drei Tunnel. Waylander ging voran und führte sie tiefer in die Finsternis.

Schatten tanzten auf den feuchten Granitwänden, und Danyal hielt sich mit gezogenem Schwert dicht bei den Kriegern. An einer Stelle gelangten sie in eine Höhle, wo das flackernde Licht der Fackeln die Dunkelheit nicht durchdringen konnte. Danyal zog Waylander am Mantel und drehte sich um.

»Was ist?«

Am äußeren Rand des Fackelscheins glitzerten zahlreiche wilde Augen.

»Ignoriere sie«, sagte Waylander.

Durmast schluckte und zog seine Streitaxt aus dem Gürtel.

Sie gingen weiter, die Augen kamen näher.

Schließlich erreichten sie die Höhle, die Orien beschrieben hatte.

Entlang den Wänden waren Halterungen angebracht, in denen mit Pech getränkte Stöcke steckten. Nacheinander entzündete Waylander alle, bis der Raum in Licht getaucht war.

Am anderen Ende, auf einem hölzernen Gestell, stand die Bronzerüstung: geflügelter Helm, eine Brustplatte, die mit einem Adler mit ausgebreiteten Schwingen verziert war, bronzene Handschuhe und zwei Schwerter von seltener Schönheit.

Die drei Reisenden standen schweigend vor der Rüstung.

»Das läßt einen an Magie glauben«, flüsterte Durmast.

»Wer könnte in einer solchen Rüstung verlieren?« fragte Danyal.

Waylander machte einen Schritt nach vorn und streckte die Hände aus.

Sie glitten durch die Rüstung hindurch, und er versuchte es noch einmal.

Doch das Abbild blieb.

»Nun los, hol sie, Mann!« sagte Durmast.

»Ich kann nicht. Ich bin nicht der Erwählte.«

*»Was?«* zischte Durmast. »Wovon redest du?«

Waylander kicherte, dann setzte er sich vor die Rüstung.

»Es liegt ein Bann drauf, Durmast. Orien, der alte König, hat mir davon erzählt. Nur der Erwählte kann die Rüstung fortnehmen. Es ist eine Sicherheitsmaßnahme, nehme ich an – sie ist für die Drenai so lebenswichtig, daß sie nicht riskieren konnten, sie einem Feind in die Hände fallen zu lassen. Aber es spielt keine Rolle.«

»Spielt keine Rolle?« wütete Durmast. »Wir haben unser Leben riskiert, um an diesen verdammten Blechanzug zu kommen! Und draußen sammeln sich die Nadir – ganz zu schweigen von diesen Augen da hinten. Natürlich spielt es eine Rolle.«

»Es spielt nur eine Rolle, daß wir es versucht haben«, erwiderte Waylander.

Durmasts Antwort war kurz, vulgär und explosiv. »Pferdescheiße! Die Welt ist voller armer Leute, die es mal versucht haben, und ich will nicht dazugehören. Was machen wir jetzt? Warten wir auf einen goldhaarigen, grinsenden Drenai-Helden, der in einem magischen Brunnen gesegnet wurde?«

Danyal näherte sich der Rüstung und versuchte, sie zu berühren, aber sie blieb ätherisch.

»Was machst du da?« fauchte Durmast.

»Versuch *du* es«, sagte sie.

»Wozu? Sehe ich aus wie ein Drenai-Held?«

»Ich *weiß*, was du bist, Durmast. Versuch es trotzdem. Was kannst du verlieren?«

Der Riese richtete sich auf und stapfte zu der Rüstung.

Sie sah so verdammt solide aus. Er zuckte die Achseln und streckte die Finger aus ...

Und berührte Metall.

Danyals Unterkiefer klappte nach unten. »Bei den Göttern. Er ist es!«

Durmast stand wie vom Donner gerührt, dann schluckte er und versuchte es noch einmal.

Diesmal hob er den Helm und legte ihn ehrfürchtig vor Waylander nieder. Dann starrte er auf seine Hände – Waylander sah, daß sie unkontrolliert zitterten. Stück für Stück nahm Durmast die Rüstung von dem Gestell. Dann setzte er sich neben Waylander, sagte jedoch nichts.

Die Fackeln tropften inzwischen, und Danyal berührte Waylander am Arm. »Wir sollten gehen.«

Waylander und Durmast sammelten die Rüstung auf und folgten Danyal zum Eingang. Draußen wurden sie von einem Meer von Augen angestarrt. Danyal erstarrte, dann hob sie ihre Fackeln, und die Augen zogen sich in die Schatten zurück.

»Es wird ein langer Weg«, murmelte Durmast.

Er ging voran, so daß der Schein der Fackeln auf die Bronzerüstung fiel. Ein zischelndes Wispern ertönte um sie herum und verstummte dann. Doch die Augen blieben zurück, und Danyal ging voran und führte sie ans Tageslicht.

Sobald sie aus der Höhle waren, schnallten Durmast und Waylander die Rüstung Durmasts Packpferd auf und bedeckten das glänzende Metall mit einer grauen Decke.

Hufgeklapper auf Stein ließ Durmast fluchen. Er schnappte sich seinen Bogen und rannte zu dem steilen Pfad. Waylander lief hinterher, die Armbrust in der Hand.

Zwei Nadirkrieger mit Lanzen kamen in Sicht. Wenig später stürzten sie aus dem Sattel, der eine mit einem Bolzen im Auge, der andere mit einem Pfeil zwischen den Rippen.

»Das ist nur die Vorhut. Ich glaube, wir bekommen Schwierigkeiten«, sagte Durmast und zog einen zweiten Pfeil aus dem Köcher. »Leider sitzen wir hier oben in der Falle.«

»Vielleicht ist der zweite Weg frei«, sagte Waylander. »Nimm Danyal und hau ab. Ich werde sie aufhalten und stoße später zu euch.«

»*Du* nimmst sie und haust ab«, widersprach Durmast. »Ich hatte genug von ihrer Gesellschaft.«

»Paß auf, mein Freund. Die Bruderschaft sucht mich mit all ihren Kräften. Wo ich auch hingehe, sie werden mir folgen. Wenn ich hierbleibe, ziehe ich sie an wie das Licht die Motten. Das gibt dir die Chance, die Rüstung zu Egel zu bringen. Jetzt geh – ehe es zu spät ist.«

Durmast fluchte, ging dann aber zurück zu Danyal.

»Sattle dein Pferd«, befahl er. »Wir verschwinden.«

»Nein.«

»Es ist seine Idee – und eine verdammt gute. Geh und verabschiede dich, ich sattle dein verdammtes Pferd.«

Danyal lief zu Waylander.

»Stimmt das?« fragte sie mit Tränen in den Augen.

»Ja, du mußt gehen. Es tut mir leid, Danyal – leid, daß wir nie die Chance hatten, ein gemeinsames Leben zu führen. Aber ich bin ein besserer Mann, weil ich dich kennengelernt habe. Ob ich davonlaufe oder bleibe, ich bin verdammt . . . also bleibe ich. Aber es wird für mich einfacher sein, wenn ich weiß, daß ich dazu beitrage, daß du die Aufgabe zu Ende führst.«

»Durmast wird dich verraten.«

»Wenn er es tut, dann sei es. Ich habe meine Rolle gespielt, und mehr kann ich nicht tun. Bitte geh.«

Sie streckte die Hand nach ihm aus, doch in diesem Augenblick rannte ein Nadirkrieger herbei. Waylander schob sie beiseite und schoß einen Bolzen ab, der den Mann an der Schulter traf. Er fiel und kroch in Deckung.

»Ich liebe dich, Dakeyras«, flüsterte Danyal.

»Ich weiß. Geh jetzt.«

Waylander lauschte auf die davoneilenden Pferde, doch er sah ihnen nicht nach, und so sah er auch nicht, wie Danyal sich reckte, um einen letzten Blick auf ihn zu erhaschen.

Die Nadir kamen angestürmt, und zwei fielen im selben Augenblick. Zwei weitere stürzten, als Waylander Durmasts Bogen hochriß. Dann waren sie bei ihm, und mit einem entsetzlichen Schrei sprang er vor und hieb mit seinem Schwert auf sie ein. Der Pfad war schmal, so daß sie ihn nicht umzingeln konnten. Das Schwert mähte sie nieder, und sie wichen vor seiner Wut zurück.

Sechs waren bereits tot.

Waylander taumelte zurück zu seiner Armbrust und lud sie. Aus einer Wunde an seinem Bein rann Blut. Er wischte sich den Schweiß aus den Augen und lauschte.

Er hörte das schwache Schaben von Stoff auf Stein, und als er aufsah, sprang ein Nadirkrieger mit erhobenem Messer von dem

Felsen. Waylander warf sich nach hinten, seine Finger fuhren zu den Auslösern der Armbrust. Beide Bolzen hämmerten in den springenden Krieger, aber als er auf dem Meuchelmörder landete, grub sich sein Messer in Waylanders Schulter. Waylander stieß den Toten von sich und rollte sich auf die Füße. Das Nadirmesser ragte aus seinem Fleisch, doch er ließ es, wo es war – es herauszuziehen hieß verbluten. Mit einiger Mühe spannte er die Armbrust.

Die Sonne sank hinter den Horizont, und die Schatten wurden länger.

Die Nadir würden auf die Nacht warten...

Und Waylander konnte sie nicht aufhalten.

Die Finger seiner linken Hand waren taub, und er ballte sie zu einer schwachen Faust zusammen. Schmerz stieg ihm in die Schulter, in der das Nadirmesser steckte, und Waylander fluchte. So gut er konnte, verband er die Wunde in seinem Oberschenkel, aber er blutete weiter.

Ihm war kalt, und er begann zu zittern. Als er die Hand hob, um sich den Schweiß aus den Augen zu wischen, kam ein Bogenschütze der Nadir in Sicht und schoß einen Pfeil ab. Waylander torkelte nach links und schoß, und der Bogenschütze verschwand. Als Waylander gegen die Steilwand des Pfades sank, sah er, daß der schwarzgefiederte Schaft ihn über der linken Hüfte getroffen hatte und durch Fleisch und Muskeln gedrungen war. Behutsam griff er hinter sich. Die Pfeilspitze war hoch unter seinen Rippen ausgetreten, und mit einem Stöhnen brach er den Pfeil ab.

Die Nadir griffen an...

Zwei Bolzen von Waylanders Armbrust fanden ihr Ziel, und der Feind zog sich hinter die Felsen zurück.

Aber sie waren jetzt näher und wußten, daß er schwer verwundet war. Er mühte sich damit ab, die Armbrust erneut zu spannen, doch seine Finger waren glitschig von Schweiß, und die Anstrengung schmerzte in seiner verletzten Seite.

Wie viele von ihnen mochten noch da sein?

Er stellte fest, daß er sich nicht erinnern konnte, wie viele er getötet hatte.

Er leckte sich mit trockener Zunge die Lippen und lehnte sich gegen die Felswand. Etwa zwölf Schritt vor ihm war ein runder Felsen und dahinter, das wußte er, hockte ein Nadirkrieger. Dahinter sprang die Wand etwas vor. Waylander zielte mit der Armbrust und schoß. Der Bolzen traf die Wand und prallte nach rechts ab. Ein durchdringender Schrei zerriß die Luft, und ein Krieger, der aus einer Wunde an der Schläfe blutete, erhob sich. Waylanders zweiter Bolzen traf ihn zwischen den Schulterblättern, und er fiel lautlos.

Noch einmal spannte der Meuchelmörder seine Armbrust. Sein linker Arm war inzwischen fast völlig nutzlos.

Ein plötzlicher, furchtbarer Schrei ließ Waylander das Blut in den Adern erstarren. Er riskierte einen Blick den Pfad hinab und sah den letzten der Werwölfe, umgeben von Nadirkriegern. Sie hackten und hieben auf das Ungeheuer ein, doch mit Klauen und Zähnen riß es an ihrem Fleisch.

Sechs lagen am Boden, mindestens drei würden mit Sicherheit folgen – und nur zwei Männer blieben, um gegen das Wesen zu kämpfen. Es sprang den ersten an, der tapfer versuchte, ihm sein Schwert in den Bauch zu stoßen. Die Klinge drang gerade in dem Moment in das fellbedeckte Fleisch, als die Kiefer des Ungeheuers sich über dem Kopf des Kriegers schlossen und sein Gesicht in einem blutigen Schwall verschwand. Der letzte Nadir floh den Hang hinunter.

Und das Werungeheuer näherte sich Waylander.

Der Meuchelmörder kam mühsam auf die Füße, taumelte und fand sein Gleichgewicht wieder.

Das Ungeheuer kam. Langsam, schmerzlich. Blut quoll aus zahllosen Wunden. Es sah jämmerlich dünn aus, seine Zunge war schwarz und geschwollen. Das Schwert des Nadirs ragte aus seinem Bauch.

Waylander hob die Armbrust und wartete.

Das Biest ragte über ihm auf, die roten Augen glitzerten.

Waylander drückte die Abzüge, und zwei schwarze Bolzen schossen in das Maul des Wesens und in sein Gehirn. Es stürzte nach hinten und rollte herum, als Waylander auf die Knie fiel.

Noch einmal richtete sich das Ungeheuer auf, hieb mit seinen Klauen in die Luft.

Dann wurde sein Blick trüb, und es rollte den Pfad hinab.

»Und jetzt wirst du in der Hölle schmoren«, sagte eine Stimme.

Waylander drehte sich um.

Die neun Krieger der Bruderschaft erschienen auf dem linken Pfad. Sie hatten dunkle Schwerter in den Händen, ihre schwarzen Rüstungen schienen im schwindenden Licht des Tages in Flammen zu stehen, als sie sich bewegten. Waylander versuchte aufzustehen, sank jedoch gegen den kalten Stein zurück und stöhnte, als die Pfeilspitze in sein Fleisch drückte. Die Krieger der Bruderschaft rückten näher, schwarze Helme bedeckten ihre Gesichter, schwarze Umhänge blähten sich hinter ihnen, wenn ein Wurfgeschoß sie erfaßte. Waylander zerrte ein Wurfmesser aus seinem Wehrgehänge und schleuderte es, doch die Klinge wurde von einer schwarz behandschuhten Hand verächtlich beiseite gewischt.

Eine überwältigende Angst befiel den Meuchelmörder, gegen die selbst seine Schmerzen verblaßten.

Er wollte nicht sterben. Der Friede, den er vorher gefühlt hatte, löste sich in Luft auf und ließ ihn verloren und verängstigt zurück wie ein Kind in der Dunkelheit.

Er betete um Stärke. Um Erlösung. Um Lichtblitze vom Himmel...

Und die Bruderschaft lachte.

Ein gestiefelter Fuß trat Waylander ins Gesicht, daß es ihn zu Boden schleuderte.

»Abscheuliches Ungeziefer, du hast uns viel Ärger gemacht.«

Ein Krieger kniete sich vor ihn und packte den abgebrochenen Pfeil, der in Waylanders Seite steckte und drehte ihn heftig. Gegen seinen Willen schrie Waylander auf. Ein bronzebeschlagener Lederhandschuh krachte gegen sein Gesicht, und er hörte, wie seine Nase brach. Seine Augen füllten sich mit Schmerzenstränen, er spürte, wie er in eine sitzende Position gezerrt wurde. Als er wieder sehen konnte, starrte er in die dunklen Augen des Wahnsinns hinter der schwarzen Gesichtsmaske des Kriegers.

»Du bist es, der wahnsinnig ist«, sagte der Mann, »denn du glaubst, dich der Macht des Geistes entgegenstellen zu können. Was hat es dich gekostet, Waylander? Dein Leben gewiß. Durmast hat die Rüstung – und deine Frau. Und er wird beide benutzen. Mißbrauchen.«

Der Mann packte den Messergriff, der aus Waylanders Schulter ragte.

»Gefallen dir Schmerzen, Meuchelmörder?« Waylander stöhnte, als der Mann langsam Druck auf das Messer ausübte. »*Ich* mag Schmerzen.«

Er verlor das Bewußtsein, trieb in einem dunklen Meer der Ruhe. Aber auch dort fanden sie ihn, und seine Seele floh über einen jettschwarzen Himmel, verfolgt von Ungeheuern mit Flammenzungen. Er erwachte von ihrem Gelächter und sah, daß der Mond hoch über Raboas stand.

»Jetzt weißt du, was Schmerzen sind«, sagte der Anführer. »Solange du lebst, wirst du leiden, und wenn du stirbst, wirst du leiden. Was gibst du mir, wenn ich deine Schmerzen beende?«

Waylander sagte nichts.

»Jetzt fragst du dich, ob du die Kraft hast, ein Messer zu ziehen und mich zu töten. Versuch es, Waylander! Bitte, versuch es. Hier, ich helfe dir. Er zog ein Wurfmesser aus dem Wehrgehänge des Meuchelmörders und drückte es ihm in die Hand. »Versuch mich zu töten.«

Waylander konnte seine Hand nicht rühren, obwohl er sich bemühte, bis das Blut aus der Wunde in seiner Schulter sprudelte. Mit aschfahlem Gesicht sackte er zurück.

»Es kommt noch schlimmer, Waylander«, versprach der Anführer. »Jetzt stich dir selber ins Bein.«

Waylander sah zu, wie seine Hand sich hob und drehte . . . und er schrie, als die Klinge in seinen Schenkel fuhr.

»Du gehörst mir, Meuchelmörder. Mit Körper und Seele.«

Ein anderer Mann kniete neben dem Anführer nieder. »Sollen wir Durmast und das Mädchen verfolgen?«

»Nein. Durmast gehört uns. Er wird die Rüstung zu Kaem bringen.«

»Wenn du erlaubst, würde ich dann gern ein Gespräch mit dem Meuchelmörder führen.«

»Aber natürlich, Enson. Wie selbstsüchtig von mir. Bitte, fahre fort.«

Der Mann kniete sich über Waylander. »Zieh das Messer aus deinem Bein«, befahl er. Waylander spürte, daß er kurz davor war zu betteln, doch er biß die Zähne zusammen. Seine Hand griff hinunter und zerrte grausam an der Klinge, doch sie kam nicht frei.

»Ganz ruhig, Enson«, sagte der Anführer. »Deine Aufregung verringert deine Macht.«

»Ich bitte um Entschuldigung, Tchard. Darf ich es noch einmal versuchen?«

»Selbstverständlich.«

Wieder zog Waylanders Hand an der Klinge, und diesmal riß er sie aus der Wunde.

»Sehr gut«, sagte Tchard. »Jetzt versuche etwas Raffiniertes. Laß ihn sich langsam ein Auge ausstechen.«

»Götter, nein!« flüsterte Waylander. Doch das Messer hob sich langsam, die blutbedeckte Spitze näherte sich unaufhaltsam seinem Gesicht.

»Ihr stinkenden Hurensöhne!« brüllte Durmast. Tchard fuhr herum und sah den bärtigen Riesen mit einer doppelköpfigen Streitaxt in den Händen auf dem Pfad stehen. Enson drehte sich ebenfalls um, und Waylander spürte, wie der Bann, der ihn gefangengehalten hatte, von ihm abfiel. Er starrte auf die Messerklinge, die nur noch Zentimeter von seinem Auge entfernt war, und Wut stieg in ihm hoch, die den Schmerz verdrängte.

»Enson!« sagte er leise. Als der Mann sich ihm wieder zuwandte, stieß Waylander das Messer durch den Augenschlitz, bis der Griff gegen den Helm stieß.

Tchard hämmerte seine Faust gegen Waylanders Kopf, und der Meuchelmörder sank neben dem toten Enson zu Boden.

Dann erhob sich der Anführer der Bruderschaft und stellte sich Durmast.

»Warum bist du hier?« fragte er.

»Ich wollte ihn.«

»Das ist nicht nötig, wir haben ihn. Aber wenn du dir Sorgen um die Belohnung machst, wir sorgen dafür, daß du sie bekommst.«

»Ich will die Belohnung nicht. Ich will ihn ... lebend.«

»Was ist los mit dir, Durmast? Das paßt gar nicht zu deinem Charakter.«

»Erzähl mir nichts über meinen Charakter, du Stück Hühnerscheiße! Geh einfach weg da.«

»Oder?« knurrte Tchard.

»Oder du stirbst«, sagte Durmast.

»Meinst du, du kannst acht Mitglieder der Bruderschaft töten? Dein Verstand ist wohl umnebelt.«

»Stell mich auf die Probe«, drängte Durmast und bewegte sich mit erhobener Axt vorwärts.

Tchard ging ihm entgegen, während die anderen sieben Krieger einen Halbkreis bildeten und die Schwerter zogen.

Plötzlich deutete Tchard auf Durmast. »Du kannst dich nicht bewegen!« rief er, und Durmast taumelte und erstarrte. Tchard lachte finster, zog langsam sein Schwert und rückte vor.

»Du großer, tapsiger Idiot! Von allen Menschen, die sich nicht für Helden eignen, bist du der größte. Du benimmst dich wie ein großes Kind zwischen Erwachsenen, und wie alle ungezogenen Kinder mußt du bestraft werden. Ich werde viele, viele Stunden lang deinem Schmerzensgesang lauschen.«

»Was du nicht sagst«, meinte Durmast, als seine Axt durch Tchards Schulter drang, seine Rippen durchschlug und an seiner zerschmetterten Hüfte wieder austrat.

»Will noch jemanden Reden halten?« fragte Durmast. »Oder geistige Spielchen treiben? Nein? Dann wollen wir anfangen, uns gegenseitig zu töten!«

Mit einem schrecklichen Schrei stürzte er sich auf die Krieger, schwang seine Axt in einem mörderischen Bogen aus funkelndem Silber. Sie wichen zurück, einer fiel und konnte ausweichen, doch ein zweiter ging zu Boden, als die Axt in seinen Schädel drang. Waylander kämpfte sich auf die Knie, konnte jedoch nicht aufstehen.

Er nahm ein Wurfmesser und wartete, dabei betete er um Kraft, um dem Riesen beistehen zu können.

Ein Schwert glitt in Durmasts Rücken, und er fuhr herum, riß dem Angreifer die Klinge aus der Hand und hieb ihm die Axt in den Hals. Ein weiteres Schwert durchstach seine Brust, doch der Kämpfer starb, als Durmast ihm die Faust gegen die Kehle schmetterte. Daraufhin schlossen sich die Krieger enger um Durmast, ihre Schwerter gruben sich tief in seinen massigen Körper. Doch noch immer mähte die Axt sie nieder. Nur zwei der Bruderschaft waren noch übrig, und diese zogen sich von dem verwundeten Durmast zurück.

Waylander wartete, während sie sich in seine Richtung bewegten. Er wischte sich die Finger an der Weste ab, um sie von Schweiß und Blut zu befreien, nahm das Wurfmesser in die Hand und schleuderte es. Es fand sein Ziel unter dem Helm des linken Kriegers und schlitzte ihm die Gurgel auf. Blut schoß aus der Wunde, und der Mann torkelte nach links. Er umklammerte mit beiden Händen seine Kehle in dem vergeblichen Versuch, die rote Flut einzudämmen.

Durmast griff den einzigen noch lebenden Krieger an, der sich unter der niedersausenden Axt duckte, um seine Klinge in Durmasts Körper zu versenken. Der Riese ließ die Axt fallen und packte den Krieger an der Gurgel. Mit einer kräftigen Drehung seiner Handgelenke brach er ihm das Genick. Dann fiel er auf die Knie.

Waylander kroch unter Qualen über die Felsen zu dem Sterbenden, der seine großen Hände um den Schwertgriff geschlossen hatte, der aus seinem Bauch ragte.

»Durmast!«

Der Riese glitt seitlich zu Boden, so daß er neben Waylander lag. Er lächelte mit blutigen Lippen.

»Warum?« wisperte Durmast.

»Was, mein Freund?«

»Warum war *ich* auserwählt?«

Waylander schüttelte den Kopf. Er nahm Durmasts Hand und drückte sie fest. Der Riese blutete aus zahlreichen Wunden.

Durmast fluchte leise, dann lächelte er. »Es ist eine schöne Nacht.«

»Ja.«

»Ich wette, der Bastard war total überrascht, als ich ihn halbierte.«

»Wie hast du das gemacht?«

»Ich habe keine Ahnung!« Durmast zuckte zusammen, sein Kopf sackte nach hinten.

»Durmast?«

»Ich bin hier ... noch ein bißchen. Götter, die Schmerzen sind furchtbar! Glaubst du, seine Macht wirkt bei mir nach, weil ich der Erwählte bin?«

»Ich weiß nicht. Wahrscheinlich.«

»Das wäre schön.«

»Warum bist du zurückgekommen?«

Durmast kicherte, würde jedoch von einem Hustenkrampf geschüttelte, der ihn Blut spucken ließ. Er würgte und spie aus. »Ich kam, um dich für die Belohnung zu töten.«

»Das glaube ich dir nicht.«

»Ich glaube mir selbst manchmal nicht!«

Eine Weile lagen sie schweigend da.

»Glaubst du, das zählt als anständige Tat?« fragte Durmast. Seine Stimme war kaum mehr als ein Wispern.

»Ich glaube schon«, antwortete Waylander lächelnd.

»Erzähl es keinem«, bat Durmast. Sein Kopf rollte hin und her, sein Atem ging rasselnd.

Ein knirschendes Geräusch ließ Waylander herumfahren.

Aus der Höhle kamen zahlreiche verkrüppelte und deformierte Wesen Sie liefen zu den Körpern der Toten, vor Freude schnatternd. Waylander sah zu, wie die Leichname in die Schwärze des Berges gezerrt wurden.

»Ich werde es niemandem sagen«, flüsterte er dem toten Durmast zu.

Und die Wesen scharten sich um ihn.

# 24

Unterhalb der Schutzwälle warteten Gellan, Jonat und hundert Krieger und lauschten auf die Kampfgeräusche von oben. Sie trugen die schwarze Rüstung der Vagrischen Hunde: blaue Umhänge über vergoldeten Brustplatten. Nur Gellan trug den Helm eines Offiziers mit seinem weißen Roßhaarbusch.

Es war kurz vor Mitternacht, und der Angriff dauerte an. Gellan schluckte und zog den Kinnriemen des Helms stramm.

»Ich sage immer noch, das ist Wahnsinns«, flüsterte Jonat.

»Ich weiß – im Moment neige ich dazu, dir zuzustimmen.«

»Aber wir gehen trotzdem«, murmelte Jonat. »Eines Tages wird mal jemand auf meinen Rat hören – der Schock wird mich dann wahrscheinlich umbringen!«

Ein Drenai-Soldat eilte die Stufen des Wehrgangs hinab, ein blutiges Schwert in der Hand.

»Sie ziehen sich zurück«, sagte er. »Macht euch bereit!«

Der Mann kauerte sich auf die Stufen und beobachtete die Wälle.

»Jetzt!« rief er. Gellan winkte, und die hundert Soldaten folgten ihm die Stufen hinauf und über die Mauer. Leitern und Taue waren noch an Ort und Stelle, und Gellan packte eine hölzerne Sprosse und blickte hinunter. Drei Männer waren noch auf der Leiter, fast am Fuß der Mauer. Er schwang sein Bein über die Brüstung und begann hinabklettern. Hinter ihm fuchtelten ein paar Soldaten mit ihren Schwertern herum und taten so, als ob sie kämpfen, falls jemand im Lager der Vagrier sie beobachtete. Gellan fand es nicht überzeugend. Rasch kletterte er ganz nach hinten und wartete, daß seine Männer zu ihm stießen. Dann begannen sie den langen Marsch zum Lager der Vagrier.

Einige feindliche Soldaten schlossen sich ihnen an, doch es fand keine Unterhaltung statt.

Die Männer waren hundemüde und demoralisiert nach einem weiteren harten, furchtlosen Tag.

Gellan warf Jonat einen Blick zu. Der Mann war angespannt, doch er wirkte gelassen, und wie immer hatte er seine Bitterkeit beiseite geschoben und war bereit, alles für die anstehende Aufgabe zu geben.

Um sie herum saßen Männer an ihren Lagerfeuern, rechts von

ihnen bereitete eine Abteilung von Köchen in drei blubbernden Kesseln eine warme Mahlzeit zu.

Der Duft überwältigte Gellan, und sein ausgedörrter Mund war plötzlich voller Speichel. In Purdol hatte seit drei Tagen niemand etwas gegessen.

Der wagemutige Plan stammte von Karnak. Als Vagrier verkleidet, sollte eine Gruppe von Drenaikriegern das Lagerhaus überfallen und kostbare Lebensmittel zu den hungernden Verteidigern bringen. Als sie um den großen Tisch in der Halle von Purdol saßen, hatte es sich gut angehört. Aber jetzt, wo sie durch das feindliche Lager marschierten, schien es ein Himmelfahrtskommando.

Ein Offizier trat aus dem Dunkeln.

»Wohin geht ihr?« fragte er Gellan.

»Das geht dich nichts an«, antwortete er, als er anhand der bronzenen Streifen auf den Schulterstücken den Rang des Mannes erkannte.

»Einen Augenblick«, sagte der Offizier schon versöhnlicher, »aber mir wurde gesagt, niemand dürfe ohne Genehmigung in das Ostviertel.«

»Nun, da wir die Hafenanlagen bewachen sollen, wäre ich dir verbunden, wenn du mir sagen könntest, wie wir das machen sollen, ohne dort zu sein.«

»Der dritte Flügel hat Hafenwache«, sagte der Mann. »Das habe ich schriftlich.«

»Schön«, sagte Gellan. »In dem Fall werde ich die Anweisungen des Ersten Generals ignorieren und meinen Männern eine Pause gönnen. Aber falls er mich nach den Gründen fragt, wie heißt du?«

»Anastasy, sechster Flügel«, erwiderte der Offizier und nahm Habacht-Stellung ein. »Aber ich bin sicher, daß es nicht nötig sein wird, meinen Namen zu erwähnen. Offensichtlich hat es einen Irrtum bei den Befehlen gegeben.«

»Offensichtlich«, stimmte Gellan zu, drehte sich um und befahl: »Vorwärts!«

Nachdem die Männer mißtrauisch an dem Offizier vorbeimarschiert waren und durch die gewundenen Straßen des Hafenviertels gingen, kam Jonat zu Gellan.

»Jetzt kommt der schwierige Teil«, sagte er leise.

»Allerdings.«

Vor ihm war eine Abteilung von sechs Soldaten an der Vorderseite eines hölzernen Lagerhauses stationiert. Zwei saßen auf leeren Kisten, die anderen vier würfelten.

»Auf die Beine!« brüllte Gellan. »Wer hat hier das Kommando?«

Ein rotgesichtiger junger Krieger stürzte vor und ließ dabei die Würfel in einen Beutel an seiner Seite gleiten.

»Ich, General.«

»Was hat das zu bedeuten?«

»Es tut mir leid, General. Es war nur ... uns war langweilig.«

»Mit hundert Hieben auf den Rücken hast du nicht mehr viel Gelegenheit, dich zu langweilen, mein Junge!«

»Nein, General.«

»Du gehörst nicht zu meinem Flügel, und ich habe nicht die Absicht, mich in endloses Gezänk und Bürokratie verwickeln zu lassen. Daher werde ich deine Nachlässigkeit übersehen. Spielen eure Freunde auf der Rückseite etwa auch mit Würfeln?«

»Ich weiß nicht, General.«

»Wie viele Männer sind dort?«

»Zehn.«

»Wann sollt ihr abgelöst werden?«

Der Mann blickte zum Himmel. »In zwei Stunden, General.«

»Sehr gut. Öffne das Lager.«

»Ich bitte um Verzeihung?«

»Bist du genauso schwerhörig wie pflichtvergessen?«

»Nein, General. Es ist nur so, daß wir keinen Schlüssel haben.«

»Du meinst, der Schlüssel wurde nicht geschickt?«

»Was meinst du damit?«

»Der Erste General«, sagte Gellan langsam und mit unendlicher Geduld, »hat uns befohlen, bestimmte Waren aus diesem Lager in sein Quartier zu bringen. Dein zweiter Offizier ... wie heißt er gleich?«

»Erthold, General.«

»Ja – Erthold – sollte mich hier treffen oder den Schlüssel hinterlegen. Wo ist er?«

»Nun ...«

»Nun was?«

»Er schläft.«

»Schläft«, sagte Gellan. »Warum nur habe ich diese Möglichkeit nicht in Betracht gezogen? Eine Gruppe Männer lungert während des Dienstes herum. Sie würfeln, so daß eine Hundertschaft Bewaffneter hier aufmarschieren könnte, ohne gesehen zu werden. Was wird der Offizier dann wohl tun, wenn nicht schlafen? Jonat!«

»Ja, General.«

»Sei so gut und brich die Tür auf.«

»Jawohl«, antwortete Jonat fröhlich und stürmte mit zwei anderen Soldaten vorwärts. Innerhalb von Sekunden hatten sie die Seitentür zertrümmert, das Gebäude betreten, den Riegel des Haupttors abgenommen und es weit aufgestoßen.

Gellan winkte seine Truppe vorwärts, und die Männer schwärmten in das Lagerhaus.

»Erthold wird wütend sein, General«, sagte der Soldat. »Soll ich jemanden schicken, ihn zu wecken?«

»Wie du willst«, antwortete Gellan grinsend. »Aber vielleicht fragt er dann, wer dem Mann die Erlaubnis gab, sich von seinem Posten zu entfernen. Willst du das?«

»Du meinst, es wäre am besten, ihn nicht zu stören?« fragte der Mann.

»Das überlasse ich dir.«

»Es wäre wahrscheinlich am besten«, sagte der Soldat und suchte in Gellans Miene nach Zustimmung. Gellan ging ein paar Schritte, drehte sich jedoch um, als er das Stampfen laufender Füße hörte. Zehn Männer rannten von der Rückseite des Lagers mit gezogenen Schwertern herbei.

Sie sahen Gellan und blieben stehen. Drei Männer salutierten nervös, die anderen folgten ihrem Beispiel.

»Geht zurück auf eure Posten«, befahl Gellan.

Die Männer blickten ihren Anführer an, der die Achseln zuckte und sie mit einer Handbewegung zurückschickte.

»Das alles tut mir leid, General«, sagte er, »aber ich bin dankbar, daß wir nicht wegen der Würfelei zur Rede gestellt werden.«

»Ich habe selbst gelegentlich im Dienst gespielt«, gestand Gellan.

Die Drenai, schwer beladen, verließen das Lager allmählich wieder. Jonat überwachte das Einsammeln der Lebensmittel, um sicherzustellen, daß nur trockene Dinge genommen wurden: Mehl, Trockenfrüchte, in Streifen geschnittenes, getrocknetes Fleisch, Haferflocken und Salz.

Er hatte auch einen kleinen medizinischen Vorrat gefunden und drei Beutel mit Kräutern eingepackt, von denen er annahm, daß Evris sie brauchen konnte.

Als letzter schloß er die großen Türen und legte den Riegel wieder vor. Die Männer standen in Marschordnung draußen. Auf den Schultern trugen sie die schweren Pakete.

Jonat ging zu dem Anführer der Wache. »Ich will nicht, daß jemand in das Lager geht, auch wenn die Tür zerbrochen ist. Wenn ein Tropfen von dem Zeug verschwindet, gibt es Ärger!« Er grinste breit.

Der Mann salutierte, und Gellan führte die Männer zurück zum Lager der Vagrier.

Die kleine Kolonne wanderte durch verlassene Straßen, an den Zelten der Wachen vorbei und hinaus auf das aufgewühlte Gelände vor der Festung. Dort, rechts von ihm, bot sich Gellan ein Anblick, der ihm das Blut in den Adern gefrieren ließ.

In einer Bodensenke jenseits einer Häuserzeile, so daß sie von der Festung nicht zu sehen waren, wurden drei große Maschinen gebaut. Er hatte so etwas in Gebrauch gesehen, als er einmal in Ventria gewesen war. Es waren Wurfgeschütze, große Katapulte, die in der Lage waren, gewaltige Steine gegen eine Burgmauer zu schleudern. Waren diese Maschinen erst fertig, würde das Blutvergießen unerträglich werden. Die Teile mußten aus Vagria geschickt worden sein, rund um das Horn von Lentria, um hier zusammengebaut zu werden. Er tippte Jonat auf die Schulter und deutete auf die Arbeit, die dort im Schein von Laternen vor sich ging.

Jonat fluchte, dann blickte er Gellan ins Gesicht. »Du denkst doch nicht daran ...?«

»Bring die Männer zurück nach Purdol, Jonat. Wir sehen uns später.«

»Du kannst nicht ...«

»Keine Widerrede. Geht!«

Dardalion kehrte in die Festung und seinen schlafenden Körper zurück. Er öffnete die Augen und schwang die Beine aus dem Bett. Trauer überwältigte ihn, und er bedeckte sein Gesicht mit den Händen und weinte.

Er hatte beobachtet, wie Waylanders sterbender Körper in den Berg gezerrt wurde, und er hatte den Hunger der Bergbewohner gespürt.

Astile betrat lautlos das Zimmer und setzte sich neben den weinenden Priester.

»Waylander ist tot«, berichtete Dardalion ihm.

»Er war dein Freund«, sagte Astila. »Es tut mir so leid.«

»Ich weiß nicht, wie man Freundschaft unter solchen Umständen beurteilen soll. Wir waren Kameraden, denke ich. Er gab mir ein neues Leben, einen neuen Sinn. Aus dem Geschenk seines Blutes entstanden die Dreißig.«

»Hat er seine Aufgabe verfehlt?«

»Noch nicht. Die Rüstung ist zur Zeit in Sicherheit, aber eine einzelne Frau trägt sie durch das Land der Nadir. Ich muß sie erreichen.«

»Das ist unmöglich, Dardalion.«

Der Kriegerpriester lächelte plötzlich. »Alles, was wir bislang versuchten, schien zu Beginn unmöglich.«

Astila schloß die Augen. »Die Männer kommen mit Lebensmitteln zurück«, sagte er. »Baynha berichtet, daß wir keine Verluste hatten, aber der Offizier ist noch nicht zurück.«

»Gut. Was ist mit der Bruderschaft?«

»Heute abend haben sie noch nicht angegriffen.«

»Sammeln sie ihre Kräfte, oder haben wir sie geschlagen, frage ich mich?«

»Ich glaube nicht, daß sie geschlagen sind, Dardalion.«

»Nein«, sagte Dardalion traurig. »Darauf dürfen wir nicht hoffen.«

Astila spürte, daß sein Anführer allein sein wollte, und ging. Dardalion schlenderte zum Fenster, um zu den fernen Sternen hinaufzublicken.

Ihn überkam ein Gefühl der Ruhe, als er in die Ewigkeit sah, und Durmasts Gesicht drängte sich in seine Gedanken. Er schüttelte den Kopf, erinnerte sich an seinen eigenen Schock, als er zu Raboas geeilt war, um Waylander zu beobachten. Als er ankam, hatte er gesehen, wie der Meuchelmörder gefoltert wurde und der Riese Durmast sich der Bruderschaft stellte.

Mit aller Kraft hatte Dardalion einen Schild über Durmast errichtet und damit den Bann Tchards abgehalten. Aber er konnte nicht verhindern, daß die furchtbaren Schwerter in den Riesen eindrangen. Er hatte zugehört, als Waylander und Durmast miteinander sprachen, und tiefe Trauer hatte ihn erfaßt, als der Riese redete.

»Glaubst du, seine Macht wirkte bei mir nicht, weil ich der Erwählte bin?«

Dardalion wünschte von ganzem Herzen, daß das die Wahrheit

gewesen wäre, daß es nicht nur einfach Zufall gewesen war: ein Mann, ein Geist am richtigen Ort zur richtigen Zeit.

Irgendwie, spürte er, verdiente Durmast mehr als das.

Dardalion merkte, daß er darüber nachdachte, ob die QUELLE Durmast wohl annehmen würde. Wog ein Leben im Bösen mehr als ein Augenblick des Heldentums? Irgendwie sollte es das, aber trotzdem ...

Der Priester schloß die Augen und betete für die Seelen der beiden Männer. Dann lächelte er. Aber was würden solche Männer von dem friedlichen Paradies halten, das die Alten versprochen hatten? Eine Ewigkeit voller Gesang und Lob! Würden sie dann nicht ein Ende ihrer Existenz vorziehen?

Eine der alten Religionen versprach eine Halle der Helden, wo starke Männer und Kriegerjungfrauen willkommen geheißen wurden, die Lieder über die Taten der Tapferen sangen.

Durmast würde das wahrscheinlich vorziehen.

Dardalion starrte den Mond an ... und zitterte.

Eine einzige Frage durchdrang seine Gedanken.

Was ist ein Wunder?

Die Einfachheit der Antwort machte ihn schwindlig, als sie aus den Tiefen seines Verstandes sprang, um die ungebetene Frage zu lösen.

Ein Wunder ist etwas, das unerwartet in dem Augenblick geschieht, in dem es nötig ist. Nicht mehr. Nicht weniger.

Durmasts Rettung durch ihn, Dardalion, war ein Wunder gewesen, denn Durmast hätte nie solche Hilfe erwarten können. Und doch, warum war Dardalion gerade im richtigen Moment zur Stelle gewesen?

Weil ich beschlossen hatte, Waylander zu finden, sagte er sich.

Und warum hattest du das beschlossen?

Die ungeheure Größe all dessen überwältigte den Priester, und er trat vom Fenster zurück und setzte sich aufs Bett.

Durmast war vor vielen Jahren erwählt worden, noch vor seiner Geburt. Doch ohne Waylander wäre Durmast ein Mörder und ein Dieb geblieben. Und ohne Dardalion wäre Waylander nichts weiter gewesen als ein gejagter Meuchelmörder.

Alles war ein Muster, geschaffen aus anscheinend zufälligen, doch miteinander verwobenen Fäden. Dardalion fiel auf die Knie, überwältigt von furchtbarer Scham.

Gellan saß außerhalb des Lampenscheins und sah den Technikern zu, die die Wurfgeschosse bauten. Etwa zweihundert Männer waren bei der Arbeit, hievten die riesigen Arme der Katapulte an ihren Platz und trieben die hölzernen Pflöcke gegen den Gegengewichts-Balken. An der Spitze jedes Arms befand sich eine Tasche aus Leinwand, die Steine von fast einer Tonne Gewicht aufnehmen konnte. Gellan hatte keine richtige Vorstellung von der Reichweite der vagrischen Maschinen, doch in Ventria hatte er gesehen, wie Steine weit über hundert Meter geschleudert worden waren.

Die Wurfgeschütze standen auf hölzernen Gestellen, die an jeder Ecke zwei gewaltige Räder hatten. Man würde sie bis an die Mauern ziehen, wahrscheinlich vor den Torturm.

Die bronzeverstärkten eichenen Tore hatten bislang allen Angriffen widerstanden. Aber gegen diese Zerstörungsmaschinen würden sie nicht standhalten.

Gellan sah zur Festung hinüber, die im Mondlicht silberweiß schimmerte. Der letzte seiner Männer war über die Mauer gezogen worden, inzwischen wurden die Lebensmittel verstaut und über den Feuerstellen hingen bronzene Kessel, in denen Haferflocken und Fleisch blubberten.

Gellan wünschte, er hätte sich von Jonat verabschiedet. Irgendwie kam es ihm ungehobelt vor, daß er ihn ohne ein Abschiedswort davongeschickt hatte.

Er erhob sich und wanderte kühn in den Arbeitsbereich, wo er stehenblieb, um sich die Bauarbeiten anzusehen, die massiven Verbindungen zu betrachten und sich über den Maßstab dieser Zimmermannsarbeit zu wundern. Er ging weiter, von allen unbeachtet, bis er zu einer Vorratshütte gelangte. Er trat hinein und fand Fässer mit Lampenöl und mehrere Eimer.

Er nahm Helm und Brustplatte ab, füllte die Eimer mit Öl und schleppte sie vor die Hütte, wo er sie aufreihte. Als er sechs Eimer gefüllt hatte, fand er noch ein leeres Glas, das er ebenfalls mit Öl füllte. Er nahm eine Laterne von einem nahen Pfosten, ging zu der Belagerungsmaschine, die am weitesten entfernt war und goß ruhig Öl in das große Gelenk, das den gewaltigen Arm mit dem Rahmen verband.

Dann ging er zu der zweiten Maschine und leerte den Krug über dem Holz aus. Gellan nahm das Glas von der Laterne und hielt die Flamme an das getränkte Gelenk. Feuer entsprang dem Gestell.

»Was machst du da?« schrie ein Techniker. Gellan beachtete ihn nicht, sondern ging zur ersten Maschine und hielt die Flamme an das Öl.

Der Mann packte ihn an der Schulter und drehte ihn herum, doch Gellans Dolch fuhr ihm zwischen die Rippen. Mittlerweile rannten einige Männer auf die Maschinen zu.

»Rasch!« rief Gellan. »Holt Wasser. Dort drüben!«

Ein paar der Männer gehorchten augenblicklich und schnappten sich die Eimer, die Gellan vor der Hütte gelassen hatte.

Eine lodernde Flammenwand stieg in den Himmel, als das Öl ins Feuer gegossen wurde. Eine zweite Flammenwand, nicht ganz so spektakulär, stieg von der anderen Maschine auf.

Gellan blieb keine Zeit mehr, die dritte Maschine zu zerstören. Er zog sich zurück, konnte sein Glück kaum glauben.

Es war so einfach gewesen. Er war ohne jede Eile umhergegangen und hatte so keine Aufmerksamkeit erregt. Jetzt würde er zur Festung gehen und eine gute Mahlzeit zu sich nehmen.

Er machte kehrt – und stand vor einer Schar Bewaffneter, die von einem dunkelhaarigen Offizier mit einem Säbel aus Silberstahl angeführt wurden.

Der Offizier trat vor und ließ seine Männer mit einer Handbewegung stehenbleiben. »Gellan, nicht wahr?« fragte er.

Langsam zog Gellan sein eigenes Schwert. »Ja.«

»Wir haben uns vor zwei Jahren kennengelernt, als ich Ehrengast beim Turnier der Silberschwerter in Drenan war. Ich glaube, du hast gewonnen.«

Gellan erkannte in dem anderen Dalnor, einen vagrischen Schwertkämpfer und Adjutanten General Kaems, wieder.

»Schön, dich wiederzusehen«, sagte Gellan.

»Ich nehme an, du denkst nicht daran, dich zu ergeben?«

»Der Gedanke war mir nicht gekommen. Willst *du* dich vielleicht ergeben?«

Dalnor lächelte. »Ich habe dich fechten gesehen, Gellan. Du bist sehr gut – aber argwöhnisch, wie ich fand. In deiner Verteidigung gibt es einige Lücken. Darf ich sie dir zeigen?«

»Ich bitte darum?«

Dalnor trat vor und präsentierte sein Schwert. Gellan berührte seine Klinge mit der eigenen, dann sprangen die beiden Männer zurück und begannen, einander zu umkreisen. Dalnors schlanker Säbel zuckte vor, nur um augenblicklich pariert zu werden. Dalnor wiederum konterte geschickt die Riposte, und die beiden traten auseinander.

Hinter ihnen loderten die Maschinen, sie fochten ihr Duell vor den riesigen Schatten, die die Flammen warfen.

Die Säbel prallten wieder und wieder aufeinander, ohne daß einer der Krieger Wunden davontrug. Zuerst täuschte Dalnor links an. Mit einer Drehung aus dem Handgelenk ließ er den Säbel nach rechts sausen. Gellan blockte diese Bewegung ab und konterte mit einem Stoß auf den Bauch. Dalnor wich dem Schwert aus, richtete dann einen Rückhandhieb auf Gellans Kopf. Gellan duckte sich darunter hinweg.

Wieder kreuzten sie die Klingen. Diesmal täuschte Dalnor hoch an und stieß seinen Säbel Gellan über der rechten Hüfte in die Seite. Im Bruchteil einer Sekunde durchstieß der Säbel Fleisch und Muskeln und glitt wieder heraus.

»Siehst du, Gellan?« sagte Dalnor. »Die Lücke liegt in deiner unteren Verteidigung – du bist zu groß.«

»Danke, daß du mich darauf aufmerksam machst. Ich werde daran arbeiten.«

Dalnor kicherte. »Du gefällst mir, Gellan. Ich wünschte, du wärst ein Vagrier.«

Gellan war erschöpft, und der Nahrungsmangel hatte an seinen Kräften gezehrt. Er antwortete nicht, sondern präsentierte erneut seine Klinge. Dalnor zog die Augenbrauen hoch.

»Noch eine Lektion?« Er trat vor, und die Klingen trafen aufeinander. Einige Sekunden lang blieb das Duell ausgeglichen, dann wehrte Gellan einen Hieb ungeschickt ab, und Dalnors Schwert glitt zwischen seine Rippen. Sofort umklammerte Gellan die Waffe mit der Hand, um sie in seinem Körper festzuhalten, ließ seinen Säbel hochsausen und schnitt Dalnor die Kehle durch.

Dalnor fiel nach hinten, seinen Hals umklammernd.

Gellan fiel nach vorn und ließ dabei seine Waffe fallen.

»Die Lektion hat mir gefallen, Vagrier«, sagte er.

Ein Vagrier kam angelaufen und hieb sein Schwert in Gellans Nacken.

Dalnor hob die Hand, als ob er ihm Einhalt gebieten wollte, doch das Blut quoll aus seiner Wunde, und er sackte neben dem toten Drenai zusammen.

Jenseits dieses Schauplatzes brannten die Wurfgeschütze, eine schwarze Rauchsäule stieg über die graue Festung empor und ballte sich wie eine gewaltige Faust über den Verteidigern.

Nach Sonnenaufgang besichtigte Kaem die Trümmer. Zwei Maschinen waren zerstört.

Doch eine war unversehrt.

Das würde reichen, beschloß Kaem.

# 25

Karnak sah zu, wie die Flammen in den Himmel stiegen, und suchte das Gelände dahinter nach Anzeichen von Gellan ab. Er erwartete zwar nicht, ihn zu sehen, doch die Hoffnung blieb.

Was die Zukunft anbetraf – falls es so etwas wie eine Zukunft gab –, machte es wahrscheinlich keinen Unterschied, daß Gellan gestorben war. Er hätte nie einen guten Gefolgsmann abgegeben, er war geistig zu unabhängig, um sich sklavisch an irgendeinem Führer auszurichten. Und trotzdem wußte Karnak, daß er ihn vermissen würde. Er war der Dorn an der Rose, der einen Mann daran erinnerte, daß das Fleisch schwach ist.

»Es sieht aus wie zwei Feuer«, meinte Dundas und stellte sich neben den General.

»Ja. Aber Jonat sagt, es sind drei Wurfgeschütze.«

»Trotzdem, zwei sind für einen einzigen Mann eine schöne Leistung.«

»Ein Mann kann alles tun, wenn er sein Herz daran hängt«, sagte Karnak leise.

»Wir haben heute dreihundert Mann verloren, General.«

Karnak nickte. »Egel wird bald hier sein.«

»Das kannst du doch nicht glauben.«

»Wir werden aushalten, bis er hier ist, Dundas. Wir haben keine andere Wahl. Sag Jonat, daß er Gellans Platz einnehmen muß.«

»Sarvaj ist der Ranghöhere.«

»Ich weiß, wer der Ranghöhere ist. Übergib Jonat das Kommando.«

»Jawohl.« Dundas entfernte sich, doch Karnak hielt ihn zurück. »In Friedenszeiten hätte ich Jonat nicht einmal das Kommando über die Stallreinigung übertragen. Aber das hier ist ein Spiel mit dem Tod.«

»Jawohl, General.«

Karnak blickte von der Brüstung des Torturms hinab und beobachtete die Männer auf den Mauern. Einige saßen und aßen, andere lagen ausgestreckt, als ob sie schliefen, viele schärften ihre Schwerter, die vom endlosen Kampf stumpf geworden waren.

Zu wenige, dachte er. Er warf einen Blick zurück auf den Bergfried.

Bald mußten die schweren Entscheidungen getroffen werden.

Auf der Mauer unter ihm saß Jonat mit Sarvaj zusammen. Eine Zeitlang hatten beide Männer Ausschau nach Gellan gehalten, inzwischen wußten sie, daß er entweder gefangengenommen oder getötet worden war.

»Er war ein guter Mann«, sagte Sarvaj schließlich.

»Er war ein Narr«, zischte Jonat. »Er hätte sich nicht umbringen müssen.«

»Nein«, gab Sarvaj ihm recht, »aber ich werde ihn vermissen.«

»Ich nicht! Es ist mir scheißegal, wieviel Offiziere sterben. Ich frage mich nur, warum ich in dieser verfluchten Festung bleibe. Ich hatte immer einen Traum, ein Ziel, wenn du so willst ...Bist du jemals oben in den Skoda-Bergen gewesen?«

»Nein.«

»Dort gibt es Gipfel, die noch nie bestiegen worden sind. Sie liegen neun Monate im Jahr im Nebel. Ich wollte mir ein Haus in der Nähe eines dieser Gipfel bauen – dort ist ein geschütztes kleines Tal, wo man Pferde züchten könnte. Ich kenne mich mit Pferden aus. Ich mag Pferde.«

»Es freut mich zu hören, daß du überhaupt etwas magst.«

»Ich mag viele *Dinge,* Sarvaj, aber nicht viele Menschen.«

»Gellan mochte dich.«

»Hör auf damit! Ich will nichts mehr von Gellan hören. Verstanden?«

»Ich glaube nicht.«

»Weil es mir nicht egal ist. Bist du jetzt zufrieden? Wolltest du das hören? Es tut mir leid, daß er nicht mehr da ist. Da hast du's! Und... ich will nicht darüber reden.«

Sarvaj nahm seinen Helm ab und lehnte sich gegen den kühlen Stein.

»Ich hatte auch einmal einen Traum. Da war ein Mädchen in Drenan – klug, talentiert und frei. Ihrem Vater gehörte eine Flotte von Handelsschiffen, die von Mashrapur in den Osten segelten. Ich wollte sie heiraten und Kaufmann werden.«

»Und was ist passiert?«

»Sie hat einen anderen geheiratet.«

»Liebte sie dich nicht?«

»Sie sagte, doch.«

»Du warst besser dran ohne sie.«

Sarvaj kicherte. »Sieht das hier aus wie ›besser dransein‹?«

»Zumindest bist du unter Freunden«, sagte Jonat und streckte die Hand aus. Sarvaj nahm sie.

»Ich wollte immer unter Freunden sterben.«

»Na, das ist ein Ziel, das du wohl erreichen wirst.«

Danyal war vier Tage lang durch rauhes, offenes Land geritten. In dieser Zeit hatte sie niemanden gesehen, doch jetzt, als sie durch einen dichten Wald ritt, wußte sie, daß sie nicht allein war. Im Unterholz rechts von ihr hatte sie einen dunklen Schatten gesehen, der immer Deckung suchte und von Baum zu Baum huschte.

Sie hatte ihr Pferd davon weg gelenkt, das Packpony war ihnen gefolgt.

Doch ihr Schatten verfolgte sie weiter. Sie erhaschte selten mehr als einen flüchtigen Blick auf ihn, denn er bewegte sich sehr schnell und unnatürlich leise.

Das Tageslicht ließ nach, und Danyals Angst wuchs. Ihr Mund war ausgetrocknet, ihre Hände jedoch schweißnaß. Sie wünschte, Waylander wäre bei ihr gewesen – oder sogar Durmast.

Für einen Augenblick ließ ihre Angst nach, als sie sich an ihr letztes Gespräch mit Durmast erinnerte.

Nachdem sie etwa sieben Kilometer weit geritten waren, hatten sie eine Gruppe von Kriegern in schwarzer Rüstung getroffen. Durmast hatte geflucht und nach einer Streitaxt gegriffen, doch sie waren vorbeigeritten, ohne die beiden Reisenden eines Blickes zu würdigen.

Durmasts Zorn war sehenswert gewesen.

»Sie haben mich ignoriert«, hatte er gesagt.

»Das freut mich«, hatte sie entgegnet. »Wolltest du mit ihnen kämpfen?«

»Es waren Krieger der Bruderschaft auf der Suche nach der Rüstung. Sie können Gedanken lesen, und sie wissen, daß wir sie haben.«

»Warum haben sie sie uns dann nicht weggenommen?«

Er war abgestiegen und zu einem nahen Felsen gegangen. Dort hatte er sich hingesetzt und zu Raboas gestarrt, der jetzt schon weit entfernt war.

Danyal hatte sich zu ihm gesetzt. »Wir können nicht hierbleiben. Waylander setzt sein Leben aufs Spiel, um uns Zeit zu verschaffen.«

»Sie kannten sie«, sagte Durmast.

»Kannten wen?«

»Sie kannten meine Gedanken.«

»Ich verstehe dich nicht.«

»Du weißt, was ich bin, Danyal ... was ich war. Ich besitze keine echte Stärke außer der, die in den Muskeln dieses übergroßen Körpers sitzt. Ich bin ein Schuft, war es immer schon. Nimm die Rüstung und geh.«

»Und was willst du tun?«

»Ich reise nach Osten – vielleicht gehe ich nach Ventria. Das Opal-Gebirge soll im Winter ein großartiger Ablick sein.«

»Ich kann es nicht alleine schaffen.«

»Du kannst nicht verstehen, nicht wahr? Ich werde dich verraten, Danyal, und die Rüstung stehlen. Sie ist ein Vermögen wert.«

»Du hast dein Wort gegeben.«

»Mein Wort ist nicht mal Kuhscheiße wert.«

»Du willst zurückgehen, um Waylander zu helfen?«

Durmast lachte. »Sehe ich so dämlich aus? Das wäre die Tat eines Irren. Geh schon. Reite los! Geh, ehe ich meine Meinung ändere.«

Als die Tage vergingen, hatte Danyal gehofft, Waylander auf ihrer Fährte zu sehen. Sie wollte nicht akzeptieren, daß er vielleicht tot war – konnte es nicht akzeptieren. Er war stark. Unverwundbar. Niemand konnte ihm etwas anhaben. Sie erinnerte sich an den Tag, an dem er sich den Kriegern im Wald entgegengestellt hatte. Ein Mann, stark im nachlassenden Licht des Tages. Um ihn herum glühte alles rot. Er gewann immer, er konnte nicht tot sein.

Sie riß sich von der Vergangenheit los, da Tränen ihr die Sicht nahmen, und blinzelte heftig. Der Pfad war schmal, und es wurde immer dunkler. Sie wollte nicht gern ein Lager aufschlagen, doch die Pferde waren müde. Sie spähte in das Unterholz rechts von ihr, von dem anderen Reisenden war jedoch nichts zu sehen. Vielleicht war es ein Bär auf der Suche nach etwas Eßbarem gewesen. Vielleicht hatte ihre Phantasie auch ihre Angst geschürt.

Danyal ritt weiter, bis sie Wasser rauschen hörte, und schlug dann ihr Lager an einem flachen Wasserlauf auf, fest entschlossen, die Nacht hindurch mit griffbereitem Schwert wachzubleiben.

Sie erwachte bei Tagesanbruch und reckte sich. Rasch wusch sie sich in dem eiskalten Bach. Das prickelnde Wasser vertrieb den Schlaf. Anschließend zurrte sie den Sattelgurt ihrer Stute fest und stieg auf. Durmast hatte ihr gesagt, sie solle sich nach Südosten halten, bis sie an den Fluß kam. Dort gab es eine Fähre. Sie sollte übersetzen und dann genau nach Süden zum Delnoch-Paß reiten.

Der Wald war still, der Tag warm und schwül.

Vier Nadirreiter kamen in Sicht, und Danyal riß an den Zügeln. Ihr Herz klopfte wild, als sie näherkamen. Einer von ihnen hatte eine tote Antilope quer über seinem Sattel liegen, die anderen trugen Pfeil und Bogen. Der erste Reiter hielt vor ihr an.

»Du versperrst uns den Weg«, sagte er.

Danyal lenkte die Stute nach links, und die Männer ritten weiter.

In dieser Nacht entzündete sie ein kleines Feuer und war innerhalb von Sekunden eingeschlafen.

Sie wurde kurz nach Mitternacht wach und sah am Feuer eine riesige Gestalt sitzen, die Zweige auf die Flammen legte. So leise sie konnte, zog sie ihren Dolch und schob die Decke weg. Er wandte ihr den Rücken zu, die nackte Haut schimmerte im Mondlicht. Er war groß, neben ihm würde sogar Durmast wie ein Zwerg wirken. Sie erhob sich auf die Füße. Er drehte sich um...

Und sie starrte in ein schreckliches Auge über einer schlitzartigen Nase und einem zähnestarrenden Mund.

»Wroind«, grunzte Kai und klopfte sich auf die Brust. »Wroind.«

Danyals Beine waren schwach, aber sie holte tief Luft und ging mit ausgestrecktem Messer auf ihn zu. »Geh weg«, sagte sie.

Kai streckte einen klauenartigen Finger aus und begann, etwas in die Erde zu kratzen. Er sah sie nicht an. Sie spannte sich, um ihn anzuspringen und ihm das Messer in den Körper zu stoßen, doch plötzlich sah sie, was er tat: In den trockenen, harten Lehm hatte er ein Strichmännchen gezeichnet, das eine kleine Armbrust trug.

»Waylander«, sagte Danyal. »Du kennst Waylander?«

»Vroind«, sagte Kai und nickte. Er deutete auf sie. »Anyal.«

»Danyal. Ja, ja. Ich bin Danyal. Ist Waylander am Leben?«

»Vroind.« Kai krümmte seine Finger zu einer Faust, als hielte er einen Dolch. Dann stach er auf seine Schulter und Hüfte ein.

»Er ist schlimm verwundet worden? Willst du mir das sagen?«

Das Ungeheuer sah sie nur an.

»Die Krieger der Bruderschaft. Haben sie ihn gefunden? Große Männer in schwarzer Rüstung.«

»Tot«, sagte Kai und mimte einen Schwert- oder Axtkampf. Danyal steckte ihr Messer in die Scheide und setzte sich neben Kai. Sie streckte die Hand aus und berührte seinen Arm. »Hör mir zu. Der Mann, der sie tötete – lebt er noch?«

»Tot«, sagte Kai.

Danyal lehnte sich zurück und schloß die Augen.

Vor wenigen Monaten hatte sie vor einem König einen Tanz aufgeführt. Wochen später hatte sie sich in den Meuchelmörder dieses Königs verliebt. Jetzt saß sie in einem einsamen Wald mit einem Ungeheuer, das nicht sprechen konnte. Sie begann über den Irrwitz des Ganzen zu lachen.

Kai lauschte dem Gelächter, hörte, wie es sich veränderte und in Weinen überging, und beobachtete, wie die Tränen über ihre hübschen Wangen liefen. So hübsch, dachte er. Wie das Nadirmädchen, das er beobachtet hatte. So klein, zerbrechlich, mit Vogelknöchelchen.

Vor langer Zeit hatte sich Kai eins dieser sanften Wesen als Freund gewünscht. Und er hatte ein Mädchen ergriffen, als sie am Fluß Kleider wusch, und sie in die Berge getragen, wo er Früchte und hübsche Steine gesammelt hatte. Aber als sie dort waren, hatte Kai festgestellt, daß sie zerbrochen und leblos war. Ihre Rippen waren zertrümmert, wo sein Arm sie gehalten hatte. Nicht einmal seine ganze Heilkraft hatte ihr helfen können.

Er hatte sie nie mehr berührt ...

Sechshundert Mann zog das Wurfgeschütz an seinen Platz etwa fünfzig Schritt vom Tor entfernt. Dann kamen sechs Karren in Sicht, von Ochsengespannen gezogen. Die Drenai sahen zu, wie Männer um die Karren liefen und die Ochsen ausspannten. Anschließend wurde eine Winde hinter dem Wurfgeschütz aufgebaut.

Karnak rief Dundas, Jonat und ein paar andere Offiziere zu sich.

»Holt den Großteil der Männer in die Festung. Laßt nur eine Scheintruppe auf den Mauern«, wies er sie an.

Innerhalb weniger Minuten waren die Männer durch die Tore des Bergfrieds geströmt und hatten ihre Positionen auf den Wehrgängen eingenommen.

Karnak öffnete einen Lederbeutel, der an seiner Hüfte hing, und nahm einen harten Keks aus Haferflocken und Zucker heraus. Er biß ein Stück ab und kaute nachdenklich, während bei den Vagriern die Vorbereitungen weitergingen.

Mehrere Soldaten hatten einen massiven Felsblock hinter einen Karren manövriert und schlugen jetzt Seile darum. Auf ein Signal hin kurbelten vier Soldaten ihn auf das Wurfgeschütz. Ein Offizier hob den Arm, rasch wurde ein Hebel gezogen, und der Arm des Wurfgeschützes schoß nach vorn.

Karnak beobachtete, wie der Felsblock durch die Luft schoß und beim Näherkommen immer größer zu werden schien. Mit einem donnernden Krachen traf er die Mauer neben dem Torturm. Steine explodierten, und ein ganzer Abschnitt der Wehrgänge brach unter dem enormen Aufprall zusammen.

»Runter von der Mauer, Männer!« rief er. »Zurück in die Festung!«

Als ein zweiter Mauerabschnitt etwa zehn Meter von dem General entfernt explodierte, regneten Felsen und Steine an seinem Kopf vorbei. Zwei Männer wurden von den Wehrgängen geschleudert und krachten auf den gepflasterten Hof.

Karnak fluchte und rannte die Treppe hinunter zu ihnen. Beide waren tot.

Ein Felsbrocken traf den Torturm, prallte davon ab und donnerte auf das Dach des Feldlazarett. Balken splitterten, doch der Felsbrocken brach nicht durch das Dach. Noch zweimal hielt der Torturm die Geschosse aus, doch beim dritten Treffer wankte das ganze Gebäude und brach zusammen. Knirschend und stöhnend gaben die Steinblöcke nach, und der Turm neigte sich nach links und stürzte hinter die Tore.

Im Lazarett war Evris gerade damit fertig, die Bauchwunde eines jungen Soldaten zu nähen. Der Junge hatte Glück gehabt, das Schwert hatte keine lebenswichtigen Organe verletzt, und jetzt mußte er nur noch den Wundbrand fürchten.

Die Mauer stürzte ein, und das letzte, was Evris sah, war eine ungeheure schwarze Wolke, die den Raum verschlang. Der zierliche Arzt wurde neben seinem Patienten an die gegenüberliegende Wand gequetscht. Noch vier weitere Felsbrocken trafen das Krankenhaus, und eine heruntergefallene Laterne setzte einen Wäschekorb in Brand. Die Flammen ergriffen einen Türrahmen und die Wände des Krankenhauses. In kurzer Zeit war aus dem Feuer ein Inferno geworden. Viele der Krankenzimmer hatten keine Fenster, so daß Hunderte von Verwundeten im Rauch umkamen. Pfleger versuchten zuerst, das Feuer unter Kontrolle zu bringen, dann, ihre Patienten in Sicherheit zu bringen, doch letztendlich gelang es ihnen nur, sich selbst in die Falle zu manövrieren.

Die Tore splitterten, als ein riesiger Felsbrocken die Eichenbalken durchschlug. Ein zweites Geschoß vollendete das Werk. Die massiven bronzenen Angeln gaben nach, der linke Flügel brach zusammen.

Karnak spie aus und fluchte laut. Dann ging er zu den Toren der Festung.

»Es ist vorbei, General«, sagte ein Soldat, als Karnak eintrat.

»Es sieht nicht allzu hoffnungsfroh aus«, pflichtete Karnak ihm bei. »Schließt die Tore.«

»Vielleicht gelingt es noch jemandem, aus dem Krankenhaus zu entkommen«, protestierte der Mann.

»Niemand wird dieses Inferno überleben. Schließt die Tore.«

Karnak begab sich zur großen Halle, wo Dardalion und die überlebenden zwölf Priester der Dreißig tief im Gebet versunken waren.

»Dardalion!«

Der Priester öffnete die Augen. »Ja, General?«

»Sag mir, daß Egel unterwegs ist.«

»Das kann ich nicht. Die Bruderschaft ist überall, und wir können nicht ausbrechen.«

»Ohne Egel sind wir verloren. Am Ende. Dann war alles umsonst.«

»Wir haben unser Bestes getan, General. Niemand kann mehr von uns verlangen.«

»Das kann ich wohl, verdammt. Versuchen ist etwas für Verlierer – alles, was zählt, ist zu gewinnen.«

»Waylander ist tot«, sagte Dardalion plötzlich, »aber die Rüstung ist auf dem Weg zu Egel.«

»Die Rüstung kommt jetzt zu spät für uns. Sie hätte uns wieder in Schwung bringen sollen. Wenn Egel noch immer keine Armee aufgestellt hat, spielt sie überhaupt keine Rolle mehr.«

»Für uns nicht, General. Aber Egel könnte sich dann mit Eisenfaust verbinden.«

Karnak antwortete nicht. Die Logik war nicht zu widerlegen, und vielleicht war das die ganze Zeit über Egels Plan gewesen. Er mußte gewußt haben, daß Karnak auf lange Sicht ein potentieller Gegner war – gab es eine bessere Möglichkeit, mit ihm fertig zu werden, als zuzulassen, daß die Vagrier seinem Ehrgeiz Einhalt geboten? Und eine Verbindung mit Eisenfaust würde einen Keil durch die vagrischen Truppen schieben und die Hauptstadt befreien.

Purdol konnte warten.

Egel würde alles haben: die Rüstung, die Armee und die Nation.

»Er wird kommen, wenn er kann, General«, sagte Dardalion.

»Warum sollte er?«

»Egel ist ein Mann von Ehre.«

»Was soll das heißen?« fuhr Karnak auf.

»Ich hoffe, daß es bedeutet, Egel tut genau das, was du an seiner Stelle tun würdest.«

Karnak lachte, seine gute Laune war wiederhergestellt. »Das hoffe ich nicht, Dardalion. Ich zähle vielmehr darauf, daß er hierher kommt!«

Im Schlaf wurde sich Danyal einer Stimme bewußt, die durch ihre Träume drang und sich mit ihren schlafenden Gedanken vermischte. Dieses Bewußtsein wuchs, und sie erkannte Dardalion. Er wirkte jetzt dünner und älter, niedergebeugt von dem gewaltigen Druck, der auf ihm lastete.

»Danyal, kannst du mich hören?«

»Ja«, antwortete sie und lächelte müde.

»Geht es dir gut?«

»Ich bin nicht verletzt, aber das ist auch alles.«

»Hast du immer noch die Rüstung?«

»Ja.«

»Wo bist du?«

»Weniger als einen Tag vom Fluß und der Fähre entfernt. Jemand ist bei mir – ein Ungeheuer-Wesen. Es sah Waylander sterben.«

»Öffne deine Augen und zeig es mir«, sagte er. Danyal setzte sich. Kai saß immer noch am Feuer. Sein großes Auge war geschlossen, sein gewaltiger Mund stand offen.

»Es ist nichts Böses in ihm«, sagte Dardalion. »Und jetzt hör mir zu, Danyal – ich werde versuchen, Egel zu erreichen und ihn zu bewegen, eine Truppe zu schicken, die dich nach Hause geleitet. Warte an der Fähre, bis du von mir hörst.«

»Wo bist du?«

»Ich bin in Dros Purdol, aber die Lage hier ist verzweifelt, und wir sind nur noch wenige Tage von unserer Vernichtung entfernt. Wir haben nicht einmal mehr sechshundert Mann, um die Festung zu halten, und wir haben uns im Bergfried verbarrikadiert. Die Nahrungsmittel sind fast aufgebraucht, das Wasser schal.«

»Was kann ich tun?«

»Warte an der Fähre. Möge die QUELLE dich segnen, Danyal.«

»Dich auch, Priester.«

»Nicht mehr Priester. Der Krieg ist zu mir gekommen, und ich habe getötet.«

»Wir alle sind besudelt, Dardalion.«

»Ja. Aber das Ende ist sehr nah – dann werde ich wissen.«

»Was wirst du wissen?«

»Ob ich recht hatte. Ich muß jetzt gehen. Warte an der Fähre!«

Danyal und Kai fanden die Fähre gegen Abend des folgenden Tages. Es gab kein Lebenszeichen, die Fähre selbst war auf der anderen Seite des Flusses vertäut. Danyal sattelte ihr Pferd ab, und Kai trug das schwere Bündel mit der Rüstung in eine kleine Hütte. Sie machte Feuer und etwas zu essen, wandte jedoch die Augen ab, als Kai aß, der den Haferbrei mit den Fingern in den Mund schaufelte.

Sie schlief in einem schmalen Bett, während das Ungeheuer mit übergeschlagenen Beinen vor dem Feuer saß.

Kurz nach Tagesanbruch wachte sie auf, allein. Nach einem Frühstück aus getrockneten Früchten ging sie zum Fluß, um sich zu waschen. Sie zog ihre Tunika aus und watete nackt in das hüfthohe Wasser am Ufer. Die Strömung war kräftig, und sie hatte Mühe, auf den Füßen zu bleiben. Nach einigen Minuten kehrte sie ans Ufer zurück und wusch ihre Tunika aus, so gut sie konnte, indem sie sie gegen einen Stein schlug, um den Schmutz der Reise zu entfernen.

Zwei Männer erhoben sich aus dem Gebüsch links von ihr. Sie warf sich nach rechts, packte ihr Schwert und schleuderte die Scheide beiseite.

»Sie ist knackig«, sagte der erste, ein kleiner, untersetzter Krieger in brauner Lederweste, der einen Krummdolch trug. Als er sie angrinste, sah sie, daß ihm zwei Vorderzähne fehlten Er war unrasiert und schmutzig, wie sein Gefährte – ein dicklicher Mann mit einem herabhängenden Schnurrbart.

»Guck sie dir an!« sagte der erste Mann. »Ein Körper wie ein Engel.«

»Ich gucke ja«, sagte der zweite grinsend.

»Habt ihr Wallache noch nie eine Frau gesehen?« fragte Danyal.

»Wallache? Wir werden dir zeigen, wer ein Wallach ist«, schnaubte der zahnlückige Krieger.

»Ihr feigen Mistkäfer! Ihr werdet mir gar nichts zeigen außer euren Gedärmen.«

Sie hob das Schwert, und die Männer wichen zurück.

»Pack sie, Cael!« befahl Zahnlücke. »Nimm ihr das Schwert weg.«

»Mach du's doch.«

»Hast du Angst?«

»Nicht mehr als du.«

Während sie sich stritten, erhob sich hinter ihnen die gewaltige Gestalt Kais, die Hände ausgestreckt. Er packte ihre Köpfe und schlug sie mit einem ekelhaften Krachen gegeneinander, beide Männer glitten zu Boden. Kai bückte sich, faßte Zahnlücke am Gürtel, und mit einer lässigen Handbewegung schleuderte er den Bewußtlosen weit in den Fluß hinaus. Sein Gefährte folgte ihm, beide versanken.

Kai schlenderte heran. »Böse«, sagte er kopfschüttelnd.

»Nicht mehr«, sagte Danyal, »aber ich wäre auch allein mit ihnen fertiggeworden.«

Als Danyal an diesem Abend Holz in die Hütte trug, brach ihr Fuß durch ein vermodertes Bodenbrett, und sie zog sich eine tiefe Fleischwunde am Bein zu. Sie humpelte in die Hütte und begann die Wunde zu baden, doch Kai kniete sich neben sie und bedeckte die Wunde mit seiner Hand. Schmerz durchzuckte ihr Bein, und sie versuchte, sich aus seinem Griff herauszuwinden. Doch der Schmerz verging, und als er sie losließ, war die Wunde verschwunden.

»Weg!« sagte er, den Kopf auf die Seite gelegt. Vorsichtig untersuchte sie das Bein, die Haut war unversehrt.

»Wie hast du das gemacht?«

Er hob die Hand und deutete auf die Handfläche.

»Wroind«, sagte er. Dann berührte er seine Schulter und die Hüfte. Aynander.«

Doch sie verstand ihn nicht.

Ein Trupp Legionsreiter kam am nächsten Mittag am anderen Ufer an, und Danyal sah zu, wie sie die Fähre über den Fluß zogen. Sie wandte sich an Kai.

»Du mußt gehen«, sagte sie. »Sie werden dich nicht verstehen.«

Er streckte die Hand aus und berührte leicht ihren Arm. »Auwiehsehn, Anjal.«

»Auf Wiedersehen, Kai. Danke.«

Er ging zum Waldrand, drehte sich jedoch noch einmal um, als die Fähre anlegte, und deutete nach Norden. »Aynander!« rief er, und sie winkte und wandte sich dem Offizier zu, der ihr entgegenkam.

»Du bist Danyal?« fragte er.

»Ja. Die Rüstung ist in der Hütte.«

»Wer war der große Mann mit der Maske?«

»Ein Freund, ein guter Freund.«

»Ich hätte nicht gern jemanden, der so groß ist, zum Feind.« Er war ein gutaussehender Mann mit offenem Lächeln. Sie folgte ihm auf die Fähre. Als die Rüstung an Bord war, lehnte sie sich zurück und entspannte sich zum erstenmal seit Tagen. Aber plötzlich durchzuckte sie ein Gedanke, und sie lief ans Heck der Fähre.

»Kai!« rief sie. »Kai!«

Doch der Wald war still, der Riese fort.

Aynander! Waylander.

Der Riese hatte ihn geheilt. Das hatte er ihr sagen wollen.

Waylander lebte!

Der Bergfried hielt den Feind noch fünf Tage in Schach, ehe der Rammbock mit der Bronzespitze endlich das Holz der Tore zersplitterte. Soldaten stürmten vor, um mit Äxten und Haken das Holz auseinanderzubrechen, und schafften so eine klaffende Lücke in den Bergfried.

Hinter den Toren, im Bogengang des Fallgitters, wartete Sarvaj mit fünfzig Schwertkämpfern und einer Schar Bogenschützen. Die letzten Pfeile lagen vor den knienden Bogenschützen, und sie schossen sie ab, als die Tore aufflogen und die Vagrier die Lücke ausfüllten. Die vorderste Feindlinie fiel, als die Pfeile ihr Ziel fanden, doch immer mehr Krieger drängten nach. mit hocherhobenen Schilden. Die Bogenschützen zogen sich zurück, und Sarvaj führte seine Schwertkämpfer in einen wilden Angriff, Klingen blitzten im Licht auf, das durch die zerstörten Tore fiel.

Die zwei Gruppen trafen hart aufeinander, Schild auf Schild, und fast eine Minute lang wichen die Vagrier zurück. Dann gelang es ihnen dank ihrer Überzahl, die Drenai über das blutbedeckte Pflaster des Torbogens zurückzudrängen.

Sarvaj trieb sein Schwert immer wieder in das Meer von Leibern, die Sinne betäubt von den Schreien und Kriegsrufen, die das Klirren von Schwertern und Schilden begleiteten. Ein Dolch rammte sich in seinen Schenkel, er hackte mit seinem Schwert auf den Hals des Angreifers ein und sah, wie er seinen Kameraden vor die Füße fiel. Sarvaj und ein Dutzend andere hieben sich einen Weg aus dem Kampfgetümmel frei und versuchten, die Türen der große Halle zu schließen. Weitere Drenaikrieger rannten von den Wehrgängen herbei, um ihnen zu helfen, doch die Vagrier waren zu stark, so daß die Drenai in die Halle zurückgedrängt wurden. Hier umzingelte der Feind die kämpfenden Verteidiger und verspottete sie in ihrer Niederlage. Die Drenai bildeten einen Kreis und versuchten mit finsteren Blicken, ihre Stellung zu behaupten.

Ein vagrischer Offizier betrat die Halle und deutete auf Sarvaj.

»Kapituliert endlich«, sagte er. »Es ist vorbei.«

Sarvaj sah seine Männer an. Nicht einmal mehr zwanzig waren noch übrig.

»Ist jemandem nach Kapitulation zumute?«

»Diesem Pöbel?« erwiderte einer der Männer.

Der Vagrier bedeutete seinen Männern, weiterzukämpfen.

Sarvaj machte einen Schritt rückwärts, als ein Krieger auf ihn zustürmte, duckte sich unter der herabsausenden Klinge, stieß seine eigene in die Lenden des Mannes, um sie sofort wieder herauszuziehen, da ein zweiter Krieger sich auf ihn stürzte. Er parierte einen wilden Hieb, geriet jedoch ins Taumeln, als eine Lanze klirrend gegen seine Brustplatte stieß. Er wurde im Gesicht von einem Schwert getroffen, fiel und rollte sich ab. Dabei stach er mit seiner Waffe zu, ein Mann schrie auf. Doch er wurde von mehreren Kriegern umringt, die immer wieder auf ihn einstachen.

Er fühlte keinen Schmerz, als ihm das Blut in die Kehle stetig und ihn erstickte.

Oben auf den Wehrgängen sah Jonat – ohne Helm und mit stumpfem Schwert – hilflos zu, wie die Vagrier über die Verteidigungswälle strömten. Ein Krieger lief auf ihn zu, er parierte den Hieb und schlitzte ihm mit einer blitzschnellen Riposte die Kehle auf. Jonat ließ sein Schwert fallen, schnappte sich den Säbel des Mannes und prüfte dessen Schneide. Mit einem Grinsen stellte er fest, daß sie noch scharf war.

Die Drenaikrieger wichen vor dem vorrückenden Feind zurück und kämpften sich stieg die Wendeltreppe zum nächsten Geschoß hinunter. Von unten konnte Jonat die Kampfgeräusche hören, und in diesem Moment wußte er, daß die Belagerung vorbei war. Zorn stieg in ihm auf, und die ganze Bitterkeit seiner siebenundzwanzig Jahre überflutete ihn. Niemand hatte ihm je zugehört. Von dem Moment an, als er – noch ein Kind – um das Leben seines Vaters gebettelt hatte, hatte niemand ihm je wirklich zugehört. Und jetzt die letzte Demütigung: in einem verlorenen Krieg zu sterben, fünf Tage nach seiner größten Beförderung. Hätten sie gewonnen, wäre Jonat als Held bejubelt worden und einer der jüngsten Offiziere im Range eines Ersten Duns der Legion geworden. In zehn Jahren hätte er General werden können.

Und jetzt nichts .... er würde nicht einmal eine Fußnote in der Geschichte ausmachen.

Dros Purdol, würde es heißen – hat es da nicht einmal eine Schlacht gegeben?

Sobald sie aus dem Treppenhaus hinaus waren, bildeten die Drenai einen Schlachtkeil im Hauptkorridor, doch die Vagrier kamen nun von oben und unten. Karnak und Dundas tauchten mit einer Schar Krieger von links auf und vereinten sich mit Jonats Gruppe.

»Tut mir leid, alter Knabe«, sagte Karnak. Jonat erwiderte nichts, denn der Feind griff von links an, und Karnak führte einen irren Gegenangriff und hieb seine Axt in ihre Reihen. Dundas, wie immer an seiner Seite, fiel mit einem Speer im Herzen, doch Karnak blieb in seinem wütenden Kampf unverletzt. Jonat hieb und stach sich durch die vorrückenden Krieger, schrie seine Wut und seinen Ärger hinaus. Eine Axt traf seine Brustplatte, rutschte ab und krachte seitlich gegen seinen Kopf. Jonat ging zu Boden, Blut strömte aus einer Wunde an der Schläfe. Er versuchte aufzustehen, aber ein Drenaikrieger, dem eine Axt den Schädel gespalten hatte, stürzte auf ihn. Die Kampfgeräusche wurden leise, und Jonat glitt in die Dunkelheit.

Ein Drenai nach dem anderen wurde niedergemacht, bis nur noch Karnak übrig war. Er wich zurück, die Axt hoch über dem Kopf schwingend, während die Vagrier mit erhobenen Schilden und vorgestreckten Schwertern näherrückten. Karnak atmete schwer, Blut rann aus Wunden in seinen Armen und Beinen.

»Nehmt ihn lebend!« rief ein Offizier. »Der General will ihn lebend.«

Die Vagrier stürmten los, die Axt sauste nieder. Fäuste hämmerten auf den Drenaigeneral ein, und er glitt auf dem blutüberströmten Boden aus. Gestiefelte Füße traten ihm ins Gesicht und in den

Leib, sein Kopf zuckte zurück und krachte gegen die Wand. Noch ein schwacher Schlag mit der Faust, dann lag er endlich still.

Im zweiten Stock hatten sich die überlebenden Priester der Dreißig in der Bibliothek der Festung verschanzt. Dardalion lauschte auf das Hämmern an der Tür, dann rief er die Priester zu sich. Keiner von ihnen war bewaffnete, außer ihm selbst.

»Es ist vorbei, meine Brüder«, sagte er.

Astila trat vor. »Ich werde nicht gegen sie kämpfen, aber ich möchte, daß du weißt, Dardalion, daß ich nichts bereue, keine einzige Tat.«

»Ich danke dir, mein Freund.«

Der junge Baynha kam herbei und ergriff Dardalions Hand. »Ich bedaure den Einsatz der Ratten gegen gewöhnliche Soldaten, aber ich fühle keine Scham über unsere Kämpfe mit der Bruderschaft.«

»Ich glaube, wir sollten beten, meine Brüder, denn uns bleibt nicht mehr viel Zeit.«

In der Mitte der Bibliothek kniete die kleine Gruppe gemeinsam nieder, im Geist miteinander vereint. Sie hörten nicht, wie die Tür schließlich splitterte, doch alle spürten sie die erste Klinge, die Astilas Herz durchbohrte; die, die Baynha den Kopf von den Schultern schlug; und wie die anderen scharfen Schwerter in widerstandsloses Fleisch drangen. Dardalion wurde von hinten erstochen, Schmerz durchflutete ihn...

Hinter der sterbenden Festung stand Kaem auf dem Balkon seiner Unterkunft und beobachtete mit kaum verhohlener Freude, wie die Schlacht dem Ende zuging.

Der kahle vagrische General plante bereits den nächsten Schritt seines Feldzuges. Er würde eine starke Truppe zurücklassen, um Purdol zu halten, die restliche Streitmacht durch den Wald von Skultik führen, um Egel den Garaus zu machen, ehe er sich nach Süden wenden würde, um mit Eisenfaust und den Lentriern abzurechnen.

Etwas Helles, Blitzendes zog seine Aufmerksamkeit auf sich, er sah nach links, wo eine Kette niedriger, bewaldeter Hügel den Rand von Skultik markierte. Dort, auf einem herrlichen schwarzen Pferd, saß ein Krieger in einer Rüstung, die in der Mittagssonne funkelte.

*Die Bronzerüstung!* Kaem blinzelte in die Sonne, sein Mund war plötzlich wie ausgedörrt. Der Krieger hob einen Arm, und auf einmal schien sich der Hügel zu bewegen, als Tausende von Reitern zur Festung strömten. Es blieb keine Zeit, eine Verteidigung der Flanken zu organisieren – Kaem sah voller Entsetzen zu, wie Reihe um Reihe von Fußsoldaten über den Hügelkamm schwärmte.

Fünftausend? Zehn? Zwanzig?

Es kamen immer mehr. Die ersten vagrischen Soldaten sahen sie näher kommen und standen wie erstarrt. Die Erkenntnis traf sie wie ein Blitz, sie zogen die Schwerter, wurden jedoch von der angreifenden Masse regelrecht verschluckt.

Kaem wußte, daß alles verloren war. Jetzt bedeuteten Zahlen nichts mehr. Der Feind würde einen Keil durch seine Reihen treiben, seine Armee würde zersplittert und versprengt.

Der Bronzekrieger saß auf dem Hügelkamm. Er hatte die Augen auf die Festung gerichtet. Kaem sah, wie er den Kopf in Richtung Hafen wandte, und wußte, daß der Krieger ihn suchte. Ein Schauer durchlief ihn.

Kaem wich vom Fenster zurück, seine Gedanken überschlugen sich. Seine Schiffe waren noch immer in der Nähe vertäut, er konnte der Zerstörung von Purdol entkommen und zu seinen Truppen im Süden stoßen. Von dort aus konnte er einen Plan entwickeln, den Winter über auszuhalten, um im Frühjahr erneut anzugreifen.

Er drehte sich um ...

Im Türrahmen stand eine Gestalt in Kapuze, schlank und hochgewachsen. Sie hatte einen schwarzen Umhang um die Schultern geschlungen und hielt eine kleine, schwarze Armbrust in der Hand.

Kaem konnte das Gesicht unter der Kapuze nicht erkennen, aber er wußte. Er wußte.

»Töte mich nicht«, flehte er. »Bitte nicht!«

Er wich auf den Balkon zurück und trat in den strahlenden Sonnenschein.

Die schweigende Gestalt folgte ihm.

Kaem drehte sich um, kletterte über die Balkonbrüstung und sprang auf das zehn Meter tiefer liegende Pflaster. Er landete auf den Füßen, beide Beine brachen unter dem Aufprall, der linke Oberschenkel wurde durch die Hüfte in seinen Magen getrieben. Er fiel auf den Rücken und starrte zu dem leeren Balkon hinauf. Schmerzen überwältigten ihn, und er starb schreiend.

Die verhüllte Gestalt ging zum Hafen und kletterte über eine Strickleiter zu einem kleinen Segelboot hinunter. Der Wind frischte auf, und das Boot glitt über die Wellen und aus dem Hafen.

In der Festung zogen die Vagrier Karnak über die blutgetränkten Flure. Sein noch intaktes Auge war geschwollen, die Lippen aufgesprungen und blutig. Sie zerrten ihn die Treppe hinab und durch das Schlachthaus der großen Halle. Karnak bemühte sich zu gehen, doch sein linkes Bein war angeschwollen, sein Knöchel wollte sein Gewicht nicht tragen.

Draußen im Sonnenschein hielten die Männer inne und blinzelten vor Überraschung.

Der Hof war voller Drenaisoldaten und in der Mitte stand ein Mann mit zwei Schwertern in einer schimmernden Bronzerüstung.

»Laßt ihn los«, befahl der Krieger. Seine Stimme klang gedämpft und fast etwas metallisch.

Die Vagrier traten zurück.

Karnak taumelte und stürzte beinahe, doch der Krieger in der Bronzerüstung trat zu ihm und stützte ihn.

»Die Vagrier sind in die Flucht geschlagen«, sagte Egel. »Das Blatt hat sich gewendet.«

»Wir haben es geschafft?« wisperte Karnak.

»Bei allen Göttern, ich schwöre es«, sagte Egel.

»Kaem?«

»Hat sich umgebracht.«

Karnak versuchte, die Augen zu öffnen, aber sie waren voller Tränen.

»Bring mich von hier weg«, bat er. »Niemand soll mich so sehen.«

# Epilog

Kaem war tot, die vagrische Armee weitgehend versprengt, und so war der Krieg am letzten Tag im Herbst zu Ende, als Egel und Karnak die Drenaiarmee nach Süden führten, um sich mit dem lentrischen General Eisenfaust in den Ausläufern Drenans zu verbinden.

Im folgenden Jahr führte Karnak die Invasion nach Vagria, bei der der Kaiser gestürzt wurde.

Die herrschenden Häuser der Drenai wollten nichts von einer Monarchie hören, und so wurde eine Republik gegründet und Egel dazu ernannt, eine Regierung zu bilden. Der General weigerte sich, nahm jedoch den Titel Bronzefürst an und kehrte nach Delnoch zurück, wo er den Bau einer mächtigen Festung mit sechs Mauern quer über den Paß organisierte.

Sein Ratgeber war ein Priester namens Dardalion, der schwerverwundet in der Bibliothek in Purdol gefunden worden war. Egel wurde wegen der Kosten des Baus von Dros Delnoch oft kritisiert, behielt jedoch seinen Glauben an Dardalions Vision.

Fünf Jahre nach dem Sieg von Purdol wurde Egel in seinen Räumen in der Festung heimtückisch ermordet. In dem anschließenden Bürgerkrieg stieg Karnak zum Herrscher der Drenai auf.

Jonat überlebte die Belagerung von Purdol und wurde General in der Legion. Er starb sechs Jahre nach der Schlacht, als er im Bürgerkrieg eine Rebellentruppe gegen Karnak führte.

Mit dem Gold, das Egel ihr für die Rüstung gab, kaufte Danyal ein Haus in Skarta, in dem sie mit Krylla und Miriel lebte. Man sah sie jedoch oft auf den Delnoch-Paß reiten, wo sie den nördlichen Horizont absuchte.

Sechs Monate nach der Niederlage der Vagrier verschwanden sie und die Kinder aus ihrem Zuhause.

Zwei Nachbarn diskutierten über ihr Verschwinden mit dem Wächter am Südtor.

»Ich sah, wie sie gingen«, sagte er. »Sie ritt mit einem Begleiter. Einem Mann.«

»Hast du ihn erkannt?«

»Nein, er war ein Fremder.«

ENDE

**Joan Wolf:**

**Der Weg nach Avalon**

445 Seiten, Format 14,8 x 21,5 cm,
gebunden
Best.-Nr. 275 214
Sonderausgabe komplett DM 19,80

**Philip José Farmer:**

**Die Flußwelt der Zeit**
**Auf dem Zeitstrom**
**Das dunkle Muster**
**Das magische Labyrinth**

4 Bände, insgesamt 1 539 Seiten,
Format 11,5 x 18,0 cm, gebunden
Best.-Nr. 293 118
Sonderausgabe komplett nur DM 39,80

**David Eddings:**

**Die Belgariad-Saga:**
**Turm der Hexer**
**Duell der Zauberer**
**Zauber der Schlange**
**Spiel der Magier**

4 Bände, insgesamt 1 888 Seiten,
Format 13,5 x 18,7 cm, gebunden
Best.-Nr. 265 900
Sonderausgabe komplett nur DM 49,80

**Kurt Brand:**

**Ren Dhark:**
**Sternendschungel Galaxis**
**Das Rätsel des Ringraumers**
**Zielpunkt Terra**

3 Bände, insgesamt 1 056 Seiten,
Format 12,5 x 18,7 cm, gebunden
s/w-Abbildungen
Best.-Nr. 297 630
Sonderausgabe komplett nur DM 29,80

**Joan Wolf:**

**Herrin der Pferde**
**Die Tochter des Hirschclans**
**Unter dem Rentiermond**

3 Bände, insgesamt 1620 Seiten,
Format 12,5 x 18,7 cm, gebunden
Best.-Nr. 336 784
Sonderausgabe komplett nur DM 29,80

**Jennifer Roberson:**

**Der Schwerttänzer-Zyklus:**
**Schwerttänzer**
**Schwertsänger**
**Schwertmeister**
**Schwertmagier**

4 Bände, insgesamt 1 920 Seiten,
Format 12,5 x 18,7 cm, gebunden
Best.-Nr. 350 280
Sonderausgabe komplett nur DM 39,80

**Frank Herbert:**

**Der Wüstenplanet**

6 Bände, insgesamt 3 200 Seiten,
Format 12,0 x 19,0 cm, gebunden
Best.-Nr. 216 952
Sonderausgabe komplett nur DM 49,80

**Dirk Tomascy:**

**Tschingis Chan I Temudschin**

344 Seiten, Format 14,0 x 21,0 cm,
gebunden, Farbabbildungen
Best.-Nr. 321 828
Sonderausgabe DM 19,80

**Gilbert Sinoué:**

**Die Strasse nach Isfahan**

544 Seiten, Format 12,5 x 18,7 cm,
gebunden mit Schutzumschlag
Best.-Nr. 275 776
Sonderausgabe DM 19,80

**Gary Jennings:**

**Der Greif**

832 Seiten, Format 13,5 x 21,3 cm,
gebunden
Best.-Nr. 300 749
Sonderausgabe DM 19,80

**Manfred Stange (Hrsg.):**

**Die Edda**

434 Seiten, Format 15,0 x 22,0 cm,
gebunden mit Schutzumschlag
Best.-Nr. 217 125
Sonderausgabe nur DM 19,80

**Pauline Gedge:**

**Pharao**

576 Seiten, Format 13,8 x 21,5 cm,
gebunden mit Schutzumschlag
Best.-Nr. 322 586
Sonderausgabe DM 24,–

**Pauline Gedge:**

**Der Sohn des Pharao**

622 Seiten, Format 13,8 x 21,5 cm,
gebunden mit Schutzumschlag
Best.-Nr. 279 612
Sonderausgabe DM 24,–